시조와 가사의 해석

시조와 가사의 해석

시조와 가사의 해석

류 연 석 지음

도서출판 역락

▌머리말

주지한 바와 같이 시조와 가사는 고려 말부터 지금까지 600여 년간 향유되어 오는 동안 다양한 작자층이나 작품의 질과 양에 있어서 다른 어떤 것에도 비견할 수 없는 민족의 유산으로 국민시적國民詩的 위치를 확보하게 되었다.

따라서 시조와 가사가 학교현장에서나 국민적 교양교육에 귀중한 제재로 등장한 바, 대학에서도 시조론, 가사론, 시조가사론, 고전시가론 등의 교과목으로 설강되어 있고, 일반인들에게도 선인들의 삶을 이해하고 체험하는 데 이보다 절실한 자료는 없을 것이라 생각된다.

그런데 이러한 소망과 필요를 충분히 만족시켜 줄 필독서를 지금까지 만날 수 없어 늘 아쉬워하던 차, 필자가 그동안 대학 강단에서 고전시가古典詩歌를 가르쳐 오던 경험을 바탕으로 하여, 시조와 가사의 이해에 필요한 교수·학습 자료를 제시하고자 이 책을 기획하였다.

고전의 이해와 감상은 그 필요성과 중요성에도 불구하고 먼 나라 이야기처럼 겉돌기 마련이다. 이는 선인들의 삶을 담고 있는 텍스트의 언어가 생소하고 난해할 뿐만 아니라, 이를 극복할 수 있는 책이나 사람을 만나지 못했기 때문이다. 이런 점을 충분히 감안하여 좀 더 새롭게 꾸며서 친근히 닦아 갈 수 있는 친구로서, 즐거움을 함께하는 책이 되도록 평이하게 편성하였다.

그리고 책을 꾸밈에 있어, 먼저 시조와 가사에 대한 입문적 지식으로 각 장르에 대한 발생과 특징을 앞에서 간략히 소개하였다. 그리고 장르를 대표한 작가와 작품을 선정하고, 이에 대한 창작배경, 텍스트 분석, 작품의 이해와 내면화, 문학사적 의의 등으로 체계를 세워 핵심적 내용을 쉽게 탐색할 수 있도록 엮었다. 또한 민족정신이나 겨레의 생활 모습이 잘

나타나 있거나 문학적 가치가 있다고 생각되는 작품을 주제별로 몇 편씩
을 묶어서 이해하기 쉽게 편집하였다.

시조와 가사는 다른 장르보다 더한 겨레의 얼이 물결치고 있다. 작품
하나하나를 음미해 보면, 당시의 우리 조상의 숨결이 들려옴을 느낄 수가
있다. 양반들은 금수강산의 아름다운 자연의 품안에서 음풍영월吟風詠月하
면서 그들의 생활을 즐겼는가 하면, 환해宦海 풍파에 시달리면서 이른바
귀양살이의 정황이나 억울함을 장황하게 읊었다. 평민은 농촌생활에서 풍
년을 구가하고 흙내음을 마음껏 즐기면서 고생스러운 사정을 소박하게 털
어놓기도 하였다. 그리고 부녀자들은 안방에서 그들의 생활을 영탄하며
하소연하였고, 종교인은 이것을 서민庶民 교화나 포교의 수단으로 이용하
였으며, 학자나 선비들은 후생을 훈계하거나 학문의 길을 설파하였으며,
관원들에게는 목민牧民의 수단으로도 삼았던 것이다. 이렇듯 우리의 고전
은 폭넓은 문학세계를 이루어 선인들의 얼과 슬기가 약동하고 있다.

아무튼 시조와 가사는 오랫동안 향유되었고, 현재에도 창작되고 있는
한국고유의 민족시가다. 이러한 위대한 조상의 유품을 알뜰히 계승하고,
새롭게 창조하는 데 후손의 사명을 다하고자 하는 소박한 마음으로 출판
을 서둘렀으나 의욕만 앞서고 결과는 소략하다. 부디 애정어린 질정叱正을
충심으로 바라는 바이다.

끝으로 이 책의 간행을 위하여 원고의 교정과 정리에 수고해 준 백숙
아, 이봉례, 장교운 등 여러 제자들의 노고에 감사한 마음을 보낸다. 그리
고 이 출판을 쾌히 맡아주신 도서출판 역락亦樂의 이대현 사장님께 심심한
사의를 표한다.

2006. 4. 1

柳 年 錫 씀

차 례

| 제 2 부 | **가사의 이해와 감상**

제 1 부

시조의 이해와 감상

| 제 1 장 | 시조의 발생과 특징

1. 시조의 발생

　시조의 기원과 발생에 대한 다양한 견해를 소개하면 다음과 같다.

　첫째는 한시기원설漢詩起源說인데, 이는 우리 시가詩歌와 한시漢詩가 시상을 연결하는 단위와 율격양식이 전혀 다르다는 점에서 설득력을 갖지 못한다. 둘째, 무가巫歌나 민요기원설民謠起源說인데, 이는 무당시조의 가락이 고종高宗때에 이루어졌고, 민요는 모든 문학장르의 태반을 이루고는 있으나, 삼장三章으로 시상이 완결되는 특징을 가진 시조의 직접적인 근원을 거기서 찾는 일은 무리이다. 셋째, 향가기원설鄕歌起源說로 시조가 사뇌가詞腦歌에서 왔고, 사설시조는 속요俗謠에서 오는 등 각기 발생근원을 달리하고 있다. 또 시조와 사설시조가 동일근원에서 발생된 것으로 삼장체三章體인 사설시조辭說時調가 연장체連章體인 속요를 계승했다는 것을 설득하기 어렵다. 넷째는 고려속요기원설高麗俗謠起源說로 이는 부父장르가 다음 시대의 장르(子장르)를 낳는다는 견해인데, 고려속요 중에서 <만전춘별사滿殿春別詞>의 제2·5연이 시조의 형태와 유사하므로 속요가 붕괴되면서 시조의 형식이 갖추어진 것으로 보는 것이다. 이는 고려속요와 시조가 닮지 않는 이유를 설명하기 어렵다하더라도 속요의 특정 연聯이 시조와 유사함은 오히려 시조가 먼저 발생하여 속요에 영향을 줄 수도 있기에 납득하기 어렵다. 또 조부祖父장르 변형계승을 주장하는 견해가 있다. 즉 시조는 부父장르인 속요를 거부하고, 그 조부장르인 사뇌가를 변형 계승한 것이라는 설이 있다.

그러나 하나의 문학장르가 성립되는 것은 일조일석一朝一夕에 어느 한 장르에 의존하지 않고, 오랜 기간 동안 기존의 다른 양식의 영향을 받아 자연발생적自然發生的으로 그 민족의 정서와 일치될 때 생성되는 것이다. 이렇게 볼 때 시조는 우리 고유의 민요와 향가에서 3장형三章型의 형태를 구하였으나, 직접적인 모태가 된 선행시가先行詩歌로는 고려속요를 들 수 있다. 특히, 속요俗謠가 분장되는 과정에서 음악적 요소가 크게 작용하였고, 그것이 유학자儒學者들의 미의식美意識과 합치되어 이룩된 시형詩型이라는 설에 많은 동의를 하고 있다. 따라서 시조 발생에 대한 지금까지의 통설로는 시조가 고려중엽高麗中葉에 발생되고 고려말엽에 완성되었다고 한다.

시조時調라는 명칭은 처음부터 고정되어 있지 않고, 관습적으로 지어지고 연행되는 상황과 계기에 따라 다양한 이칭異稱이 있다. 즉 장가長歌에 대해 단가短歌, 고조古調에 대해 신조新調・신성新聲・신곡新曲, 한시漢詩에 대하여는 시여詩餘, 단순히 노래란 의미의 가가歌・가곡歌曲・가요歌謠・영언永言, 그 시절에 유행하는 노래라는 시절가時節歌・시절단가時節短歌, 또 한편으로 개화기에는 개화시조開化時調, 시조부흥운동기에는 국풍國風으로도 불렸다. 그리고 자유시自由詩에 대해 정형시定型詩・삼행시三行詩・삼장시三章詩・민족시民族詩・시조시時調詩 등 다양하게 불려지고 있다. 그러나 장르적 측면에서 '시조時調'라는 명칭이 일반화되어 있고, 또 가장 타당한 명칭이라 하겠다.

한편 시조의 담당층에 대해 역대가집歷代歌集들의 서序・발문跋文에 나타난 기록을 보면, '열성어제급列聖御製及 명공석사名公碩士 가자어자歌者漁者 이서여항吏胥閭巷 호유명기豪遊名妓 여무명씨지작與無名氏之作'으로 되어 있어, 표면적으로 보면 위로는 왕王으로부터 아래로는 무명無名의 서민·천민에 이르기까지 전계층全階層을 망라한 것으로 되어 있다. 그러나 기실 시조를 창작하고 향유한 계층은 양반사대부兩班士大夫 계층이 중심을 이루고 있는 것이다. 왜냐하면 당시 사회구조상 서리胥吏, 아전衙前, 그리고 기녀妓女는 기본적으로 이들 계층의 연장선상에서 파악해야지 이들이 독자적인 영역을 차지하고 있는 것이 아니기 때문이다. 시조의 창작創作과 향유층享有層이 이와 같은 특정계층이 중심이 되고 있다는 사실은, 시조가 독특한 형식적·미학적 특성을 갖추게 되는 바탕이 되고 있다는 점에 주목된다. 이는 또한 시조의 기능과 미학적 특성과도 연관되는 사안이기 때문이다. 즉 시조의 기능은 현실의 삶 속에서 오는 시름을 풀어주는 '풀이의 기능'과 현실적 시름과 차단하는 풍류로서의 '놀이의 기능'이 있다는 것이다.

2. 시조의 특징

시조時調라는 명칭이 악곡상樂曲上으로 쓰일 때에는 시조창時調唱이란 개념이며, 이에는 경제京制, 영제嶺制, 완제完制 등과 같이 지방에 따라 각기 독특한 악제樂制가 있어 그 종류가 다르나, 시가상詩歌上으로는 평시조平時調·엇시조旕時調·사설시조辭說時調 등으로 나누는 것이 일반적이다. 한편 시조란 명칭이 문학상으로 쓰일 때에는 악곡상의 명칭과 혼동을 피하기 위해 단형시조短型時調, 중형시조中型時調, 장형시조長型時調 등으로 구분하기도 한다. 그러나 시조는 본래 시조가 가지고 있던 음악적 요소인 창唱의 기능을 완전히 떠나 문학양식을 가리키는 것이기 때문에 다른 명칭을 쓸 필요는 없을 것이다.

따라서 시조는 3장 6구 45자 내외로 하나의 연을 형성하는 정형시인데, 이런 기준형에 맞는 시조를 평시조라 한다. 그리고 종장의 제1·2

구를 제외한 어느 구절이나 하나만 길어진 것을 엇시조, 2구 이상이 길어진 것을 사설시조라 한다. 여기서 종장의 첫음보는 3음절로 고정되며, 둘째음보는 반드시 5음절 이상이어야 한다는 제약은 시조만이 갖는 특성인 것이다. 그러므로 평시조는 시조의 기준형基準型이고, 엇시조와 사설시조는 파격형破格型(변형變型)이라 할 수 있다.

첫째, 시조의 형식을 율격구조律格構造측면에서 자수율字數律로 규정하려는 노력이다. 즉 시조를 3장 12구로 파악하고 '3·4·4(3)·4/ 3·4·4(3)·4/ 3·5·4·3'으로 그 기준형을 제시하였으나, 이와 같은 형에 맞지 않는 작품이 훨씬 더 많다는 사실에 부딪히게 되었다. 그래서 자수나 구수에 융통성을 두어 3장 6구로 수정된 기준형을 제시하기도 하였지만, 이는 결국 자수율의 기본전제인 음절율音節律의 고정성을 지키지 못하는 한계에 이르게 된 것이다.

둘째, 시조는 엄격한 정형률定型律을 가진 시형이란 점에 착안하여, 음보율音步律에 의한 율격구조로 파악하려는 노력이 진행되었다. 즉 시조의 틀은 4개의 음보가 결합하여 한 행行을 이루고, 그것이 중첩되어 한 수首를 이루는 4음보격 3행시의 구조로 파악하려는 것이다. 즉 '小(平)·平·小(平)·平/ 小(平)·平·小(平)·平/ 小·過·平·小(平)'를 기준형으로 보는 것이다(각 음보의 음절수의 평균치를 4음절로 보고 이를 평음보平音步, 그 보다 작은 음보를 소음보小音步, 이 보다 큰 음보를 과음보過音步로 봄). 그러나 이는 자수율에 대해 진일보한 노력이지만, 음보율이란 용어 자체가 율격론적 측면에서 성립하기 어렵다는 문제점을 지니고 있다.

셋째, 시조의 율격을 음량율音量律로 규정하려는 노력으로 이런 문제점을 극복하고 있다. 즉 시조는 4음보격 3행시이되 각 음보를 구성하는 음절音節과 장음長音 및 정음停音에 의해 구성되는 4mora(4음절) 크기의 음량으로 실현된다는 것이다. 이렇게 볼 때 시조는 4음보격四音步格을 기조基調로 하는 3장 6구체의 정형시定型詩로 파악할 수 있는 것이다.

어―져∨ 내 일이야 그릴 줄을 모르던가
이시라― ᄒᆞ더면∨ 가랴마는 제 구ᄐᆞ야
보내고― 그리ᄂᆞᆫ 情은 나도 몰라 ᄒᆞ노라∨

≪황진이黃眞伊 : 時大 1792≫

(― : 장음長音, ∨ : 정음停音을 나타냄)

위의 예에서 시조는 각 음보의 크기가 4모라에 해당하는 동일한 음량이 4보격으로 규칙화되어 있고, 이것이 3회 반복됨으로써 율격이 형성되는 4음보격四音步格 삼장체三章體의 엄격한 정형시定型詩이나, 특히 종장의 둘째음보에서 전개된 시상의 집약과 완결을 위해 음량의 크기가 확대되는 독특한 틀을 가진 시형인데, 이 점이 시조의 시조다운 특성이다.

시조가 가진 고유한 특징을 요약해 보면 다음과 같다.

(1) 시조는 고전시가古典詩歌 형태중形態中 가장 오랜 동안을 우리 겨레와 함께 해온 우리 고유固有의 시가형태詩歌形態이다.

(2) 우리의 고전시가古典詩歌 중 양적量的으로 가장 두드러지고, 또 작가면作家面으로도 가장 많은 사람들이 이 시조로써 그들의 감정과 정서情緒를 읊었다.

(3) 고전시가古典詩歌 중 가장 단형斷形의 시가이며, 시대時代의 변천에 따라서 엇시조와 사설시조로 발전되면서도 처음 형성된 기본형基本型이 그대로 존속存續되었다.

(4) 신라 향가로부터 시작된 감탄구感嘆句는 여요麗謠와 경기체가景幾體歌를 통하여 후대後代로 연속되었고, 또 그것은 시조에 와서도 종장終章 첫 음보에서 그 자취를 살필 수 있다.

(5) 고전문학 형태 중 그 시대의 사회계층社會階層이 총망라된 시가였다.

(6) 시조의 주제상의 특징은 애정, 취락, 한정, 자연 등을 흔히 읊어 우리 선인들의 사상과 관념을 가장 잘 드러내 주었고, 우리 민족의 전통과 향토성이 가장 듬뿍 담긴 시가詩歌이다.

(7) 향가, 여요, 경기체가 등에서는 유교적인 관념의 농도가 짙은 노래는 거의 보이지 않는데 비하여 시조에서는 유교이념儒敎理念이 상당히 드러나 보이고 있다. 이는 시조가 단형短型의 시가이었기 때문에 교훈적인 내용을 전달함에 효과가 컸던 이유일 것이다.

| 제 2 장 | **탄로와 회고의 정한**

1. 우탁의 <탄로가嘆老歌>

◑ 창작배경

우탁禹倬(1263~1342)은 고려말의 유학자로 자는 천장天章, 호는 백운白雲·역동易東, 시호는 문희文僖, 충렬왕 때 문과에 급제 후 영해사록寧海司錄이 되었으며, 충숙왕 때 성균제주成均祭酒에 이르렀다. 충선왕 원년에 (1308) 감찰규정監察糾正이 되어서는 왕王이 부왕父王의 후궁後宮과 밀통密通하자 백의白衣차림에 도끼를 들고, 거적을 짊어진 채 들어가 극간極諫한 뒤 벼슬을 내어놓고 예안禮安으로 들어갔다. 그는 당시 원나라를 통해 새로운 유학인 송나라 정주程朱의 학學을, 충렬왕을 따라 연경에 간 안향安珦에 의해 『주자전서朱子全書』가 처음 들어오니 이를 해득하여 후학後學들에게 가르쳐 성리학性理學의 시초를 세움으로써 신유학新儒學인 동방이학東方理學의 시조始祖가 되었다.

조선조에 와서 그의 학문과 덕행을 지극히 흠모했던 이황의 발의로 예안禮安에 역동서원易東書院이 창건(1570)되었으나, 고종 때(1871) 훼철毁撤당했다가 1966년 복원되었다. 그의 본향인 단양의 단암서원丹岩書院, 영해의 단산서원丹山書院, 안동의 구계서원龜溪書院, 대구의 낙동서院洛東書院 등에 향사享祀 되었다.

● 텍스트 분석

> (1) 春山에 눈 녹인 바람 건듯 불고 간 듸 업다
>   져근 덧 비러다가 모리 우희 불니고져
>   귀 밋터 힌 묵은 셔리를 녹여볼까 하노라.

작자는 계절이 바뀌고, 세월이 빨리 흘러가는 것에서 인생무상人生無常을 절실하게 느꼈다. 이러한 자연의 변천을 피부로 느끼면서, 그것을 늙어 가는 자신에 의탁한 것이다. 벌써 귀밑에는 흰 머리털이 생기고 과거에 겪었던 여러 가지의 일들을 회고해 보며, 덧없는 인생이 어느덧 노경에 이르렀음을 자탄自嘆한 것이다.

서리는 눈과 함께 백발白髮의 상징으로 쓰이고 있다. 여생餘生이 얼마 남지 않았으니 아쉬운 생각이 절실하다. 그래서 백설白雪을 녹인 봄바람을 빌어다가 백발을 녹여보고 싶다는 것이다.

이 시조는 늙음을 한탄만 한 것이 아니라 다시 젊어지고 싶다는 욕망을 나타내고 있다. 흔히 늙음을 노래하는 사람은 비애와 감상에 젖기 쉬운데 반해 이 시조는 그런 구차함이 없이 늙음을 당연한 것으로 받아들인 인생人生의 달관達觀을 보여줌으로써 조선조 전편에 흐르는 현실주의적이고 긍정적인 유교적儒敎的 세계관世界觀과 상통相通한다고 할 수 있다.

> (2) 혼 손에 막디 잡고 쏘 혼 손에 가싀 쥐고
>   늙는 길 가싀로 막고 오는 白髮 막디로 치려터니
>   白髮이 제 몬져 알고 즈럼길노 오더라

이 시조는 작가作家가 만년晚年에 예안禮安에서 후진後進 양성養成에 힘쓰고 있던 어느 날, 거울 속의 흰머리를 보고 지은 노래라 한다. 앞의 작품에 비해 늙어 가는 것에 대한 대처가 적극적인 듯하다. 시적詩的 표현

表現이 매우 참신하고 감각적感覺的이다. 세월과 늙음을 구상화具象化한 공감각적共感覺的 이미지를 통해 늙음에 대한 안타까운 심정이 간결하고도 선명鮮明하게 표현되었다. 소박素朴한 표현으로써 어떻게 보면 희화적戱畵的인 느낌마저 준다.

이는 늙음을 거부하고자 하나 그것이 어쩔 수 없는 자연의 섭리임을 노래하고 있는 작품으로, 생生의 허무에 대한 달관적 자세를 보이고 있다. '세월'과 '늙음'의 추상적 의미를 '늙는 길', '백발'의 구체적 이미지로 표현하여 주제를 간결하고도 선명하게 형상화하였다.

<춘향전春香傳>에 나오는 <백발가白髮歌>에 이 시조와 비슷한 구절이 보이는데, 이는 이 시조가 널리 회자膾炙되어 전승되는 가운데 잡가화雜歌化한 것이 아닌가 한다. <백발가>의 내용은 다음과 같다.

"등장等狀 가자 등장 가자, 하느님 전에 등장 갈 양이면 무슨 말을 하실는지 늙은이는 죽지 말고, 젊은 사람 늙지 말게 '하느님 전에 등장 가세. 원수로다 원수로다 백발이 원수로다. 오는 백발 막으려고 우수에 도끼 들고 좌수에 가시 들고, 오는 백발 뚜드리며, 가는 홍안紅顔 걸어 당겨 청사靑絲로 결박하여 단단히 졸라매되, 가는 홍안 절로 가고 백발은 스스로 돌아와 귀밑에 살 잡히고 검은 머리 백발 되니 조여청사모성설朝如靑絲暮成雪이라(중략中略), 슬프다 우리벗님 어디로 가겠는고, 구추九秋 단풍닢 지듯이 서나서나 떨어지고, 새벽 하늘 별 지듯이 삼오삼오三五三五 스러지니 가는 길이 어드멘고. 어여로 가래질이야. 아마도 우리 인생 일장춘몽一場春夢인가 하노라."

(3) 늙지 말려이고 다시 져머 보려트니
　　 靑春이 날 소기고 白髮이 거의로다.
　　 잇다감 곳밧츨 지날 제면 罪지은 듯ᄒ여라

이 시조는, 늙지 않고 젊어지고 싶은 욕망에도 불구하고, 찾아드는 백발은 막지 못하면서 젊은 여인을 탐하는 자신의 욕구를 솔직히 고백함으로써 죄책감을 진솔眞率하게 드러내고 있다.

2. 고려말 충신들의 <회고가懷古歌>

1) 길재의 <회고가懷古歌>

● 창작배경

길재吉再(1353~1419)는 고려말의 성리학자로 공민왕 2년 경북 선산군 봉계리에서 군수 김원진의 아들로 태어났으며, 본관은 해평海平, 자는 재부再父, 호는 야은冶隱·금오산인金烏山人, 시호諡號는 충절忠節이다.

10세(1362년, 공민왕 11년)에 냉산冷山 도리사桃李寺에 들어가 수학修學했으며, 1370년 개경開京에서 이색李穡, 정몽주鄭夢周, 권근權近 등으로부터 성리학性理學을 배웠고, 1386년 문과에 급제, 1388년 성균관박사成均館博士가 되어 공직公職에서는 학생들을, 가정에서는 양가良家의 자제子弟를 교육하였다. 이때 같은 마을에 살았던 방원芳遠과 같이 학문연구에 열심이었을 뿐만 아니라 서로의 친분 또한 남달랐다. 그러나 이들에 의해 위화도 회군이 감행되어 이씨의 천하가 되자 길재는 앞날을 근심하여 자기 마음을 다음과 같이 읊었다.

> 몸은 비록 남다를 바 없다마는
> 뜻은 백이숙제처럼 마치고 싶구나
> (身雖從衆無奇特 志則夷齊餓首楊)

그 뒤 창왕 원년(1389)에 문하주서門下注書가 되었으나 노모老母를 봉양奉養하기 위해 사직하고 고향으로 돌아갔으며, 조선 건국 후에 방원芳遠에 의해 태상박사太常博士로 천거 되었다. 두 왕조王朝를 섬길 수 없다 하여 거절하고 고향 선산에서 후진교육과 학문연구에 전력한 바, 특히 김숙자金叔滋에게 성리학을 가르쳐 김종직金宗直, 김굉필金宏弼, 조광조趙光朝 등으로 그 학통을 잇게 했다. 그는 유교의 이론을 몸으로 실천하고, 후진 교육으로 성리학의 정통正統을 조선시대에 계승한 공이 크다. 성곡서원星谷書院에 제향祭享되었다.

● 텍스트 분석

> 五百年 都邑地를 匹馬로 도라드니
> 山川은 依舊ᄒ되 人傑은 간디 업다
> 어즈버 太平烟月이 꿈이런가 ᄒ노라

고려왕조高麗王朝는 망하고 사람들은 시속時俗에 따라 제 갈 길로 흩어졌지만 자연은 예대로 아름다우니 인간의 부귀영화富貴榮華가 일장춘몽一場春夢 같이 여겨졌고, 지금은 폐허가 된 옛 수도인 개경을 찾아 와서 지난날의 영화榮華와 당시의 사람들을 그리워하며 지은 시조이다.

초장의 '필마匹馬'는 작가의 초라한 행색을 은유하였고, 중장의 '인걸人傑'은 그가 사사師事하던 당대의 석학碩學 이색李穡, 정몽주鄭夢周 등을 지적하였으며, 종장의 '꿈'은 왕업王業의 무상함을 개탄한 우국개세憂國慨世의 풍자시조이다.

이는 두보杜甫의 <춘망春望>에 '나라는 망하였으되, 자연은 그대로 있고, 성안의 봄에는 풀과 나무만 깊었구나(국파산하재성춘초목심國破山河在城春草木深)'라는 싯귀를 연상케 한다.

2) 원천석의 <회고가懷古歌>

☯ 창작배경

원천석元天錫(1330~?)은 고려말의 은사隱士, 호는 운곡耘谷, 본관本貫은 원주로 고려말 정용별장精勇別將을 지낸 열悅의 손자이며, 윤적의 아들로 원주 원씨의 중시조이다.

고려가 기울어지고 이성계李成桂 일파가 정권政權을 잡자 관직을 사퇴하고 치악산에 숨어 몸소 밭갈아 어버이를 봉양奉養하였다. 태종太宗이 어렸을 때 운곡耘谷에게 글을 배운 바 있어 왕위에 오른 뒤 자주 불렀으나 굳이 거절하고 응하지 않았으며, 태종太宗이 직접 그의 집을 찾았으나 미리 소문을 듣고 산 속으로 피해 버렸다. 그가 치악산에 은거隱居하면서 끝내 출사出仕하지 않은 것은 고려 왕조에 대한 충의심忠義心 때문이었던 것을 그의 시조와 더불어 남긴 몇 편의 시문詩文들을 통하여 엿볼 수 있다.

운곡耘谷은 일찍이 경사經史 6권을 지어 궤 속에 감추고 자손에게 열어 보지 말라고 당부하고 세상을 떠났으나, 증손 대에 이르러 집안이 의논해 열어 보았더니, 고려말의 역사를 역력히 기록하여 조선왕조에 불리하게 기록되어 있어 후환後患이 두려웠기에 모두 불살라 버렸다. 때문에 그 기록이 전하지 않고 다만 한시집漢詩集 2권이 남아 고려말의 사적史蹟과 그의 충성된 면모를 엿볼 수 있다. 강원도 횡성의 칠봉서원에 제향祭享되었다.

☯ 텍스트 분석

(1) 興亡이 有數ᄒ니 滿月臺도 秋草로다
    五百年 王業이 牧笛에 부쳐시니
    夕陽에 지나는 客이 눈물 겨워 ᄒ노라

이는 〈회고가懷古歌〉로 불리는 시조로서 옛 도읍지都邑地 개성開城을 찾아가 지금은 망하고 없는 고려왕조高麗王朝에 대한 회한悔恨의 눈물을 흘리고 망국亡國의 슬픔을 노래한 것이다.

'추초秋草', '석양夕陽'은 기우는 고려왕조高麗王朝를 은유하였고, '객客'은 작자 자신을 지적하여 제행무상諸行無常을 개탄慨嘆한 우국개세憂國慨世의 풍자시조諷刺時調이다.

또 한 편의 시조는 다음과 같다.

    (2) 눈 마즈 휘여진 디를 뉘라서 굽다턴고.
       구블 절節이면 눈 속에 프를소냐.
       아마도 세한고절歲寒孤節은 너뿐인가 ᄒ노라.

    * 구블 : 굽힐.
    * 節이면 : 절개라면.
    * 프를소냐 : 푸르겠는가.
    * 歲寒孤節 : 한겨울의 추위를 이기는 높은 절개.

어떠한 시련에도 꺾이지 않는 굳은 절개를 대나무에 의탁하여 형상화한 작품이다. 두 왕조를 섬길 수 없다는 유학자적인 곧은 충절은 시류에 영합하는 무리들의 핍박에 더욱 그 빛을 발하게 된다. 이는 바로 『논어』 제9편 〈자한子罕〉의 '세한연후 지송백지후조야歲寒然後知松柏之後凋也(날씨가 차가워진 뒤에야 소나무와 잣나무가 더디 시들음을 알 수 있다.)'라는 구절과 일맥상통한다.

초장의 '눈 마즈 휘여진 디를'에서 '눈'은 새 왕조에 협력을 강요하는 압력, '휘여진'은 그 속에서 견디는 고충을 드러냈으며, 중장은 이미 대세가 기울어 맞서지는 못하나마 은둔하며 절개를 지키는 고려 유신들의 정신이 잘 형상화되었다. 종장의 세한고절歲寒孤節에서 '歲寒'은 심한 추위 또는 겨울을 뜻하는 말로, 대나무는 소나무·매화나무와 더불어 동양화의 화제畫題로 곧잘 등장하는 세한삼우歲寒三友로 일컬어지는 존재이다.

3) 이조년의 〈다정가多情歌〉

● 창작배경

매운당梅雲堂 이조년李兆年(1269~1343)은 고려 원종 때 경북 성주 용상리에서 출생하여, 충렬, 충선, 충숙, 충혜왕 등 4대에 걸쳐 산 충신이다. 여말의 이 4대는 내선과 복위가 되풀이되었고, 특히 고려와 원나라 관계가 25대 충렬왕忠烈王 대에 급속도로 근밀화하여 국내에는 왕과 상왕을 중심으로 군소배가 당을 지어 대립함에 따라 양조정의 관계가 더욱 복잡하게 되었다. 〈병와가곡집〉, 육당본 〈청구영언〉, 도남본 〈동가선〉 등의 문헌에 나타난 창작동기 및 시기를 보면, 아무도 왕에게 간하지 못했으나 매운당 이조년만이 왕의 황음荒淫을 간諫하였다. 그러나 이조년이 충간해도 들어주지 않아 끝내 치사귀향致仕歸鄕하였다. 이 시조는 충혜왕에 대한 이조년의 지극한 충성심의 발로에서 나온 것으로 벼슬을 그만두고 우의법을 써서 시조를 지었다고 한다.

이렇듯이 고려조에 뛰어난 충신이면서도 별로 알려지지 않았으며, 정당문학政堂文學 예문관藝文館 대제학大提學을 지낸 대학자였음에도, 현전하는 감상적인 시조 〈다정가〉 한 수로써 그 전부를 헤아림에 아쉬운 감이 있다. 이밖에 한시 한 수와 편지글이 전한다.

● 텍스트 분석

> 梨花에 月白ᄒ고 銀漢이 三更인지
> 一枝春心을 子規야 알냐마는
> 多情도 病인양ᄒ여 줌 못 일워 ᄒ노라

　이 시조의 제목을 이화조梨花操라 했는데, 금곡명琴曲名으로 볼 수 있다. 이 시조는 직설적인 표현 그대로 감상한다면, 이성異性간의 연모戀慕의 마음으로 '밤이 깊어 배꽃에 흰달이 비추니 더욱 깊은 정밀에 잠기는데, 이성을 그리는 춘심이 잔잔하게 흐르는 내 마음을 애상의 피를 토하며 우는 자규라도 알 수 없어, 잠을 못 이루고 전전하는 모습'을 볼 수 있다. 즉 봄밤의 애상적哀傷的인 정감이다.

　초장에서 배꽃에 달빛이 희고 은하수는 한밤중에 이르러 분위기는 어슴프레한 달밤의 박명薄明이다. 비록 한밤중이고 달빛이 휘영청한 밤이라지만 한밤중으로 그것은 밝음과 어둠의 중간이다. 중장의 '일지춘심一枝春心'이란 한 가지의 봄 흥취이니, 봄밤의 낭만적 흥취를 배꽃 한 가지에 빗댄 비유이고, '자규子規'란 소쩍새이지만 촉나라의 망제望帝가 망한 나라를 못 잊어서 그 영혼이 새가 되어 피를 뿌리며 운다는 '피맺힌 한'의 상징이다. 이 시조의 숨은 뜻은 '일지춘심'과 '자규'라는 말이 환기시키는 상반되는 정서에 있다. 즉 봄밤의 낭만적 정서와 나라의 운명에 대한 피를 말리는 근심, 이 두 가지 대립되는 정서가 이 작품의 핵심인 것이다. 초장의 분위기가 밝음과 어둠의 중간이고, 이러한 분위기에 두 가지 상반되는 정서가 제시되었다. 그러니 이런저런 생각으로 이리뒤척 저리뒤척 '다정多情도 병'인 것이다. 봄밤의 흥취를 자규는 모르리라고 한 말은 봄밤의 흥취로만 가득 채우고 싶은 소망을 말한 것이기 때문이다. 그러나 그의 마음속은 박명의 어둠처럼 두 가지 정서가 서로 엇갈려서 다정이 병이 된 것이고, 그래서 잠을 이룰 수가 없는 것이다.

　이 시조는 한시 영향의 측면이 짙게 배어 있지만 상황 제시의 탁월성이나 내면묘사와 그 은유적 형상화가 가히 절창絶唱이라고 할 만하다. 또한 이 작품은 표면적인 면보다는 그 시대적 배경과 작자의 당시 상황을 참고로 하면, 차원 높게 감상할 수 있는 여백이 있는 데서 예술적 가치가 있으리라 본다. 즉 왕의 황음방자荒淫放恣함을 걱정하며 지은 시조다.

우수에 빠져 있는 매운당 자신自身은 청초결백淸楚潔白한 배꽃의 모습에 비유比喩하였고, '은한이 삼경'은 왕을 둘러싼 간신배들이 날뛰는 궁궐宮闕을 뜻하며, 일지춘심은 고향에서 충혜왕에 대한 일편단심의 충성심忠誠心을, 자규子規는 바로 왕을 비유하였다. 즉 황음에 빠져 앞을 못보는 왕이 어찌 그 충성심을 알겠는가마는, 이것이 병이 되어 잠 못 이루고 처절해 하는 모습을 생각할 수 있다. 이 시조는 고시조중 직간신直諫臣으로서의 높은 지조와 멋진 가락이 함께 어울어진 시조라 할 수 있다.

이 시조의 한역시漢譯詩가 신위申緯의 『경수당전고警脩堂全藁』 '소악부小樂府'에 다음과 같이 전한다.

이화월백삼경천 梨花月白三更天
제혈성성원두견 啼血聲聲怨杜鵑
진각다정원시병 儘覺多情原是病
불관인사불성면 不關人事不成眠

| 제 3 장 | **현실론과 명분론의 갈등**

1. 이방원의 〈하여가何如歌〉

● 창작배경

태종太宗 이방원李芳遠(1367~1422)은 조선 제3대 왕으로 본관은 전주全州이고 자는 유덕遺德이다. 태조 이성계의 5남이며, 어머니는 신의왕후 한씨新懿王后韓氏, 비는 민재閔霽의 딸 원경왕후 민씨元敬王后閔氏이다. 1382년(우왕 8) 문과에 급제하여 밀직사대언이 되고, 후에 아버지 이성계 휘하에서 신진정객新進政客들을 포섭하여 구세력의 제거에 큰 역할을 하였다.

1388년 정조사의 서장관으로 명나라에 다녀오고, 1392년 정몽주를 제거하여 이성계를 중심으로 한 신진세력의 기반을 굳혔으며, 같은 해 이성계가 조선의 태조로서 등극하자 개국의 功으로 정안대군靖安大君에 봉해졌다. 태조가 계비강씨繼妃康氏의 소생 의안대군宜安大君 방석芳碩을 세자로 책봉하자 이에 불만을 품고, 1398년(태조 7) 세자를 보필한 정도전, 남은, 세자 등을 살해하고, 이어 강씨 소생의 방석과 방번芳蕃도 귀양 도중에 죽였다. 이것이 제1차 왕자의 난이며, 방원은 이때 세자로 추대되었으나 이를 형인 영안대군永安大君 방과芳果(정종定宗)에게 사양하였다.

1400년(정종 2) 넷째 형인 방간芳幹이 박포朴苞와 공모하여 반란을 꾸미려 하자, 이를 즉시 평정하고 세제世弟에 책봉되었다. 방간·박포의 난은 제2차 왕자의 난이라 하는데 난이 평정된 후 정종의 양위讓位를 받아 조선 제3대 왕으로 즉위하였다. 6조체제를 정비하여 왕권과 중앙집권체제를 강화했고, 8도체제를 확립하여 지방제도를 정비했다. 태종 자신이 무력을 배경으로 즉위한 만큼 군사에 대한 관심이 커서 군사제도와 국방을 강화하였다. 별사전 혁파, 공신전의 세습제 폐지 등으로 토지와 조세제도를 정비하였고, 백성이 억울할 때 직소할 신문고申聞鼓를 설치하여 민정民政을 살피었으며, 문교와 과거제도의 정비 등 많은 업적을 남겼다.

◑ 텍스트 분석

<table>
<tr><td>이런들 엇더ᄒ며 저런들 엇더ᄒ리</td><td>此亦何如　彼亦何如</td></tr>
<tr><td>萬壽山 드렁츩이 얼거진들 긔 엇더ᄒ리</td><td>城隍堂後垣頹落亦何如</td></tr>
<tr><td>우리도 이ᄀᆺ치 얼거져 百年ᄭᅡ지 누리리라</td><td>我輩若此爲不死亦何如</td></tr>
</table>

『樂學拾零, 靑丘永言』, 沈光世의 『海東樂府』

* 萬壽山(만수산) : 개성 서쪽에 있는 산, 고려의 칠릉七陵이 이름.
* 드렁츩 : 들판에 난 칡덩쿨.
* 얼거진들 : 얽힌들.
* 누리리라 : 살아가리라.

　　이는 고려말의 충신인 정몽주를 회유하기 위해 주연酒宴을 베풀고 넌지시 그의 마음을 떠보기 위해 방원이 지은 이른바 <하여가>이다. 여기에는 그의 정치가다운 기질과 모사謀士다운 배포가 엿보인다. 초장은 상대의 마음을 떠보고 중장에 회유책을 제시하였으며, 종장에서 상생의 부귀영화를 누리자고 하였다. 무력을 빌어 고려를 전복시키고 대권大權을 잡은 이성계는 고려 전복顚覆 후의 민심 수습을 위하여 정몽주라는 고려의 대유학자大儒學者가 필요하였으나 정몽주의 입장에서는 일개 무관武官

에 지나지 않던 이성계를 임금으로 섬기고 그에게 충성을 바치는 것은 어려운 일이었을 것이다. 이에 방원이 시비是非를 가리지 말고 고려를 정복하고 새 국가를 세우는데 동참하는 것이 좋지 않겠느냐는 뜻으로 정몽주의 전향을 권유하는 내용이다. 만수산은 개경 근교에 위치한 고려를 나타낸 바, 여기서 성장한 드렁츩인 정치가들이 화합을 도모해 보자는 것이다. 여기서 얽어진 츩넝쿨은 화해와 타협을 원관념으로 볼 수 있다.

● 문학사적 의의

이 작품은 이방원의 혁명전야革命前夜에 고려 충신인 정몽주를 회유하기 위한 것으로 역성혁명易姓革命의 주동적 역할을 했고, 왕위찬탈을 위해 2번의 왕자王子의 난亂을 일으켰던 지은이의 정치적야심政治的野心이 여실히 드러난 작품이다. 이를 통하여 선인先人들의 차원 높은 문학적 향유를 볼 수 있으며, 한문문학이 성하던 때 고위층에서도 우리말의 아름다움을 구사하는 작품이 창작되었다는 데 의의가 있다.

이방원은 왕위에 올라 정도전을 제거하면서 그의 라이벌이라 할 정몽주에게 시호를 내리고 복권시켰다. 이에 정몽주는 충신의 표본으로 받들어 모셔졌다. 후인들은 그의 <단심가>를 읊조리며 충신의 표상으로 삼게 되었다.

한편 강전섭姜銓燮은 '<단심가丹心歌>와 <하여가何如歌>의 소원적溯源的 연구'에서 여러 문헌을 두루 섭렵하면서, 위기에 처한 이성계 또는 이방원이 주연酒宴을 베풀어 가며 시주詩酒로 수작酬酌할 수 있는 여유餘裕가 없었다는 것, 또한 생사의 관두關頭에 놓여 있는 혁명전야의 막다른 골목에서 어떻게 천연스럽고 연극적인 광경이 전개 될 수 있을까 하는 것, 설령 이러한 분위기가 조성되었더라도 이성계 아닌 이방원이 부집父執인 포은에게 「이런들 엇더ᄒ며……」라고 교만驕慢하게 방언放言할 수 있겠는가'라고 반대 의견을 폈다. 정몽주 역시 국운을 판가름하는 위험한 자리에서 총명한 포은이 정객政敵 앞에서 충성심을 다짐할 필요성이 있는가 등의 의문을 제기함으로써 <단심가>와 <하여가>가 결코 정몽주와 이방원의 화작和作으로 볼 수 없으며 무명씨無名氏의 작품으로 이황의 <도산십이곡> 이후의 작품으로 보고 있다.

이에 반론도 생각해 볼 수 있다. 정몽주가 급진세력인 조준趙浚을 제거하고 고려조를 끝까지 지키고자한 의도를 간파한 이성계는 그의 뜻을 꺾어 보려고 결심했을 것이다. 따라서 이성계 또는 이방원은 이미 <하여가>를 구상해 놓은 상태였을 것이다. 강전섭이 '혁명전야의 막다른 골목이다'고 했으나 그것은 오래전부터 은밀히 계획된 거사의 음모였다. 근세에 5.16혁명이 일어났을 때 '혁명공약'이 함께 발표된 것도 같은 양상이라고 볼 수 있다.

2. 정몽주의 <단심가丹心歌>

● 창작배경

정몽주鄭夢周(1337~1392)는 고려 말기의 문신이며 대학자이자 충신이다. 본관은 연일延日, 자는 달가達可, 호는 포은圃隱, 초명은 몽란夢蘭·몽룡夢龍, 시호는 문충文忠이고 영천永川 출생이다. 1357년(공민왕6) 감시監試에 합격하고, 1360년 삼장장원三場壯元하여 예문관 검열 등 여러 관직을 거쳐 1376년(우왕2) 대사성으로 이인임李仁任 등이 주장하는 배명친원背明親元의 외교방침을 반대하다 언양에 유배되었다. 이듬해 풀려나와 사신으로 규슈의 지방장관 이미가와에게 왜구의 단속을 청하여 승락을 얻고, 왜구에게 잡혀간 고려민 수백명을 귀국시켰다. 우산기상시, 보문각 제학지제교를 거쳐 1379년 전공판서와 판도판서를 역임하고, 이듬해 조전원수가 되어 이성계 휘하에서 왜구토벌에 참전하고 이어 보문각 제학상호군이 되었다.

1381년 성근익찬공신에 봉해지고, 1384년 정당문학政堂文學에 올라 성절사聖節使로 명나라에 가서 세공歲貢의 삭감과 5년간 미납한 세공을 면제받고 긴장상태에 있던 대명국교를 회복하는 데 큰 공을 세웠다. 1387년 수원군에 봉해지고 그 후 삼사좌사三司左使, 예문관 대제학 등을 거쳐 문하찬성사가 되어 이성계와 함께 공양왕恭讓王을 옹립했으며, 1390년 벽상삼한삼중대광, 수문하시중, 우문관 대제학, 익양군益陽郡 충의군忠義君에 피봉이 되었다.

당시 이성계의 위망이 날로 커가서 조준, 남은, 정도전 등이 그를 추대하려는 음모가 있음을 알고 이들을 숙청할 기회를 노렸으나 이를 눈치 챈 방원에 의해 그의 문객 조영규趙英珪에 의해 선죽교善竹橋에서 피살되었다.

포은은 특히 의창義倉을 세워 빈민을 구제했으며 불교의 피해를 없애기 위해 유학을 보급했고, 특히 성리학性理學에 뛰어나 동방이학東方理學의 시조로 추앙되었다. 시조 <단심가丹心歌> 외에 많은 한시가 전해지며 시문과 시화에 뛰어났다. 1401년(태종1)에 영의정에 추증되고, 익양부원군에 피봉되었다. 중종 때 문묘에 배향됨을 비롯하여 개성의 숭양서원 등 11개 서원에 제향되었다. 문집에 『포은집圃隱集』이 있다.

● 텍스트 분석

이몸이 주거 주거 一百番 고쳐 주거	此身死了死了 一百番更死了
白骨이 塵土되여 넉시라도 잇고 업고	白骨爲塵土 魂魄有也無
님 向흔 一片丹心이야 가싈 줄이 이시랴	向主一片丹心 寧有改理也歟

『樂學拾零, 靑丘永言』, 沈光世의 『海東樂府』

* 고쳐 : 다시, 거듭.
* 백골白骨 : 죽은 지 오래되어 살이 다 없어지고 삭아 빠진 뼈.
* 진토塵土 : 티끌과 흙.

   *님 : 사랑의 상대자, 곧 戀人을 가리키기도 하나 대개는 '임금을 가
      리킴, 여기서는 '공양왕'을 지칭함.
   *일편단심—片丹心 : 한 조각의 충성된 마음, 丹心은 赤心, 丹心과 같
      은 忠誠心.
   *가실줄이 : 변할 줄이.
   *이시랴 : 있으랴, 있겠는가.

위에서 '주거주거 일백 번 고쳐 주거……'라고 함은 가혹하리 만큼 냉철한 결단이다. 한 번밖에 없는 죽음을 백 번을 되풀이해도 한 번 굳힌 마음에는 털끝만큼도 변화가 있을 수 없다. 반복법과 점층법을 사용하여 그 어떠한 것에도 굴하지 않을 충절을 다짐하고 또 다짐함으로써 단호한 결심을 보이고 있다.

초장에서는 반복법과 점층법을 써서 '죽음'이란 극단적인 의미를 제시하고, 중장에서는 점층이 더욱 고조高調되더니 종장에서는 영탄咏嘆과 '설의'를 혼용함으로써 첫구 '님 향한 일편단심'과 더불어 주제를 분명히 제시하여 자기 소신의 불변성을 나타냈다. 사실 이 작품은 시조의 형태를 빌어 자신의 신념을 그대로 기록한 선언문宣言文으로서 이방원의 은근한 제청提請을 한마디에 거절한 단심가丹心歌이며 절의가節義歌라 할 수 있을 것이다.

◑ 문학사적 의의

이 작품은 시조의 형태를 빌어 자신의 뜻을 분명히 밝힌 일종의 선언문이라 할 수 있다. 어느 한구석에도 타협의 여지가 없는, 변함없는 충절을 노래한 시조로서 500년을 내려오면서 끊임없이 많은 사람들에게 불려지고 있는 명작이다. 정운채는 「<단심가>의 전승 계통에 따른 해석의 방향」에서 새로운 해석을 시도했다. 그의 의도를 요약하면 다음과 같다.

<단심가>의 창작 상황을 고려할 때 <하여가>의 존재는 <단심가>를

이해하는 데 아주 긴요하다는 데 주목하였다. 그리하여 <하여가>에 '성황당'이 등장하는 경우(해동악부海東樂府)와 '만수산'이 등장하는 경우(홍만종의 순오지旬五志), 그리고 아예 <하여가> 자체가 무시되고 있는 경우(무명씨無名氏)가 있음을 중시하여 이를 각각 '성황당' 계통, '만수산' 계통, '무명씨' 계통이라 명명하였다.

이들을 검토한 결과 <단심가>는 그 전승 계통에 따라 '성황당' 계통은 '충절가'로 해석되면서 정몽주라는 특정 작자에 밀착될 수밖에 없고, '만수산' 계통은 '연군가'로 해석되면서 정몽주를 대표로 하는 작가군으로 개방될 수밖에 없으며, '무명씨' 계통은 '연정가'로 해석되면서 더 이상 정몽주라는 특정 작자를 필요로 하지 않게 됨을 알 수 있었다. 즉 <단심가>는 정몽주와 밀접히 관련될 수도 있고 그렇지 않을 수도 있었다.

그러나 정몽주의 한시와 대비해본 결과 '충절가', '연군가', '연정가'로서의 <단심가>에 견줄 수 있는 작품들이 모두 발견되었다. 따라서 다시 정몽주야말로 <단심가>의 모든 해석 가능성을 포용할 수 있는 가장 적합한 작가라는 주장을 할 수 있게 된 것이다.

다음 시조는 정몽주 모친 영천이씨永川李氏 이약여李約女 작作으로 『청구영언靑丘永言』과 『해동가요海東歌謠』에 전한다.

가마귀 싸호는 골에 백로白鷺ㅣ야 가지마라
셩낸가마귀 흰빗츨 싀 올세라
청강淸江에 조히 시는 몸을 더러일까 ᄒ노라

위의 초·중장初中章에서 가마귀는 권력자에 빌붙어 이익을 얻으려는 탐욕스런 변절자를 상징한 부정적 이미지와 백로는 고려왕조에 대한 지조를 지키는 정몽주를 가르킨 긍정적 이미지를 나타낸 흑백의 색채대조로 볼 수 있고, 종장終章의 청강淸江에 깨끗하게 씻은 몸은 군자의 지조와 절개를 비유한 깨끗한 이미지를 나타내어 이성계 일파와 변절자 무리들을 가까이 하지 말라는 경계警戒의 뜻을 담고 있다. 이는 역사적 전환기에서 명분론名分論과 현실론現實論 사이에 선 두 입장에 대한 정도正道를 제시하고 있다. 정몽주가 보여 준 절개와 우국지정의 바탕에는 그 어머니의 가르침이 있었다고 본다.

◑ 작품의 이해와 내면화

포은은 유한有限한 생명生命의 길을 넘어 영원永遠한 명분名分의 길을 택했다.

1938년 6월, 이성계李成桂가 단행한 이른바 위화도회군威化島回軍으로 인해 요동정벌을 주창했던 고려의 우왕禑王과 최영崔瑩이 제거되고 창왕昌王에 이어 공양왕恭讓王이 세워지긴 했으나 국가권력은 이미 이성계에게로 집중되어 있었다. 여기서 좌사左使 조준趙俊, 정당政堂 정도전鄭道傳, 밀직사密直司 남은南誾 등이 이성계를 국왕으로 옹립하려는 음모를 진행시켰다. 그간 공양왕恭讓王을 옹립하고 배원친명排元親明 정책政策을 시행하는 등 일련의 국가대사에 있어서는 이성계李成桂와 뜻을 함께 해왔지만 고려의 왕통을 종식하고 이씨왕조를 세우는 데는 뜻을 함께 할 수 없는 포은이었다. 그것은 분명히 「불가수유리의도不可須臾離의道」 『중용中庸』 즉 「신신臣臣의 도道」를 이탈하는 반역행위叛逆行爲였기 때문이었다.

그러므로 포은圃隱은 그 음모陰謀를 주도하는 자들을 제거除去할 기회를 노렸다. 마침 명나라에서 돌아오는 세자 석奭을 마중하기 위해 황주黃州까지 왔던 이성계가 해주海州에서 수렵狩獵을 하다가 낙마落馬하여 부상을 입게 되자 포은은 먼저 대간臺諫을 시켜 조준, 정도준, 남은 등 이성계의 우익을 탄핵축출하고 이성계마저 제거하려 하였다.

이 기미를 정탐한 이성계의 아들 방원芳遠은 벽란도碧瀾渡에 머물고 있는 이성계에게 달려가 사세가 위급함을 보고報告하고, 즉시 개성開城에 있는 私邸로 돌아갈 것을 청함과 아울러 반격을 주장했으나 이성계는 허락하지 않았다. 그러나 방원은 그 주변의 친지들과 함께 포은을 제거할 것을 모의한 다음 다시 한번 포은의 뜻을 확인할 수 있는 연회를 마련하였다. 주흥酒興이 도도해지자 이방원은 포은을 향해 다음과 같은 한 수의 의미심장한 노래를 불렀다.

당시의 상황을 짐작해 보건대, 이 노래 속에는 분명히 '고려의 신하로서 살면 어떠하며, 우리가 세운 새 나라의 신하로서 살면 어떠하겠는가. 성황당과 같은 저 고려의 종묘사직이 없어진들 무슨 관계가 있겠는가. 당신은 우리와 함께 새 나라를 세우는데 동참하여 함께 살아감이 어떠하겠는가.'라는 뜻이 담겨 있다. 이것은 사실상 '우리가 추진하고 있는 역성혁명에 동참을 하겠느냐? 아니면 죽음을 택하겠는가?'라는 최후의 협박이었다. 여기서 포은은 <단심가>로 화답하였다.

이 노래는 이방원의 협박을 정면에서 반박한 것이다. 현세現世의 육신肉身이 천만번 다시 죽을 수 있음은 물론이고 저승의 혼백마저 있고 없고를 초월하여 성리학性理學이 가르쳐 준 바, '잠시도 이탈할 수 없는 길'(불가수유리의도不可須臾離의道)『중용中庸』 즉 '신하臣下가 신하臣下로서의 명분名分을 지켜야 하는 길'을 이탈할 수 없다는 것이다. 이미 고려高麗 사수死守를 위해 죽음을 각오한 화답和答이었다. 이것이야말로 '성즉리性卽理'의 도道를 자각自覺한 철인哲人만이 할 수 있는 대답이었다.

이방원은 더 할 말이 없었다. 다음 날 포은圃隱이 이성계의 병세를 살피기 위해 그 사저私邸를 방문한 기회를 이용, 방원은 하수인 조영규趙英珪를 시켜 선죽교善竹橋를 지나가는 포은을 철퇴로 격살하게 하였다. 이것이 고려高麗 충신忠臣 포은圃隱이 신하臣下로서의 명분名分을 지키며 걸어온 마지막 걸음이었다. 그러나 포은의 넋은 살아지지 않고 면면히 계승 발전되었다.

선산인善山人 야은冶隱 길재吉再는 그 정신을 이어 금오산 밑에서 불사이군不事二君의 절의節義를 지켰으며, 야은冶隱은 강호江湖 김숙자金叔滋와 그 아들 점필재佔畢齋 김종직金宗直에게, 점필재佔畢齋는 한훤당寒喧堂 김굉필金宏弼, 일두一蠹 정여창鄭汝昌, 탁영濯纓 김일손金日遜, 매계梅溪 조위曺偉에게, 한훤당寒喧堂은 조광조趙光祖에게 그 명분수절名分守節의 정신을 전수하면서 이른 바 영남사림학파를 형성해 온 것이다. 이와 같은 포은의 정신은 영원히 우리 앞에 살아 있어 사람이 사람으로서 걸어 나가야 할 길이 무엇인가를 엄숙하게 가르쳐 주고 있다. 그러므로 우리는 모두 포은圃隱을 '동방이학東方理學의 조종祖宗'이라 부르는데 이의異意가 없게 된 것이다.

| 제 4 장 | **강호한정의 시조**

1. 맹사성의 <강호사시가江湖四時歌>

◑ 창작배경

맹사성孟思誠(1360~1438)의 본관은 신창新昌, 자는 자명自明, 호는 고불古佛·동포東浦, 시호는 문정文貞이다. 온양溫陽 출생으로 1386년(우왕 12) 문과에 장원壯元으로 급제하여 예문춘추관 검열檢閱을 거쳐 전의승典儀丞, 기거사인起居舍人, 우헌납右獻納 등을 역임하였다.

조선시대에는 한성부윤, 대사헌, 예조판서, 호조戶曹, 공조工曹 등을 거쳐 1419년(세종1)에는 이조판서로 예문관 대제학을 겸하였다. 1427년 우의정에 올랐으며, 『태종실록太宗實錄』을 편찬할 때 감관사監館事로서 감수하였다. 72세(1431년)에 좌의정이 되고 다시 춘추관영사春秋館領事를 겸임하여 『팔도지리지八道地理志』를 찬진撰進하고 76세(1435년)에는 노쇠하여 국사를 돌볼 수 없다고 간청하여 좌의정을 그만두었다. 그는 청백리淸白吏로 평민적 생활을 하였고, 1438년 79세를 일기로 세상을 떴다.

고불이라는 호는 고불심古佛心에서 얻은 것이다. 고불심이란 순수하고 참된 부처의 마음을 가리키는 말로써 노자가 소를 타고 속세를 떠난 것에서 유래되었는데, 맹사성도 소를 타고 다니는 풍류를 즐긴 데서 비롯되었다. 맹사성의 스승 권근도 '소를 타는 것은 더디고자 함이다.'고 하여 최고의 풍류로 예찬하고 있는 것을 보면 맹사성의 소타기는 고불심의 발로가 틀림없다.

또한 맹사성은 무엇보다 효자였다. 그의 효행은 아버지의 효행과 함께 나란히 삼강행실도에 실릴 정도였다. 고불은 음률音律에도 밝아 향악鄕樂을 정리하고 악기연주에 매우 능했다. 특히 그는 옥저라는 피리를 잘 불었다. 유명한 음악가 박연을 등용한 것도, 반대파들로부터 박연을 감싸준 것도 고불이었다. 박연이 중심이 되어 음악 전반에 걸쳐 개혁을 추진할 때도 그 핵심은 세종-고불-박연이 주도하였다.

◔ 텍스트 분석

 (1) 春詞
　　강호江湖에 봄이 드니 미친 흥興이 절로 난다
　　탁료계변濁醪溪邊에 금린어錦鱗魚ㅣ 안주로라
　　이 몸이 한가閒暇히옴도 역군은亦君恩이샷다

 *江湖 : 벼슬을 물러난 한객閒客이 거처하는 시골, 자연.
 *미친 흥興 : 솟구쳐 오르는 흥취.
 *濁醪溪邊 : 막걸리를 마시며 노는 시냇가.
 *錦鱗魚ㅣ : 싱싱한 물고기가, 쏘가리.
 *亦君恩이샷다. : 역시 임금의 은혜이시도다.

속세를 떠나 자연에서 봄을 즐기다 보니 그 흥겨움을 참기가 어렵다. 맑은 물가에서 싱싱한 물고기를 잡아 안주로 삼고, 막걸리를 마시며 유유자적하며 지내는 강호생활이 모두 임금님께서 베풀어 주시는 은혜로 알고 감사하게 지낸다는 신하로서의 충성심이 잘 나타나 있다.

(2) 夏詞

강호江湖에 녀름이 드니 초당草堂에 일이 업다
유신有信혼 강파江波눈 보내누니 브람이다
이 몸이 서눌히옴도 역군은亦君恩이샷다

* 녀름 : 여름.
* 草堂 : 은사들이 즐겨 지내던 별채.
* 江波 : 강의 물결.
* 서눌히옴도 : 시원하게 지내는 것도.

어느새 강촌에 여름이 찾아와, 무더워진 날씨 속에서 별채에서는 마땅히 할 일이 없다. 단지 이 더위를 식혀 주려고 푸른 강물이 시원한 바람을 가끔씩 불어 보내 준다. 다행히 이렇게 더운 여름을 서늘하게 보낼 수 있는 것도 모두 임금님께서 베풀어 주시는 은혜라고 생각하였다.

(3) 秋詞

강호江湖에 ㄱ올이 드니 고기마다 술져 잇다
소정小艇에 그물 시러 흘리 쯰여 더뎌 두고
이 몸이 소일消日히옴도 역군은亦君恩이샷다

* 술져 잇다 : 살이 쪄 있다. 살이 올라 있다.
* 小艇 : 작은 배.
* 흘니 쯰여 : 흐르게 띄워.
* 더뎌 두고 : 내버려 두고.
* 消日히옴도 : 소일하게 됨도, 어떤 일에 재미를 붙여 세월을 보냄.

추사는 여름이 가고 점점 가을이 깊어가는 강가에서 물고기들이 통통 살이 올라 있음을 나타냈다. 작은 배에 고기잡이 그물을 싣고 배를 타고 물 흐르는 대로 낚시를 하며 넉넉한 가을을 보내니, 고기 잡으며 즐기는 생활도 임금님이 주시는 은덕이라고 하였다.

(4) 冬詞

강호江湖에 겨월이 드니 눈 기픠 자히 남다
삿갓 빗기 쓰고 누역으로 오슬 삼아
이 몸이 칩지 아니히옴도 역군은亦君恩이샷다

*자히 : 한 자가.
*남다 : 넘는다. 더 된다.
*빗기 : 비스듬히.
*누역 : 도롱이(띠풀 등으로 엮어 만든 비옷).

　　겨울이 찾아든 강촌에 소복하게 쌓인 눈의 깊이가 한자나 넘는 듯하고, 도롱이 옷을 껴입으니 춥지 않게 겨울을 보낼 수 있어 이 또한 고마운 일이다. 이 안빈낙도의 생활 모두가 임금님이 주시는 은덕이라고 하였다.
　　위에서 살펴본 <강호사시가>의 구조를 제시하면 다음과 같다.

　　① (춘사) 홍겹고 풍류스런 강호 생활 ┐
　　② (하사) 한가한 초당 생활 　　　　├─┐
　　③ (추사) 고기 잡으며 즐기는 생활 　├─┤ 임금님의 은덕
　　④ (동사) 안빈낙도하는 생활 　　　　┘

● 작품의 이해와 내면화

　　이 작품은 자연 속에서의 삶을 노래하는 이른바 강호한정가江湖閑情歌로 불리는 시조의 원류이다. 이처럼 연시조를 이루고 있는 4수의 시조는 모두 초장에서 사계절의 특징, 그 중에서도 계절의 풍요로움을 읊었고, 중장에서는 술을 즐기는 모습, 강바람을 쐬는 유유한 모습, 배를 타고 즐기는 모습, 삿갓을 빗기 쓴 모습 등 안빈낙도하는 군자의 삶을 서술하였다. 그리고 종장에서는 이 모두가 임금의 은혜임을 강조하고 있다. 전원田園으로 물러나 한가한 생활을 누리면서도 임금의 은혜를 잊지 않는

점에서 태평성대에 유유자적하는 사대부의 전형적인 모습을 볼 수 있다.

<강호사시가>는 반복적 형식과 그 효과를 노래한 작품으로 시조 4수
는 모두 다음과 같은 형식으로 전개되어 있다.

　　　　강호江湖에 ＿①＿이 드니 ＿＿＿＿②＿＿＿＿
　　　　＿＿＿＿＿＿＿③＿＿＿＿＿＿＿＿＿＿
　　　　이 몸이 ＿④＿도 역군은亦君恩이샷다.

①에는 봄, 녀름, ᄀ올, 겨월 등 계절의 바뀜이 나타나고, ②에는 각
계절에 어울리는 풍취가 표현되었으며, ③에는 ④에 들어갈 한가閑暇히
옴, 서늘히옴, 소일消日히옴, 칩지 아니히옴 등과 관련된 구체적인 생활
모습이 드러나 있다. 이러한 반복적 형식은 계절의 변화에도 불구하고
의연하게 살아가는 화자의 삶과 함께 임금의 변함없는 은덕을 드러내는
데 효과적인 표현이다.

<강호사시가>는 이념에 위축된 서정성을 주조로 한 바, 이 작품은 강
호한정江湖閑情의 색채보다 군은君恩을 생각하는 유교적 이념이 더 강하
다. 사물의 서정적 측면을 두드러지게 표현하지 못하고 인간의 삶을 심
도 있게 형상화하지도 못한 것이다. 이렇게 서정성이 유교적 이념에 종
속되는 경향은 유가적 은자隱者들의 강호가에 공통적으로 나타나는 현상
이다. 강호를 즐기고 산림에 은거함을 즐겨하는 듯이 노래하나, 군주의
부름만 있으면 언제나 자연을 버리고 벼슬길로 나아갈 준비가 되어 있는
것이다. 철저하게 속세를 벗어나 자연에 완전하게 몰입하는 도가적 은일
자隱逸者들의 자연애호사상과 구별이 된다.

또 조선시대 시가문학에는 자연에 귀의하는 삶을 예찬하는 작품들이
많다. 이러한 성격의 문학사조를 강호가도江湖歌道라 한다. 강호가도가
형성된 것은 정치적인 이유 때문이었다. 조선조의 많은 사대부들이 사화

와 당쟁의 와중에 벼슬을 하기보다는 고향의 자연에 귀의하여 유유자적한 생활을 함으로써 일신과 가문의 안전을 확보하려 했는데, 이런 삶의 태도가 강호가도를 형성하게 한 것이다.

강호가도의 효시로 맹사성의 <강호사시가>를 들 수 있는데, 이 작품은 강호자연마저도 군주의 통치가 행해지는 공간으로 규정함으로써 현실적 세계와의 단절이 아닌 화합을 노래하고 있다. <강호사시가>의 이런 특징은 벼슬살이를 하면서도 줄곧 자연으로 귀의할 것을 꿈꾸다가 마침내 귀향하여 그 기쁨을 노래한 이현보의 <농암가> 같은 시조와 구별되는 것이다. 이후 퇴계의 <도산십이곡>, 율곡의 <고산구곡가> 등에서는 자연 귀의를 노래하면서 도학적인 이념과 교화 의도까지 포함하게 되었다. 이는 강호에서 도를 담은 노래를 하는 계기가 되었다.

● 문학사적 의의

<강호사시가江湖四時歌>는 우리나라 최초의 연시조로서 이황의 <도산십이곡陶山十二曲>과 이이의 <고산구곡가高山九曲歌>에 영향을 주었다. 그리고 자연에서 도를 노래하는 최초 작품으로 강호가도江湖歌道라고 일컫는 자연을 읊은 시조의 원류가 되었다는 데에 국문학적 의의가 높다.

또한 강호에서 자연을 즐기며 임금의 은혜를 잊지 않고 있어, 고려말에서 조선초에 이르는 시조풍이던 충의사상忠義思想이 잘 나타나 있다. 사계절의 변화에도 불구하고 의연하게 존재하는 조화는 구성상 특징에서 기인한다고 하겠으나 '역亦'이란 표현이 더욱 돋보인다. '역亦'이란 '전에나 다름없이'라는 의미로 시적자아는 현재 강호에서 한가롭게 자연을 즐기고 있으나, 이전에는 임금의 은혜를 입었음을 알 수 있다.

그 시대의 삶의 근본적인 자세가 임금에 충성하고 부모에 효도하는 충효 그 자체임을 생각 할 때, 계절의 변화에 따른 자연속의 즐거움도 종래는 임금의 은혜에 귀결시킴은 당연한 일이기도 하다.

2. 이현보의 <어부가漁父歌>

● 창작배경

이현보李賢輔(1467~1555, 세조13~명종10)는 조선중기의 문신文臣이며 문인文人으로 본관은 영천永川, 자는 비중菲仲, 호는 농암聾巖이다. 농암은 1467년 7월 29일 경상북도 안동시 도산면 분천리에서 아버지 흠欽과 어머니 안동권의 맏아들로 태어났다. 29세에 진사로 뽑히고 32세에 식년문과에 급제하여 예문관검열, 춘추관기사관, 예문관봉교 등을 거쳐, 1504년 38세 때 사간원정언이 되었으나 서연관의 비행을 논하였다가 안동에 유배되었다.

그 뒤 중종반정으로 지평에 복직되었고, 성격이 곧고 차분하여 동료 간에 소주도병燒酒陶瓶이라 불렸다. 밀양부사, 안동부사, 충주목사 등을 지냈고 인재양성에도 힘썼다. 57세(1523)에는 성주목사로 선정을 베풀어 표리表裏(은사한 옷감)를 하사받았으며, 병조참지, 동부승지, 부제학 등을 거쳐 대구부윤, 경주부윤, 경상도관찰사, 형조참판, 호조참판 등을 지냈다. 76세(1542) 때 지중추부사에 제수되었으나 병을 이유로 벼슬을 그만두고 고향에 돌아와 강호에 묻혀 시를 지으며 지냈다. 농암은 홍귀달洪貴達의 문인이며, 후배인 이황李滉, 황준량黃俊良 등과 친하였고, 조선시대에 자연을 노래한 대표적인 문인으로 국문학사상 중요한 자리를 점하였다.

89세(1555)에 졸卒하니 농암은 장수를 누렸다. 1612년 향현사鄕賢祠에 제향祭享되었고 1700년(숙종 26)에는 고향 예안禮安의 분강서원汾江書院에 제향되었다. 익호諡號는 효절孝節이다. 저서로는 『농암집』이 있으며, <효빈가效嚬歌>, <농암가聾巖歌>, <생일가生日歌> 등 시조 8수가 전하고 있다.

◑ 텍스트 분석

<어부가>는 고려말엽부터 작가연대 미상으로 전하여 오던 <어부사漁父詞>를 이현보가 원사原詞 12장의 장가를 9장으로, 단가 10장을 5장으로 고쳐 지은 것이다. 후에 고산孤山 윤선도尹善道가 이들 단가와 장가를 바탕한 환골탈태로 개작한 것이 바로 <어부사시사漁父四時詞> 40수이다. <어부가> 단가 5장을 소개하면 다음과 같다.

  (1) 이듕에 시름업스니 어부漁父의 생애生涯이로다
      일엽편주一葉片舟를 만경파萬頃波에 씌워 두고
      인세人世롤 다 니젓거니 날 가는 주를 알랴

  * 이 듕에 : 이 세상을 사는 가운데.
  * 생애 : 여기서는 '생활'이라는 뜻임.
  * 일엽편주 : 한 개의 나뭇잎과 같은 배, 즉 조그만 배.
  * 만경파 : 만경창파의 줄임말로 넓고 넓은 바다.
  * 인세 : 사람이 사는 세상.
  * 니젓거니 : 잊었거니.

이는 속세를 잊은 어부의 생활을 노래했는데, 초장은 근심 없는 어부의 생활을 설명했고, 중·종장은 배를 타고서 고기를 낚는 어부의 풍류와 함께 속세를 떠나 세월조차 잊으며 강호江湖에서 유유자적하는 어부 생활을 표현하였다.

  (2) 구버는 천심녹수千尋綠水 도라보니 만첩청산萬疊靑山
      십장홍진十丈紅塵이 언매나 フ렷는고
      강호江湖애 월백月白흐거든 더옥 무심無心흐애라

  * 천심녹수 : 천 길이나 되는 깊고 푸른 물.
  * 만첩청산 : 겹겹이 둘러싸인 푸른 산.
  * 십장홍진 : 열 길이나 되는 붉은 먼지, 어수선한 세상사를 말함.

* ᄀ렷눈고 : 가려 있는고.
* 월백ᄒ거든 : 달이 밝으면.
* 무심ᄒ얘라 : 사심이 없어지는 구나.

여기서는 아름다운 자연 속에서의 한가로움을 노래하는데, 자연의 운치를 즐기며 속세를 떠나 있는 자신의 '무심無心'한 심정을 읊은 시조다. 초장의 '천심녹수'와 '만첩청산'이 대구를 이루어 아름다운 자연 경관을 묘사하였고, 중장의 '십장홍진'은 혼탁한 세속의 먼지를 비유한 것이다. 종장에 가서는 홍진으로 가려진 인간세상을 떠나 한적한 강촌에 머물러 하얗게 부서지는 달빛을 바라보며 아무 걱정 없는 삶을 노래하였다.

(3) 청하青荷애 바볼 ᄡ고 녹류綠柳에 고기 ᄭᅦ여
　　노적화총蘆荻花叢에 ᄇᆡ 미야 두고
　　일반청의미一般清意味를 어니 분이 아리 실고

* 청하 : 푸른 연잎.
* 녹류 : 녹색 버드나무.
* 노적화총 : 꽃이 핀 갈대떨기와 억새풀이 가득한 곳.
* 일반청의미 : 일반적으로 '맑음'의 뜻, 자연의 참된 의미.
* 아라실고 : 알 것인가.

위에서는 자연의 참된 의미를 노래했는데, 푸른 연잎에 밥을 싸고 푸른 버들가지에 잡은 물고기를 꿰어 두고 갈대꽃이 우거진 떨기에 배를 매어두고 어부의 풍류를 누리니 이와 같은 일반적인 맑은 재미를 어느 사람이 알 것인가

(4) 산두山頭에 한운閑雲이 기起ᄒ고 수중에 백구白鷗이 비飛이라
　　무심無心코 다정多情ᄒ니 이 두 거시로다
　　일생一生에 시르믈 닛고 너를 조차 노로리라

*산두 : 산 머리.
*한운이 기흐고 : 한가로운 구름이 일고.
*백구비라 : 갈매기가 날고 있음.
*너를 조차 노로리라 : 너와 더불어 놀겠노라.

이는 무심한 구름과 갈매기를 노래하는데, 산머리에는 한가로운 구름이 일고 물 위에는 갈매기가 날고 있는 자연에 머무르니 속세에는 뜻이 없고 다정한 것은 흰 구름과 흰 갈매기 둘 뿐이로다. 한평생을 근심걱정을 다 잊어버리고 너희들과 더불어 놀겠노라는 물아일체物我一体와 유유자적悠悠自適한 삶을 노래하였다.

(5) 장안長安을 도라보니 북궐北闕이 천리千里로다
　　어주漁舟에 누어신둘 니즌 스치 이시랴
　　두어라 내 시롬 아니라 제세현濟世賢이 업스랴

*장안 : 중국 당나라의 수도이나 우리 시가에서는 흔히 한양.
*북궐 : 경복궁의 다른 이름.
*어주 : 고깃배.
*니즌스치 : 잊은 적이, 스치는 '슷'에서 온 말, 짧은 동안의 시간.
*제세현 : 세상을 건져낼 만한 현인.

이 시는 나라에 대한 걱정을 노래하는데, 강촌에서 은거 생활을 즐기는 작자가 고깃배 위에 누워 있다가 잠시 나라 일이 생각나 임금이 계신 서울 궁궐 쪽의 하늘을 바라본다. 그러나 벼슬에서 물러나 은퇴 생활을 하고 있으니 훌륭한 현인들만 믿고, 자연을 즐기며 나라 걱정은 하지 않겠다는 모습을 볼 수 있다.

위에서 보면 제1장에서 제4장까지 화자는 홍진紅塵을 떠나, 자연을 벗하는 어부로서의 풍류를 노래하고 있다. 이런 강호한정의 풍류적 삶은 은둔자隱遁者로 자칭하던 조선조 사대부들이 바라는 일반적인 생활

분위기였다. 그러나 마지막 제5장에 이르러 '장안'이나 '북궐' 같은 시어를 통해 애국愛國·우군憂君의 심정을 한 번도 잊을 때가 없다고 노래하여 모순을 드러내고 있다. 아무리 자연 속에 묻혀 은일隱逸을 즐겼으나 마음으로는 인간사를 완전히 벗어날 수 없었던 것이니, 이것이 이른바 조선조사대부들의 '강호가도江湖歌道'였던 것이다. 이 작품은 강호자연으로 물러난 시인이 내면화된 자신의 현실 지향 의식을 드러낸 시조라 하겠다.

● 작품의 이해와 내면화

앞에서 고찰한 <어부가>의 구조를 살펴보면 다음과 같다.

> ① 인세人世를 잊은 어부의 한정閑情 ┐
> ② 강호에서의 무심無心한 생활   │
> ③ 자연의 참된 의미를 깨달은 자부심 ├ 어부의 강호한정과 풍류
> ④ 무심한 자연과의 일체감   ┘
> ⑤ 제세현濟世賢의 출현 갈망   ── 세속적 현실지향 의식

위에서 화자의 시선과 이동의 내면을 볼 수 있는 바, 현실을 지향하는 시인의 내면 의식은 시적화자의 시선 이동을 통해서도 확인할 수 있다. ①에는 일엽편주一葉片舟 속에 있던 화자의 시선이 ②·③에서 '녹수綠水와 청산靑山'의 경계로 옮겨졌다. 그리고 ④에서 '산두山頭'와 '수중水中'이라는 먼 곳으로 옮겨지더니, ⑤에서 마침내 '장안長安'의 '북궐北闕'을 지향하기에 이른다. 이러한 시선의 이동은 시적화자가 자연 속에 있으면서도 내면은 어느 정도 현실 사회에 대한 관심을 지니고 있음을 암시하는 것이다.

다음은 이현보의 다른 <어부가(장가)>를 살펴보기 위해 첨부하였다.

청고엽상靑菰葉上에 양풍기涼風起
>   푸른 줄풀 잎에 서늘한 바람 일어나니
홍료화변紅蓼花邊 백로한白鷺閒이라
>   붉은 여뀌 꽃 핀 강가에 백로가 한가롭다
닫 드러라 닫드러라.
>   닻 들어라 닻을 들어올려라.
동정호리洞庭湖裏 가귀풍駕歸風ᄒ리라
>   동정호수 속에서 가귀풍을 읊으리라
지국총至匊蔥지국총至匊蔥어사와
>   삐그덕 삐그덕 어기여차
범급전산帆急前山홀후산忽後山이로다
>   돛단배 앞산을 급히 지나니 뒷산이 나타나다

다음은 고려시대부터 전해 온 <어부사漁父詞>의 모습이다.

설빈어옹雪鬢[1]漁翁이 주포간住浦間하야
>   수염 하얀 어부가 포구에 살면서
자언거수승거산自言居水勝居山을
>   산에 사는 것보다 낫다고 자랑하네
배띄여라 배띄여라
>   배 띄워라 배 띄워라
조조재락만조래早潮纔落晩潮來라
>   아침 썰물 나가면 저녁밀물 들어온다
지국총至匊叢 지국총至匊叢 어사와於斯臥허니
>   지국총 지국총 어사와 허니
의선어부일견고依船漁父一肩高라
>   뱃전에 기댄 어부 어깨를 들썩인다
청고엽상량풍기靑菰[2]葉上涼風起허고
>   푸른 줄풀잎 위에 서늘한 바람 일고

---

1) 雪鬢 : 살쩍이 흼.
2) 靑菰 : 푸른 줄풀, 잎은 자리를 만드는데 쓰이고, 열매와 어린 싹은 식용함.

홍요화변백로한紅蓼花邊白鷺閑을

      붉은 여뀌꽃 가에 백로는 한가롭다

닻들어라 닻들어라

      닻 들어라 닻 들어라

동정호리가귀풍洞庭湖3)裏駕歸風을

      동정에서 불어온 바람 타고 돌아가자

지국총至匊叢 지국총至匊叢 어사와於斯臥허니

      지국총 지국총 어사와 허니

범급전산홀후산帆急前山忽後山을

      돛배도 다급했다. 앞산 지나 뒷산이다

진일범주연이거盡日4)泛舟烟裏去하야

      종일 배 띄워놓고 노을 속 헤매다가

유시요도월중환有時搖掉5)月中還을

      노를 저어 달 빛 띄고 돌아오네

어워라 어워라허니

      어워라 어워라 허니

아심수처자망기我心隨處自忘磯6)라

      내 마음 가끔 돌아갈 길 잊고 한다

지국총至匊叢 지국총至匊叢 어사와於斯臥허니

      지국총 지국총 어사와 허니

고예승류무정거叩枻7)乘流無定去를

      배전 치며 물결 따라 정처 없이 떠나가네

만사무심일간죽萬事無心一竿竹이요

      온갖 세상 관심 없이 낚시를 드리우니

삼공불환차강산三公8)不換此江山을

      삼공도 이 강산을 바꿔놓지 못하리라

돛지여라 돛지여라

---

3) 洞庭湖 : 호수 이름, 중국 호남성 안에 있음.

4) 盡日 : 하루종일.

5) 搖掉 : 흔들거리다.

6) 忘磯 : 물가를 잊다. 돌아갈 곳을 잊다.

7) 叩枻 : 배 젓는 노를 두드리다.

8) 三公 : 조선조의 영의정(領議政), 좌의정(左議政), 우의정(右議政).

돛 지여라 돛 지여라

산우계풍권조사山雨溪風捲釣絲를

산 계곡 비바람에 낚시 줄을 거두어라

지국총至匊叢 지국총至匊叢 어사와於斯臥허니

지국총 지국총 어사와 허니

일생종적재창랑一生蹤跡在滄浪9)을

일생의 발자취가 창랑 속에 들었구나

동풍서일초강심東風西日楚江10)深허니

동쪽 바람 서쪽 햇빛에 초강은 깊은데

격안어촌양삼가隔岸11)漁村兩三家를

언덕배기 어촌에 두서너 집 있네

배저어라 배저어라

배 저어라 배 저어라

야박진회근주가夜泊秦淮12)近酒家를

진회에 밤배 대니 술집과 가깝구나

지국총至匊叢 지국총至匊叢 어사와於斯臥허니

지국총 지국총 어사와 허니

와구봉저독짐시瓦甌13)蓬箸獨斟時를

질그릇 막대 젓가락에 혼자서 술 따른다

취래수착무인환醉來睡着無人喚허니

취해서 잠들어도 부른 사람 하나 없어

유하전탄야불지流下前灘也不知를

흘러가는 앞개울도 모른 체 하는구나

배매여라 배매여라

배 매여라 배 매여라

도화류수궐어비桃花流水鱖魚肥를

복사꽃 흐른 물에 쏘가리 살이 쪘다

---

9) 滄浪 : 초사에서 인생의 일은 모두 자연히 돌아가는 대로 맡겨야한다는 뜻.

10) 楚江 : 초나라 강, 굴원이 초사를 지었고 멱라수에 빠져 죽었기에 초강은 굴원을 생각하는
   표현으로 보임.

11) 隔岸 : 가로 막힌 언덕.

12) 夜泊秦淮 : 밤에 진회에 배를 대다, 두보 시에 나온 싯구.

13) 瓦甌 : 단지, 질그릇.

지국총至菊叢 지국총至菊叢 어사와於斯臥허니

　　　　　지국총 지국총 어사와 허니

만강풍월속어선滿江風月屬漁船을

　　　　　강 가득 풍월을 어선에 맡겨준다

야정수한어불식夜靜水寒魚不食허니

　　　　　밤은 고요하고 물은 찬데 고기는 물지 않아

만선공재월명귀滿船空載月明歸를

　　　　　부질없이 배 가득 달빛 싣고 돌아온다

닻지여라 닻지여라

　　　　　닻 지여라 닻 지여라

파조귀래계단봉罷釣歸來繫短蓬을

　　　　　낚시 거둬 돌아와 단봉에 매달아라

지국총至菊叢 지국총至菊叢 어사와於斯臥허니

　　　　　지국총 지국총 어사와 허니

풍류미필재서시風流未必載西施14)를

　　　　　이 같은 풍류 서시는 태우지 않으리라

일자지간상조주一自持竿上釣舟로

　　　　　낚시 들고 낚싯배에 오른 후로

세간명리진유유世間名利盡悠悠15)를

　　　　　세간 명리는 그저 멀 뿐이로세

배부쳐라 배부쳐라

　　　　　배 부쳐라 배 부쳐라

계주유유거년흔繫舟猶有去年痕을

　　　　　배 맨 곳엔 아직도 지난 흔적 남았구나

지국총至菊叢 지국총至菊叢 어사와於斯臥허니

　　　　　지국총 지국총 어사와 허니

애내일성산수록欸乃16)一聲山水綠을

　　　　　뱃노래 한 가락에 산수만이 푸르구나

---

14) 西施 : 오나라 왕 부차(夫差)가 총애했던 월나라 미인.

15) 悠悠 : 먼 모양, 끝이 없는 모양.

16) 欸乃 : 뱃노래, 일설에는 노 젓는 소리.

● 문학사적 의의

<어부가漁父歌>는 고려 때부터 장가長歌 12장, 단가短歌 10장으로 전해져 왔는데, 이현보가 이를 장가 9장과 단가 5장으로 개작改作하였다. 이로 보아 일찍이 강호에 은거하는 어부의 생활을 읊는 문학적 전통이 있었으며, 윤선도의 <어부사시사>도 이런 맥락에서 지어졌음을 알 수 있다. 여기에 소개한 것은 <어부가>중 단가 5장으로 '어부단가'라 할 수 있다. <어부가>는 시적화자를 어부로 설정하여 어부생활의 흥취를 표현하고 있지만, 천심녹수千尋綠水 만첩청산萬疊靑山 등 상투적 한자를 많이 써서 정경 묘사가 추상적이고 관념적인 데가 있다.

이현보는 국문학사상 강호한정의 작가로 중요한 자리를 차지하고 있듯이 <어부가> 역시 강호시조의 중요한 위치에 자리하고 있다. <어부가>가 한문어구가 더러 있지만 한글 사용을 금하였던 연산군 때의 인물이었음을 생각할 때 국문시가 발전에 큰 성과가 아닐 수 없다. 또한 <어부가>의 정서는 16세기 상황에서 급진적 개혁이념을 현실정치에서 실현하고자 여러 차례 도전하였다가 거듭 좌절을 겪은 사림士林의 세계관의 표명이며, 개인적으로 혐오스런 관료생활에서 물러난 농암 자신의 비판적 정치현실 인식과 내면지향의 서정이라고 할 수 있다. <어부가>에 나타난 금욕적 관조의 시선과 강호江湖와 세속世俗이라는 양분법적 전개는 당시의 역사적 배경과 농암 자신의 의식세계에서 비롯된 것이라 하겠다.

| 제 5 장 | 호기와 절의의 시조

1. 김종서의 ＜호기가豪氣歌＞

● 창작배경

김종서金宗瑞(1390~1453)는 조선시대의 무신이며 학자로서 본관은 순천順天, 자는 국경國卿, 호는 절재節齋, 시호는 충익忠翼이다. 16세(1405. 태종 5)에 문과에 급제, 30세(1419. 세종 1)에 사간원 우정언司諫院右正言으로 등용되었고, 이어서 지평持平, 집의執義, 우부대언右副代言 등을 지냈다. 44세(1433. 세종 15)에 함길도도관찰사咸吉道都觀察使가 되어 야인野人들의 침입을 격퇴하고 6진鎭을 설치하여 두만강을 경계로 국경선을 확정하였다. 46세에 함길도병마도절제사咸吉道兵馬都節制使를 겸직하면서 야인들의 정세를 탐지하여, 그 대비책을 건의하였다. 51세 형조판서로 승진되고 예조판서·우참찬右參贊을 역임하다가, 60세(1449)에는 전에 권제勸踶 등이 고친『고려사』가 잘못되었다 하여 왕명으로 개찬改撰하게 되자 지춘추관사知春秋館事로 총책임을 맡아 1451년에 간행하였다. 평안도도절제사平安道都節制使를 거쳐 좌찬성左贊成으로 평안도도체찰사平安道都體察使를 겸하였다. 다음해 우의정에 오르고 1452년 ≪세종실록≫의 총재관擦裁官이 되었으며, ≪고려사절요高麗史節要≫의 편찬을 감수하여 간행하였다. 세종의 뒤를 이은 문종이 재위 2년여에 세상을 떠날 때 영의정

황보인皇甫仁, 우의정 정본鄭苯과 함께 좌의정으로, 유명遺命을 받아 12세의 단종端宗을 보필하였다. 그는 대호大虎라는 별호까지 붙은 지용智勇을 겸비한 명신名臣이었으나, 왕위를 노리고 있던 수양대군首陽大君(세조世祖)에 의하여 64세(1453. 단종 1)에 승규承珪, 승벽承璧 등 두 아들과 함께 자신의 집에서 격살擊殺되고 대역모반죄大逆謀叛罪라는 누명까지 쓰고 효시梟示됨으로써 계유정난癸酉靖難의 첫 번째 희생자가 되었다. 1746년(영조 22) 복관復官되었으며, 시조 2수가 전해지고 있다. 저서에 ≪제승방략制勝方略≫이 있다.

● 텍스트 분석

朔風은 나모 긋티 불고 明月은 눈 속에 츤듸
萬里 邊城에 一長劍 집고 서서
긴 프롬 큰 흔 소리에 거칠거시 업세라

『樂學拾零, 靑丘永言』

*삭풍朔風 : 朔은 '북녘'을 뜻하는 것이니 북풍 즉, 북쪽에서 불어오는 찬바람.
*명월明月 : 밝은 달, 즉 보름달.
*만리변성萬里邊城 : 서울에서 멀리 떨어져 있는 변방의 성주란 뜻으로 김종서 자신이 성을 쌓은 함경도 6성을 가리킨다.
*일장검一仗劍 : 한 장이나 되는 한자루의 긴 칼(1장=6척).
*바람 : 휘파람의 옛말.
*흔 소리 : 한 번 외치는 소리, 한은 크다, 또는 恨의 뜻.
*거칠 거시 : 거칠 것, 걸리 적 거리는 것.
*업셰라 : 없구나의 옛말.

몰아치는 북풍은 앙상한 나뭇가지 끝을 스쳐가고 중천에 뜬 밝은 달은 눈으로 덮인 산과 들을 비쳐 싸늘하기 이를 데 없는데, 이때 멀리 떨어져 있는 변성邊城(변방, 국경)의 성루城樓에 한 장수가 올라 한 장이나 되는 긴 검을 힘있게 짚고 서서 휘파람 불어치며 큰 소리로 호통치니,

천지가 진동하는 바람에 짐승이고 사람이고 감히 덤비거나 침노하는 일이 없다고 하였다.

이는 김종서金宗瑞의 시조로 장부丈夫의 호방豪放한 기상과 기백, 씩씩한 박력은 읽는 사람들로 하여금 가슴을 시원케 해 준다. 이런 무신武臣의 시조는 고려말 최영崔瑩의 시조와 맥락이 닿아 있다.

● 문학사적 의의

한춘섭은 『고시조해설』에서 김종서의 호기豪氣는 지용知勇을 겸비한 장군의 개인적인 기상이라기보다는 신흥 이조新興李朝의 생기 찬 호흡이며, 새로운 시대의 세찬 입김이라 하였으니 개인을 초극超克한 한 시대의 입김이 되기란 예나 지금이나 그렇게 쉬운 일이 아니다.

김종서金宗瑞의 시조 〈호기가豪氣歌〉는 이전부터 전해오는 한시의 정신적 측면과 시조의 표현적 측면을 계승하여 무인의 호탕한 기상을 드러낸 작품이다. 특히 이 작품은 변새의 구체적 환경에 바탕한 의경意境을 개척함으로써 이전의 작품들에서 관념적 어휘에 바탕한 의경이 중심을 이루던 경향에 큰 변화를 주게 되었다. 그리고 그의 작품은 조금 후대의 무인인 남이南怡의 한시와 시조에 계승됨으로 다양한 변새시邊塞詩의 전개에 있어서 중요한 위치를 차지하고 있다. 무인들의 작품은 그후 임병양란을 거치면서 많은 무인들에 의해 창작되었지만, 그 계통은 김종서의 시조에서 보여준 의경의 방향과는 차이를 보이는 것이고, 현실의 구체적 상황에 바탕한 것이라기보다는 역사나 일상적 제재를 바탕으로 창조되었다고 볼 수 있다.

그의 시조 한 수는 다음과 같다.

長白山에 旗를 꽂고 豆滿江에 몰 싯기니
셕은 져 션븨야 우리 아니 스나희냐

엇덧타 凌烟閣上에 뉘 얼골을 그릴고.

『海東歌謠, 歌曲原流』

* 장백산 : 白頭山.
* 스나희냐 : 사내냐.
* 凌烟閣 : 중국 後漢의 武帝가 기린을 잡을 때 세운 누각으로 宣帝가
         功臣 11명의 像을 그려서 걸었다. 『青丘永言』진본에는 '麟
         閣畫像을 누고 몬저 흐리오'라고 했다.

이는 함경도 여진을 치고 6진을 개척할 때 비겁한 반대파 때문에 만
주회복의 대망을 이루지 못한 울분을 표현한 것이다. 초장은 武人의 기
개가 넘치고, 중장은 반대한 문관들에 대한 힐책, 경고, 원망 등으로 애
국충정이 나타나 있으며, 종장에는 무인의 자부심과 문관에 대한 멸시가
나타난 무인다운 호기가 엿보인 시조이다.

2. 성삼문의 <절의가節義歌>

● 창작배경

성삼문成三問(1418~1456, 태종 18~세조2)은 조선시대의 문신이며 학자
로 사육신死六臣의 한 사람이다. 본관은 창녕昌寧, 자는 근보謹甫·눌옹訥
翁, 호는 매죽헌梅竹軒, 시호는 충문忠文이다. 21세(1438, 세종 20) 생원生
員으로 식년문과式年文科에 급제, 1447년 문과중시文科重試에 장원하여,
집현전 학사와·수찬을 역임하였다. 그 후 왕명으로 신숙주申叔舟와 함께
『예기대문언독禮記大文諺讀』을 편찬하고 경영관經筵官이 되어 세종의 총애
를 받았다. 1442년(세종 24) 박팽년朴彭年·신숙주·하위지·이석정李石
亭 등과 더불어 삼각산 진관사津寬寺에서 사가독서賜暇讀書를 했고, 정음청
正音廳에서 정인지鄭麟趾, 최항崔恒, 박팽년, 신숙주, 강희안姜希顔, 이개李
塏 등과 함께 한글의 창제를 위해 요동遼東에 유배되어 있던 명나라의 한
림학사翰林學士 황찬黃瓚에게 13번이나 내왕하면서 음운音韻을 질의하고

다시 명나라에 건너가 음운연구를 겸하여 교장敎場의 제도를 연구하여, 1446년 9월 29일 훈민정음訓民正音을 반포케 하였다.

1455년 세조가 단종을 몰아내고 왕위에 오르자 예방승지禮房承旨로서 국새國璽를 안고 통곡하였으며, 그 이듬해 아버지 승勝, 박팽년 등과 같이 단종의 복위를 위해 명나라 사신의 송별연에서 거사하기로 했으나 운검雲劍이 취소되고 성사가 불확실하게 됨으로 모의에 가담했던 김질이 이를 밀고함으로, 이개, 하위지, 유응부 등과 함께 체포되어 친국親鞫을 받고, 군기감軍器監 앞에서 거열車裂의 극형을 받았다. 이어 아버지 승도 주모자의 한 사람으로 극형에 처해졌고, 삼빙三聘, 삼고三顧, 삼성三省 세 동생과, 맹첨孟詹, 맹년孟年, 맹종孟終과 갓난아기 등 삼문의 남자 가족은 모두 살해되었고 처와 자부는 관비가 되었다. 세조도 '일대의 절인節人이요 만고의 충신이다'라고 그의 충절에 감탄하였다. 숙종은 그의 관직을 회복시키고 민절愍節이란 액額을 내렸다. 또한 이조판서에 추증되고 충문忠文이란 시호를 내렸다.

또한 세조 2년 단종의 복위를 꾀하다 실패하여 성삼문을 포함한 그 동지들이 무참히 희생되고, 이에 관련된 70여명도 살해와 유배를 당했다. 1676년(숙종 2) 홍주洪州 노은동魯恩洞 그의 옛집에 세운 녹운서원綠雲書院, 1681년 육신묘六臣墓가 있는 노량진의 민절서원愍節書院, 영월의 창절서원彰節書院, 의성의 학산 충렬사鶴山忠烈祠, 창녕의 물계세덕사勿溪世德祠, 연산連山의 충곡서원忠谷書院 등에 6신과 함께 제향되었으며, 1758년(영조 34)에는 이조판서에 추증되었다. 저서에 『성근보집成謹甫集』이 있다.

● 텍스트 분석

이 몸이 죽어가셔 무어시 될고 ᄒ니
蓬萊山 第一峯에 落落長松 되야이셔

白雪이 滿乾坤홀 제 獨也靑靑 ᄒ리라

『樂學拾零, 靑丘永言』

*봉래산蓬萊山 : 東海 한가운데 있으며 신선들이 살고 있다고 생각되
 는 산 중국에서 보아서 동해라 함은 黃海 바다 가운데에 환상의 땅
 '봉래산'이 있다고 하는 傳說이 전해지고 있다. 물론 한편으론 금강
 산의 딴이름이기도 하나 여기서는 이 금강산을 말함은 아니다.
*제일봉第一峯 : 가장 큰 봉우리.
*낙락장송落落長松 : 가지가 축축 늘어지고 키가 큰 소나무.
*백설白雪이 만건곤滿乾坤할제 : 흰 눈이 천지에, 온 세상에 가득할 때.
*독야청청獨也靑靑 ᄒ리라 : 나 혼자만은 홀로 푸르고 또 푸르리라.

봉래산 중에서도 그 제일봉에 솟아난 소나무, 그 소나무 중에서도 키가 크고 가지가 축축 늘어져 위풍도 당당한 소나무가 되려는 자신의 이상이 표현 속에 두드러져 있고, 온 천하를 덮은 눈 위에 홀로 푸르리라는 절의는 신선한 표현력과 더불어 굳은 의지로서 이미지의 효과를 심어 준다. 더구나 흰 눈 위에 푸른 소나무에서 오는 색조色調의 대비효과는 하나의 절경絶景이라 하겠다.

또한 온 세상이 더러운 칼날에 굴복하여 세조를 섬겨도 나만은 단종을 섬기고 절개를 지키겠다는 대목에서는 숙연한 마음을 금할 수 없다. 벼슬이 승지承旨에 올랐으나 단종복위端宗復位를 앞장서서 도모하다가 모진 고문拷問 끝에 39세라는 한창 나이에 형장刑場의 이슬로 사라졌다. 그는 박팽년朴彭年과 한가지로 변절한 신숙주를 꾸짖고 세조世祖를 끝내 <나으리>라고 불러 국왕國王으로 인정하지 않았다.

그의 또 다른 절의가 한 편은 다음과 같다.

首陽山 브라보며 夷齊을 恨ᄒ노라
주려 주글진들 採薇도 ᄒᄂ 것가
아모리 푸새엣거신들 긔 뉘 짜히 낫더니

『樂學拾零, 靑丘永言』

*首陽山 : 중국 山西省에 있는 산, 백이, 숙제가 숨어살다가 굶어 죽은 곳.
*夷齊 : 伯夷와 叔齊를 말함.
*採薇 : 고사리를 캠.
*푸세 : 산과 들에 저절로 나는 풀.

이 작품은 백이伯夷·숙제叔齊보다도 더 빛나는 절개를 지키겠다는 굳은 결의를 표명한 것이다. 백이, 숙제가 주나라 무왕武王을 부정하여 수양산에 들어갔지만 결국 그 무왕의 天下에서 고사리를 캐어 먹은 훼절毁節을 한탄한 것이 이 시조의 요지이다.

초장의 수양산은 산 이름인 동시에 수양대군을 가리키고 중장의 고사리와 종장의 푸새는 세조가 주는 녹을 가리키는 바, 결국 작자는 세조가 주는 녹은 먹지 않겠으며 백이, 숙제보다 더한 절의節義를 가슴속에 품고자 스스로 다짐하고 세조의 신하가 될 수 없다는 뜻을 나타낸 것이다.

◑ 문학사적 의의

고시조 작품을 살펴보면 나라나 군왕의 처지가 어려울 때 자신의 온몸과 마음을 바쳐 충성으로 굳은 절개를 지키며, 불사이군不事二君의 단심충절丹心忠節을 표현한 작품이 있다. 이들 중에 정몽주의 단심가나 단종을 위해 절개를 지킨 사육신의 충의가, 삼학사의 시조들이 있다.

고려말 굳은 지조로 일편단심을 노래한 정몽주의 단심가는 이방원이 정몽주의 마음을 회유하려고 부른 <하여가何如歌>에 대하여 고려왕조에 대한 자기의 변함없는 절개를 나타낸 화답가和答歌이다. 이러한 충절의 노래는 세조의 왕위 찬탈 이후 사육신의 시조에서도 강하게 나타난다. 조선왕조 오백년에 가장 비극적인 사건은 단종 즉위 3년 만에 수양대군에 의해 폐위廢位당한 일이다. 이 때 수양이 왕위찬탈에 목숨을 걸고 반대하다 죽은 성삼문, 박팽년, 이개, 유응부, 유성원, 하위지 등 사육신死

六臣의 작품들은 모두가 충신불사이군忠臣不事二君의 유교적 이념을 표출한 대표적 작품들이다. 이외에도 병자호란 때 청나라에 항복함을 반대하는 주전론主戰論을 주장함으로 해서 척화신斥和臣으로 청나라에 잡혀가 모진 고난苦難에도 불구하고 끝내 굴하지 않고 죽음으로로써 단심충절한 홍익한, 윤집, 오달제 등 삼학사이다.

擊鼓催人命	울리는 저 북소리 목숨을 재촉하는데
回頭日欲斜	머리를 돌이키니 서산에 해저문다.
黃泉無一店	저승 가는 길엔 주막도 없다는데
今夜宿誰家	오늘밤은 뉘 집에서 자고 가리

위 작품은 형장으로 끌려가던 성삼문이 좌우에 있는 동료들에게 "자네들은 어진 임금 잘 섬겨 태평성대를 이룩하게, 나는 이 길로 지하로 돌아가서 선왕을 모시겠네."하고 소리치면서 수레 속에서 지어 부른 것이다.

| 제 6 장 | **자연의 감흥과 면학의 시조**

1. 이황의 〈도산십이곡陶山十二曲〉

◑ 창작배경

퇴계退溪 이황李滉(1501~1570)은 안동군 도산면 온계리에서 태어났다. 본관은 진보眞寶, 자는 경호景浩, 호는 퇴계退溪·퇴도退陶·도수陶搜 등이다. 찬성공贊成公 식埴의 막내로 태어난 지 7개월 만에 아버지를 여의고 편모슬하에서 자랐다. 12세 때 숙부로부터 『논어論語』를 배웠고, 20세경에는 건강을 해칠 정도로『주역周易』등의 독서와 성리학에 몰두했다. 27세(1527)에 진사시에 합격하고, 성균관에 들어가 이듬해 사마시에 급제했다. 34세에 문과에 급제하여 승문원부정자로 등용된 이후 박사, 전적, 지평 등을 거쳐 세자시강원문학世子侍講院文學, 충청도어사忠淸道御使 등을 역임하고 43세에 성균관사성이 되었다. 또한 퇴계는 조선중기의 중신으로서 이동설理動說, 이기호발설理氣互發說 등 주자성리학朱子性理學을 발전시켰으며, 조선후기 영남학파의 이론적 토대를 마련했다.

46세(1546)에 낙향하여 낙동강 상류 토계兎溪에 양진암養眞庵을 지었으며, 이때 토계를 퇴계退溪라 개칭하고 자신의 호로 삼았다. 49세(1549)에 병으로 귀향하여 토계의 서쪽에 한서암寒棲庵을 짓고 독서와 사색에 잠겼다. 52세에 성균관 대사성으로 임명되었으며, 이후로도 여러 차례 벼슬을 제수 받았으나 대부분 사퇴하고, 60세에 도산서당陶山書堂을 짓고 아호를 도옹陶翁이라 칭하였으며, 이로부터 7년간 독서, 수양, 저술 등에 전념하였으며 이 때 많은 제자를 길렀다.

23세 태학太學에 들어 진사로 출발하여 대제학大提學까지 지내고 귀향한 것은 69세였다. 퇴계는 병이 깊어져 70세(1570)의 나이로 세상을 떠났으며, 사후 영의정에 추증되었다. 1609년 문묘文廟에 종사從祀되었고, 안동 도산서원陶山書院, 나주 경현서원景賢書院, 괴산 화암서원花巖書院 등 전국 40여 개의 서원에 배향되었다. 저서에는 『퇴계전서退溪全書』 등이 있다.

◑ 텍스트 분석

이황은 도산십이곡발陶山十二曲跋에서 우리나라의 시가문학에 대해 비판을 했다. <한림별곡>과 같은 것은 음탕하고 교만에 차서 군자가 숭상할 바가 못 되고, 이별李鼈의 <육가六歌>는 <한림별곡>에 비해 나으나 완세불공玩世不恭의 뜻이 있고, 온유돈후溫柔敦厚한 뜻이 부족하여 한계가 있다. 이런 까닭에 자신은 음률을 잘 모르지만 굳이 <도산십이곡>과 같은 작품을 지으려 했다고 한다.

또한 심성을 길러 주기엔 한시가 적절하겠으나 가영이불가가可詠而不可歌라는 점에 비추어 시는 노래로 부를 때 감흥을 불러일으킬 수 있다는 점에서 우리말로 시조를 지어야 하겠다는 판단을 하게 된다. 이를 아이들로 하여금 익혀 부르게 하여 나쁜 마음을 씻어 버리고 서로 마음이 통하게 하고자 한다는 이황 자신의 문학관을 밝히고 있다.

<도산십이곡陶山十二曲>은 12곡의 연시조로 이루어진 작품으로 크게 두 부분으로 나눌 수 있다. 자연경관의 사물에 접하여 일어나는 감흥을 읊은 전육곡前六曲은 언지言志이고, 학문과 수덕의 자세를 노래한 후육곡後六曲은 언학言學이다. 인간 속세를 떠나 자연에 흠뻑 취해 사는 자연귀

의생활과 후진양성을 위한 강학講學과 사색에 침잠沈潛하는 학문 생활을
솔직 담백하게 표현해 놓았다.

　　＊이별李鼈 : 이제현 후손으로 박팽년의 외손이다. 그의 형 원鼈이 점
필재 문하로 김종직의 신원운동을 벌이다 귀양가자 황해도 평산 옥계산
에 은거하며 생을 마쳤다. 그는 세상의 모순과 부조리를 질타하는 풍자
적 목소리를 담은 <육가>를 지었다. 이를 <장육당육가> 라 한다.
　　＊완세불공玩世不恭 : 이별의 <장육당육가藏六堂六歌>는 6수로 된 시조
이며 1,2행에서 자연과의 관계를 노래하고, 3행에서 세상에 대한 선언
적인 태도를 보인다. 즉 세인 世人을 소인배로 배척하고 세상을 풍자하여
냉소적인 자세를 취한다. 즉 세상을 희롱하여 공경하는 뜻이 없다.
　　＊온유돈후溫柔敦厚 : <언지>는 화자와 청자의 융화적 태도를 표명하
여 「시경」의 통사구조를 지녔고, 2행의 첫구에서 양보적 자세의 전제를
두어 긍정하면서 세상에는 부드럽고 덕성있는 자세로 사무사 思無邪를 보
임으로 형식과 내용면에서 「시경」의 시세계를 지향하고 있다. 즉 세상에
대한 긍정적 인식으로 온유하고 인정이 두터워 내실이 있어야 하고, 자
극적이고 기교적인 표현을 자제해야 한다.

　　前1曲 : 이런들 엇더ᄒ며 뎌런들 엇더ᄒ료
　　　　　　초야우생草野愚生이 이러타 엇더ᄒ료
　　　　　　ᄒ믈며 천석고황泉石膏肓을 고텨 므슴ᄒ료

　＊草野愚生 : 자연에 묻혀사는 어리석은 사람.
　＊泉石膏肓 : 자연 속에 살고 싶은 절실한 마음, 천석은 자연이고, 고
　　　　　　　황은 불치의 병을 이름.

　이는 <도산십이곡> 중 전6곡의 서곡序曲에 해당하는 부분으로, 자연
에 묻혀 한가로이 사는 생활을 그린 부분이다. 세상의 명리名利를 떠나
늘 마음으로 그리던 초야草野에 묻혀 사는 사람이 무엇을 그리 탐낼 것도
없고 연연해 할 것도 없이 자연과 한가지로 지낸들 무슨 상관이 있겠느
냐는 것이다. '초야우생草野愚生'과 '천석고황泉石膏肓'이 서로 연관을 가지

면서 스스로는 자연에 대한 사랑이 너무 깊어 이미 고질병이 되어 버린 사람으로 규정하여 지극한 자연애自然愛 사상을 보여 주고 있다.

> 前2曲 : 연하煙霞에 집을 삼고 풍월風月로 벗을 사마
>   태평성대太平聖代에 병病으로 늘거나뇌
>   이 듕에 보라는 일은 허므리나 업고쟈

위에서는 아름다운 자연을 벗하여 살며 태평성대에 병으로 늙어 가는 자신의 모습, 이는 마치 한 폭의 동양화 속의 신선과 같은 모습으로 연상된다. 여기서 병은 작자의 노환老患으로 풀이할 수도 있겠으나, 앞 시조의 천석고황의 상태로 미루어 보아 자연을 사랑하지 않고는 견디지 못하는 병으로 해석을 하면, 이 작품의 내용과 분위기에 잘 어울린다.

> 前3曲 : 순풍淳風이 죽다ᄒᆞ니 진실眞實로 거즛마리
>   인성人性이 어지다 ᄒᆞ니 진실眞實로 올흔 말이
>   천하天下에 허다영재許多英才를 소겨 말슴홀가.

> *순풍 : 예로부터 내려온 순박한 풍속, 윤리도덕, 性善說.
> *어지다 : 어질다.
> *許多英才 : 허다한 영재(많은 슬기로운 사람).

위에서는 노장자老莊子의 무위자연無爲自然에 반대하고 맹자의 성선설性善說을 지지하는 성리학적 입장이 나타나 있다. 또한 세상의 많은 후학들에게 유교의 중요성을 알리고, 순박하고 후덕한 풍습을 배우도록 강조하고 있다.

> 前4曲 : 유란幽蘭이 재곡在谷ᄒᆞ니 자연自然이 듣디 됴희
>   백운白雲이 재산在山ᄒᆞ니 자연自然이 보디 됴해
>   이 듕에 피미일인彼美一人을 더욱 닛디 몯ᄒᆞ얘

*幽蘭 : 그윽한 향기를 뿜어내는 난초.
*듣디 : 듣기, 맡기(향기를 맡다는 문향聞香에서 유래함).
*보디 : 보기가 좋구나.
*彼美一人 : 아름다운 한 사람, 여기서는 임금을 가리킴.
*몯ㅎ애 : 못하여라.

위에서는 자연에 몰입해 있으면서도 완전히 자연에 귀의하지 못하고, 나라에 대한 걱정과 임금님을 생각하는 연군의 정이 떠나지 않음을 노래한 것이다. 여기에서 자연에 몰입하면서도 완전한 자연귀의를 이루지 못하는 유학자적인 충의사상을 엿볼 수 있다. 이 시에서 미인美人이란 자태가 아름다운 여인의 뜻이 아니고 군주君主란 뜻이다. 이 작품에 등장하는 난초와 흰 구름은 인간의 영욕성쇠榮辱盛衰, 즉 속세와는 무관한 것들로 탈속脫俗한 이미지를 드러내고 있는 비유들이다.

前 5 曲 : 산전山前에 유대有臺ㅎ고 대하臺下애 유수有水] 로다
　　　　　　 뼤 만흔 ᄀᆞᆯ며거기논 오명가명 ᄒᆞ거든
　　　　　　 엇더타 교교백구皎皎白駒논 멀리 ᄆᆞᅀᆞᆷ ᄒᆞᄂᆞᆫ고

*뼤 만흔 : 떼 많은.
*엇더타 : 어찌하여.
*皎皎白駒 : 희고 깨끗한 망아지, 어진사람.
*멀리 ᄆᆞᅀᆞᆷ ᄒᆞᄂᆞᆫ고 : 멀리 떠날 마음을 가지는가.

위에서는 '산 앞에는 누대樓臺가 있고 대 아래에는 맑은 물이 있으며, 여기에 또한 갈매기들까지 내 벗이 되어 오락가락하는 이 좋은 곳을 놓아두고 왜 속세만을 그리워하고 갈망 하는가'라고 세속인들을 나무라고 있다. '교교백구'는 본래 '현자가 타는 말'이지만 여기서는 현자賢者의 뜻으로 새기는 것이 좋을 듯하다. 결국 종장에서는 글이나 좀 읽고 수양을 쌓았다는 자들이 입신양명立身揚名에만 눈이 어두워 아름다운 자연을 등

지는 안타까운 현실을 개탄하고 있다.

> 前 6 曲 : 춘풍春風에 화만산花滿山ᄒ고 추야秋夜애 월만대月滿臺라
> 사시가흥四時佳興이 사롬과 ᄒ가지라
> ᄒ몰며 어약연비魚躍鳶飛 운영천광雲影天光이아 어늬 그지
> 이슬고

> *魚躍鳶飛雲影天光 : 물고기는 뛰고 솔개는 난 것과 흘러가는 구름의 그
> 림자와 찬란한 태양, 즉 대자연의 조화를 이룸.
> *그지 : 끝이.

초장에서는 꽃피는 봄, 달뜨는 저녁의 경치를, 그리고 종장에서는 물 속의 고기떼와 하늘의 소리개, 구름이 흐르고 해가 비치는 대자연大自然의 모습을 그렸다. 한없이 아름답고 끝없이 흥겨운 대자연의 조화를 표현하고 있다. 한마디로 대자연의 웅대함에 도취된 자신의 모습을 나타내고 있다.

이와 같은 언지의 배열에는 질서가 있다. 곧 처음에는 겸손하게 강호에 묻히는 데서 비롯하여 허물이나 없으면 하는 작은 소망으로 출발하지만, 유학에 대한 확고한 신념을 나타내어 유학자로서의 탄탄한 자기 입장을 밝히는 것이 그의 뜻이다. 그러나 이렇게 강호에만 묻혀 자기의 안일만을 일삼고 세속과 절연하여 묻혀 버리는 것이 아니라 군왕에 대한 충성은 그래도 버릴 수 없음을 2수로 나타내어 연군지정을 강조하였다. 그러나 그러한 마음이야 있지만 그것에 이끌려 바깥으로 다시 뛰어 나간다면 앞의 자기 뜻과 모순을 가지게 된다. 그리하여 이러한 고차원적으로 끌어올려 더 높은 경지인 깨달음의 세계라 할 수 있는 어약연비의 세계로 비상하는 높은 차원으로 자신을 승화시키는 것으로 그의 뜻을 표현하였다.

後1曲 : 천운대天雲臺 도라드러 완락재玩樂齋 소쇄瀟灑훈듸
　　　　만권생애萬卷生涯로 낙사樂事ㅣ 무궁無窮훈애라
　　　　이 듕에 왕래풍류往來風流를 닐어 므슴훌고

*天雲臺 : 도산서원에 있는 누대의 이름.
*玩樂齋 : 도산서원에 있는 서재의 이름.
*瀟灑 : 강 이름 소, 씻을 쇄, 산뜻하고 깨끗하다.
*萬卷生涯 : 독서와 연구의 한 생애.
*往來風流 : 오락가락하는 즐거움.

천운대를 돌아 들어간 곳에 있는 완락재는 깨끗한 모습으로 자리하고 있으니, 거기에서 많은 책에 묻혀 사는 즐거움이 무궁할 수 밖에 없다. 이런 가운데 이따금 바깥을 거니는 재미를 말로 어떻게 표현하겠느냐는 작가의 마음을 읽을 수 있다. 일생을 학문의 연구에만 전념한 석학碩學인 작자가 독서 면학의 즐거움과 그 여가에 산책하는 여유 있는 생활을 그린 작품이다.

後2曲 : 뇌정雷霆이 파산破山흐여도 농자聾者는 못 듯느니
　　　　백일白日일 중천中天흐야도 고자瞽者는 못 보느니
　　　　우리는 이목총명耳目聰明 남자男子로 농고聾瞽 곧디 마로리

*雷霆 : 벼락, 우뢰.
*瞽者 : 장님.

여기서 '우뢰'나 '해'는 진리, 곧 도를 지칭하고 '귀머거리'와 '소경'은 진리를 터득하지 못한 자, 곧 '속세의 일에만 연연하여 인간의 참된 도리를 망각한 자'를 나타내고 있다. 그래서 진리를 깨닫지 못하는 자가 되어서는 안 된다는 걸 경계하며 반드시 '진리의 길'을 걸어야하는 인간의 도리를 밝히고 있다.

後3曲 : 고인古人도 날 몯 보고 나도 고인古人 몯 뵈
　　　고인古人을 몯 뵈도 녀던 길 알픠 잇닉
　　　녀던 길 알픠 잇거든 아니 녀고 엇덜고

　　*녀던 길 : 행하던 길, 학문수양에 힘쓰던 길.

　위에서는 옛 성현과의 교감은 오직 서적탐독을 통해서만이 가능하고, 그 길은 학문에의 정진으로 찾을 수 있음을 강조하고 있다. 다음 후4곡에서는 젊었을 때 뜻을 세우고 힘쓰던 학문수양의 길을 저버리고 벼슬길에 올랐던 자신을 탓하면서 이제라도 학문수양에 전념하겠다는 결의를 표명하고 있다. 옛 성현들의 인류지도가 면면히 이어져 내려오고 있으니, 우리도 그 길을 실천하며 살아야 한다는 것을 대구법과 연쇄법을 통해 나타내고 있다.

後4曲 : 당시當時예 녀든 길흘 몃 히룰 브려 두고
　　　어듸 가 둔니다가 이제사 도라온고
　　　이제나 도라오나니 넌 듸 므슴 마로리

　　*듸 므슴 마로리 : 다른 일에 마음 두지 않으리라(벼슬길－학문의 길로).

　퇴계가 23세 때 등과하여 치사귀향致仕歸鄕한 것은 69세 때였다. 여기에서는 젊을 때 뜻을 두었다가 수양의 정도正道를 버리고 벼슬자리를 기웃거리며 지낸 자신을 후회하면서, 이제 깨달음을 가졌으니 늦지 않게 학문수양에 힘쓰리라는 것을 다짐하고 있다.

後5曲 : 청산靑山는 엇뎨ᄒ야 만고萬古애 프르르며
　　　유수流水는 엇뎨ᄒ야 주야晝夜애 긋디 아니는고
　　　우리도 그치디 마라 만고상청萬古常靑호리라

위에서는 변함없는 의지와 학문 수행으로 덕을 닦으려는 결의가 나타나 있다. '만고상청萬古常靑하겠다'는 의지와 결의를 보인 내용으로, 청산은 만고에 푸르러 영원하며, 유수도 주야로 그치지 않아 영원한데, 우리 인간은 왜 순간자에 지나지 않은가? 이러한 반성을 바탕으로 우리도 저 청산같이, 저 유수같이 언제나 푸르러 학문수양을 그치지 말자고 스스로 다짐하고 있다. 만고상청이란 끊임없는 학문수양으로 영원한 진리의 세계에 사는 것이요, 옛 성현과 같이 후세에 이름을 영원히 남기는 것이다.

> 後 6 曲 : 우부愚夫도 알며 ᄒ거니 긔 아니 쉬운가
> 　　　　성인聖人도 못다 ᄒ시니 긔 아니 어려운가
> 　　　　쉽거나 어렵거나 중에 늙는 주를 몰래라

위에서는 학문에 뜻을 둔다는 것은 어리석은 사람도 쉽게 알고 행하려고 하지만, 그 실천의 과정에서는 성인이라도 못 다 이룬다는 내용이다. 그리고 그 길이 쉽든 어렵든 간에 실천에 몰입하고 있는 중에는 세월이 흘러 늙어가는 것조차 모를 정도라고 하면서 영원한 학문수양의 길을 강조하고 있다.

이러한 배열에서 우리는 언학에도 내용상 어떤 질서를 발견할 수 있다. 그것은 학문하려는 기본적인 자세 위에 자기의 소망을 말한 뒤 학문의 본질을 가르치고 이어 꾸준히 노력할 것을 읊은 뒤 학문에는 끝이 없으니 죽을 때까지 힘쓰라는 것이다. 이러한 시조간의 질서는 학문이란 그냥 이루어지는 것이 아니라 학문에 대한 기본자세와 소망, 그리고 끈기와 아울러 최고를 향하여 노력하여야 비로소 대성大成할 수 있는 것이라 한 것이다.

▶ 言志와 言學의 의미

<도산십이곡>에서 언지는 그의 인생관, 삶에 대한 태도를 노래한 것이라면, 언학은 그러한 인생관 중에 학문에 관한 것만을 따로 떼어 노래한 것이라 할 수 있다. 삶에 대한 태도는 어려 가지를 말할 수 있으나 그가 은둔을 선택한 이유를 밝히고 그 내용을 노래하는 가운데 학문이 얼마나 소중한 것인가를 크게 강조한 것이 '언학'이라 할 수 있다. 선비들의 삶에서 가장 소중한 것은 강호의 삶이고, 강호의 삶 중에서 가장 비중이 큰 것은 곧 학문하는 것이라 할 수 있다. 이렇게 본다면 <도산십이곡>을 굳이 '언지'와 '언학'으로 나눈 이유를 알 수 있다. 그것은 많은 사람들이 재야의 강호생활을 좋아서 할 수도 있고, 또는 어쩔 수 없어서 한다고 할지라도 강호에서 학문을 하지 않으면 그 삶의 의의는 반감되는 것이 된다. 그런 의미에서 <도산십이곡>에서 언학의 비중은 언지보다도 더 큰 것이다.

● 작품의 이해와 내면화

<도산십이곡>은 유교지향의 자연시라 할 수 있다. 이 작품은 율곡의 <고산구곡가>와 쌍벽을 이루는 연시조로서, 자연귀의의 삶을 노래하는 가운데 유교적 보편 가치를 지향하고 있어 관념적 성향이 짙다. 이 작품에 등장하는 대부분의 자연물自然物, 유란幽蘭, 백운白雲, 백구白駒 등은 유교적 인격을 상징함으로써 개성적, 창조적인 심상이 아니라 이념적 가치를 표상하는 매개물로 쓰였기 때문이다.

언지言志는 지은이가 자연과 더불어 사는 뜻이 어디에 있는가를 표현하고 있다. 먼저 ①에서는 강호에 살겠다는 강한 의지를, ②에서는 태평을 누리는 가운데 허물이나 없고자하는 소망을 표현하였다. 그리고 ③에서는 성리학性理學으로 천하 영재를 교육하겠다는 뜻을 내포하고 있으며, ④와 ⑤에는 천석고황으로 강호에 살고 있지만 임금을 잊지 못하는 화자의 마음이 암시되어 있다. 이처럼 자연 속에서도 임금을 생각하고 학문 연구의 의지를 버리지 않고 있다. 요컨대 화자가 자연과 더불어 사는 뜻이 도의 완성을 지향하는 데 있음을 말하고 있는 것이다.

언학言學은 한 마디로 학문의 즐거움과 의지를 표백한 것이다. 먼저 ①에서는 학문의 즐거움을 말한 뒤, ②에서는 학문의 길이 옛 성현들을 본받는 데 있음을 노래하였다. 그리고 ③과 ④에서는 잠시 학문의 길에서 벗어나 벼슬길을 좇았던 일을 후회하면서, 오로지 학문에 몰두할 것을 다짐하고 있다. ⑤는 '청산'과 '유수'의 영원성을 본받아 학문과 진리의 세계에 영원히 살고 싶은 마음을 토로하였고, 마지막으로 ⑥에서 학문의 길이 무궁무진함을 말하고 있다.

<도산십이곡> 발에 나타난 퇴계의 문학관은 문학의 효용성에서 비롯되었다. 퇴계는 문학이 추구해야 할 경지를 온유돈후溫柔敦厚로 보았는데, 이는 공자가 말하는 사무사思無邪의 경지와 상통한다. 시조를 익히어 노래 부르고, 춤을 추기도 하면 노래를 부르는 사람이나 듣는 사람이 모두 마음이 순화純化되는 교육적 기능을 얻을 수 있다고 보았다. 이러한 견해는 문학이 사람을 움직인다는 감동적 효과를 깊이 통찰한 데서 나온 것으로, 이 글을 통해 퇴계는 효용론적인 문학관을 토대로 하여 문학이 궁극적으로 지향해야 할 바를 제시하고 있다. 또한 이를 통해 볼 때 이황은 문학을 도를 담는 그릇으로 보아 문학의 효용성을 중시했던 것을 알 수 있다.

● 문학사적 의의

퇴계의 문학에 대한 생각은 한시뿐만 아니라 시조의 창작에도 똑같이 적용되고 있다. 한시와 시조가 성정을 기르는 데 같은 구실을 한다고 보았기 때문이다. 그의 시조 <도산십이곡> 발은 그의 시가에 대한 생각과 문학에 대한 생각을 충분히 알 수 있게 해 준다.

이를 보면 우리나라의 한림별곡류는 대부분 음란하여 언급할 필요가 없다고 하면서도 문인들이 우리말로 노래를 지을 수 있음을 인정하였으며, 나아가 이별이 지은 <육가>의 존재 자체를 부정하지는 않았다. 그러나 <도산십이곡>은 겸손한 표현, 근실한 내용 등으로 온유돈후한 성질을 나타낸 문학으로 고려조 시가에서 조선조 시가로의 변질을 보여주는 좋은 본보기의 문학이라 할 수 있으며, 이는 그의 발문의 취지와 잘 어울리는 작품으로 볼 수 있다.

이 발에서 중요한 것은 퇴계의 국문시가에 대한 인식이다. 그는 한시는 노래로 부를 수 없고 읊는 데 그쳐야 하지만 시조는 노래로 부를 수 있다고 하였다. 시조의 중요성을 그가 인정한 것이며, 성정을 기르는 데도 시조가 훨씬 긴요함을 말하는 것으로 볼 수 있다.

아울러 <도산십이곡>은 흥을 돋는 노래 가락이나 시가로만 불려진 것이 아니라 시 전체가 교육적인 시가임을 알 수 있다. 퇴계가 지은 시는 2천여 수나 되지만 시와 음악에 대한 자신의 견해를 밝힌 것은 <도산십이곡> 뿐이다. 그런 의미에서 <도산십이곡>은 그의 시를 대표하는 작품이라 할 수 있다. 비록 한자어가 많아 생경한 감을 주지만, 고도의 한학자이면서도 한글을 통한 쉬운 어법을 구사하여 특출한 언어미를 보여 주었다는 데 문학사적 의의를 더해 준다.

2. 이이의 <고산구곡가高山九曲歌>

● 창작배경

이이李珥(1536~1584)는 강원도 강릉 출생으로 본관은 덕수德水, 자는 숙헌叔獻, 호는 율곡栗谷·석담石潭, 시호는 문성文成이다. 사헌부 감찰을 지낸 원수元秀의 아들이며, 어머니는 사임당 신씨이다.

1548(명종3년) 진사시에 합격하고, 19세에 금강산에 들어가 불교를 공부하다가, 다음해 하산하여 성리학에 전념하였다. 22세에 성주목사 노경린盧慶麟의 딸과 혼인하고, 다음해 예안의 도산陶山으로 이황李滉을 방문하였다. 23세에 별시別試에서 <천도책天道策>을 지어 장원하고, 이

때부터 29세에 응시한 문과 전시殿試까지 아홉 차례 모두 장원하여 '구도장원공九度壯元公'이라 하였다.

29세 때 호조좌랑을 시작으로 관직에 진출, 예조·이조의 좌랑 등 육조낭관직六曹郎官職, 사간원정언·사헌부지평 등의 대간직臺諫職, 홍문관교리·부제학 등의 옥당직玉堂職, 승정원우부승지의 승지직乘旨職 등을 역임하여 중앙의 요직을 두루 거쳤다. 아울러 청주목사와 황해도관찰사를 맡아서 지방직에 대한 경험까지 쌓는 동안, 자연스럽게 일선 정치에 대한 폭넓은 경험을 하였고, 이러한 정치적 식견과 왕의 두터운 신임을 바탕으로 40세 무렵 정국을 주도하는 인물로 부상하였다.

그동안 <동호문답東湖問答>, <만언봉사萬言封事>, <성학집요聖學輯要> 등을 지어 국정 전반에 관한 개혁안을 왕에게 제시하였고, 성혼과 이기사단칠정인심도심설理氣四端七情人心道心說에 대해 논쟁하기도 하였다. 하지만 1576년(선조9년) 무렵 동인과 서인의 대립 갈등이 심화되면서 그의 중재 노력이 수포로 돌아가고, 더구나 건의한 개혁안이 받아들여지지 않자 벼슬을 그만두고 파주 율곡으로 낙향하였다.

이후 한동안 관직에 부임하지 않고 본가가 있는 파주의 율곡과 처가가 있는 해주의 석담石潭을 오가며 교육과 교화사업에 종사하였는데, 그동안『격몽요결擊蒙要訣』을 저술하고 해주에 은병정사隱屛精舍를 건립하여 제자교육에 힘썼으며, 향약과 사창법社倉法을 시행하기도 하였다. 그가 42세 되던 해에 해주 석담石潭에 있는 수양산首陽山에 들어가 그 풍광을 노래한 것이 바로 <고산구곡가高山九曲歌>이다.

그러나 당시 산적한 현안을 그대로 좌시할 수가 없어 45세 때 대사간의 임명을 받아들여 복관하였다. 이후 호조·이조·형조·병조판서 등 전보다 한층 비중 있는 직책을 맡으며, 평소 주장한 개혁안의 실시와 동인·서인 간의 갈등 해소에 적극적인 노력을 기울였다.

이 무렵『기자실기箕子實記』와『경연일기經筵日記』를 완성하였으며 왕에게 <시무육조時務六條>를 지어 바치는 한편 경연에서 '십만양병설'을 주장하였다. 그러나 이런 활발한 노력에도 불구하고 선조가 이이의 개혁안에 대해 계속 미온적인 태도를 취함에 따라 그가 주장한 개혁안은 별다른 성과를 거둘 수 없었으며, 동인·서인 간의 대립이 더욱 격화되면서 그도 점차 중립적인 입장을 유지할 수 없게 되었다.

그는 동인측에 의해 서인으로 지목되는 결과를 가져오고, 이어서 동인이 장악한 삼사三司의 강력한 탄핵이 뒤따르자 48세 때 관직을 버리고 율곡으로 돌아왔으며, 다음해 서울의 대사동大寺洞에서 죽었다. 파주의 자운산 선영에 안장되고 문묘에 배향되었으며, 파주의 자운서원紫雲書院과 강릉의 송담서원松潭書院 등 전국 20여 서원에 배향되었다.

● 텍스트 분석

<고산구곡가>는 이이가 42세의 나이로 해주로 퇴거하여 선적봉과 진암산 사이를 흐르는 구곡 유수의 제5곡인 고산 석담에 복거하고, 그 다음해 그곳에 은병정사를 세워 은거하면서 고산의 아름다운 자연을 벗하며, 주희의 <무이도가>를 본떠 학문에 정진하는 즐거움을 노래한 총 10수로 된 연시조이다.

이 작품을 주제로 김수증과 정선이 '고산구곡도'를 그렸는데, 김수증의 그림에는 우암 송시열의 한역시가 1곡에서 9곡까지 있고, 정선의 그림에는 우암 등 9명의 한역시가 들어 있다. 이이의 <고산구곡가>는 이황의 <도산십이곡>과 함께 도덕교훈가사의 쌍벽을 이룬다.

> (1) 고산구곡담高山九曲潭을 살롬이 몰으든이
> 　　　주모복거誅茅卜居ᄒ니 벗님네 다 오신다
> 　　　어즙어, 무이武夷를 상상想像ᄒ고 학주자學朱子를 ᄒ리라
>
> 　*고산 : 황해도 해주에 있는 산.

> *구곡담 : 아홉 번을 굽이도는 계곡, 송나라 때 주자가 무이산武夷山
>   에 있는 구곡계九曲溪의 아름다운 풍경을 읊은 구곡가九曲
>   歌를 본받아 고산의 구곡담을 그려냄.
> *주모복거 : 풀을 베어 내고 집을 지어 살 곳을 정함, 터를 닦아
>   집을 지음.
> *무이 : 중국 복건성福建省에 있는 산, 주자가 여기에 정사精舍를 짓
>   고 학문을 닦았음.
> *벗님 : 만년에 해주 고산에 은퇴, 은병정사를 짓고 그곳을 찾아오
>   는 후학後學들을 가리킴.

이는 고산구곡가를 짓게 된 동기를 펼친 것으로 고산의 굽이도는 아홉
계곡의 아름다운 경관을 사람들이 모르더니 띠풀을 베고 집터를 마련하
여 살아가니 벗님들이 모두 찾아오는구나. 아! 무이산에서 후학을 가르
친 주자를 상상하면서 주자의 학문을 배우겠다는 내용의 서시序詩이다.

> (2) 일곡一曲은 어드미고 관암冠巖에 히 빗췬다
>   평무平蕪에 니 거든이 원근遠近이 글림이로다
>   송간松間에 녹준綠樽을 녹코 벗 온 양 보노라

> *관암 : 갓같이 우뚝 솟은 바위 봉오리.
> *평무 : 잡초가 무성한 들판.
> *글림이로다 : 그림과 같이 아름답도다.
> *녹준 : 좋은 술동이.

제1곡은 관암의 아침 경치를 노래하는데, 첫 번째로 경치가 좋은 계
곡은 어디인가? 관암에 해가 비치는데 잡초가 우거진 들판에 안개가
걷히니 원근의 풍경이 그림같이 아름답구나. 소나무 숲 사이에 술통을
놓고, 벗들이 찾아 올 것이라 생각되어 멀리 바라본다고 하였다.

> (3) 이곡二曲은 어드미고 화암花巖에 춘만春晩커다
>   벽파碧波에 곳츨 띄워 야외野外에 보내노라
>   살롬이 승지勝地를 몰온이 알게 혼들 엇더리

　＊화암 : 바위 이름. 꽃바위.
　＊춘만커다 : 봄이 무르익었음.
　＊승지 : 명승지의 준말로서 경치가 좋기로 이름난 곳.

　　제2곡은 화암의 늦봄 경치를 노래한 것으로, 두 번째로 경치가 좋은 계곡은 어디인가. 화암〔꽃바위〕에 봄이 무르익었고 푸른 물결 위에 꽃을 띄워 멀리 들판 밖으로 보내노라. 사람들이 경치가 아름다운 곳을 모르니 알게 하면 어떻겠는가 라고 하여 혼자만이 보기에 아까운 자연의 아름다움을 노래하였다.

　　(4) 삼곡三曲은 어드미고 취병翠屛에 닙 퍼졌다
　　　　녹수綠樹에 산조山鳥는 하상기음下上其音ᄒᆞ는 적의
　　　　반송盤松이 수청풍受淸風ᄒᆞ이 녀름 경景이 업세라

　＊취병 : 푸른 색 병풍같이 나무와 풀로 덮인 절벽.
　＊하상기음 : 소리를 낮추었다 높였다 함, 아래위에서 우짖음.
　＊수청풍 : 맑은 바람을 받다.
　＊녀름 경 : 여름 기분, 여름의 흥.

　　제3곡은 취병의 여름 경치를 노래하는데, 세 번째로 경치가 좋은 계곡은 어디인가. 푸른 병풍 같은 절벽에 녹음이 짙게 펼쳐져 나뭇잎들이 우거져 있다. 푸른 나무 사이로 산새가 내려왔다 올라갔다 하며 지저귀는데, 키가 작고 가로로 퍼진 소나무가 바람에 흔들리는 것을 보니 여름 풍경이 따로 없다고 하였다.

　　(5) 사곡四曲은 아드미고 송애松崖에 ᄒᆡ 넘거다
　　　　담심암영潭心巖影은 온갖 빗치 ᄌᆞᆷ겻셰라
　　　　임천林泉이 깁도록 죠흐니 흥興을 계워 ᄒᆞ노라

　*송애 : 소나무가 벼랑에 자라고 있는 곳.
　*넘거다 : 넘었다.
　*담심암영 : 못 가운데 비친 바위 그림자.
　*임천 : 숲과 샘.
　*깊도록 죠흐니 : 깊고 맑으니.

　제4곡은 송애 뒤로 해가 넘어가 비추니, 그 때 못에 비친 아름다운 암영을 노래하는데, 네 번째로 경치가 좋은 계곡은 어디인가? 소나무가 선 절벽 너머로 해가 지는데 깊은 물 위에 비친 바위 그림자는 온갖 빛으로 잠기었도다. 세상을 벗어난 선비가 숨어 사는 곳은 깊을수록 좋으니 흥을 이기지 못하겠다고 하였다.

　　(6) 오곡五曲은 어드미고 은병隱屛이 보기 죠희
　　　　수변정사水邊精舍는 소쇄瀟灑홈도 マ이 업다
　　　　이 중中에 강학講學도 홀연이와 영월음풍詠月吟風 ㅎ올이라

　*은병 : 으슥한 병풍처럼 되어 있는.
　*수변정사 : 물가에 세워진 정사, '精舍'는 본디 뜻은 불교 절〔寺〕이
　　　　　　　었으나, 도사道士가 거처하는 곳, 학문을 닦는 곳 등의
　　　　　　　뜻임.
　*소쇄 : 맑고 깨끗함. 속세를 떠난 듯함.
　*강학 : 학문을 가르치고 연구함.
　*영월음풍 : 자연을 시로 읊음, 시를 짓고 읊으며 즐겁게 노는 것.

　제5곡은 수변정사에서의 강학과 영월음풍을 노래하는데, 다섯 번째로 경치가 좋은 계곡은 어디인가. 굽이지고 눈에 쉽게 띄지 않는 병풍 같은 절벽이 보기도 좋고 물가에 지어 놓은 정사가 맑고 깨끗한 것이 그지없다. 여기서 글도 가르칠 뿐만 아니라 시도지어 읊으면서 풍류를 즐기겠다고 하였다.

(7) 육곡六曲은 어드미고 조협釣峽에 물이 넙다
　　　 나와 고기야 뉘야 더욱 즑이는고
　　　 황혼黃昏에 낙대를 메고 대월귀帶月歸를 흐노라

　 * 대월귀 : 달빛을 받으며 돌아옴.
　 * 조협 : 낚시질하는 산골짜기.

　 제6곡은 조협의 저녁 경치를 노래하는데, 여섯 번째로 경치가 좋은
계곡은 어디인가. 낚시질하기에 좋은 좁은 골짜기에는 물이 많이 고여
있다. 이 골짜기에서 나와 물고기 중 누가 더욱 즐길 수 있으랴, 황혼
녘에 낚싯대를 메고 달빛을 받으며 집으로 돌아가겠다고 하여 어부의
풍류를 만끽하였다.

(8) 칠곡七曲은 어드미고 풍암楓巖에 추색秋色이 좃타
　　　 청상淸霜이 엷게 치니 절벽絶壁이 금수錦繡ㅣ로다
　　　 한암寒巖에 혼자 안자셔 집을 닛고 잇노라

　 * 풍암 : 바위에 단풍나무가 많이 곁들린 곳.
　 * 청상 : 가벼운 서리.
　 * 한암 : 차가운 바위.
　 * 집을 닛고 : 집으로 돌아갈 일을 잊었다.

　 제7곡은 풍암의 가을 경치에 대한 감탄을 노래하는데, 일곱 번째로
경치가 좋은 계곡은 어디인가. 단풍이 물든 바위에 가을 빛이 짙구나.
맑은 서리가 엷게 드리우니 절벽(단풍에 덮인 바위)이 마치 비단처럼 아
름답도다. 시원한 바위에 혼자 앉아서 집에 돌아갈 생각마저 잊었다고
하여 자연에 취해 있음을 볼 수 있다.

    (9) 팔곡八曲은 어드미고 금탄琴灘에 둘이 붉다

        옥진금휘玉軫金徽로 수삼곡數三曲을 노른 말이

        고조古調를 알이 업스니 혼즈 즑여 ᄒ노라

    * 금탄 : 여울 이름.
    * 옥진금휘 : 거문고.
    * 노른 말이 : 논 것이.

    제8곡은 금탄에서 달밤에 거문고를 연주하는데, 여덟 번째로 경치가 좋은 계곡은 어디인가. 거문고를 연주하는 듯 물소리가 흥겹게 들리는 여울목에 달이 밝다. 훌륭한 거문고로 몇 곡을 연주하며 놀지만 운치 있는 옛 가락을 알 사람이 없으니 혼자서 즐거워 하려 한다.

    (10) 구곡九曲은 어드미고 문산文山에 세모歲暮커다

        기암괴석奇巖怪石이 눈 속에 뭇쳣셰라

        유인遊人은 오지 아니ᄒ고 볼 것 업다 ᄒ더라

    * 세모 : 한 해가 저물어 감.
    * 기암괴석 : 기이하게 생긴 바위와 돌.
    * 유인 : 놀러(공부하러) 다니는 사람, 세상 사람.

    제9곡은 문산의 눈덮인 경치를 노래하는데, 아홉 번째 경치가 좋은 계곡은 어디인가. 문산의 아름다운 곳에 한 해가 저물었도다. 기암괴석이 눈 속에 묻혀 보이지 않을까 걱정이 된다. 유인(즐기며 떠도는 사람)은 오지 아니하고 볼 것이 없다고 하면서 자연에 심취하였다.

    ◕ 작품의 이해와 내면화

    이 작품은 주자朱子가 무이구곡武夷九曲에 은거하며 강학講學했던 일을 본받아, 해주의 고산 구곡에서 자연을 벗삼고 학문에 정진하는 생활을 노래한 것이다. 그러나 <고산구곡가>가 <무이도가武夷棹歌>를 단순하게 모방했다고 할 수는 없다. <무이도가>는 무이구곡의 절경을 배를 타고 유람하는 과정을 시화한 것이고, <고산구곡가>는 자연과 일체가 되어 살아가면서 학문에 정진하는 생활의 정취를 노래한 것이기 때문이다.

이 작품은 전체적으로 화자의 감정 표현이 절제되어 객관적 서술에 숨겨진 서정을 노래하고 있다. 직접적 감정 노출이라야 '흥興을 계워하노라(4곡)' 정도이다. 그저 덤덤하게 '죠희, 좃타'로 표현하거나, '벗 온 양 보노라(1곡), 대월귀帶月歸를 ᄒ노라.(6곡), 집을 닛고 있노라(7곡)' 등과 같이 표면상으로 단순한 행위 서술로 치환되어 있을 뿐이다. 또 서시, 2곡, 5곡의 종장처럼 완곡한 표현으로 자신의 견해를 표출한 것이 고작이다. 그러나 이러한 객관적 서술에도 불구하고 이 작품은 뛰어난 서정성을 간직하고 있다. 다시 말하면 <고산구곡가>는 은거 생활의 흥취와 높은 정신적 경지를 객관적 서술과 무기교의 담담함 속에 은근하게 표상하고 있는 작품이라 할 수 있다.

그리고 <고산구곡가>의 정신적 경지를 상고詳考하여 보면 <고산구곡가>에 등장하는 모든 소재들은 조화調和와 자족自足의 경지에 이바지하고 있다. 고통과 불화와 절망의 그림자는 어디에서도 찾아볼 수 없다. 지은이는 즐거운 정감을 교감할 수 있는 매개물들을 소재로 채택하고 있다. 마지막 구절인 '유인遊人은 오지 안이ᄒ고 볼 것 업다 ᄒ더라.' 에서 조차 책망의 태도라기보다 포용하려는 태도가 함축되어 있어, 그것은 한마디로 달인達人의 경지라고 할 수 있다. 이러한 정신적 경지는 <도산십이곡>과 그 지향점이 같은 것이다. 그러나 관념적 표현에서 크게 벗어나지 못한 <도산십이곡>에 비하여, <고산구곡가>는 함축성과 형상성이 뛰어나 언어예술로서의 가치면에서 더 우수하다고 할 수 있다.

또 <고산구곡가> 작품의 구조를 살펴보면 다음과 같다.

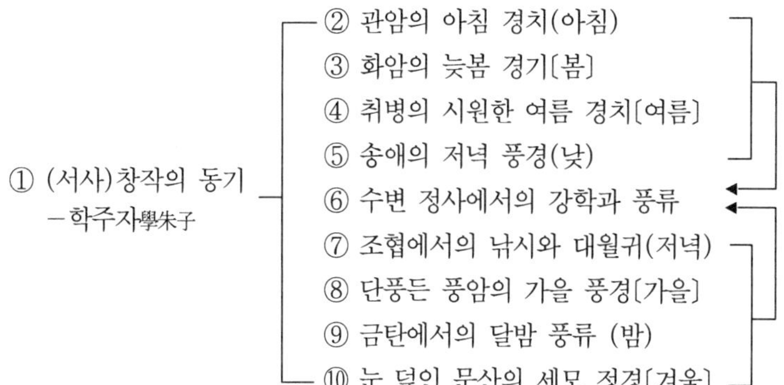

위에서 공간의 이중성과 시간성에 대한 배려를 볼 수 있다.

이 작품의 서시에 해당하는 ①은 작품을 지은 동기를 노래한 서곡이고, ②~⑨에서는 관암, 화암, 취병, 송애, 은병, 조협, 풍암, 금탄, 문산 등 구곡九曲의 정취를 노래하였다. 이 구곡의 명칭은 지명과 아울러 경관을 표현하는 어휘로도 해석되는 이중적 의미의 공간이다. 또 배경 시간을 살펴보면, 봄, 여름, 가을, 겨울 등 4계절과 아침, 낮, 저녁, 밤 등 낮 시간을 순차적으로 배열하였으며 이 노래의 중심인 ⑥(5곡)을 핵으로 하여 서로 대응되는 구조이다. ⑥(5곡)에서 시간성이 배제된 것은 종장에 나와 있는 강학과 영월음풍이 화자의 삶의 모든 시간대에 해당되는 사실임을 시사示唆하기 위한 기법이라고 할 수 있다.

● 문학사적 의의

이 작품은 작가가 대사간의 벼슬에서 물러나 해주 석담에서 제자들의 교육에 힘쓰고 있을 때, 그곳의 생활을 노래한 것이다. 서시序詩에 이어 관암寬巖, 화암花巖, 취병翠屏, 송애松崖, 은병隱屏, 조협釣峽, 풍암風巖, 금탄琴灘, 문산文山 등의 구곡을 노래하였다.

자연의 변화와 그 아름다운 모습을 객관적이고 사실적으로 제시하고 있다. 여기에는 자연의 풍경을 통해 도를 실어 표현할 수 있다는 그의 철학이 내재해 있다. 즉 이이는 꾸밈없이 순수한 자연의 모습[氣]에서 그가 추구하는 보편적인 진리인 도[理]를 발견하고 이를 꾸밈없이 순수한 언어를 통해 작품으로 형상화하고 있다. 이는 다양한 현상[氣] 속에 보편적인 원리가 존재한다는 율곡의 이기론理氣論에 근거를 둔 것으로 이러한 이[道]가 현실[자연] 속에서는 구체적 기[文]에 의해 규정되므로 보편적 이[도]는 구체적인 변화상을 떠나서는 추구될 수 없다. 여기서 한 걸음 더 나아가 변화하고 제한적인 기[氣局] 속에는 항상 보편적 이[理通]가 존재한다는 '이통기국설理通氣局說'이 작품에 그대로 적용된 것이라 하겠다. 그러므로 지극히 평범한 자연의 변화와 아름다움을 객관적이고 사실적으로 단순하게 표현한 듯 보이나 그것은 천리 자연의 이치에 합당한 것이고, 별다른 수사가 없는 언어로 표현하고 있으나 의미는 심원해서 도덕과 인의를 형성하는 데 커다란 도움을 주고 있다.

마지막으로 자연의 아름다운 모습을 통해 보편적인 진리인 도를 발견하기 위해서는 자연과의 조화로운 삶을 통해 끊임없는 자기수양과 학문도야가 필요함은 말할 나위가 없겠다. 그런 의미에서 자연 속에서 강학하고 영월음풍하는 것은 학문의 도야와 자기수양을 위함이라 하겠다.

16세기 사림파들은 성리학적 이념에 근거하여 조선조를 개혁코자 하였는데 그 실천요강은 주자에 집약되었다. 그러나 그들은 정치적 의지가 좌절되면 서슴없이 강호로 돌아갔는데, 그들에게는 주자의 삶과 학문, 그리고 문학이 그들의 이상理想으로 받아들여졌다. 따라서 주자의 무이구곡에서의 삶이 동경의 대상이 되었고, 그가 지은 <무이도가>가 관심의 대상이 되었다.

<고산구곡가>는 첫수를 서사로 시작하여 1곡에서 9곡까지 노래하는 구곡체시가라 할 수 있는데, 퇴계, 율곡 이후 17세기 송시열을 비롯한 주자학적 지식인들에게 계승되어 애송되기도 하고, 자연을 소재로 한 많

은 한시 창작에 영향을 미쳐 20세기초엽까지 많은 '구곡체시가'가 지어졌다. 그러나 한문 구곡체시가의 작품 수는 많으나 국문 구곡체시가는 율곡의 <고산구곡가>와 이것의 영향을 직접 받은 권섭의 <황강구곡가>, 가사 형태의 시가인 채헌의 <석문정구곡도가石門亭九曲棹歌> 등 몇 편에 불과하다. 구곡체시가 가운데 <도산구곡가>는 형태상 구곡을 읊었다는 점에서 <무이도가>의 영향을 받았으나 의미상 구조나 내용에 있어서는 독창적인 세계를 보여주고 있다.

<고산구곡가>에는 형사形似가 최대한 억제되어 있다. 이는 묘사描寫의 억제고 감정이입感情移入의 억제다. 때문에 담박淡泊하다.

주제도 분명치 않고, 묘사도 별로 없어 무미건조하리만큼 그저 담박하기만 하다. 이는 <고산구곡가>의 특징인 동시에 조선 사대부시가가 추구하던 중요한 美의 하나였다. 여기서 선비정신의 금욕주의를 읽을 수 있다. 율곡은 언어 표현을 개념인식과 감성인식에서 엄격히 통제하였다. 이건 담박미가 조명될 때 <고산구곡가>의 문화사적 위치는 재평가 될 것이다.

1. 임제의 <청초 우거진 골에>

● 창작배경

임제林悌(1549~1587, 명종4년~선조20년)는 조선전기를 풍미한 문인으로 본관은 나주羅州, 자는 자순子順, 호는 백호白湖・풍강楓江・벽산碧山・소치嘯癡・겸재謙齋 등이 있으나 백호白湖로 널리 알려졌다.

나주임씨羅州林氏는 고려 충렬왕 때 대장군으로 활약한 판사재사시判司宰寺事 임비林庇를 시조로 한다. 임제는 명종 4년(1549년) 나주에서 병마절도사를 지낸 아버지 임진林晉과 어머니 남원김씨의 맏아들로 태어났다. 조부 임붕林鵬은 중종 기묘사화 때 조광조趙光祖를 구하기 위해 목숨을 걸고 상소를 올린 정의로운 선비였다. 아버지 임진林晉 또한 무장武將으로서 나라의 안위를 지키며 사사로운 이익도 가까이 하지 않은 청백리淸白吏였으며 시인이다.

임제는 대대로 학덕있는 가문의 혈통을 이어받아 어린 나이에도 시를 잘 지어 주변 선비들을 깜짝 놀라게 했다. 여섯 살부터 김흠金欽에게서 10년간 수학하여 대문장의 틀을 닦았으나 학문에 큰 뜻이 없고 성격이 활달하여 낭만적인 생활을 즐겼다. 과거위주의 글에는 뜻이 없던 호쾌한 백호는 당대 호남선비의 등용문이던 박순朴淳(1523~1589)의 문하를 마다하고, 속리산으로 낙향한 당대의 석학 대곡大谷 성운成運(1497~1579)의 문하로 들어가 큰 스승 밑에서 경학과 시문을 익혔다. 그곳에서 3년간 공부하고 고향으로 돌아온 백호는 영모정, 벽류정, 소요정, 창양정 등·영산강 8정을 두루 돌아다니며, 문우文友들과 술과 시, 거문고의 풍류로 세상 인심을 토로하였다. 백호는 28세에 생원과 진사에, 29세에 알성문과에 급제하여 탄탄한 벼슬길을 약속 받아 예조정랑겸 지제교를 지냈다. 그러나 양당의 당파싸움을 개탄하고 옥봉玉峯 백광훈白光勳(1537~1582)과 허균許筠(1569~1618)의 스승인 손곡蓀谷 이달李達(1539~1618) 등과 어울려 백두에서 한라까지 명산대첩을 주유하며 산과 물을 노래하고 다니다가 1587년(선조20년) 39세의 일기로 짧은 일생을 마쳤다.

그의 사상은 호방하면서도 명쾌하고 드높은 기상을 지녔다. 나라의 자주성 회복과 강대한 고구려의 옛 땅을 되찾고 세계를 호령하고 싶은 심정이 그의 묘전의 시비詩碑에 다음과 같이 전한다.

> 세상에 태어나서 만주 땅을 못 삼켰으니
> 그 어느 날에나 서울 땅을 다시 밟을 것이냐
> 취하도록 술을 마시고
> 말을 재촉해 돌아가는데
> 눈이 시린 저 먼 하늘
> 짙은 안개가 걷히는 구나

위 시에서는 중국을 벗어나지 못하고 사대주의와 주자학적 세계관에 빠진 조선 사대부의 무능을 통탄하고, 민족적 자아의식을 깨치자는 백호의 외침으로 오늘을 사는 우리에게 많은 시사점을 느끼게 한다. 그는 당쟁만을 일삼고 부귀공명에 눈멀던 세태를 역겨워하여 시주詩酒와 기녀妓女로 벗하는 삶을 살았던 것으로 보인다. 그러나 풍류남아인 백호는 애국충절愛國忠節 또한 남달라서 나라의 안위를 걱정하는 작품들을 많이 남기고 있다. 그는 시속詩俗과 격格을 초월한 기행奇行이 많았으며, 기녀들과의 사이에 로맨스도 적지 않아 많은 염정시艶情詩를 전하고 있다. 그의 시풍詩風은 대단히 풍류적이며 호방활달하여 면앙정俛仰亭 송순宋純(1493~1583)을 계승하고 황진이黃眞伊와도 통하는 데가 있다.

임제의 작품은 <수성지愁城誌>, <원생몽유록元生夢遊錄>, <화사花史> 등 한문소설과 720여편의 한시가 문집 『백호집白湖集』과 『부벽루상영록浮碧樓觴咏錄』에 전한다.

◑ 텍스트 분석

> (1) 청초靑草 욱어진 골에 자눈다 누엇눈다
>   홍안紅顔은 어듸두고 백골白骨만 뭇쳐눈다
>   잔盞 줍고 권勸ᄒ 리 업스니 그롤 슬허ᄒ노라

* 자눈다 : 자느냐?
* 홍안 : 얼굴색이 좋은 젊은 사람의 얼굴.

이 시조는 작자가 평안도평사平安道評事로 부임하는 길에 송순宋純의 잔치자리에서 만난 일이 있는 명기名妓 황진이를 찾아갔으나 그녀는 이미 이 세상 사람이 아니었다. 그래서 황진이의 무덤을 찾아 서운한 마음을 읊은 것이다. 나중에 이 일이 양반의 체통을 떨어뜨린 일이라 하여 논란이 되어 임제는 파직되었다.

용모가 단정하고 시문에 능하였던 황진이의 죽음을 안타깝게 여긴 작자는 황진이의 무덤 앞에서 술잔을 올리고 혼자 잔을 기울이며 인생의 허무를 되씹고 있다. 그 아름답고도 황홀한 얼굴의 모습도 간 데 없이 무상한 죽음 앞에 입을 다문 만인의 연인 황진이를 불러도 두드려도 대답이 없으니 그녀의 문학세계를 사랑했던 작자의 애상적 감정을 읊은 것이다.

(2) 북천北天이 맑다커놀 우장雨裝 업시 길을 나니
   산山에는 눈이 오고 들에는 츤비 온다
   오날은 츤비 마즈니 얼어 잘가 ᄒ노라

*우장 : 비 올 때 갖춰입는 옷.
*츤비 : 기녀 한우寒雨를 염두하고 쓴 것.
*마즈니 : 맞았으니.

　기녀妓女 한우寒雨를 '츤비'라는 중의적重義的 표현으로 구상화하여 사랑의 호소를 보인 구애가求愛歌로 일명 <한우가寒雨歌>라고도 한다. 시조는 생활 속의 사연을 읊어 서로 주고받음이 중요한 것으로, 이 시조는 임제가 기생인 한우에게 준 노래이다. 임제는 현실에 순응하지 못하고 법도를 초월해서 호방하게 지냈으며, 봉건적 권위에 반항했고, 인간으로서의 주정적이고 자유분방한 인생 자세를 읊은 것이다. 그는 당대의 유교적 윤리관에서 볼 때에는 용납되기 어려운 인간상이었다. 평안도 평사評事의 소임을 받고 부임길에 황진이의 무덤을 찾아 시를 지었다가 유가들에게 수난을 겪었다. 특히, 그는 시문을 통하여 그의 낭만성을 잘 보여 주었는데, 이 노래도 그 중의 하나로 족히 작자의 풍류남아風流男兒로서의 멋을 짐작할 수 있다.
　이에 한우는 그에 못지 않는 시조로 다음의 화답시를 쓴다.

어이 얼어잘이 므스일 얼어잘이
원앙침鴛鴦枕 비취금翡翠衾을 어듸두고 얼어잘이
오늘은 찬비 맛자신이 녹아 잘까하노라

*鴛鴦枕 : 원앙새를 수놓은 베개.
*翡翠衾 : 비취로 수놓은 이불.

위에서 '얼어'를 '어우러져서 안고 자다' 등으로 해석해서 운우지정雲雨之情을 나타낸다고 보는 설이 있다. 한우에게 이 시를 준다는 것만으로 그의 과감성과 풍류는 한우에게 충분히 전달되었을 것이며, 눈비 맞은 행색과 차갑게 얼어붙은 몸을 보임으로써 한우에게 따뜻하게 해주고 싶다는 마음이 일도록 하는 의도였을 것이다.

다른 해석으로는 북쪽 하늘이 맑다(북쪽 임금이 계신 궁궐이 평화롭다)고 해서 우장업시(별다른 대책이나 준비없이) 나섰더니 산에는 눈이 오고 들에는 찬비 온다고 하여 아직도 겨울인 정치풍토를 비유하고 있다고 볼 수 있다. 이렇게 해석하고 보면 당쟁이 한참인 조선의 정계는 살얼음판이라 참으로 힘든 나날이니 얼어버린 이 내 몸을 녹일 수 있도록 해달라고 비유적으로 표현했다고 할 수 있다.

> (3) 오날도 져무러지게 져물며는 새리로다
>   새면 이님 가리로다 가면 못오려니
>   못오면 그리려니 그리면 응당應當 병病들려니
>   병病드러 못 술줄 알량이면 즈고나 갈가 ㅎ노라
>
> * 져무러지게 : 저물었구나, '지게'는 '지거이'의 축약형, 감탄형 종결어미.

이 시조는 기녀에게 보내는 시이다. 임에 대한 애절한 정을 연쇄적인 표현으로 그리고 있는 것이 돋보이며 자유분방한 그의 시 정신에 형식까지도 파격을 더했고 임제의 활달하고 그 무엇에도 구애받음이 없는 자유분방한 정신을 드러내는 작품이다.

> (4) 청천靑天에 떠서 울고 가는 저 기러기 나지 말고 내말드러
>   이리로 저리로서 한양성내漢陽城內에 잠간暫間드러
>   웨웨쳐 불너 니르기롤 월황혼月黃昏 계워갈제

> 적막공규寂寞空閨의 더진 듯 혼ㅈ안ㅈ 님그려
> 춤아 못살네라ᄒ고 혼 말만 전傳ᄒ여 다고
> 우리도 서주의 유사有事ᄒ여 밧비가는 길이오매
> 전傳홀동말동 ᄒ여라

＊웨웨쳐 : 외쳐.
＊월황혼 : 달 뜬 저녁.
＊계워갈제 : 깊어갈 제.
＊적막공규 : 쓸쓸한 빈 규방.
＊더진 듯 : 던져진 듯.

　푸른 하늘에 떠서 가는 기러기에게 님이 그립다고 하소연을 하고 있다. 그랬더니 기러기가 우리도 서쪽 땅에 바삐 가는 길이라 전할 수 있을지 모르겠다고 답한다. 하소연의 대상을 자연물에서 찾고 있으며, 전달이 불확실하기에 님을 향한 애틋한 마음이 한층 고조된다. 이 시조는 사설시조의 형식을 보이고 있어 특이하다.

　　(5) 남ᄒ여 편지片紙 전傳치 말고 당신當身이 제오되여
　　　　남이 남의 일을 못 일과져 ᄒ랴마는
　　　　남ᄒ여 전傳혼 편지片紙니 알동말동 ᄒ여라

＊남ᄒ여 : 남을 시켜.
＊제오되여 : 자기가 몸소 우체부가 되어.
＊일과져 : 못 이루게야.

　이 시에서는 편지를 이용해서 임에 대한 그리움을 노래하고 있다. 반가운 소식을 남에게 보내지 말고 임이 직접 우체부가 되어서 오라고 했다. 임을 만나고자 하는 진솔한 서민들의 마음이 적극적이고 직서적으로 나타나고 있다.

(6) 방초芳草 우거진 골에 시이내는 우러옌다
　　가대무전歌臺舞殿이 어듸어듸 이메뇨
　　석양夕陽에 물차는 졔이비야 네다알가 ᄒᆞ여라

＊우러옌다 : 울며 흘러간다.
＊가대무전 : 노래하는 무대와 춤추는 전각.

　이는 화창한 봄날 기생집을 찾아가는 심정을 노래한 것이다. 어떻게 보면 무절제한 탕아의 생활이지만 벼슬이나 권력에 집착하지 않는 자유인의 낭만이라고 보는 것이 좋을 듯하다. 임제의 시조는 모두 기생과 관련된 것으로 황진이와 한우, 그리고 평양기생 일지매一枝梅 등과 많은 일화를 남기고 있다.

　그리고 백호의 한시 가운데 남녀의 이별을 노래한 <무어별>과 우국충정을 노래한 <잠령민정>, 그리고 소년시절의 염정생활을 그린 <추천곡>을 소개하면 다음과 같다.

(7) <무어별無語別>
　　十五越溪女　　　열다섯 아리따운 아가씨
　　羞人無語別　　　남 부끄러워 말 못하고 헤어졌고야
　　歸來掩重門　　　돌아와 중문을 닫고서는
　　泣向梨花月　　　배꽃 사이 달을 보며 눈물 흘리네

＊월계녀 : 월나라 계변의 여자, 월나라에는 미인이 많다고 하여 미인을 '월계녀"라 함.
＊수인 : 사람을 부끄러워 함.
＊무어별 : 말 한 마디 못하고 헤어짐.
＊엄 : 닫다.
＊중문 : 대문 안에 다시 세운 문, 집 안의 내실로 통하는 문.
＊읍향 : 울면서 바라보다.

<규원閨怨>이라고도 부르는 이 작품은 남성 작자가 여성적인 섬세한 감각으로 이별을 당한 여인의 슬픔을 효과적으로 포착해 내고 있다. 사랑하는 임과 헤어지면서도 남의 이목이 부끄러워 이별의 말 한마디 못하고, 소리 없이 눈물을 흘리는 여인의 안타까운 심정을 절절하고 솔직하게 드러냈다. 결구의 배꽃처럼 흰 달은 이 작품의 배경 구실을 하면서 동시에 임의 모습을 더욱 생각나게 하는, 그래서 작중 화자의 마음을 더욱 슬프게 하는 작품 내적 기능을 하는 소재이다.

(8) <잠령민정蠶嶺閔亭>

東溟有長鯨	동쪽바다엔 큰 고래 날뛰고
西塞有封逐	서편 국경에는 사나운 짐승 있건만
江障哭殘兵	강가 초소엔 잔약한 병졸 울부짖고
海激無堅累	바닷가 진지엔 굳센 보루 없구나
廟算非良籌	조정에서 하는 일 옳지 않거니
全龜豈男子	몸을 사리는 것이 대장부이랴
寒風不再生	훌륭한 제 주인을 얻지 못하니
絶景空垂耳	명마는 속절없이 귀 수그리네
誰識衣草人	뉘라서 알리오 초야에 묻힌 사람
雄心一千里	웅심이 하루에도 천 리를 달리는 줄

<무어별>과 비교하여 이 시에는 남성적 기백이 드러난다. 임제는 당대 사대부들의 나약한 정신 풍토와 타락한 관료사회에 대한 비판과 적극적 대응을 외친 사람이다. <잠령민정>에서는 외세의 위협에 대한 국가의 무방비를 근심하고 애태우는 임제의 시국관時局觀이 피력되어 그의 현실 인식과 우국 충정을 보여주고 있다.

임제는 임종에 임하여 처자에게 유언하기를, 사해의 모든 나라가 자주 독립하고 있는데 홀로 조선만이 그렇지 못하여 중국을 섬기고 있으니

내가 살아서 무엇을 하며, 내가 죽은들 무엇이 원통하겠느냐며 곡哭을 하지 말라고 하였다. 이를 보면 임제가 얼마나 강하게 민족적 자주성을 인식하고 있었는지를 알 수 있다.

(9) <추천곡鞦韆曲>

誤落雲鬢金鳳釵	아뿔싸! 구름가에 금비녀 빠뜨렸네
遊廊拾取笑相誇	총각은 주어들고 보란 듯이 웃고 섰네
含羞借問郞居住	부끄러움 머금고 묻노라 도련님 사는 곳
綠柳珠簾第幾家	푸른 버들 저 넘어 주렴 달린 집이라네

위에서 우리는 임백호의 소년시절을 볼 수 있다. 그네 뛰다 떨어뜨린 처녀의 금비녀를 주어들고 빙그레 웃으면서 처녀를 호리는 모습, 그리고 그 처녀는 부끄러움을 무릅쓰고 도련님에게 마음을 주며, 감히 도련님 사는 주소를 묻는 데까지 일이 발전되는데 이미 소년이요, 바람기 충만한 그는 또 <규원>이라는 시에서 보듯이 처녀를 잘 매혹시키며 동시에 자유연애를 은근히 강조하고 있다. 강 건너 도련님을 바라본 15세 처녀는 그 눈짓과 밀어에 홀딱 반해서, 달 보고 울고 있는 모습이 바로 임백호의 소년시절의 염정생활을 짐작케 하는 염정시艶情詩이며, 애정관계를 그린 한폭의 풍속도에 걸맞는 분위기를 자아내고 있다.

◗ 문학사적 의의

임제는 한시가 유행하던 당시에 시조를 애용하여 애정시를 많이 썼다. 그는 비판적 지식인으로 양반들 사이에서 따돌림을 당했지만 자신만의 독특한 문학세계를 구축해갔다. 시조에 나타난 특징을 보면 양반의 문학적 세련미와 서민들의 성의식을 인간적 감정으로 자유롭게 구사했다. 또 역사적으로는 사화士禍들이 성행하던 시대적 상황에서 벼슬길은 고난의 연속이었고, 시대상황에 대한 절망이 여성에 대한 탐닉과 추구로 나타났을 수도 있다.

이러한 생각에서 출발한 임제의 시조가 자유로운 연애사상과 버림의 미학으로 명예와 지위의 모든 것을 버리고 떠날 수 도 있다는데 오늘날 우리에게 감동을 준다. 황진이가 기생의 신분임에도 그의 무덤에 찾아가서 잔 잡아 술을 권할 수 있는 마음과, 그가 평안도 평사로 부임하는 시기임에도 불구하고 기생의 무덤을 찾았다는 것은 그의 시대가 비록 기생과의 풍류를 용인하는 시대라고 했더라도 이는 조정의 비난을 샀을 것이다. 그러나 임제는 능동성과 적극성의 소유자로, 거리낌 없이 사랑하는 사람에 대하여 적극적으로 마음을 표현하여 당대 문학인의 기질과 차이를 보여 주었다. 아울러 임제의 시문은 양반들의 규범과 도덕에는 비판적이었으며, 호방하고 자유분방自由奔放한 지식인의 삶을 반영한 것이라 할 수 있다.

2. 황진이의 <청산리 벽계수야>

◗ 창작배경

황진이黃眞伊(?~1530)는 조선 중종 때 개성의 명기名妓로 본명은 진眞, 진랑眞娘이라 하였으며, 기명妓名은 명월明月이다. 개성출신 황진사와 어머니 진현금陳玄琴 사이에서 태어났다고 『송도기이松都紀異』에 전하나 그의 전기傳記에 직접적인 사료는 없고 야사에 수많은 일화逸話가 전하고 있을 뿐이다. 황진이는 황진사의 서녀로 기녀의 몸을 빌어 태어났다는 것과 그녀의 기명이 명월明月인 것은 벽계수碧溪守와 수응에서 보면 확실하다.

아름다움을 그리는 것은 지금이나 예나 같은 실정으로 야사野史에 전하는 진이와 관련된 인물로 유학자 서경덕徐敬德, 재상 송순宋純, 진이와 동거했다는 이언방李彦邦, 소세양, 또 승려인 지족선사知足禪師가 있다. 진이의 사적을 기록한 이로서도 허균許筠과 이덕형李德馨, 유몽인柳夢寅 등이 있다. 그런가 하면 백호白湖 임제林梯는 진이의 무덤에서 시조를 읊고 치제致祭했다 하여 파직을 당한 것도 특기할 만하다. 개성의 읍지인 『중경지中京誌』에는 명승지名勝地 박연폭포朴淵瀑布와 서경덕徐敬德, 그리고 황진이를 세칭 '송도삼절松都三絶'이라고 했는데 이는 그녀가 자칭한 말이라 한다.

황진이는 1530년경 마흔 전후의 젊은 나이로 병사하였는데, 임종하는 자리에서 '내가 죽으면 시체를 관에 넣지 말고 동문 밖 모래밭에 내버려서 까마귀의 먹이가 되게 하여 방탕한 여자들의 교훈이 되게 하시오' 라는 유언을 남겼다. 그런데 이름 모를 남자가 그녀의 시신屍身을 거두어 남정현南井峴 고개 위에 묻어 주었다고 한다. 그곳은 오늘날의 판문점 바로 북쪽인 이북 땅이다.

● 텍스트 분석

황진이黃眞伊의 작품은 주로 연석宴席이나 풍류장風流場에서 지어진 시조 6수와 한시가 전하고 이는데, 그 내용은 다음과 같다.

(1) 청산리靑山裡 벽계수碧溪水야 수이 감을 자랑 마라
    일도창해一到滄海ᄒ면 다시 오기 어려오니
    명월明月이 만공산滿空山ᄒ니 쉬여 간들 엇더리

*벽계수 : 푸른 시냇물과 종친 벽계수(이창곤)를 빗댄 말, 중의법重意法.
*쉬이 : 쉽게.
*창해 : 넓은 바다를 이름.
*명월 : 밝은 달과 황진이의 기명을 중의법重意法으로 표현.
*만공산 : 쓸쓸한 산에 가득 차 있다.
*벽계수碧溪守 : '守'는 왕가 친척의 관직명, 정4품에 해당됨.

　당시 종친의 한 사람인 벽계수라는 이가 하도 근엄하여 딴 여자를 절대로 가까이 하지 않는다고 소문이 높았다. 마침 그가 개성에 와서 만월대를 산책할 때에 황진이가 이것을 알고 일부러 따라가서 이 노래를 건넸더니 벽계수는 그의 시재詩才와 미모에 끌려 하룻밤의 시흥을 돋우었다고 한다.

　푸른 산속 벽계수는 종실 벽계수를 견주고, 밝은 달 명월은 자신의 기명인 명월을 중의법으로 표현하여 그 뜻의 함축미와 아름다운 자연을 그려놓고 있다. 또한 '청산'과 '벽계'는 아름다운 자연의 대비와 황진이가 벽계수를 유혹하는수단으로 읊을 뿐아니라, 시간의 유한성과 인생무상을 자연의 이치에 비유함으로 깊은 의미를 다해 주고 있다.

　(2) 내 언제 무신無信ㅎ여 님을 언지 속였관더
　　　월침月沈 삼경三更에 온 뜻이 전혀 업더
　　　추풍秋風에 지는 닙 소리야 낸들 어이 ㅎ리오

　　*月沈三更 : 달이 진 한밤중, 깊어진 달밤.
　　*온 뜻이 : 찾아 올 생각이, 찾아 온 기억이.

　이 시조는 서경덕의 노래 "마음이 어린 후이니 하는 일이 다 어리다 / 만중운산에 어느 님 오리오마는 / 지는 잎 부는 바람에 해여 긘가 하노라"에 화답한 것이다. 비록 스승과 제자의 사이지만 이성으로서의 애정을 은근히 느끼게 된 것은 황진이나 서경덕이나 다름이 없다. 다만 그것을 순수한 애정으로 승화시킨 데에 서경덕의 고매한 덕성과 진이의 반짝이는 총명이 조화를 이루었던 것이다. '지는 잎 부는 바람에 행여 긘가'하는 서경덕의 은근한 연정을 넌지시 받아서 '가을바람에 지는 잎 소리인데, 그것을 낸들 어떻게 하겠습니까'라고 화답한 것은 체념하는 듯하면서도 속으로는 더욱 간절한 애정을 담고 있다.

(3) 동지冬至ㅅ둘 기나긴 밤을 한 허리를 버혀내여
　　춘풍春風 니불 아러 서리서리 너헛다가
　　어론님 오신 날 밤이여든 구뷔구뷔 퍼리라

　*허리 : 큰 허리, 또는 긴밤의 한가운데.
　*버혀내어 : 베어 내어, 버히다 > 버이다 > 베다.
　*서리 : 긴 물건을 잘 서리어(헝클어지지 않게 빙빙 둘러서 포개어 감다).
　*어론 님 : 어른 님, 정든 님, 얼다(얼우다)는 시집보내다, 혼인하다의 뜻.

　밤의 한 가운데를 허리라고 한 것이나 시간을 물건 자르는 듯한 놀라운 표현은 놀랍다. 가히 천재적인 창의성이라 할 수 있다. 이는 여인의 애틋한 정념情念을 읊은 연정가戀情歌이다.

　황진이가 명창 이사종李士宗을 만난 것은 27세 때의 일로, 개성으로 선전관 벼슬을 하러 가던 이사종이 천수원天壽院 냇가에서 노래를 부르고 있었다. 마침 이곳을 지나가던 황진이는 그 노래의 뛰어남에 놀랐다. 그리고 당대 명창 이사종임을 단번에 알아차리고 그의 앞에 나아가 무릎을 꿇고 절을 하면서 자기소개를 하였다. 이사종도 익히 들어왔던 천하의 명기 명월을 보고 반가워했으며 두 사람은 곧 가까워졌고 서로 사랑하게 되었다. 정이 든 두 사람은 이사종의 집에서 3년, 황진이의 집에서 3년, 곧 6년 동안 함께 살 것을 약속했다. 그리고 6년이 되는 날, 두 사람은 깨끗이 헤어졌다. 요즈음 말하자면 계약결혼을 한 것이다. 이렇게 미련 없이 헤어졌지만 황진이의 마음속에는 오랫동안 이사종이 살아 있었다. 그 이사종이 몹시 그립던 어느 겨울밤 황진이는 이 시조를 지었던 것이다.

(4) 청산靑山은 내 쯧이오 녹수綠水는 님의 정情이
　　녹수綠水 흘너 간들 청산靑山이야 변變홀손가
　　녹수綠水도 청산靑山을 못 니져 우러 예어 가는고

　*예어 : 가다.

'나는 변하지 않는 산이고 남자들은 흘러가는 물'이라고 비유하여 님이야 떠나가도 나의 마음은 변함이 없다고 했다. 그러나 떠나가는 님도 나를 잊지 못해 울고 간다는 것이다. 이는 자존심이 강한 작자가 자기에게 정을 준 남자들이 결국은 다 떠나갔지만 그들의 가슴속에는 자기를 사랑하는 마음이 그대로 있을 것이라고 자신하는 것이다.

작자는 기생으로서 수많은 남성편력이 있었다. 자기를 짝사랑하다가 죽어 간 이름모르 이웃 총각에서부터 송도의 이름 높은 고승 지족선사, 화담 서경덕, 소세양, 이사종, 벽계수 등 많은 남성이 있었으나 모두 다 떠나갔다. 그 중에는 유혹한 사람도 있고 존경한 사람, 사랑한 사람, 시와 술로 즐긴 사람도 있다. 그러나 종내는 모두 그의 곁을 떠나고 없었다. 도도하던 그도 불혹不惑의 나이가 가까워 오면서 인생의 무상無常함을 느꼈다.

> (5) 어뎌 닉일이여 그릴 줄을 모르던가
>   이시랴 ㅎ더면 가랴마는 제 구틔여
>   보내고 그리는 정情은 나도 몰나 ㅎ노라
>
>   *어뎌 : 아, 회한悔恨의 뜻을 가진 감탄사.
>   *닉일이여 : 나의 하는 일이여.
>   *구틔여 : 구태여, 굳이.

이 시조는 사랑하는 임을 붙잡지 못하고 보낸 뒤의 허탈한 심정을 노래한 것이다. 한 남자를 마음 놓고 사랑할 수가 없는 기녀가 겪어야 하는 이성과 감정의 갈등을 엿볼 수 있다. 님을 보낸 것은 님의 앞날을 염려한 이성의 힘이었다. 그러나 보낸 것을 뉘우치며 한탄하는 것은 꾸밈이 없는 감정이며 한恨이다. 그는 분별없이 감정에 휘말리는 여자가 아니며 무엇이 참사랑인가를 아는 여인이었다. 그러나 님이 떠난 뒤에 빈

가슴을 쥐어뜯으며 슬퍼하는 너무나 한국적인 여인의 모습을 보이고 있다. 판서 소세양은 한양에서 황진이의 소식을 듣고 개성으로 와서 30일을 기약하고 황진이와 지냈다. 한 달 동안 황진이는 소판서를 비롯한 당대의 명사들과 시와 술로 즐겼다. 드디어 내일이면 한양으로 떠나야 하는 소판서를 하루라도 더 잡아 두고 싶었지만 그럴 수는 없었다.

가람 이병기 선생은 '이 한 수의 시조가 나의 스승'이라고 격찬하면서 이시조가 하도 좋아서 시조 공부를 시작했다고 한다. 이웃집 총각 홍윤보의 목숨을 건 진실한 사랑에 감동되어 이 시조를 지었다는 말도 있다.

> (6) 산山은 녯 산이로디 물은 녯 물이 아니로다
>   주야晝夜에 흐르거든 녯 물이 이실소냐
>   인걸人傑도 물과 ζ도다 가고 아니 오노미라

이 시조는 작자의 스승이었던 서경덕徐敬德의 죽음을 애도哀悼하여 지은 것이다. 그녀는 언제나 변함없는 감정의 실을 뽑아내는 사랑의 직녀였지만 그녀를 찾아드는 뭇 남성은 언제나 바뀌고 밤낮으로 흘러내리니 한결 같을 수가 없다. 결국 인간도 이 물과 같은 가변적인 존재여서 한 번 영원의 세계로 가버리면 다시 돌아올 수 없음을 안타까움으로 표현했다. 종장에서는 뛰어난 인걸을 그리워하며 또한 인간 존재의 덧없음을 노래하고 있다.

그의 한시 가운데 남녀의 정을 그리는 <상사몽相思夢>과 소세양과 이별을 노래한 <송별소양곡送別蘇陽谷>, 그리고 송도삼절을 읊은 <박연폭포朴淵瀑布>를 소개하면 다음과 같다.

> (가) <상사몽相思夢>
>   相思相見只憑夢   생각고 보고픈 마음 만날 길은 다만 꿈길 뿐
>   濃訪歡時歡訪濃   임을 찾아가 반겨할 땐 임은 나를 찾아 오네

願使遙遙他夜夢　　언컨대 이후부터는 서로가 어긋나는 꿈길을
一時同作路中逢　　같은 때 같이 떠나 길 가운데서 만났으면

그립고 야속한 사람, 한마디 말도 없이 떠나버린 첫 남자인 부운거사를 아무리 기다려도 만날 길은 꿈길 밖에 없는데 내가 당신을 꿈속에서 만날 때는 나를 찾아 꿈속을 헤매일테니 언제나 서로가 만나지 못하고 어긋나기만 한다. 이후로는 서로 같은 꿈을 꾸되 같은 시각에 꾸어서 찾아가는 길 가운데서 만났으면 오죽이나 좋겠냐는 내용이다. 황진이가 부운거사에 대한 연연한 정을 아쉽게 그리고 있는 작품이다.

(나) <송별소양곡送別蘇陽谷>

月下梧桐盡　　달빛어린 뜰에는 오동잎 지고
霜中野菊黃　　서리 속에 들국화 시들어 가네
樓高天一尺　　누대는 높아서 하늘에 낯고
相殘醉無限　　오가는 술잔은 취하여도 끝이 없구나
流水和琴冷　　차가운 물소리는 거문고 소리
梅花入笛香　　피리에 감겨드는 그윽한 매화 향기
今日相別後　　오늘 우리가 헤어진 후면
憶君碧波長　　그리움은 강물처럼 한이 없어라

이 시는 소양곡을 송별한 내용이다. 소세양과 천수원에서 놀던 사랑과 행복을 잊지 못하여 가야 할 소판서를 하루라도 더 잡아두고 싶은 마음이 나타나 있다. '오늘 서로가 헤어진 후면 그리움은 강물처럼 한이 없으리'로 끝맺은 황진이의 정성에 소판서도 하룻밤을 더 머물면서 사랑을 불태웠다. 이렇게 가라는 말에 섭섭히 떠나는 임이 있는가 하면 차마 발길을 돌리지 못하는 임도 있는 것이다.

(다) <박연폭포朴淵瀑布>

一派長天噴壑礱	한 줄기 물이 내같이 구렁에 떨어질 때
龍湫白刃水溙溙	용추의 백인의 물은 용솟음 치네
飛泉倒瀉疑銀漢	폭포수는 은하수가 쏟아지듯
怒瀑橫垂宛白虹	그 폭포 옆에는 흰 무지개 섰구나
雹亂霆馳彌洞府	물방울이 동부에 떨어지면
珠容玉碎徹晴空	구슬같이 방울방울 창공에 빛나네
遊人莫道盧山勝	나그네여, 여산의 폭포만 말하지 말라
須識天磨冠海東	이 천마산이야말로 해동에 제일일세

박연폭포와 서경덕과 자신을 일러 자칭 '송도삼절'이라 하였으니 그 곳의 절경은 시가 아니어도 충분히 설명이 될 법하다. 폭포수를 은하수에 비유한 시구를 통해 자유자재로 즉흥시를 읊은 그녀의 독보적인 문학적 재질과 교양을 한꺼번에 느낄 수 있다.

● 문학사적 의의

우리나라 시가문학詩歌文學에서 조선시대의 여류작가는 그 수가 적고 작품도 그리 많지 않다. 조선조가 엄격한 유교이념이 지배하던 봉건적이고 폐쇄적인 사회였기에 일반 여성들은 그러한 사회적 제약 속에 부자유한 삶을 영위하였다. 그러나 기녀妓女는 이들과는 다르게 외인 접촉의 자유를 누릴 수 있는 신분을 가지고 있어서 이성과 자연스럽게 사랑을 주고받을 수 있었다.

기녀는 신분이 비록 천민에 속하는 계급이었지만 그들의 교양은 선비들에 견주어 어느 면에서도 손색이 없었다. 이들의 시조는 여성만이 지닌 섬세한 감정으로 진실하면서도 절실하게 사랑을 노래한 까닭에 더욱 감동적이다. 특히 재도지기載道之器의 역할을 했던 사대부들의 시조와는 달리 여성 특유의 우아한 정서를 전달하고 있으며, 우리말의 아름다움을 시적언어로 발전시켰다. 이들 작자에 대한 자세한 기록은 없으나, 시조에 얽힌 일화가 많이 전하고 있어 그들의 면모를 읽을 수 있다.

다정다감하면서 기예技藝에 두루 능한 명기였던 황진이는 시조를 통하여 뛰어난 문학적 재능을 발휘했다. 주로 사랑에 관한 내용을 담은 그의 작품들은 사대부 시조에서는 생각할 수 없었던 표현을 함으로서 관습화되어가던 시조에 활력을 불어 넣었다고 평가된다. 이루어질 수 없는 사랑에 대한 체념을 '청산은 내 뜻'이라고 역설적인 자기 과시로 표현하거나 왕족인 벽계수碧溪守를 벽계수碧溪水에 견주어 유혹한 재치는 황진이만이 할 수 있는 행동이다. 일상에서 얻어진 시상과 이미지가 뛰어나고 정한을 노래함에도 주관적 정서와 자연에 투영시킨 표현기법이 빼어났다.

이처럼 평범한 우리말을 순수국어미로 발전시켰으며, 다양하고 기발한 표현을 통해 시적 형상화를 이루었다. 황진이의 시조에 이르러서야 기녀妓女 시조가 본격화되는 동시에 시조문학이 높은 수준에 달했다고 할 수 있다. 황진이는 사망과 출생에 수많은 일화를 남기고 있으며, 또한 빼어난 한시는 물론, 시조로도 면앙정俛仰亭, 고산孤山, 송강松江 등과 어깨를 겨룰 만큼 뛰어남으로 여류문학사상 독보적獨步的 존재라고 할 수 있다.

 목민과 효성의 시조

1. 정철의 <훈민가訓民歌>

● 창작배경

정철鄭澈(1536~1593 · 중종31~선조25)은 조선시대의 문신이며 시인으로 본관은 연일延日이다. 자는 계함季涵, 호는 송강松江, 시호는 문청文淸이다. 송강은 인종仁宗의 귀인貴人인 맏누이와 계림군桂林君 유瑜의 부인이 된 둘째 누이로 인하여 어릴 때부터 궁중에 출입하였는데, 이 때 어린 경원대군慶原大君(명종明宗)과 친숙해졌다. 1545년(명종즉위) 을사사화乙巳士禍에 계림군桂林君이 관련되자 아버지가 유배당하게 되니 송강도 배소配所에 따라다녔다. 16세(1551)에 특사되어 온 가족이 고향인 창평昌平으로 이주, 김윤제金允悌의 문하門下에 들어가게 되어 성산星山 기슭의 송강松江가에서 10년 동안 수학할 때 기대승奇大升, 김인후金麟厚, 양응정梁應鼎 등 당대의 석학碩學들에게 배우고, 이이李珥, 성혼成渾 등과도 교유交遊하였다.

26세에 진사시(進士試)와 27세에 별시문과別試文科에 장원壯元하고, 전적典籍 등을 역임하고 31세에 함경도암행어사咸鏡道暗行御史를 지낸 뒤, 이이와 함께 사가독서賜暇讀書하였다. 43세(선조 11) 장악원정掌樂院正으로 기용되고, 곧 이어 승지承旨에 올랐으나 진도군수珍島郡守 이수李銖의

뇌물사건으로 동인東人의 공격을 받아 사직하고 다시 고향으로 돌아왔다.

45세 강원도관찰사江原道觀察使로 등용, 3년 동안 강원도·전라도·함경도의 관찰사를 지내면서 시작품詩作品을 많이 남겼다. 이 때 그의 최초의 가사歌辭 <관동별곡關東別曲>을 지었고, 또 시조時調 <훈민가訓民歌> 16수를 지어 널리 낭송하게 함으로써 백성들의 교화敎化에 힘쓰기도 하였다.

50세에 관직을 떠나 고향에 돌아가 4년 동안 작품 생활을 하였다. 이 때 <사미인곡思美人曲> <속미인곡續美人曲> <성산별곡星山別曲> 등 가사歌辭와 시조時調를 지었다. 54세에 우의정右議政으로 발탁되어 정여립鄭汝立의 모반사건謀反事件을 다스리게 되자 서인西人의 영수로서 철저하게 동인 세력을 추방했다. 다음 해 좌의정左議政에 올랐으나 56세 건저문제建儲問題를 제기하여 동인인 영의정 이산해李山海와 함께 광해군光海君의 책봉冊封을 건의하기로 했다가 이산해의 계략에 빠져 혼자 광해군의 책봉을 건의했다.

이 때 신성군信城君을 책봉하려던 왕의 노여움을 사 파직, 진주晉州로 유배, 이어 강계江界로 이배移配되었다. 57세 임진왜란 때 부름을 받아 왕을 의주義州까지 호종, 58세에 사은사謝恩使로 명明나라에 다녀왔다. 얼마 후 동인들의 모함으로 사직하고 강화江華의 송정촌松亭村에 우거寓居하다가 한 많은 생애를 마감하였다.

그는 당대 가사문학歌辭文學의 대가로서 시조의 고산孤山 윤선도尹善道와 함께 한국 시가사상 쌍벽으로 일컬어진다. 창평昌平의 송강서원松江書院, 연일의 오천서원烏川書院 별사別祠에 제향祭享되었다. 저서로 『송강집松江集』, 『송강가사松江歌辭』, 『송강별추록유사松江別追錄遺詞』 등과 시조 70여수가 전한다.

● 텍스트 분석

<훈민가>는 송강 정철이 45세 때(1589) 강원도 관철사로서 도민道民을 교화敎化하기 위해 지은 16수의 연시조이다. 평이하고 정감 어린 시어들을 사용하여 백성들의 이해와 접근이 쉽게 쓰여졌다.

> (1) 아바님 날 나흐시고 어마님 날 기르시니
>   두분곳 아니시면 이몸이 사라실가
>   하늘 ㄱ튼 ㄱ업슨 恩德을 어듸 다혀 갑스오리

> *기르시니 : 기르시니.
> *어듸 다혀 : 언제까지 모두.
> *두분곳 : 두 분, 곳은 강조의 어기.

이 시조는 <훈민가>의 첫 작품으로, '부의모자父義母慈'를 노래한 것이다. 부모는 어린애에 대해서 신神과 같은 존재요, 태양과 같은 위치에 있다. 인간의 2대 비극은 부모 없는 고아가 되는 것과 나라 잃은 망국인亡國人이 되는 것이라 한다. 어린애는 부모의 사랑을 먹고 자란다. 사실 부모 없는 어린애는 버림받은 목숨이나 다름이 없다. 나를 낳아서 정성으로 키우고 한없이 사랑해 주신 부모의 은혜를 알고 보답하려는 마음이 효孝의 윤리로 표현되었다. 부모의 은혜를 알고(知恩), 느끼고(感恩), 감사하고(謝恩), 보답하려는(報恩) 마음, 그것이 곧 효심孝心이요, 효성孝誠인 것이다. 결국 부모에 효도하려는 마음은 인간의 자연스러운 '휴머니티'요, 사람의 가장 순수하고도 아름다운 마음이라 할 수 있다.

> (2) 형아 아익야 네 술홀 몬져 보아
>   뉘 손디 타나관디 양지樣姿조차 ㄱ튼손다
>   흔졋 먹고 길러나이서 닷 ㅁ음을 먹디 마라

*아이야 : 아우야.
*네 술홀 : 네 살을.
*몬져보아 : 만져보아라.
*뉘 손디 : 누구의 손에.
*타나관디 : 태어났기에.
*양지조차 : 모양마져.
*ᄀᆞᄐᆞᆫ다 : 같은가.
*길러나이셔 : 길러나서.
*닷ᄆᆞ옴을 : 딴 마음을.

'형우제공兄友弟恭'을 노래한 것으로, 형제의 우애를 강조한 것이다. 가족은 3대 관계로 구성된다. 첫째는 부부夫婦관계요, 둘째는 친자親子관계요, 셋째는 형제자매 관계다. 사실 부부는 이혼하면 완전히 남이 된다. 가깝고도 먼 사람이다. 그러나 나머지 두 관계는 피로 얽힌 혈족관계다. 「시경詩經」에 '형제혁우장 외어기무兄弟鬩于牆 外禦其務' 즉 형제는 같은 집 안에서는 서로 싸움도 하지만, 일단 외부에서 모욕을 당하면 그것을 막기 위하여 일치단결한다는 뜻이다. 또『논어論語』에서는 형제이이兄弟怡怡라고 했다. 怡는 화열和悅로 평화롭고 기쁜 것이다. 곧 서로 화목하고 정의가 두터운 것이다. 서양 격언에도 '형제는 하늘이 준 우정'이라는 말이 있다. 결국 형제애兄弟愛는 인간의 사랑과 정情의 가장 깊고 아름다운 것으로 인간우애의 이상적인 형태라 할 수 있을 것이다.

   (3) 님금과 빅성과 ᄉᆞ이 하늘과 짜히로디
       내의 셜운 이를 다 아로려 ᄒᆞ시거든
       우린둘 술진 미나리롤 혼자 엇디 머그리

*셜운 이를 : 서러운 일을.
*아로려 : 알려고.

임금과 백성, 임금과 신하의 관계를 읊은 항목이다. 임금이 넓은 은혜를 내림에 있어 신하(백성)들이 응당 그에 보답하여야 한다는 것이다. 군신君臣을 주제로 삼고 있다.

> (4) 어버이 살아신제 섬길일란 다ᄒ여라
>   지나간 후後ㅣ면 애둛다 어이ᄒ리
>   평싱애 고텨 못홀 일이 이ᄲᆞᆫ인가 ᄒ노라

이는 자효子孝를 노래한 것으로, 살아계실 동안에 부모 공경을 열심히 해야 함을 강조한 것이다. 효에는 세 가지가 있다. 가장 큰 효는 부모를 존중하고 공경하는 것이다. 그 다음은 부모를 욕되지 않게 하는 것이요, 제일 낮은 효는 부모를 의식주로써 잘 봉양奉養하는 일이다. 이것은 공자의 제자인 증자曾子의 말로, 효의 대중소大中小를 갈파한 명언이라 할 수 있겠다. 존친尊親이 효의 으뜸가는 것이라 한 것은 곧 부모의 생명과 인격을 존중하는 것이 효의 근본이요 핵심이라는 얘기다.

위 시조의 시상詩想과 비슷한 격언으로 다음과 같은 것이 있다. 사후만찬진수불여생전일배주死後萬饌珍羞不如生前一杯酒(돌아가신 뒤의 잘 차린 음식이, 살아계신 동안의 술 한 잔만 못하다), 수욕정이풍불지자욕양이친불대樹欲靜而風不止子欲養而親不待(나무는 조용하고자 하나 바람이 그치지 않고, 자식은 어버이를 봉양코자 하나 기다려 주지 않는다). 우리는 효를 구시대의 구도덕이라고 일축해서는 안된다. 이는 나를 낳아서 기르고 가르친 부모의 큰 은혜에 감사하고, 보답하려는 아름다운 정신이다.

> (5) 모울 사롬둘아 올혼일 ᄒ쟈스라
>   사롬이 되어 나셔 올치옷 못ᄒ면
>   모쇼롤 갓 곳갈 씌워 밥 머기나 다르랴

* 모울 : 마을.

　　　＊ ᄒᆞ쟈스랴 : 합시다.
　　　＊ᄆᆞ 쇼 : 말과 소.
　　　＊다ᄅᆞ랴 : 다르랴.
　　　＊올ᄒᆞᆫ 일 : 옳은 일.
　　　＊올치옷 : 옳지를.
　　　＊갓 곳갈 : 갓과 고깔.

　　'빈궁우환 친척상구貧窮憂患親戚相救'를 노래한 것으로 어려운 친척을 서로 도와야 함을 말한 것이다. 나라를 사랑하는 마음이 이웃을 사랑하는 마음이요, 이웃을 사랑하는 마음이 친척을 사랑하는 마음으로서, 마음과 마음 사이를 꿰뚫어 흐르는 마음이 뜨겁다는 것이 인간 정철의 바탕이었던 듯하다. 무쇠같이 굳고 바위같이 단단한 일편단심의 왕권주의자였던 그의 어느 구석에 이같이 따뜻하고도 풍부한 인정미가 넘쳐흘렀을까 싶을 정도로 이 시조는 인정을 샘물처럼 내뿜고 있다. 정에 약하고, 가난에 마음 아픔을 느낄 줄 아는 송강, 여기서 그의 문학의 생명력과 진실함을 엿볼 수 있을 듯싶다.

　　　　(6) 팔목 쥐시거든 두손으로 바티리다
　　　　　　나갈디 겨시거든 막대 들고 조츠리라
　　　　　　鄕飮酒 다 파ᄒᆞᆫ 후에 뫼셔가려 ᄒᆞ노라

　　　＊鄕飮酒 : 봉건시대 우리나라에서 매년 시월에 날을 받아서 마을 사
　　　　　　　　 람들이 늙은이들을 모시고 술과 음식을 마련하여 대접하
　　　　　　　　 던 예식.

　　장유유서長幼有序를 읊은 것으로 어른에 대한 공경심을 강조한 노래이다.

　　　　(7) 눔으로 삼긴 듕의 벗ᄀᆞ티 有信ᄒᆞ랴
　　　　　　내의 왼 이룰 다 닐오려 ᄒᆞ노매라
　　　　　　이몸이 벗님곳 아니면 사룸더미 쉬울가

　＊삼긴 듕의 : 생긴 가운데.
　＊유신ᄒ랴 : 미더움이 있으랴.
　＊왼 이를 : 그릇된 일을.
　＊닐오려 : 일러주려.

　붕우유신朋友有信이란 내용으로 벗의 소중함을 강조한 노래이다. 여기서 친구는 같이 즐거움을 나누는 것뿐만 아니라, 나의 행실을 바로 잡아주는 친구, 즉 나에게 간諫하는 자이다.

　　(8) 어와 뎌 족하야 밥업시 엇디 홀꼬
　　　　어와 뎌 아자바 옷업시 엇디 홀꼬
　　　　머흔 일 다 닐러스라 돌보고져 ᄒ노라

　＊어와 : 아!
　＊아자비 : 아저씨.
　＊머흔 일 : 궂은 일.
　＊다 닐러스라 : 모두 말하여라.

　역시 빈궁우환친척상구貧窮憂患親戚相救을 노래한 것으로, 어려움을 당한 친척親戚을 서로 도와야 한다고 가르치고 있다. 이와 같은 시조에는 정철이 일정하게 지니고 있는 백성에 대한 동정이 반영되어 있다. 그가 노래하고 있는 조카, 아저씨는 결코 자기 인척을 염두에 둔 것이 아니며 보통 사람들을 의미한 것이다.

　　(9) 오늘도 다 새거든 호미 메오 가쟈스라
　　　　내 논 다 미여든 네 논 졈 미여주마
　　　　올길희 ᄲᅩᆼ ᄯᅡ다가 누에 머겨 보쟈스라

　＊미여든 : 매거든.
　＊올길희 : 돌아오는 길에 타.

'무타농상無惰農桑'이란 내용으로, 농촌에서 이웃간의 상부상조相扶相助 정신을 노래한 것으로 향촌鄕村의 소박素朴한 풍속風俗이 그대로 그려져 있다. 여기에는 근로하는 농민들의 생활감정生活感情이 노래되고 있으며 그것은 결코 봉건양반封建兩斑들이 농촌을 관조적觀照的으로 바라보는 것 과는 구별되는 소박성이 표현表現되고 있다.

> (10) 이고 진 뎌 늘그니 짐 풀어 나룔 주오
>   나는 져멋거니 돌이라 무거울가
>   늙기도 설워라커든 짐을 조차 지실가

'반백자불부대斑白者不負戴'라는 제목이 붙은 것으로, 노인을 공경하고 도와주어야 한다는 내용이다. 경로사상敬老思想은 동양인의 가장 아름다 운 사상 가운데 하나다. 현실에서 소외당하기 쉬운 늙은이를 보호하고 존중하는 태도는 인성人性의 가장 깊은 표현이라 할 수 있을 것이다. 이 시조는 작자 송강이 좋은 것을 좋아하고 나쁜 것을 싫어하는 원천적인 동심童心을 기초로 한 직선형直線型의 인간이었음을 보여주고 있다. 더구 나 높은 벼슬 자리에 앉아서 나라의 경륜을 펴던 그가, 이만큼 평민성을 지니고 있었다는 것은 계급의식이 절대적이었던 당시로선 꽤 드문 일이 라 할 수 있을 것이다. 그 기저에 인간애 정신이 흐르고 있음은 두 말할 나위도 없다.

◖ 작품의 이해와 내면화

정철은 중국 문학의 수용과 변용을 시도한 바, 강원도 백성들의 교화 를 목적으로 지어진 이 <훈민가>는 부모에 대한 효성, 형제간의 우애, 경로사상, 이웃 간의 상부상조, 부부와 남녀 사이의 규범, 학문과 인격 의 수양 등 유교적 윤리·도덕의 실천을 주제로 하고 있다. 그리고 이러한 주제 의식은, 송나라 때 선거仙居 고을의 백성을 교화하기 위해 진양 陳襄이 지었다는 <선거권유문仙居勸諭文>을 본보기로 삼은 것이다. 그러 나 그 표현 형태에 있어서 우리의 전통적 시가 형식을 취했을 뿐만 아니 라, 평이하고 인정이 넘치는 고유어로 정서적 감동을 유발하여, 훌륭한 문학으로 승화시키고 있다.

<훈민가>는 인간미가 느껴지는 평이한 언어를 구사하여 읊은 계몽 적·교훈적 노래이면서도 세련된 문학으로 설득력이 강한 이유는 무엇 보다도 그 언어 형식에 있다. 유교적 윤리관에 근거한 바람직한 생활의 권유라는 주제를 표현하되, 현실적 청자인 백성들의 이해와 접근이 용이 한 언어를 사용하고 있는 것이다. 이 작품에는 중국문학에서 차용한 한 자·한문이 거의 없다. 어법에 있어서도 완곡한 명령이나 인간미를 느낄 수 있는 청유의 형식을 위주로 하고 있다. 지은이가 이런 언어 형식을 취한 것은 통치자로서의 명령적, 지시적 태도를 버리고 인간적인 데에 호소하려는 의도였을 것이다. 그 결과, '훈민가'는 훈민訓民이라는 목적 의식에서 지어진 많은 시조 가운데 가장 설득력 있고, 친근감을 주는 작 품으로 평가되고 있다.

특히 <훈민가>에는 정감 어린 인간관계의 설정을 볼 수 있다. 유교적 윤리관에 따라 백성을 계도하려는 목적의 시조 가운데, <훈민가>가 문 학성이 가장 뛰어난 것으로 평가되는 또 하나의 이유는 이 작품이 이념 보다는 일상적이고 정겨운 인간관계의 설정에 치중하였다는 데 있다. 각 편의 화자나 청자를 이 땅 어디에서나 볼 수 있는 평범한 백성으로 설정 함으로써 감화적인 기능을 강화하고 있는 것이다. 예컨대, (2)'형아 아 익야'에 서려 있는 혈육 사이의 따뜻한 정감, 그리고 (5)의 중장에 설정 되어 있는 '너'와 '나'의 아름다운 인정, (6)에 표현된 '늙은이'에 대한 '젊 은이'의 애틋한 정 등은 모두 정감 어린 인간관계를 통해 정서적 감동을 유발하는 요소들이다.

이처럼 <훈민가>는 신분적 상하 관계에 의한 강제나 명령의 목소리를 내지 않고, 인정이 넘치는 나와 너, 즉 한 백성과 또 다른 백성의 목소리가 부각되고 있다. 그리고 송강은 27세 때 문과에 급제하여 중앙의 관료로 진출했지만, 그 성품이 치밀하지 못하고 자신의 속내를 있는 그대로 드러내었다. 게다가 성질이 불같고 술을 즐겼으며, 말을 함부로 하여 정쟁의 빌미를 제공하고, 격렬한 논쟁을 일삼아 관직에서 쫓겨나기 일쑤였다. 하지만 지방 관리로 나가거나 초야에 묻혀 지낼 때는 사정이 달랐으니, 이는 무엇보다도 격론을 벌일 상대가 없었기 때문이다. 지방 수령으로서의 임무를 충실히 수행하거나 각 지방의 수려한 자연을 벗삼아 술을 마시고 풍류를 즐기면서 뛰어난 시적 자질을 마음껏 발휘하였다. 그래서 그의 시조나 가사는 대부분 지방 관리로 재직하거나 초야에 묻혀 지낼 때 창작된 것 들이다.

<훈민가>와 같은 부류의 계몽적 연시조로 <오륜가五倫歌>의 부류를 들 수 있다. <오륜가>는 지은이에 따라 여러 가지 형태의 작품이 있는데, 여기에는 주세붕, 김상용, 박인로 등의 <오륜가> 가운데 부자유친父子有親을 제재로 한 작품을 각각 한 수씩 예시하였다. 이 시조들은 <훈민가>와 달리, 한문에 익숙지 못한 백성들을 고려하지 않은 채 유가儒家에서 일컫는 인간관계의 전범典範을 제시하고 모든 백성들이 이에 따를 것을 일방적으로 지시하는 어조이다.

아바님 날 나흐시고 어마님 날 기르시니,
부모곳 아니시면 내 몸이 업실낫다.
이 덕을 갑흐려 ᄒ니 하ᄂᆞᆯ ᄀᆞ이 업스샷다.

— 주세붕

어버이 자식子息 스이 하ᄂᆞᆯ 삼긴 지친至親이라.
부모父母곳 아니면 이 몸이 이실쏘냐.

오조烏鳥도 반포反哺롤 ᄒ니 부모 효됴ᄒ여라

- 김상용

세상世上 사람들아 부모 은덕恩德 아ᄂ산다.
부모父母곳 아니면 이 몸이 이실쏘냐.
생사장제生死葬祭에 예禮로써 종시終始 갓게 섬겨서라.

- 박인로

● **문학사적 의의**

<훈민가>는 송강 정철이 45세 때 강원도 관찰사로 재직하면서 도민을 교유敎諭, 계몽하기 위하여 지은 총 16수의 연시조이다. 부모에 대한 효성, 형제·친척 간의 우애, 이웃 간의 따뜻한 인정 등을 주제로 삼고 있는데, 이는 송나라 진고령陳古靈이 지은 <선거권유문仙居勸諭文> 13조목에다 군신君臣, 장유長幼, 붕우朋友 3조목을 추가하여 각각 한 수씩 읊은 것으로, 유교의 윤리를 권장한 교훈가다. 16수가 연시조의 형태를 취하고 있지만 각 수는 완전히 독립된 작품으로 볼 수 있다.

<훈민가> 16수는 윤리 도덕의 실천궁행을 목적으로 한 목적문학이지만 평이한 말 속에 인정의 기미를 곁들여 감동을 일으키고 있어 작가의 문학적 안목을 엿볼 수 있다. 또한 굳어지기 쉬운 내용임에도 불구하고 순수한 우리말로 쉽게 풀이하여 백성들의 이해와 접근이 용이하도록 만들어 놓았다. 시조의 목적이 유교적인 윤리관에 근거하여 바람직한 생활을 영위하도록 권유하는 데 있었지만, 작가 정철은 사대부 계층의 선험적인 가치체계를 일방적으로 따르도록 명령하는 어법을 사용하지 않고, 백성들이 절실하게 느끼는 인간관계를 설정하고 정감어린 어휘들을 사용함으로써 이러한 제재들을 다룬 어떤 작품들보다도 강렬한 설득력을 가지고 있다.

2. 박인로의 <조흥시가早紅柹歌>

◑ 창작배경

박인로朴仁老(1561~1642·명종16~인조20)는 조선중기의 무신이며 시인詩人으로 본관은 안동安東이다. 자는 덕옹德翁이며 호는 노계蘆溪·무하옹無何翁이다. 승의부위承議副尉 석碩의 아들로 경북 영천永川 출신이며, 어려서부터 시재詩才에 뛰어났다. 1592년(선조 25) 임진왜란 때 의병장 정세아鄭世雅의 막하에서 별시위別侍衛가 되어 무공을 세우고 수군절도사水軍節度使 성윤문成允文의 발탁으로 종군, 98년 왜군倭軍이 퇴각하자 사졸士卒들의 노고를 위로하는 가사歌辭 ≪태평사太平詞≫를 지었다. 이듬해 무과武科에 급제하여 수문장守門將, 선진관 등을 지내고 이어 조라포수군만호助羅浦水軍萬戶로 군비軍備를 증강하는 한편 선정善政을 베풀어 선정비가 세워졌다. 퇴관 후 고향에 은거하며 독서와 시작詩作에 전념하여 많은 걸작을 남겼고, 1630년(인조 8) 노령으로 용양위 부호군龍驤衛副護軍이 되었다. 도학道學과 애국심·자연애自然愛를 바탕으로 천재적 창작력을 발휘, 시정情詩과 우국憂國에 넘치는 작품을 썼으며 장가長歌로는 정철鄭澈을 계승하여 독특한 시풍詩風을 이룩하고 가사문학歌辭文學 발전에 크게 이바지하였다. 영천의 도계향사道溪鄕祠에 제향되었다. 저서에 『노계집蘆溪集』, 작품에 <태평사太平詞>, <사제곡莎堤曲>, <누항사陋巷詞> 등이 있다.

◑ 텍스트 분석

(1) <조흥시가早紅柹歌>
　　　반중盤中 조홍早紅감이 고와도 보이느다
　　　유자柚子 안이라도 품엄 즉도 호다마는
　　　품어 가 반기리 업슬싀 글노 설워호느이다

＊盤中 무紅감 : 쟁반에 놓인 일찍 익은 붉은 감.
＊글노 : 그것으로, 그런 이유로.

　이 시조는 작자가 41세때 지은 <조홍시가> 4편 중 하나로, 도체찰사
都體察使로 영천에 머물던 한음 이덕형(1561~1613)과는 깊은 교분을 나
누고 지냈다. 작자가 어느 날 한음을 찾아갔을 때 한음이 조홍시를 내놓
으매, 효자인 노계는 돌아가신 어버이를 생각하고 읊은 것이다. '유자를
품는다'는 것은 회귤懷橘의 고사에서 비롯된 것이다. 즉 중국 오吳나라의
육적陸績이 여섯 살 때 원술袁術을 뵙는 자리에서 원술이 귤을 먹으라고
주었더니, 귤 세 개를 옷 속에 품었다. 그 까닭을 묻자 육적이 꿇어앉아
'돌아가 어머니께 드리고자 하였나이다'라고 대답하니 원술이 대단히 기
특히 여겼다 한다.

　(2) <양지성효가養志誠孝歌>
　　　왕상王祥의 잉어鯉魚잡고 맹종孟宗의 죽순竹筍것거
　　　검던 머리 희도록 노래자老萊子의 오술 입고
　　　일생一生애 양지성효養志誠孝를 증자曾子ス치 흐리이다.

　＊양지성효 : 어버이를 잘 봉양하여 그 뜻을 기리는 정성스런 효성.

　이 시조는 중국의 역대 효자들인 왕상, 맹종, 노래자, 증자의 고사를
인용하여 효성을 다할 것을 다짐한 내용이다. 교훈적이며 관념적인 내용
으로 문학성이 떨어진다는 비판을 받기도 하지만 유학자로서의 도덕적
인 신념을 표현한 데 의의가 있다.
　왕상은 그 부모에게 우환이 있으면 잠자리에서도 옷을 벗지 않았다.
어머니를 여의고 계모를 맞이했으나 그 효성은 변함이 없었다. 어느 해
겨울에 병석에 누운 계모가 잉어가 먹고 싶다고 했다. 왕상이 강으로 나

가 얼음을 깨고 잉어를 잡으러 물속으로 들어가려고 할 즈음 갑자기 얼음 속에서 잉어 한 쌍이 튀어나왔다. 이는 그의 지극한 효성의 소치라고 마을 사람들이 놀라워했다고 한다.

맹종의 어머니는 죽순을 매우 좋아했다. 어느 겨울날 어머니는 죽순이 먹고 싶다고 하는데 구할 수가 없었다. 맹종이 대밭에 들어가 탄식을 하고 있는데 하늘이 감동하였는지 갑자기 죽순이 솟아나 그것을 가지고 와 어머니를 봉양했다. 그 뒤 어머니가 죽은 후에도 겨울에 대숲에 가면 죽순이 솟아나 그것으로 제사를 지냈다고 한다.

노래자는 70세의 늙은 몸이 되어서도 어린이가 입는 때때옷을 입고 부모 앞에 재롱을 부리며 새를 잡아 달라고 응석을 부렸다고 한다. 부모를 기쁘게 해 드리기 위함이었다.

   (3) <학발쌍친가鶴髮雙親歌>
      만균萬鈞을 늘려 내야 길게 길게 노흘 쏘아
      구만리장천九萬里長天에 가는 히를 자바 미야
      북당北堂의 학발쌍친鶴髮雙親을 더듸 늘게 흐리라

   *만균 : 한균은 30근이다. 따라서 만균은 삼십만 근이나 되는 무거
       운 쇠.
   *구만리장천 : 끝없이 넓은 하늘.
   *가는 히 : 저물어가는 해.
   *북당 : 어머님이 계신 곳을 일반적으로 이르는 말이다. 또한 부모님
       이 계신 곳을 말한다.
   *학발쌍친 : 학의 깃처럼 머리가 흰 늙으신 부모님.

이 시조는 연로하신 부모님이 더디 늙으시도록 소원하는 작자의 심정을 표현한 것이다.

(4) <군봉가群鳳歌>

군봉群鳳 모다신 듸 외가마기 드러오니
백옥白玉 사힌 곳애 돌 혼아 갓다마는
두어라 봉황鳳凰도 비조飛鳥와 류類시니 뫼셔 논둘 엇더ᄒ리.

* 군봉 : 무리져 있는 봉황새.
* 모다신 듸 : 모이신 데.
* 외가마기 : 한 마리의 까마귀.
* 사힌 곳에 : 쌓인 곳에.
* 봉황 : 상상의 새. 봉은 수컷, 황은 암컷. 닭의 머리, 뱀의 목, 제비
        의 턱, 거북의 등, 물고기의 꼬리 모양을 하였고, 五色에 五音
        을 낸다고 함.
* 류類시니 : 같은 종류이시니.

봉황은 현관顯官을 비유한 것이며, 노계 자신은 까마귀라 겸양謙讓하고 옥석玉石으로 대조시켰다. 그러나 일반비조一般飛鳥임에는 피차 다를 바가 없다고 하여 활달闊達한 기상이 엿보인다.

다음 작품은 『노계선생문집』에 실린 '입암29곡' 중 처음과 끝에서 2수씩 소개한 것이다.

무정無情히 션는 바회 유정有情ᄋ야 보이ᄂ다
최령오인最靈吾人도 직립불의直立不倚 어렵거늘
만고萬古애 곳게 션 얼고리 고칠 적이 업ᄂ다

— <立巖 29-1>

* 最靈吾人 : 만물 중에 가장 신령하다는 우리 인간.
* 直立不倚 : 의지하지 않고 바로 섬, 곧 時俗에 흔들리지 않고 독립함.
* 곳게 션 : 곧게 선.
* 얼고리 : 형태가, 모습이.

위 작품은 <입암가立巖歌> 中 첫 번째 작품이다. 인조 7년 그의 나이

69세 때에 입암에서 장현광張顯光과 교류하면서 그곳의 승경을 노래한 시조이다. 고고한 자태로 서 있는 바위를 만물의 영장에 비유하여 노래하고 있다.

강두江頭에 흘립屹立ᄒ니 앙지仰之예 더욱 놉다
풍상風霜애 불변不變ᄒ니 찬지鑽之예 더욱 굿다
사롬도 이 바회 ᄀᆞᆺᄒ면 대장부大丈夫일가 ᄒ노라

— <立巖 29-2>

*江頭 : 강가, 강 기슭, 여기서의 강은 금호강의 상류를 가리킨다.
*屹立 : 우뚝 솟아 있는 모양.
*仰之 : 이를 쳐다봄에. <논어>에 찬지鑽之와 함께 나옴, "안연이 크게 함숨지으며 탄복하여 말하기를, 공자님의 가르침은 이를 쳐다보면 쳐다볼수록 점점 높아지고, 뚫으면 뚫어 볼수록 점점 굳을 따름이다. 이를 가만히 바라보면 앞에 있는 듯하다가도 갑자기 뒤에 가 있곤 한다."는 데서 따옴.
*鑽之예 : 이를 뚫음에.

위 작품은 <입암가> 두 번째 작품이다. 강가에 우뚝 솟아 바람 서리에도 변함없는 바위를 보고, 시류와 세파에 흔들리는 사람들이 이 바위처럼 곧다면 과연 대장부라 할 것이라고 노래하고 있다.

격진령隔塵嶺 하 놉흐니 홍진紅塵도 머러 간다
ᄀᆞᆺ듯이 머근 귀 시슬ᄉ록 머거 가니
산山 밧긔 시시비비是是非非 듯도 보도 못ᄒ로다

— <立巖 29-28>

*隔塵嶺 : 티끌에 덮인 속세와는 떨어져 있다고 하여 붙여진 고개이름.
*紅塵 : 길거리에 흙먼지, 속세를 가리키는 말, 사바세계.

이 작품은 속세와 멀리 떠나있는 '격진령'에 대해 노래하고 있다. 즉 속세와 멀리 떨어져 있는 노계 자신은 세상의 속된 모든 것을 듣지도 보지도 못한다고 하면서 강호한정의 진미를 토로하고 있다.

> 강상江上 느린 긋히 솔 아러 너분 돌해
> 취람翠嵐 단하丹霞 첩첩疊疊이 둘러시니
> 어즈버 운무雲霧 병풍屛風을 ㅈ 그린 듯ㅎ여라
>
> — <立巖 29-29>

*느린 : 흘러 내린.
*긋히 : 끝에.
*너분 : 넓은.
*돌해 : 돌에.
*翠嵐 : 먼 산에 낀 푸르슴한 아지랑이.
*丹霞 : 햇빛에 비치는 붉은 빛의 雲氣.

이 작품은 입암이십구곡立巖二十九曲 중 마지막 노래로 노계의 천석고황泉石膏肓의 절정을 표현한 작품이라 할 수 있다. 강상산 줄기가 흘러내린 끝에 널찍한 돌에 푸르스름한(아슴 프래한) 아지랑이가 겹겹이 둘러 있는 모습을 보고 "정녕 이것은 '구름과 안개로 금방 그려낸 병풍' 같구나"라고 절찬을 하고 있다. 이는 노계의 지극한 자연 사랑 곧, 자연예찬自然禮讚의 심경을 확인하는 대목이라 하겠다.

● 문학사적 의의

<조홍시가早紅枾歌>의 명칭은 노계 박인로가 직접 붙인 것이 아니라 후대에 와서 붙여진 것이라 생각된다. 왜냐하면 『손씨수견록孫氏隋見錄』에서도 '입암立巖'의 경우에는 '입암이십구곡노계소제려헌명제立巖二十九曲盧溪所製旅軒命製'라는 명칭이 있지만, '조홍시가早紅枾歌'는 노래의 명칭이 없었기 때문에 '여헌선생사조홍시노계명제旅軒先生賜盧溪命製'라고 했다.

만약 처음부터 명칭이 있었다면 '조홍시가早紅枾歌'라는 명칭을 사용하지 않았을 리 없다.

연시조連時調의 경우 제목을 붙일 때에는 전체 작품의 내용이나 의미를 포괄하거나 형식상의 특징을 들어서 짓는 경우가 대부분이다. <조홍시가早紅枾歌> 4首는 주제로 보아서 앞의 3首는 사친지효思親至孝의 내용이거니와 마지막의 1首는 이들 주제와는 거리가 먼 것이다. 따라서 <조홍시가早紅枾歌>는 3首 이내의 연시조였음을 알 수 있다.

일찍이 조윤제의 『국문학사』등에 "조홍시가 4수"라고 했으므로 지금까지 마치 연작시조로 알고 있지만 사실은 그렇지 않다. 그 4首는 한음의 증손자인 이윤문李允文이 노계의 손자인 진선進善에게 명하여 부르게 했던 시조들이기에 함께 실린 것이다. 따라서 이들 4수의 제작시기도 얼마쯤 다를 수 있으니 <조홍시가早紅枾歌>에서 '품어가 반기리 업슬식'라는 말과 <학발쌍친가鶴髮雙親歌>의 '학발쌍친鶴髮雙親을 더듸 늘게 흐리이다'는 노래말이 보여주듯 앞에 것은 어머니가 돌아가신 뒤요, 뒷 것은 어버이가 함께 살아계신 때에 지은 것임을 나타내기 때문이다. 그러나 <양지성효가養志誠孝歌>나 <군봉가群鳳歌>는 선조 34년(1601) 가을 무렵에 지은 것으로 보인다.

1. 윤선도의 <오우가五友歌>와 <만흥漫興>

● 창작배경

윤선도尹善道(1587~1671, 선조20~현종12)의 본관은 해남海南, 자는 약이約而, 호는 고산孤山·해옹海翁이며 시호는 충헌忠憲이다. 26세에 진사가 되고, 30세(1616년)에 성균관成均館 유생으로 권신權臣, 이이첨李爾瞻 등의 횡포를 상소했다가 경원慶源 등지에 유배되었다. 인조반정仁祖反正으로 풀려나 의금부도사義禁府都事가 되었으나 곧 사직하고 해남에 내려갔다.

42세(1628년)에 별시문과別試文科에 장원, 왕자사부王子師傅가 되어 봉림대군鳳林大君(孝宗)과 인평대군麟坪大君을 보도輔導했다. 이듬해 형조정랑刑曹正郎 등을 거쳐 한성부서윤漢城府庶尹을 지내고 증광문과增廣文科에 급제, 예조정랑禮曹正郎에 올랐으나 모함을 받고 파직되었다.

병자호란丙子胡亂 때 왕을 호종하지 않았다고 하여 영덕盈德에 유배되었다가 곧 풀려나 해남 현산면 금쇄동金鎖洞에 은거했다. 왕명으로 복직하여, 예조참의 등에 이르렀으나 서인西人의 중상으로 사직했다가 첨지중추부사僉知中樞府事에 복직되었다. 동부승지同副承旨 때 남인南人 정개청鄭介淸의 서원書院 철폐를 놓고 서인 송시열宋時烈 등과 논쟁, 탄핵을 받고 파직 되었다. 남인의 거두로서 효종의 장지문제와 자의대비慈懿大妃의 복상문제服喪問題를 가지고 서인의 세력을 꺾으려다가 실패하여, 삼수三水에 유배당하였다. 성격이 곧고 강해 전 생애의 14년을 유배로, 20여년을 은거생활로 보냈으며, 이러한 생활은 그의 작품에 반영되었다.

치열한 당쟁으로 일생을 거의 벽지의 유배지에서 보냈으나 경사經史에 해박하고 의약, 복서卜筮, 음양지리 등에 통하였으며, 특히 시조時調의 창작에 뛰어난 기량을 발휘하여 우리말의 조탁과 국어미 창조에 힘입어 그의 시조는 정철鄭澈의 가사歌辭와 더불어 조선시가에서 쌍벽을 이루고 있다. 그는 직언直言으로 파란만장의 삶을 살다가 85세를 일기로 세상을 마쳤다. 그 후 남인의 집권으로 신원伸寃되어 이조판서에 추증되었다. 저서에 『고산유고孤山遺稿』가 있다.

고산은 함경도 경원으로 유배되었다가 얼마 후 경상도 기장으로 옮겨져서 적거謫居하다가 37세에 이르러 6년 4개월 만에 힘겨운 귀양살이를 벗었다. 인생 역정에 세 차례의 귀양이 있었는데 인조반정仁祖反正이 아니었던들 얼마나 더 계속되었을지 예측할 수 없었던 제1차 귀양이 이렇게 하여 끝났다.

정묘호란丁卯胡亂(1627)이 일어났던 해 그는 해남에 있었다. 『고산연보』에 의하면 정묘년 정월 후금後金의 병졸들이 서울을 대거 침범하였을 때, 인조는 조정의 신하들과 함께 강화로 피하였다. 고산은 임금의 소재를 물어 분주하게 찾아갔지만 만나지 못하고 돌아왔다. 즉 변란의 소식을 듣고 서둘러 달려갔으나 중도에 적은 모두 물러가고, 임금의 수레는 환궁하였다는 소문을 듣고 되돌아 왔다. 그때 그는 무슨 병인지 확실하지 않으나 중병에 걸려 들것에 실리어 집으로 돌아왔다. 그해 10월 사포서별제司圃署別提에 임명되었지만 병으로 그만두었다고 함은 이때의 중병이 완쾌되지 못한 탓이었다.

치욕적인 병자호란을 겪은 고산이 자연에 은둔하고자 하여 머무른 곳은 완도의 보길도다. 그는 여기에서 자신의 취향을 좇아 조형자연造形自

然을 형성하고자 여러 가지 계획을 세웠는데 이것이 부용동 원림芙蓉洞園林의 조성造成이다. 그러나 국난인데도 신하의 도리를 다하지 않고, 개인적인 호사만을 도모한다는 등 갖가지 모함을 받고 경상도 영덕盈德으로 유배되었다.

영덕에서 귀양이 풀린 뒤 그는 다시 해남의 금쇄동과 수정동을 찾아 들어 은둔하였다. 그때 그의 나이는 53세로 지천명知天命에 이른 시기의 일이다. 그는 현산면 구시리 원림을 경영하면서, 그곳에 정자를 짓고, 자신이 즐기는 자연에 이름을 부여하며, 많은 시를 지어『산중신곡山中新曲』에 실었다. 『산중신곡』은 <만흥漫興> 6수, <조무요朝霧謠> 1수, <일모요日暮謠> 1수, <하우요夏雨謠> 2수, <야심요夜深謠> 1수, <기세탄饑歲歎> 1수, <오우가五友歌> 6수 등 모두 18수이다.

<오우가五友歌>는 병자호란이 끝난 뒤 서울로 돌아왔으나 왕에게 문안드리지 않았다는 죄목으로 1638년 다시 영덕盈德으로 귀양 갔다가 이듬해 풀려나 해남의 금쇄동에서 56세 때 지었다. 이는 작가의 자연에 대한 사랑과 관조의 경지가 잘 나타난 작품으로 서시序詩와 함께 수水·석石·송松·죽竹·월月 등 다섯 벗을 노래하고 있다. 그의 작품이 대부분 그렇듯이 국어의 아름다움을 최고도로 구사하였고, 자연미의 정수를 재발견한 절창중의 절창이다. 물[水]은 '깨끗한 존재'로 '쉬지 않고 전진하는 존재'를, 바위[石]는 '변치 않는 존재'로, 소나무[松]는 '변절하지 않는 존재'로, 대나무[竹]는 '절개를 지키는 존재'로, 달[月]은 '침묵의 덕을 지닌 존재'로 표현하였다. 그러니까 물에서는 '부단', 솔과 대나무에서는 '절개', 달에서는 '과묵' 등의 특성이 있는 것으로 자신의 벗으로 삼겠다는 의지를 강하게 표명했다.

● 텍스트 분석

① <오우가五友歌>

일반인은 매·난·국·죽 등 사군자를 벗으로 삼았으나 고산은 이에 구애되지 아니하고 개성적인 참신성을 느끼게 하는 오우를 택하였다. 그가 벗이라 하여 거론한 수·석·송·죽·월 등 5가지를 보면 죽竹만이 사군자 식물에 속한다. 그리고 식물성의 자연물로는 송松을 한 가지 더하여 벗으로 취했을 뿐이다. 그밖에 산수의 자연에서는 다시 인성人性을 가꾸는 데 본보기로 삼아야 할 대상으로 물과 바위의 이미지에 착안하여 이를 벗으로 삼았고, 아울러 천상의 명월까지 합하여 자신의 오우라고 이른바 이는 종래의 오우 선택의 취향과 다른 고산 나름의 특색 있는 오우라고 하겠다.

이러한 오우 선택의 기준은 앞에 든 <오우가> 서시序詩에서 '내 벗이 몇이나 하니 수석과 송죽이다'라고 하였다. 이는 자연 가운데 천석泉石과 그 위에서 자라는 식물의 두 영역을 설정하고 여기에서 각각 마음에 드는 두 가지는 물과 돌, 그리고 소나무와 대의 사우라는 뜻이다. 이 사우가 자리잡고 있는 공간은 모두 지상 자연의 영역이다. 그러나 작자의 시심이 머무는 곳은 이 지상에 한정되지 않고 중장에서 다시 '동산에 달 떠 오니 그 더욱 반갑다'고 한 것은 또 다른 영역으로의 확대를 의미한다. 초장에서 일컫는 사우를 지상에서 찾은 시재詩材라 한다면, 중장에서 '달'은 천공의 조망에서 찾은 시재인 셈이다. 따라서 자연을 뜻하는 천석泉石 공간과 그 천석 위에 있는 지상공간, 그리고 지상의 상공에 있는 천체天體공간 등 세 영역은 천·지·인의 질서 세계와 대비되는 삼원三元 세계라 할 수 있는데, 고산의 오우는 이처럼 안배된 세 공간에서 선택한 의미 있는 다섯 가지로 해석된다. 게다가 <오우가>는 시재의 안배에 이르기까지 이를 순차적으로 묘사하고 있어 그의 작시가 용의주도했음을 알 수 있다.

(1) 내 버디 멋치나 ᄒ니 水石과 松竹이라
　　東山에 돌 오르니 긔 더욱 반갑고야
　　두어라 이 다슷 밧긔 ᄯ또 더ᄒ야 무엇ᄒ리

　이는 <오우가五友歌>의 서시序詩로서 고산孤山의 자연에 대한 관조가 잘 표현된 것이라 하겠다. 그가 남달리 자연을 사랑했던 것도 사실이지만, 또 그의 생활환경이 자연을 벗삼지 않을 수 없도록 만들었다는 것도 염두에 두어야 할 것이다. 서시序詩는 앞의 다섯 가지를 들어 그 전체적 의미를 총괄하였다.

(2) 구룸빗치 조타ᄒ나 검기를 ᄌ로 ᄒ다
　　ᄇ롬소리 몱다ᄒ나 그칠적이 하노매라
　　조코도 그츨 뉘 업기는 믈뿐인가 ᄒ노라

＊조타 : 깨끗하다.
＊ᄌ로 : 자주.
＊하노매라 : 많도다.
＊그츨 : 끊어질.
＊뉘 : 때. ‘뉘’는 ‘시時’, ‘세世’, ‘대代’의 뜻이 있는데, 여기서는 ‘시’의
　　뜻으로 쓰임.

　구름과 바람에 비교하여 물의 아름다움을 노래했다. 물은 깨끗하고 쉬지 않을 뿐만 아니라 낮은 데로만 흘러가니 겸손의 표본이다. 또 어떤 장애에 부딪쳐도 뛰어 넘어가며 때로는 쇠도 녹이고 바위도 뚫는 힘을 가지고 있으니 약한 듯하지만 강한 존재이다. 그리하여 노자老子는 상선약수上善若水라고 물을 찬양했던 것이다. 여기서 작자는 물같이 깨끗하고 끊임없는 영원한 생명을 사랑했던 것이다.

(3) 고즌 므스 일로 퓌며셔 쉬이 디고

플은 어이ᄒ야 프르ᄂ 듯 누르ᄂ니
아마도 변티 아닐손 바희뿐인가 ᄒ노라

＊ 뛰며서 : 피자마자.
＊ 쉬이 : 곧. '쉽이 > 쉬비 > 쉬이 > 쉬'로 변천.
＊ 아닐손 : 아니하는 것은.

이 작품의 앞부분에는 부정의 대상을 열거하고, 종장에서 자기의 벗을 소개하는 수법을 썼다. 꽃은 아름다워서 많은 사람들의 눈길을 끌긴 하지만 쉽게 져버리니 좋지 않다는 것이다. 중장에서는 풀도 영속성이 없어 벗으로 삼을 수 없다고 했다. 그래서 <바위>에 대하여는 호감을 가졌던 것이고 그 바위는 "변하지 않는 존재"로 인식됐던 것이다. 작자는 거울 같은 맑은 마음으로 바위를 바라보면서, 바위같이 변하지 않는 절개와 신념으로 살아갈 것을 다짐했다. 화초花草가 부귀영화의 상징이라면 바위는 초연하고 달관한 군자君子의 풍도라 할 것이다.

(4) 더우면 곳 뛰고 치우면 닙 디거늘
    솔아 너는 얻디 눈서리를 모른는다
    九泉의 블희 고든 줄을 그로ᄒ야 아노라

＊ 구천 : 깊은 땅, 또는 사람이 죽어서 간다는 곳.
＊ 블희 : 뿌리[根].

이 작품에서 벗 삼겠다는 대상은 소나무이다. 소나무의 변함없는 푸름에서 꿋꿋한 절개를 느끼고 그것을 찬양한 시조다. 『논어』에 겨울이 된 뒤에야 소나무와 잣나무의 잎이 떨어지지 않음을 안다(세한연후지송백지후조야歲寒然後知松栢之後凋也)는 말이 있다. 소나무는 예로부터 절개나 지조로 상징되었다. 그래서 사육신의 한사람인 성삼문도 '이 몸이 죽어가서 무엇이 될고ᄒ니/ 봉래산 제일봉에 낙락장송 되었다가/ 백설이 만건

곤할 제 독야청청하리라'고 노래했던 것이다. 눈 덮인 산위의 독야청청
한 소나무는 그것을 입증해 주는 좋은 예라 하겠다. 이 작품에서의 소나
무는 '변질하지 않는 존재'를 형상화한 것이다. 그러나 고산은 소나무의
외형적인 면만 노래하는데 만족하지 않았다. 땅속 깊숙이 뻗어 내린 뿌
리마저도 곧은 줄을 알겠다는 것이다. 즉 언행일치言行一致와 물심일여物
心一如의 경지를 노래했다고 할 수 있다.

> (5) 나모도 아닌 거시 풀도 아닌 거시
>   곳기는 뉘 시기며 속은 어이 뷔연는다
>   뎌러코 四時에 프르니 그를 됴하 ᄒᆞ노라

> *뉘시기며 : 누가 시켰으며.
> *뷔연는다 : 비었는가, '~다'는 의문종지.
> *뎌러코 : 저러 하고.
> *사시四時 : 네 계절, 장.

동양에서는 매梅·란蘭·국菊·죽竹을 사군자四君子라 하여 조촐한 선
비의 서재를 장식한다. 더욱이 죽竹은 사군자 중에서도 그 불변의 절개節
介가 찬양의 대상이 되어 풍죽風竹과 설죽雪竹이 조촐한 장자章子에 그려
졌다. 초장에서의 죽竹이 목류木類냐 초류草類냐 하는 정밀한 관찰, 중장
에서는 자연의 섭리에 대한 경이감과 감탄을 연발하면서 전체적으로는
죽색불변竹色不變하는 생태를 기리고 있다.
  위 시조는 평범한 소재에 불과한 죽竹을 묘하게 반죽한 표현의 묘에
있다. 특히 초목을 의인화擬人化해서 높은 인격을 부여하였고, 대나무를
노래하면서도 죽竹이란 말을 한마디도 쓰지 않고, 죽竹의 외형을 묘하게
그려 낸 그 수법은 놀랍다.
  대나무의 곧음은 강직한 성품이요, 속이 빈 것은 허심탄회虛心坦懷한
마음이요, 사시에 푸르다는 것은 절개를 지키는 존재를 의미한다. 어떻

든 주로 대나무의 외형을 묘사하고 있지만, 사실은 그 내면적 정신세계를 더 중요시했다.

    (6) 쟈근 거시 노피 떠서 萬物을 다 비취니
       밤듕의 光明이 너만ᄒᆞ니 또 잇ᄂᆞ냐
       보고도 말 아니ᄒᆞ니 내 벋인가 ᄒᆞ노라

    * 너만 ᄒᆞ니 : 너만한 것이.

    대나무를 노래할 때도 작품 속에 대란 말을 사용하지 않았다. 이 작품도 달을 노래했으면서도 달이란 말이 없다. 이러한 고도의 표현 수법이 고산 작품의 값어치를 더해 주었다. 초장과 중장은 달의 외형 묘사이고, 종장은 내면 묘사를 한 것이다. 작은 것이 높이 떠서 만물萬物을 다 비춰 주니까 달은 위대한 것이다. 대부분의 고시가에서 달은 고독·비애·회향·회고 등으로 묘사되었으나, 고산孤山에게는 무언의 대상으로 포착되었다는데 그 나름의 윤리관이 개재해 있는 것이다. 붕우유신이란 말이 있듯이, 보고도 말 아니하는 존재는 믿음직스럽고, 믿음직스러우니까 벗 삼을 수 있다는 것이다. 한마디로 이 작품에서 달은 '침묵沈默의 덕을 지닌 존재存在'로 표상된 것이다.

    ② <만흥漫興>
    <만흥>은 고산孤山의 다른 시조와 구별되는 점이 있다. 그 시제에서 보는 바와 같이 일정한 제목 없이 저절로 이는 흥興을 노래한 것이 여타의 시조와 다른 점이다. 흔히 그의 작품은 작흥作興위주라 함에 반하여 <만흥漫興>은 글자 그대로 오히려 즉흥적인 제작으로 이해된다.
    이는 혼란한 정치생활에서 마음을 끊고 인간과 일정한 거리를 유지하면서, 심산유곡深山幽谷에 들어가 산수간山水間에 모옥茅屋을 짓고, 순진무

句純眞無垢한 대자연大自然과 더불어 생生을 영위하는 안분지족安分知足하는 모습을 노래한 것이다. 또한 자기의 고원한 진의眞意를 모르는 세인世人을 향해 비웃음을 던지는 고산孤山 특유의 시어詩語로 수놓았다.

> (1) 山水間 바회 아래 뛰집을 짓노라 ᄒᆞ니
>   그 모른 눔들은 욷는다 ᄒᆞᆫ다마는
>   어리고 햐암의 뜻의ᄂᆞᆫ 내 분인가 ᄒᆞ노라

* 바회 : 바위.
* 뛰집 : 띠집〔茅屋〕, 인소정人笑亭.
* 그 모론 : 그 마음을 모르는.
* 어리고 : 어리석고.
* 햐암 : 향암鄕闇, 시골의 무식한 사람.

위에서는 사회의 현실상과 자신의 이상이 도저히 타협할 수 없음을 알 때 고인古人의 도道를 밟아 깨끗이 명리名利를 버리고, 거짓과 속임이 없는 자연을 찾아서 정신적으로 평화로운 생활을 한다는 도피 사상과 결백성이 곁들어 있다.

> (2) 보리밥 픗ᄂᆞ물을 알마초 먹근 後에
>   바횟긋 믉ᄀᆞ의 슬ᄏᆞ지 노니노라
>   그 나믄 녀나믄 일이야 부룰 줄이 이시랴

* 알마초 : 알맞춰.
* 노니노라 : 노느라, '놀다'〔遊〕와 '니다'〔行〕의 복합동사.
* 그 나믄 : 그 밖에.
* 녀나믄 : 다른.
* 부룰 : 부러워할.

위에서는 극히 평범한 시상을 솔직하게 표현하였다. '보리밥', '픗나물'

등은 향토적인 미각을 나타내었을 뿐만 아니라, 고산孤山이 아니면 가능
성이 없는 순한국적 감촉을 가진 말이다. 이것은 물론『논어論語』〈술이
述而〉편의 '반소사음수 곡굉이침지飯疏食飮水曲肱而枕之'라는 공자의 사상
이 바탕이 되어 있음은 말할 나위도 없다. 아무튼 이렇게 순수한 우리말
로 이렇듯 향토색이 짙은 구수한 노래를 읊을 수 있는 것은 고산만이 가
능한 솜씨일 것이다.

> (3) 잔 들고 혼자 앉아 먼 뫼를 바라보니
>   그리던 님이 오다 반가움이 이리하랴
>   말씀도 웃음도 아녀도 못내 좋아 하노라

위에서는 또 '말씀이나 웃음도 없는 산을 한없이 좋아한다'고 하였다.
이는 인자仁者는 정靜이요, 요산樂山이라 한 옛말을 상기한 표현이다. 고산
은 결국 산거山居하는 유인이 되어 현실의 번뇌와 번잡에서 벗어났다. 그
럼으로써 순천자존順天者存이라는 천리를 좇아 자연에 순응하며, 도자상道
者像 내지는 인자상仁者像을 그리며 수정동 생활을 했다고 할 수 있다.

> (4) 누고서 삼공三公보다 낫다 하더니 만승萬乘이 이만하랴,
>   이제로 헤어든 소부巢父 허유許由 약돗더라
>   아마도 임천한흥林泉閑興을 비길 곳이 없어라.

*삼공 : 3정승參政丞.
*이제로 : 이제와.
*헤어든 : 생각하면.
*약돗더라 : 약더라, 눈치 빠르더라, 영리하더라.

위에서는 임천한흥을 누리는 수정동의 삶을 이르되 '삼공三公보다 낫
다'고 하며, '만승萬乘이 어찌 이만하랴'라고 하였다. 삼공이라 하면 나라

의 기둥이 되는 삼정승의 높은 벼슬을 의미한다. 그리고 만승은 천자天子의 자리를 뜻하는 말로서 가장 높은 지위를 가리킨다. 그런데 작자는 이곳 수정동의 삶이 삼공이나 만승보다 더 좋다 하였으니 세상의 부귀영화를 아예 마음에 두지 않았던 당시의 삶을 반영한 시조라 할 수 있다.

> (5) 내 성이 게으르더니 하늘이 아르실샤
>   인간만사人間萬事를 한 일도 아니 맡겨
>   다만당 다툴 이 없는 강산江山을 지키라 하시도다

위에서 '하느님께서 내게 인간만사 중 한 가지 일도 맡기지 아니하고 오직 다툴 사람이 없는 강산을 지키라고 하신다'고 함은 하느님께서 맡겨 준 일, 그것이 곧 자신의 분수임을 재확인한 것이다. 여기에는 속세와 달리 쟁탈이 없는 세계(자연)에서 안분하고자 하는 그의 심정이 내재되어 있음을 알 수 있다.

> (6) 강산江山이 좋다 한들 내 분分으로 뉘 얻느냐
>   임금 은혜恩惠를 이제 더욱 아노이다
>   아무리 갚고자 하여도 하올 일이 없어라

* 아노이다 : 알겠습니다.
* 하올 일이 : 할 일이.

위에서는 임금의 은혜가 거론되었다. 임천한흥을 갖게 된 그 자체가 임금의 은혜라고 여긴 데서 나온 표현이다. 여기서도 그 어떤 진세塵世의 소망이나 속정俗情을 발견할 수 없다. 이는 현세의 부귀영화나 명리 등에 미련이 없이, 심산유곡에서 유인생활만으로 자족하고, 이러한 처지를 자신의 분수로 여기는 표현이다.

③ <야심요夜深謠>

바람분다 지게 닫아라 밤 들거다 불 앗아라
베개에 히즈려 싫도록 쉬어 보자
아희야, 날새어 오거든 내 잠 와서 깨려므나

 *지게 : 문門.
 *불앗아라 : 불을 끄라는 지시어.
 *베개에 히즈려 : 베개에 의지하여.

<야심요>는 한적한 산촌의 밤을 연상시키는 시조다. 초장의 후구에서는 '밤이 깊었도다 불을 끄라'고 하였으니, 숙흥夙興을 원하는 시적 표현으로서, 이 시의 내포는 예로부터 근면한 생활자세로 강조하던 '빨리 자고 일찍 깨라'라는 숙흥야매夙興夜寐의 지시임을 알 수 있다.

<야심요>는 특히 전체적으로 화법적 표현을 취하여 더욱 공감되는 흥취를 갖게 한다. 이 시조는 화자가 청자에게 직접적으로 말을 건네는 표현 형식으로 되어 있기 때문에, 작자의 소박한 심정의 유로流露는 읽는 이로 하여금 더욱 감명을 깊게 하고 있다. 이는 고산이 작시를 통해 국어의 아름다움을 빛나게 한 능란한 표현의 묘라 할 수 있다.

④ <하우요夏雨謠>

심심은 ᄒ다만은 일 업슬손은 마히로다
답답은 ᄒ다마는 한가閑暇홀손 밤이로다
아희야 일즉 자다가 동트거든 닐거라

 *마 : 장마.

장맛비가 계속되는 농촌의 여름 정경情景을 구김살 없이 묘사했다. 이 작품은 모두가 단조로운 서경敍景이어서 시상詩想이 떠오르기 어려운 법인데, 작가는 능히 시정詩情을 토로했으니, 고산의 붓이 남다름은 여기서도 역력歷歷하다. 이는 갠 날의 활동을 위한 준비와 수양을 노래하고, 숙흥야매의 다짐을 보여 줌으로 내일을 기다리는 고산의 마음을 볼 수 있다.

⑤ <추야조秋夜操>

> 창승蒼蠅이 쓰러졌으니 파리채는 놓았으되
> 낙엽이 떨어지지 미인美人이 늙을 게고
> 대숲에 달빛이 맑으니 그를 보고 노노라

* 창승蒼蠅 : 쉬파리.
* 미인美人 : 임금.

이는 가을밤의 서정이요, 달밤의 술회다. 초장에서의 창승은 여름철에 기승을 부리는 쉬파리를 가리키고, 중장에서의 낙엽은 쓸쓸한 가을 이미지를 북돋우는 떨어지는 나뭇잎이다. 귀찮은 파리 뒤끓던 여름이 지나서 파리채는 놓았지만, 낙엽 지는 가을이라 미인도 늙으리라는 애수에 찬 추야秋夜를 노래함이 초·중장의 서정이다. 종장에서 '휘영청 밝은 죽림竹林의 추월秋月을 보고 논다'고 함은 쓸쓸히 이는 가을밤의 서정에 대한 자위라 할 수 있다. 파리 떼 창궐하는 여름은 극복해 냈지만, 한 해가 다하는 가을이라 인생의 노안老顔에 애상을 느끼지 않을 수 없는 심회를 엿보게 한다. 그러나 이러한 때에 '완월玩月하는 추야의 풍류를 즐긴다'고 함은 중장의 시취가 종장으로 전환되면서 접속 종결함을 의미한다. 시조의 작의作意는 결국 감상적인 애상에만 집착하지 않는 추흥秋興으로의 전환 접속을 기한 셈이다.

쉬파리는 가증스럽다는 데서 소인으로 비유될 수 있고 미인은 임금을 그리는 연주지정戀主之情으로 당시의 인조를 염두한 표현이라 할 수 있고, 대숲〔竹林〕은 벼슬을 마다하고 은거하는 사람의 은둔처로 볼 수 있다. 따라서 <추야조>는 고산이 수정동과 금쇄동의 은거생활을 통하여, 그간에 겪은 시대의 반영을 읊은 시적 형상화로 해석할 수 있다.

◗ 작품의 이해와 내면화

㉮ 자연을 벗 삼는 삶의 의미는 무엇일까?

고산은 성격이 곧고 강해, 전 생애 가운데 14여년을 귀양살이로, 20년 동안을 은거 생활로 보냈다. 그만큼 현실에서 좌절감을 느꼈을 것이고, 유배지나 은거지의 자연 속에서 이를 해소할 수밖에 없었을 것이다. 그에게 있어서 자연은 현실적 인간으로서의 좌절감을 벗어날 수 있는 유일한 세계였다. 오우가에서 자연물을 이상적 인격체로 관념화하고, 그들을 벗으로 삼은 것도 현실적 좌절감을 풀어내려는 노력의 하나라는 의미를 찾을 수 있다.

㉯ 고산은 뛰어난 언어적 감각을 지녔다

<오우가>는 고산 문학의 대표작으로 소재가 된 자연물들에 대한 애정과 관념이 우리말의 어휘와 어미, 문장 등을 잘 다듬은 언어적 감각에 의해 절묘하게 구현된 작품이다. 그만큼 이 작품에는 생경한 한자어나 중국 문학의 차용이 없다. 순결한 자연관과 우리말의 아름다움이 드러나 있을 뿐이다. 고산의 순결한 자연관은 고결하고 곧은 성품이 부여된 자연을 벗으로 삼고자 하는 태도에서 확인할 수 있다.

㉰ 고산은 자연을 벗하여 자기수양의 본으로 삼았다

고산은 자연물을 단순히 미적 대상으로만 인식하지 않고 그들을 한 인격체로 간주하여 윤리적 의미까지 부여했다. 물은 깨끗하고 그침없이 전진하는 존재를, 돌〔바위〕은 변하지 않는 존재를, 소나무는 굽히지 아니

하는 존재를, 대나무는 절개를 지키는 존재를, 달은 침묵의 덕을 지닌 존재를 표상表象한 것이다. 이 다섯 가지 벗의 공통성은 고결하고 변함이 없다는 데에 있다. 그가 많은 자연물 가운데 유독 이 다섯을 벗으로 삼고자 한 것은 이러한 인격을 자기수양의 본보기로 삼고자 했기 때문이다. 그렇다면 고산은 왜 변하지 않는 자연에 대하여 참다운 아름다움을 느끼고 친근감을 가진 것일까? 이것은 앞서 언급한 바와 같은 그의 정치적 현실과 관련하여 해석이 가능하다. 그가 벼슬길에서 받았던 정치적 시련과 좌절은 기회주의에 물든 인간에 대한 실망감과 외로움을 안겨주었다. 그래서 그는 꽃의 순간성과 풀잎의 일시성을 벗으로 삼을 수 없었고, 따라서 변하지 않는 자연을 택하여 거기에 자신의 소망을 투영시켰던 것이다. 그리하여 ①의 종장에 암시된 바와 같이 명리名利를 좇아 변절을 일삼는 현실을 체념하고 자신이 소망하는 인간상을 자연물에서 찾고자 했던 것이다.

㉩ <만흥>과 작가적 현실은 어떠한가

<만흥漫興>은 작자가 병자호란 때 왕을 호종扈從하지 않았다하여 영덕에 유배되었다가 풀려나, 해남 금쇄동에 은거하고 있을 때 (56~59세) 지은 6수의 연시조이다. 이 작품에는 세속과 떨어져 자연경치를 완상하며 살아가는 은거자의 삶이 부귀공명을 따르는 세속적 삶보다 월등히 낫다는 가치관과 자부심이 여실히 드러나 있다. 이러한 생각은 안빈낙도安貧樂道를 고귀한 삶으로 여기던 조선시대 선비들의 일반적 성향이기도 하지만, 당쟁의 와중에서 파란만장한 정치적 역정을 겪으면서 많은 좌절감을 맛보았던 지은이로서는 거짓이나 속임이 없는 자연에서의 삶이 특별한 매력으로 다가왔을 것이다.

㉪ 고산이 자연과의 합일合一에서 느끼는 만족감은 무엇인가

독립적인 6수의 시조 중, 서사의 성격이 강한 첫째 수에는 은거 생활에 임하는 지은이의 태도가 잘 표현되어 있다. ①에는 지은이는, 산수山水가 어우어진 자연과 더불어 안분지족安分知足하는 삶의 참뜻을 모르고 비웃는 세인世人들을 향해 오히려 비웃음을 던지고 있다. 자신을 용납하지 않는 현실에 대한 조소嘲笑와 아울러 강호에서의 평화로운 삶에 대한 자부심을 드러내고 있는 것이다. 그러나 ②로 이어지면서, 시상은 곤궁困窮한 처지에서도 자연을 마음껏 완상하는 삶에 대한 만족감에 무게가 실리고 있다. 그리하여 ③에서는, 대자연에 도취되어 홀로 술잔을 기울일 때 뜻밖에 찾아온 세속의 반가운 임보다는, 말도 웃음도 없는 자연에 더 넋을 잃고 있는 모습을 그리고 있다. 자연에 몰입하여 무아지경無我之境에 빠진 지은이의 모습이 선명하게 나타나 있다.

㉺ 고산이 자연 속에서 바라보는 현실은 어떠했는가

이렇게 자연과 혼연일체渾然一體가 되어 유유자적悠悠自適하는 삶에 만족하는 마음은 ④·⑤에도 계속 이어진다. 그러나 이에 이르러 지은이는 '三公삼공'이니, '인간만사人間萬事'니 하여 세속의 일을 들먹거리며, 세속적 명리名利 가운데 무엇 하나 이루지 못한 자신의 무능 무의를 고백한다. 이는 겸양의 미덕일 수도 있지만, 자신의 뜻을 펼 수 없을 때는 자연으로 숨어들었다가 때가 되면 다시 공명을 추구하던 조선조 선비들의 일반적 강호가도江湖歌道와 다를 바가 없다. 자연 속에서도 멀리 떠나온 현실 세계를 완전히 결별하지 못하는 것이다. 그러기에 6수의 시조 중 마지막인 ⑥에서, 산중 생활의 즐거움을 읊으면서도 임금님의 은혜를 잊지 않는 지극한 충심을 드러낸 것이다.

㉻ 소부巢父 · 허유許由의 삶이 무엇을 말하는가

소부와 허유는 고대 중국의 전설적 인물인 바, 은사隱士의 전형으로 우리 고전 시가에 자주 등장한다. 그리고 이들이 은거했다는 기산箕山 영수潁水는 은거지 또는 경치 좋은 자연으로 널리 인용된다. 옛날 중국의 요임금이 나이가 들어 왕위에서 물러나려 할 때, 허유許由가 어질다는 소문을 듣고 그에게 천하天下를 넘겨주려 하였다. 이 소식을 들은 허유가 펄쩍 뛰면서 영수潁水가 흐르는 기산箕山으로 숨어버렸다. 그 후 다시 요임금이 그를 구주九州의 장으로 삼으려 한다는 말을 듣자, 영수에 나아가 그의 귀를 씻었다. 마침 소에게 물을 먹이러 왔던 벗 소부가 이 광경을 보고 이유를 물었다. 허유는 '들어서는 안 될 말을 들어 귀가 더러워졌기 때문에 씻고 있는 중일세'라고 대답하였다. 이 말을 듣자, 소부는 '더렵혀진 귀를 씻은 더러운 물을 소에게 먹일 수는 없지 않은가? 그래서 깨끗한 물을 먹이려고 나는 상류로 가는걸세'라고 하였다. 이는 허유가 평소에 자기관리를 소홀히 했음을 탓하고 있는 것이다.

● 문학사적 의의

한 평생을 유배와 은둔, 출사出仕와 귀양을 반복하면서 살다가 간 고산 윤선도孤山尹善道는 시와 노래와 직언直言으로 파란만장한 삶을 엮어가다가 85세를 일기로 세상을 마친 역사적 인물이다. 특히 문학적 자질이 뛰어나 기름진 시가문학의 텃밭을 일구어 값진 씨앗을 뿌리고, 훌륭한 수확을 거두어 한국시가사에 크게 기여한 시인이다.

실지로 첩첩산중에 들어 유거幽居 생활에서 제작한 『산중신곡山中新曲』을 읽노라면 우리에게 삶의 원리를 일깨워 주는 시인과 철인, 유인幽人과 선객仙客의 목소리가 심산유곡, 은하수계곡의 물에 씻겨 굴러 흐르는 구슬소리와 같아서 흥미진진하다.

고산은 은둔과 귀양을 통해 자연의 품속을 찾아 원림미학園林美學을 추구하면서 이 같은 훌륭한 시를 이루었다. 그런 점에서 그에게 산중山中과 해중海中에서의 유거幽居가 없었던들 한국의 조경사造景史에 큰 발자취를 남긴 조원형성造園形成은 상상하기 어려웠을 것이며, 국문학의 걸작으로 일컫는 시가의 제작도 기대할 수 없었을는지 모른다.

그렇다고 그의 삶이 현실을 전적으로 외면한 망세忘世는 아니었다. 경세치민經世治民의 뜻은 항시 저버리지 아니하였다. 그래서 나라에 숱한 상소와 주청奏請을 올리기도 하여 직언을 잘하는 감언지사敢言之士로 알려졌다. 그의 말은 충忠·의義·직直으로 가득 찬 직언이었다. 임금께 아부하거나 세상의 형편을 좇아 영리를 추구하는 발언도 아니었다. 백성과 나라를 위하는 바른말 그대로였다. 임금의 비위를 거스르지 않는 말만을 충언으로 보는 사람이 없지 않으나, 고산은 임금의 잘못이 있으면 이를 바르게 깨우치게 하는 진언을 서슴지 않았다. 그로 인해 정적政敵들의 공격을 받는 빌미가 되어 귀양을 가기도 하였다.

고산은 많은 한시와 국문시를 제작하였다. 『산중신곡』과 <어부사시사> 등 훌륭한 국문시를 이룸으로 조선시대의 대표적인 시가시인詩歌詩人으로 지목되었다. 또한 지금 전하는 한시가 무려 259편이나 되고, 비교적 장편으로 된 산문이라 할 서書가 140편이 넘고, 또한 소疏가 30여 편이 되는 것을 보면 국·한문 할 것 없이 시문에 능한 대가임은 재론할 여지가 없다. 고산이 우리 문학사에 우뚝한 봉우리를 차지한 것은 그 탁월한 우리말의 구사력 때문이다. 그가 이룬 국어의 미적 성취는 한시 위주의 시대적 통념을 극복하고 민족어의 가치를 높이는데 주력했던 실천행위로 극대화된 것이다.

2. 윤선도의 <어부사시사漁父四時詞>

● 창작배경

윤선도尹善道(1587~1671)는 조선 중기 때 문신이며 시조작가時調作家이다.

26세(1612, 광해군 4년)에 진사가 되고, 30세(1616)에는 성균관 유생으로 있으면서 권신權臣, 이이첨李爾瞻 등 당시 집권세력의 죄상을 격렬하게 규탄하는 병진소丙辰疏를 올렸다가 이들에게 모함을 받아 함경도 경원慶源으로 유배되었다. 그곳에서 <견회요遣懷謠> 5수와 <우후요雨後謠> 1수 등 시조 6수를 지었다. 1년 뒤인 32세(광해군10년) 때에는 경상남도 기장으로 유배지를 옮겼다가, 37세(1623)에 인조반정仁祖反正으로 이이첨 일파가 처형된 후 6년 4개월만에 풀려나 의금부도사義禁府都事가 되었으나 3개월만에 사직하고 해남으로 하향했다.

47세(1633)에는 증광문과增廣文科에 병과로 급제한 뒤에 예조정랑, 사헌부지평 등을 지냈다. 이 때 강석기의 모함으로 성산현감으로 좌천된 뒤 이듬해 파직되었다. 그 뒤 해남에서 지내던 중 병자호란丙子胡亂이 일어나 왕이 항복하고 적과 화의를 했다는 소식을 듣고, 이를 욕되게 생각하여 제주도로 은둔하러 가던 중 보길도의 수려한 경치에 이끌려 그 일대를 부용동芙蓉洞이라 이름하고, 낙서재樂書齋를 짓고 그곳에 정착하였다.

그는 십이정각, 세연정, 회수당, 동천석실 등을 지어 놓고 마음껏 풍류를 즐겼다. 그러나 왕에게 문안드리지 않았다는 죄목으로 그의 나이 52세(1638) 때에는 다시 경상도 영덕으로 유배의 길을 떠났다가 이듬해에 왕명으로 풀려났다. 그 뒤로 약10년 동안 완도 보길도와 새롭게 발견한 해남 금쇄동의 산수 자연 속에서 한가한 생활을 즐기게 된다. 이 때 금쇄동을 배경으로 『산중신곡山中新曲』, 『산중속신곡山中續新曲』등을 남겼다. 그 뒤 65세(1651년인 효종 2년)에는 보길도를 배경으로 <어부사시사漁父四時詞>를 지었다.

74세(1660)에는 효종이 서거하자 장지문제와 자의대비慈懿大妃의 복상문제服喪問題를 가지고 서인의 모함으로 함경도 삼수三水에 유배당하였다. 그의 나이 81세(1667년)에 7년여 귀양생활을 마치고 보길도에 내려가 세연정과 낙서재 등을 크게 개수하고 강호의 생활을 즐기게 된다. 그러다가 1671년 85세의 나이로 세상을 떠나게 된다. 윤선도는 남인으로 서인의 왕권강화를 주장하다가, 14년에 걸친 유배생활과 20여년의 은거생활을 하였다. 그는 경사經史에 해박하고 의약, 복서卜筮, 음양, 지리 등에도 능통하였다. 문집으로는 『고산유고』가 있고, 『산중신곡』과 『금쇄동집고金鎖洞集古』등도 전한다.

● 텍스트 분석

<어부사시가>는 네 계절에 따라 펼쳐지는 어촌의 아름다운 정경과 유유자적하는 어부생활의 흥취를 노래한 40수의 연시조이지만, 그 형태는 평시조의 일반적 형식과 다르다. 우리말의 묘미와 다양한 표현 기교로 시의 예술성을 실현한 작품이다.

> 춘사1 : 압개에 안개 것고 뒫 뫼희 히 비췬다
> 　　　　빗떠라 빗떠라
> 　　　　밤믈은 거의 디고 낟믈이 미러 온다
> 　　　　至지匊국悤총 至지匊국悤총 於어思사臥와
> 　　　　강江촌村에 온갖 고지 먼 빗치 더욱 됴타

* 빗떠라 빗떠라 : 배를 띄우라는 어사렴語辭斂이다.
* 압개 : 앞 갯벌.
* 至지匊국悤총 至지匊국悤총 於어思사臥와 : '지국총 지국총'은 노 저을 때 나는 '찌그렁' 소리, '어스와'는 노를 저으며 어기어차 외치는 소리를 음차音借한 성음렴聲音斂이다.

이는 썰물과 더불어 한밤이 지나고 밀물과 함께 새 날이 밝아 오는 봄날에, 만경창파에 배를 띄워 어부의 하루생활이 시작됨을 알리는 서곡으로, 때는 바야흐로 봄, 온갖 꽃이 만발한 경치도 좋거니와 안개 걷힌 강마을의 원경은 더욱 좋다. 원시화경遠示花景이 어부의 생활에 더욱 흥취를 자아내게 한다. 초장과 중장에서 '압개'와 '뒫뫼' '밤믈'과 '낟믈'은 서로 대조적 구성으로 이루어졌다.

춘사2 : 날이 덥도다 믈우희 고기떳다
　　　　닫드러라 닫드러라
　　　　굴며기 둘식 세식 오락가락 ㅎㄴ고야
　　　　至지匊국恩총 至지匊국恩총 於어思사臥와
　　　　낫대는 쥐여 잇다 濁탁酒주瓶병 시럿ㄴ냐

* 닫드러라 : 닻을 들어 올려라.
* 至匊恩(지국총) : 노를 젓는 소리, '찌그덩 찌그덩'과 같은 의성어.
* 於思臥(어사와) : 배를 저을 때 내는 감탄사, '엇사', '저영차'의 의성어.

　　초장에서 날이 덥다는 직서적인 표현만으로 부족해서 물고기의 동작을 끌어다 생동감을 주어 봄의 무르익음을 고기의 동작에서 실감나도록 읊었다.

춘사3 : 東동風풍이 건듯 부니 믉결이 고이 닌다
　　　　돋ᄃ라라 돋ᄃ라라
　　　　東동湖호롤 도라보며 西서湖호로 가쟈스라
　　　　至지匊국恩총 至지匊국恩총 於어思사臥와
　　　　압뫼히 디나가고 뒫뫼히 나아온다

* 건듯 : 문득, 잠깐.
* 뒫뫼히 : 뒷산이.

　　위에서 순풍에 돛을 달고 완도 보길도 앞바다를 미끄러지듯이 경쾌하게 배가 나아가는 장면은 한 폭의 산수화다. 강호江湖의 한정閑情을 즐기는 풍류객으로서 유유자적悠悠自適하는 심경이 잘 드러나 있다. 순풍에 돛을 달고 바람 부는 대로 배를 내 맡겨 둔다. 바람이 자면 노를 저어 나타나는 주위의 경치를 보면서 자연을 즐기는 것이다. 동풍과 여음餘音이 잘 호응되고, 중·종장은 대구법을 썼다. 종장은 배의 동작을 경쾌하게 그려 생동감이 넘치게 하였다.

        춘사4 : 우는거시 벅구기가 프른거시 버들숩가
               이어라 이어라
               漁어村촌 두어 집이 닛 속의 나락들락
               至지匊국恩총 至지匊국恩총 於어思사臥와
               말가호 기픈 소희 온간 고기 뛰노느다

        * 이어라 : (노를) 저어라.
        * 닛 속의 : 안개 속에, 옅게 깔린 구름 속에.
        * 소희 : 못에.

    이는 〈어부사시사〉 중 가장 대표적인 작품으로 언어의 조탁이 참신
하며, 표현 면에서도 다양한 기교를 나타내어 수작秀作으로 일컬어진다.
버들 숲은 흐드러지게 춘색을 자랑하는데, 뻐꾸기도 춘흥春興에 겨워 노
래한다는 초장은 대구로 깊어 가는 봄 정경을 나타내고 있다. 더욱이 이
부분은 '우난 거시 벅구기가'의 청각적이면서 동적動的 표현에, '프른 거
시 버들숩가'의 시각적이면서 정적靜的 표현이 조화를 이루어 시적 감흥
을 더해 주고 있다. 중장에서 강호연파江湖煙波의 강촌의 원경과 종장에
서의 맑은 강의 뛰노는 고기의 표현은 일미라 하겠다. 강촌의 춘경을 '벅
구기, 버들숩'과 같은 평범한 소재로 한 폭의 동양화처럼 그려 놓았다.

        춘사5 : 고은볃티 쬐얀는디 믉결이 기름ᄀᆞᆺ다
               이어라 이어라
               그믈을 주어두랴 낙시롤 노흘일가
               至지匊국恩총 至지匊국恩총 於어思사臥와
               濯歌纓탁가영의 興흥이나니 고기도 니즐로다

        * 볃티 : 햇볕에.

* 쬐얀눈디 : 햇볕을 받아서.
* 기름ㄱ갓다 : 그림 같다.
* 주어두랴 : 주어라.
* 노흘일가 : 놓을가.

위의 시에서는 '탁영가의 흥이 나니'라는 데에서 시인을 둘러싼 환경이 더없이 맑고 깨끗하여 만족스러워하는 마음을 읽을 수 있다. 그리고 고기잡이도 잊을 만큼 평화롭고 풍요로운 봄의 정취를 느낄 수 있다.

춘사6 : 夕석陽양이 빗겨시니 그만ㅎ야 도라가쟈
       돋 디여라 돋 디여라
       岸안柳류汀뎡花화는 구뷔구뷔 시롭고야
       至지匊국恩총 至지匊국恩총 於어思사臥와
       엇더타 三삼公공을 불을소냐 萬만事ᄉ롤 싱각ㅎ랴

* 시롭고야 : 새롭구나.
* 불을소냐 : 부러워 할소냐.
* 싱각ㅎ랴 : 생각할소냐.

역시 윤선도의 인생관이 나타난 시이다. 권력의 힘에 밀려 은둔하고 있는 윤선도가 벼슬사회에 염증을 느낄 것은 뻔한 이치이다. 부귀와 공명을 포기하고 자연과 벗하면서 지내는 날들에 점점 더 익숙해지고 이젠 더 이상 벼슬사회에 대한 미련이 깨끗이 사라진다. 지금은 오히려 명예욕이 거추장스러울 뿐이다.

춘사7 : 芳방草초롤 볼와보며 蘭난芷지도 뜨더보쟈
       비 셰여라 비 셰여라
       一일葉엽扁편舟쥬에 시른거시 므스것고
       至지匊국恩총 至지匊국恩총 於어思사臥와
       갈제는 닉 뿐이오 올제는 둘이로다

　　* 방초芳草 : 꽃다운 풀, 향기나는 풀.
　　* 불와 : 밟아.
　　* 난지蘭芷 : 난초와 지초, 지초는 일종의 향초.
　　* 일엽편주 : 한 조각의 작은 거룻배.
　　* 므스것고 : 무엇인고.

　　이는 물외한정物外閑情을 읊은 노래로 탈속의 경지를 나타내었다. 본디 '어부漁父'란 '어부漁夫'와는 달리, 자연을 즐기며 인생을 보내는 풍류객이므로 번거로운 세속에 쫓김이 없이 유유자적悠悠自適하게 자연을 벗할 뿐이다. 춘정春情에 못 이겨 배를 세우고 꽃다운 풀도 밟아 보고, 난초와 지초를 뜯어 향기도 맡아 보며, 한 조각 거룻배에는 출범할 때 가득 실었던 안개가 걷히고, 돌아오는 길에는 청강淸江에 쏟아지듯 비치는 달빛을 한아름 싣고서 돌아온다. 내가 자연이고, 자연이 나인 주객일체, 물심일여物心一如의 경지라 할 수 있다.

　　춘사8 : 醉취ᄒ야 누얻다가 여흘아래 ᄂ리거다
　　　　　　비 미여라 비 미여라
　　　　　　落락紅홍이 흘러오니 桃도源원이 갓갑도다
　　　　　　至지匊국恩총 至지匊국恩총 於어思사臥와
　　　　　　아희야 人인世세紅홍塵딘이 언메나 ᄀ렷ᄂ니

　　* ᄂ리거다 : 내려 갔도다.
　　* 落紅 : 떨어진 꽃잎.
　　* 흘러오니 : 흘러 내려오니.
　　* 갓갑도다 : 가깝도다.
　　* 人世紅塵 : 때묻은 더러운 인간세상.

　　초·중장에서 경치가 좋고 살기 좋은 이상향 같은 자연에서의 삶에 만족감을 나타내고 있다. 종장은 인간세상을 비판하고 있는데, 옛날에는 부귀와 공명심에 빠져 자연과 더불어 사는 삶이 얼마나 즐겁고 행복한가를 알지 못했다는 내용이다. 즉 욕심에 빠져 무릉도원이 가까이 있음에도 불구하고 알지 못했다는 자탄自歎과 이제나마 알게 되어 다행이라는 만족감이 보인다.

> 춘사9 : 낙시줄 거더노코 篷봉窓창의 둘을보자
>   닫디여라 닫디여라
>   ㅎ마 밤들거냐 子즈規규 소리 묽게 난다
>   至지匊국恩총 至지匊국恩총 於어思사臥와
>   나믄 興흥이 無무窮궁ㅎ니 갈길흘 니젓땓다

* 篷窓 : 짚이나 풀 따위로 만든 배의 지붕, 일명 배뜸이라 함.
* 닫디여라 : 닻을 내려라.
* ㅎ마 : 벌써.
* 즈규소리 : 두견새 소리.

집으로 돌아와서 포구에 닻을 내리면서도 밤경치를 더 즐기고 싶은 아쉬움이 밀려든다. 밤경치도 수려하여 흥취를 돋구니 집에 돌아가는 것도 잊어버리고 있으니, 어린 시절 밤늦게 엄마의 꾸중을 듣고도 더 놀고 싶던 기억이 새롭다.

> 춘사10 : 來릭日일이 또업스랴 봄밤이 몃츳새리
>   빈 브텨라 빈 브텨라
>   낫대로 막대삼고 柴싀扉비롤 츳자보쟈
>   至지匊국恩총 至지匊국恩총 於어思사臥와
>   漁어父부生싱涯애눈 이렁구러 디낼로다

* 몃츳새리 : 얼마 동안이나 지나야 새겠느냐.
* 빈브텨라 : 배를 붙여라.
* 시비 : 사립문.
* 이렁구러 : 이럭저럭.

여기서는 치열한 경쟁을 하는 벼슬사회를 떠나 강호한정江湖閑情을 만끽하고 있기 때문에 내일도 그런 시간이 지천으로 남아있다. 오늘은 아쉽더라도 놀고 싶은 욕망을 접고 내일 일찍 다시 놀이를 나가자는 내용으로 유유자적悠悠自適하는 모습과 여유 있는 태도가 돋보인다. 어부의 생애가 이럭저럭 지낸다고 소박하게 표현하고 있지만 가장 여유 있음을 보여주고 '이렇게 살아'라고 이야기하는 것은 그 속에 은근한 자부심과 자랑이 숨어 있는 것이다.

각각 10수로 된 <어부사시사>는 제1~5수의 어사렴語辭斂에서는 배 띄워라, 닻들어라, 돛달아라, 노저어라, 돛내려라, 배세워라의 간렴이 순차적으로 삽입되어 이선하여 → 닻을 감고 → 괘범하고 → 선유하고 → 다시 선유하는 5단계의 항진 과정을 질서있게 제시하고 있으며, 제6~10수의 노래에는 돛내려라, 배세워라, 배매어라, 닻내려라, 배붙여라 등 뱃노래의 의미를 지니고 있어 배가 출범하여, 선유하고 귀범하는 시적 흐름을 좋아 질서있게 배치되어 있다. 이는 바로 낙범하여 → 정선하고 → 계선하고 → 닻을 내리고 → 강안에 착선하는 5단계의 귀범 과정을 서시상의 질서에 따라 제시하고 있다.

또한 각 장은 두 개의 의미단위로 짝을 짓는 병렬대응의 구성을 취하였다. 반복으로 대응되는 두 개의 의미단위의 짝짓기의 '압뫼/뒷뫼' 또는 '지나가고/나아온다'(춘사 제3수)의 경우와 같이 전환 또는 변환에 의한 접속이므로 대립대응이 되기 마련이다.

서시의 단위를 춘하추동春夏秋冬의 계절인식으로 헤아리지 아니하고, 하루의 단주석야旦晝夕夜로 구별해 보는 것도 4시의 인식에 의한 서시의 결과가 된다. 시간의 흐름으로 보면, 아침과 낮은 나아감을 의미하고, 저녁과 밤은 물러감을 상징하는 시적 단위로 인식되기도 하여 양자는 서로 대조적이다. 각 편의 전반부가 되는 제1~5수는 전자의 시적 단위를 내용으로 한 서시이고, 후반부의 제6~10수는 후자의 경우를 대상으로

한 서시이다.

> 하사1 : 구즌비 머저가고 시냇믈이 묽아온다
> 비 떠라 비 떠라
> 낫대를 두러메니 기픈 興흥을 禁금 못홀돠
> 至지匊국恩총 至지匊국恩총 於어思사臥와
> 두어라 煙연江강疊텹嶂쟝은 뉘라셔 그려 낸고

* 머저가고 : 멈추어가고.
* 낫대 : 낚싯대.
* 연강텹쟝煙江疊嶂 : 안개 낀 강과 첩첩이 겹쳐진 산봉우리. 왕진경王
　　晋卿이 그리고 소동파가 쓴 연강첩장도시煙江疊嶂圖詩를 가
　　리키는 말.

　위에서 지리하던 여름 장마가 개고 시냇물은 점차 맑아 오는데, 어찌 풍류객인 작자로 하여금 방안에서 헛되이 지낼 수 있겠는가? 낚싯대를 둘러메니 마음속에서는 벌써 흥興부터 일어난다. 안개 걷힌 강과 첩첩이 둘러 있는 산봉우리는 한 폭의 그림과 같아 비온 뒤에 더욱 아름답다. 초장은 대구법으로 이루어졌고, 종장에서는 왕진경의 '연강첩장도煙江疊嶂圖'를 연상하게 한다.

> 하사2 : 년닙희 밥싸두고 반찬으란 쟝만마라
> 닫 드러라 닫 드러라
> 靑청篛약笠립은 써 잇노라 綠녹蓑사衣의 가져오냐
> 至지匊국恩총 至지匊국恩총 於어思사臥와
> 無무心심혼 白빅鷗구는 내 좃는가 제 좃는가

* 청약립靑蒻笠 : 대껍질로 만든 삿갓.
* 녹사의綠蓑衣 : 풀이나 짚으로 엮어서 만든 비옷, 도롱이 또는 누역.

이 작품은 속세를 떠나 자연과 벗하면서 살아가는 시적화자의 유유자적한 심경이 잘 나타나 있다. 특히 중장에서는 백구가 따르는 것인지, 자기가 백구를 따르는 것인지 모를 정도로 자연과의 친화를 넘어서서 한 몸이 된 듯한 상태를 보여주고 있다. 이런 경지를 물아일체物我一體의 경지라고 한다.

물아일체란 주관적 인상과 감상, 더 나아가 주관적 판단 주체인 자기 자신의 주관을 없애고 객관적 세계의 일원으로 우주의 중심에 서서 판단을 하는 것이 아니라 우주를 구성하는 일원에 불과한 존재도 깨닫는 경지이다. 주객일체主客一體와 물심일여物心一如, 즉 몰아沒我의 경지이다.

> 하사3 : 마람닙희 ᄇᆞ람 나니 篷窓봉창이 서늘코야
> 돋ᄃᆞ라라 돋ᄃᆞ라라
> 녀름 ᄇᆞ람 뎡ᄒᆞᆯ소냐 가는 대로 ᄇᆡ 시겨라
> 至지匊국恩총 至지匊국恩총 於어思사臥와
> 北북浦포南남江강이 어ᄃᆡ 아니 됴흘러니

> *마람 : 풀이름, 연못이나 논의 물위에 사는 일년초.
> *봉창 : 짚이나 풀로 만든 배의 지붕, 일명 배뜸이라 함.

어떤 목적이 있어서 급히 가는 길이 아니고 또 고기를 잡아서 반찬거리나 먹을거리로 만들어야 하는 것도 아니다. 그저 풍광을 즐기면 그뿐, 특정한 목적지가 있는 항해도 아닌 것이다. 그래서 바람이 이리 저리 불어 배가 왔다 갔다 제멋대로 움직여도 힘들여 돛의 방향을 잡을 필요도 없는 곳이다. 북쪽 포구로 가든 남쪽으로 흘러가든 상관이 없이 경치를 즐기는 유유자적悠悠自適 그 자체라고 할 수 있다.

> 하사4 : 묽결이 흐리거든 발을 싯다 엇더ᄒᆞ리
> 이어라 이어라

吳오江강의 가쟈ᄒ니 千천年년怒노濤도 슬플로다
至지匊국恩총 至지匊국恩총 於어思사臥와
楚초江강의 가쟈 ᄒ니 魚어腹복忠튱魂혼 낟글셰라

* 吳江 : 중국의 吳王이 오자서를 죽여 띄워 버린 강물.
* 천년노도 : 천년에 걸쳐 노여움에 찬 파도.
* 魚腹忠魂 : 초땅 멱라수에 빠져 죽은 굴원의 충성된 넋.
* 낟글셰라 : 낚을까 염려된다.

  창파滄波에 배를 띄운 후에 느끼는 심회를 나타내었다. 오자서의 시체
를 강물에 던졌을 때 일었다는 노도怒濤에서 지은이의 우국일념憂國一念을
읽을 수 있으며, 어복충혼魚腹忠魂이 되고자 돌을 안고 강물에 뛰어 든 굴
원屈原에 대한 추모追慕에서는 지은이의 충정忠情을 읽을 수 있다. 이와
같이 자연과 더불어 유유자적의 풍류생활에 젖어 있으면서도 우국충정憂
國忠情을 잊지 않은 것은 당시의 유학자儒學者들의 인생관을 엿볼 수 있
다. 초장과 중장은 대구법에 암인법暗引法을 곁들였으며, 종장은 내용상
역설적 표현이라 하겠다.

  추사1 : 物물外외예 조호 일이 漁어父부生생活애涯 아니러냐
       빈 떠라 빈 떠라
       漁어翁옹을 욷디 마라 그림마다 그렷더라
       至지匊국恩총 至지匊국恩총 於어思사臥와
       四ᄉ時시興흥이 ᄒ가지나 秋츄江강이 읃듬이라

* 그렷더라 : 그려져 있더라. 어옹이 동양화마다 그려 있음.

  번거로운 속세를 벗어나 몸도 마음도 청빈淸貧한 생활이 어부漁父의 생
애인 것이다. 그런데도 세속 인심은 그 뜻을 몰라 비웃기도 하고 손가락
질하기도 한다. 그러나 세속에 물든 인심이야 명리名利에 쫓겨 자신을 돌

아볼 겨를조차 잊었겠지만, 대자연의 사시흥四時興이 또한 비슷하여 추강
秋江에서 맛보는 흥취가 으뜸이라고 했다.

> 추사2 : 水슈國국의 ㄱ올히 드니 고기마다 술져읻다
>   닫드러라 닫드러라
>   萬만頃경澄딍波파의 슬크지 容용與여ᄒᆞ쟈
>   至지匊국恩총 至지匊국恩총 於어思사臥와
>   人인間간을 도라보니 머도록 더옥 됴타

*수국 : 강촌, 섬.
*만경딍파 : 넓고 푸른 물결.
*슬크지 : 실컷.
*용여 : 바쁘지 않고 한가히 지냄, 꺼릴 것이 없음.
*인간人間 : 속세, 인간세상.

바닷가 세상에 가을이 되니 고기마다 살이 쪄있고, 풍성함과 만족과
여유의 계절이 되었으니, 넓은 바다와 시원한 파도를 실컷 즐기며 여유
로운 삶을 가져보자는 내용을 담고 있다. 이런 재미를 모르는 인간세상
에서는 오늘도 입신출세를 위하여 서로 헐뜯고 모함하고 싸우고 있겠지
만, 그런 세상은 멀수록 더욱 좋다는 작자의 마음을 담고 있다.

> 추사4 : 그러기 ᄯᅥᆺ는 밧긔 못보던 뫼 뵈ᄂᆞ고야
>   이어라 이어라
>   낙시질도 ᄒᆞ려니와 取취ᄒᆞᆫ거시 이 興흥이라
>   至지匊국恩총 至지匊국恩총 於어思사臥와
>   夕셕陽양이 ㅂ이니 千쳔山산이 錦금繡슈로다

*ᄯᅥᆺ는 밧긔 : 떠 있는 밖에, 떠 있는 저 멀리.
*ㅂ이니 : 눈부시게 비치니.

　이는 한 폭의 운산첩도雲山疊圖이다. 배에서 멀리 바라보는 먼 산의 금수가경錦繡佳景을 능숙하게 묘사했다. 가을 하늘은 특별히 맑아 원경을 조망하기에 더욱 좋다. 하늘에 기러기가 떠 있다는 표현은 계절이 가을임을 말해 주며, '못 보던 뫼 뵈난고야'는 높고 맑게 갠 가을 하늘 때문이다. 중장의 '이 흥興'은 못 보던 산 구경과 금수강산을 구경하는 흥을 말하며, 종장은 석양빛을 받아 모든 산의 단풍이 아름답게 빛남을 표현한 것이다.

　'기러기, 낚시질, 석양夕陽'을 연결하는 이미지는 대체로 외로움, 고적감 등을 나타내고 있으나, 윤선도는 이를 연결하여 가을의 흥취를 더욱 실감 있게 표현함으로써 시상의 기발함을 보여 주고 있다.

> 추사9 : 옷우희 서리 오디 치운 줄을 모롤로다
>   　　　달 디여라 달 디여라
>   　　　釣됴船션이 좁다 ᄒᆞ나 浮부世세와 얻더ᄒᆞ니
>   　　　至지匊국恩총 至지匊국恩총 於어思사臥와
>   　　　두어라 너일도 이러ᄒᆞ고 모릐도 이러ᄒᆞ쟈

　＊釣船 : 낚시질하는 배.
　＊浮世 : 뜬세상. 속세. 진세塵世.
　＊이러ᄒᆞ쟈 : 이렇게 지내자.

　위에서는 강바람을 실은 서리가 왜 춥지 않겠는가마는 자연과 한 덩어리가 된 물아일체物我一體의 경지에서는 추위가 느껴지지 않다고 했다. 좁은 낚싯배이지만 마음만은 이 대자연을 품에 안고 있어, 번거롭던 세상을 떠나 자연과 더불어 유유자적하는 모습을 발견할 수 있다.

> 동사1 : 구름거든 후의 횟빗치 두텁거다
>   　　　비 떠라 비 떠라

天텬地디閉폐塞싁 ᄒ디 바다흔 依의舊구ᄒ다
至지匊국恩총 至지匊국恩총 於어思사臥와
ᄀ업고 ᄀ업슨 믉결이 깁 편ᄂᆫ 듯ᄒ여라

* 두텁거다 : 두터워졌다.
* 天地閉塞 : 하늘과 땅이 닫히고 막힘. 겨울이 되어 천지가 얼어붙었
           음의 비유.
* 依舊 : 옛과 같음.
* 깁 편ᄂᆫ 듯ᄒ여라 : 비단을 편 듯하다. '깁'은 '비단'의 옛말.

    겨울철 눈이 갠 날 아침의 강촌江村의 경물은 한마디로 선경仙景이다.
산야山野는 온통 은백색이니, 바다는 한결 더 푸르다. 고운 비단을 한없
이 펼쳐 놓은 듯한 끝없이 넓은 바다를 바라보는 겨울철 어부漁父로서의
풍류는 눈雪과 더불어 그 진미를 더해 줄 것이다. 은백의 설경은 마음속
까지 후련히 씻어 주는 청량감을 만끽하게 하는데, 눈이 내린 후 두텁게
내리 쬐이는 햇볕을 받으며 만경창파萬頃蒼波에 배를 띄우는 운치 있는
모습이 잘 나타나 있다. 초장은 눈 갠 후 눈부시게 내리 쬐이는 햇볕을
묘사하면서 '두터운 햇빛'이란 표현으로 시어의 참신성을 느낄 수 있으
며, 중장은 '천지폐색天地閉塞'과 '바다는 의구依舊다'가 서로 대조를 이루
고 있다.

    동사2 : 주대 다스리고 빗밥을 박았ᄂᆞ냐
          닫 드러라 닫 드러라
          瀟쇼湘상洞동庭뎡은 그믈이 언다 ᄒ다
          至지匊국恩총 至지匊국恩총 於어思사臥와
          이때예 漁어釣됴 ᄒ기 이만ᄒ더 업도다

* 주대 : 줄과 대.
* 다스리고 : 다스리고, 지난번에 쓰고 엉킨 낚시 줄과 부러진 낚시대
          를 교환하여 낚시를 할 수 있도록 손질하고.

    *빗밥 : 배의 틈으로 물이 새지 않게 막는 대껍질.
    *瀟湘洞庭 : 소상강과 동정호수는 중국에서 제일 넓은 호수로 중국
            호남성에 있음.

　언뜻 보면 겨울에는 낚시를 하기가 어려울 것 같다. 그러나 내가 있는 보길도 앞바다도 동정호와 소상강처럼 경치가 좋고 따뜻하여 물이 얼지 않는다는 것이다. 즉 동정호와 소상강의 원관념은 보길도 앞 바다 즉 지은이가 지금 있는 곳을 말한다. 물이 얼지 않으니 낚시를 못할 이유가 없는 것이다. 아니 한 수 더 나아가 지금이 의외로 재미를 볼 수 있는 낚시 할 철이 아니냐는 것이다. 이렇게 우리는 고산에게서 체험문학의 찬연함을 본다.

        동사3 : 여튼 갣 고기들히 먼 소희 다 갇느니
                돋 드라라 돋 드라라
                져근덛 날 됴흔 제 바탕의 나가보쟈
                至지匊국恩총 至지匊국恩총 於어思사臥와
                밋기 곧다오면 굴근 고기 믄다 혼다

    *여튼 갣 : 옅은 개(浦).
    *져근덛 : 잠깐, 잠시 동안.
    *바탕의 : 일터(어장漁場), 마당.
    *곧다오면 : 향기로우면, 좋으면.

　위에서 겨울이 되어 기온이 내려가면 고기는 따뜻한 깊은 소沼로 들어 갔다가 날씨가 따뜻하면 수면水面 가까이 올라오기 때문에, 어부는 어장에 나가 가을 동안에 자란 굵고 살찐 고기를 잡자는 어부의 생황이 잘 그려진 사실적寫實的인 표현이 한층 돋보인다. 종장에서의 '밋기 곧다오면'과 같은 시어의 조탁은 우리말의 아름다움을 한껏 발휘한 것을 느낄 수 있다. 윤선도 자신이 엄동설한嚴冬雪寒에 직접 바다에 나가 고기를 잡

은 경험에서 쓴 글인지는 확언하기 곤란하나, 국어로 이 정도로 엮어서
어부 생활의 진미를 나타낸 능숙한 기교에 탄복하지 않을 수 없다.

동사4 : 간밤의 눈갠 後후에 景物경믈이 달랃고야
　　　　이어라 이어라
　　　　압희는 萬만頃경琉류璃리 뒤희는 千천疊텹玉옥山산
　　　　至지匊국恩총 至지匊국恩총 於어思사臥와
　　　　仙선界계ㄴ가 佛불界계ㄴ가 人인間간이 아니로다

＊景物 : 경치와 물색, 철따라 달라지는 자연의 경치.
＊萬頃琉璃 : 넓고 넓은 바다가 유리같이 맑고 아름다움.
＊千疊玉山 : 천겹이나 쌓인 구슬같이 아름다운 산, 눈 덮인 산을 비유.

　위에서는 눈이 그친 뒤의 강촌의 설경을 노래하고 있다. 푸른 바다와
흰 산이 대조가 된 곳, 만물이 깨끗한 눈 속에 쌓였으니 이는 곧 선경이
요, 정토이다. 이백이 노래한 별유천지비인간別有天地非人間이 바로 여기
인 것이다.
　여기서 우리는 고산이 자나깨나 삶의 고향을 그리워하고 그곳에 회귀
하고자 하는 본능을 읽을 수 있다. 바다야말로 모든 생명체의 본향이요
원초적 고향이기 때문이다. 그가 그리워하고 동경하는 것은 인간 모두의
동경이요, 그리움이 되는 것이다.

동사10 : 어와 져므러 간다 宴연息식이 맏당토다
　　　　 비 붓텨라　비 붓텨라
　　　　 ㄱ는 눈 쁘린 길 블근 곳 훗터딘 디 흥치며 거러가서
　　　　 至지匊국恩총 至지匊국恩총 於어思사臥와
　　　　 雪셜月월이 西서峰봉의 넘도록 松송窓창을 비겨 잇쟈

＊宴息 : 누워서 편안히 쉬는 것.

*블근 곳 : 붉은 꽃.
*松窓 : 소나무 그림자가 비친 창.

벌써 날이 저물었고 지칠 만큼 놀았으니 밥 먹고 쉬는 것도 마땅할 것이다. 눈이 내려 하얀 배경에 분위기를 처연하게 만들어 준다. 집에 돌아와 창문을 보니 소나무가 가로로 길게 늘여있는 사이로 흰눈 덮인 산과 차가운 달이 창문에 걸렸음을 비스듬히 기대어 감상한다.

● 작품의 이해와 내면화
농암의 〈어부가〉와 고산의 〈어부사시사〉를 비교하면, 같은 강호시가江湖詩歌라 하더라도 시적자아의 태도는 전혀 다르게 나타나 있는 것을 확인할 수 있다.

농암의 〈어부가〉의 시적자아는 강호에 있으면서도 정치현실을 완전히 망각하지 못하여 강호의 삶과 즐거움을 노래하면서도 거기에 안주하지 못하고 자연미에 대한 지나친 탄상이나 감흥은 억제되어 있다. '혼탁한 정치 현실'과 '깨끗하고 여유로운 강호'라는 대립적 공간의 사이에서 화자는 갈등을 벗어나지 못하고 있다. 그러나 〈어부사시사〉에서는 현실 정치의 혼탁함으로부터 완전히 벗어나 자연의 아름다움과 한가로운 삶에 완전히 몰입하고 있다. 〈추사2〉에 노래한 바와 같이 〈어부사시사〉의 시적자아에게 인간세상은 멀수록 좋은 것이다.

〈어부사시사〉는 고산의 나이 65세(1651)에 전남 보길도의 부용동芙蓉洞에 은거할 때 지은 작품이다. 춘사春詞, 하사夏詞, 추사秋詞, 동사冬詞 등 10수씩 모두 40수로 이루어져 있다. 고려 후기부터 전해오던 〈어부가〉를 조선중기에 농암 이현보가 개작하였는데, 이를 환골탈태換骨奪胎하여 새롭게 지은 것이 〈어부사시사〉이다. 우리말의 묘미를 창조적으로 구사하여 외물한인物外閒人의 경지를 미화함으로써 전대의 작품보다 훨씬 아름다운 세계를 구상화하였다.

<어부사시사>의 구조상 특징을 살펴보면, 이 작품은 네 계절의 어촌 정경을 그리되 어부로서의 인간적 삶은 제거된 채 자연의 아름다움에만 초점을 맞추고 있다. 그리고 평시조와 달리 후렴구가 들어 있다. 특히 초장 다음의 후렴은 각 계절마다 출범出帆에서 귀선歸船까지의 과정을 보여 주고 있다. 1연은 비떠라(배 띄움), 2연은 닫드러라(닻을 올림), 3연은 돋 드라라(돛을 올림), 4·5연은 이어라(노를 저음), 6연은 돋 디여라(돛을 내림), 7연은 비 세여라(배를 세움), 8연은 비 미여라(배를 맴), 9연은 닫 디여라(닻을 내려라), 10연은 비 브텨라(배를 뭍에 붙임)고 하였다.

또 묘사의 구체성과 사실성이 잘 드러난 <어부사시사>는 자연을 묘사하는 대목이 관용성을 벗어나 참신할 뿐만 아니라 구체적이며 사실적인 부분이 많다.

예컨대, <춘사4>의 종장에서 볼 수 있는 근경묘사와 생동감, <하사3>의 사실적 상황 제시, <동사4>에서 눈 덮인 자연을 유리와 옥에 비유한 감각적 표현 등은 전대의 <어부가>에서는 찾아보기 어려운 사례들이다. 또 이 작품의 맨 마지막 <동사10>의 중장에서 확인할 수 있는 선명한 색채의 대비(흰 눈과 석양의 붉은 빛)도 주목할 만한 묘사의 기교이다.

그리고 <어부사시사>의 서정적 자아에서는 생동감이 넘치는 흥興으로 가득하여 인간적 시름을 찾아볼 수가 없다. 그 대신 강호에서 누리는 나날의 넉넉함과 아름다움에 시선이 집중되어 서정적 자아의 정서는 고양된 기쁨과 충족에서 오는 흥겨움에 빠져 있을 뿐이다. 이러한 정서적 도취는 이 작품의 자연묘사 및 자아의 행위와 표현이 매우 구체적이고 사실적이어서 생동감을 느낄 수 있다는 사실과도 연관이 있겠지만, 현실정치의 혼탁함으로부터 벗어나 자연의 아름다움과 여유로운 삶을 누리고자 하는 지은이의 현실관이 반영된 탓이라 하겠다. 이는 농암의 <어부가>에서는 세속의 삶에 대한 욕구를 떨쳐버리지 못하여 강호의 즐거움에 완전히 몰입하지 못한 것과 대비되는 특징이다.

● 문학사적 의의

고산孤山 윤선도尹善道는 임병양란壬丙兩亂을 겪으면서 엄청난 변화를 모색하던 17세기에 주로 정치적 활동을 했던 사람으로 약세인 남인의 집안에서 태어났기에 정치적으로는 매우 불우한 삶을 살았던 사람이었다.

14년여에 걸친 유배생활과 20여년에 걸친 은둔생활이 말해주듯이 그의 생애는 결코 평탄한 삶이었다고 볼 수 없으나, 우리 문학사에 남긴 발자취는 다른 누구보다 크다. 이는 조선 사대부의 시조작가로는 고산 윤선도가 최고의 시인이라는 평가를 받고 있기 때문이다.

그의 많은 시조 가운데 <오우가五友歌>나 <어부사시사漁父四時詞>는 연시조로써 시조문학사에 끼친 영향과 언어조탁에 의한 국어미의 예술적 가치는 타인의 추종을 불허한 실정이다. 당대의 특성을 고려할 때 한시는 259편 정도밖에 남기지 않으면서도 우리말로 된 시조를 75수나 남겼다는 것은 국어와 국문학에 대한 그의 애정이 남달랐다는 것을 보여준 것이다.

<어부사시사>의 시간적 순환성을 중심으로 그 구조적 특성을 살펴보면, 일 년과 하루라는 두 개의 시간적 순환성循環性을 중심으로 하는 특이한 형태의 연시조라는 사실을 밝혀낼 수 있었다. 사계절을 노래한 열 편씩의 작품은 모두 하루라는 시간 속에서 일어나는 경물과 정서들을 노래하고 있는데, 하루의 순환성을 일 년으로 확대하여 연결시킴으로써 작품 전체의 예술적 영원성을 담고 있다.

고산은 조선시대 사대부의 공통적 경향인 문재도文載道의 문학관을 바탕으로 창의성과 음악성을 앞세우는 독자적인 시작태도를 형성하였는데 <어부사시사>는 이러한 그의 시정신에 의해 산출된 것이다. 고산은 출사, 유배, 은둔으로 점철된 생을 살면서 유교적 이념을 바탕으로 불교와

도교의 동양사상을 폭 넓게 수용하면서 독자작인 문학관을 확립하였는데 이러한 사실들이 거작 <어부사시사>를 창작하는데 밑거름이 되었다.

고산이 <어부사시사>에서 그려 놓은 서경은 눈으로 보고, 귀로 듣고, 몸으로 체감하고, 머리로 상상하는 자연의 모습을 모두 그 대상으로 삼았다. <어부사시사>에서 추구하는 시경공간은 산과 바다, 다시 말하여 산수 바로 그것이다. 긍정시하는 자연공간과 부정시하는 인세공간을 대립되는 두 세계로 대립시키고 있음은 <어부사시사>에 나타난 서경묘사의 한 특색이다.

<어부사시사>는 시와 경과 흥이 있는 노래로서, 그림 속에 사시四時 서경의 흥이 있는 화중유시畵中有詩요, 시 가운데 사시 서경에 의한 회화적 흥이 있는 시중유화詩中有畵라 할 수 있는 흥미 있는 걸작이라 할 만하다.

| 제 10 장 | 사설시조의 미학적 특징

1. 사설시조辭說時調의 미학

1) 사설시조의 개념과 형식

사설시조辭說時調란 본래 창곡의 명칭으로 쓰이다가 문학적 갈래로 지칭指稱하는 이름이 되었다. 즉 평시조보다 긴 사설을 촘촘한 장단으로 엮어 부르는 창법唱法의 작품들 전체를 가리키는 명칭名稱으로 정착되었다.

그 형태를 보면 종장은 평시조와 비슷한 틀을 유지하되, 초·중장 중 어느 일부가 4음보 율격의 정제된 구조에서 현저하게 이탈하여 장형화되었다. 이들을 더 잘게 나누어 엇시조旕時調와 사설시조辭說時調로, 혹은 중형시조와 장형시조로 변별하고 있다. 그러나 엇시조(중형시조)와 사설시조(장형시조)의 형태적 차이로 구분한다 하더라도 그들 사이의 변별성보다는 평시조와의 전체적 대비에서 드러나는 형태 및 내용상의 차이가 뚜렷하다. 때문에 문학상의 갈래 개념으로는 이들을 한데 묶어 사설시조라 규정하는 관점이 널리 받아들여지고 있다.

사설시조는 평시조의 정형으로부터 이탈한 장형화長型化를 기본으로 하기 때문에 일정한 형식상의 규범을 말하기 어렵다. 이 때문에 사설시조를 근대 이전의 자유시라고도 한다. 그러나 사설시조에 부분적인 정형성 및 율격성이 전혀 없는 것은 아니다. 우선 초·중·종장의 3장 형식을 유지한다는 점에서 정형성을 찾아 볼 수 있고, 종장의 첫 음보가 평시조만큼 엄격하지는 않으나 대체로 3음절인 경우가 많다.

시행을 장형화하는 방법으로는 4음보 단위가 확장되면서 2음보 또는 6음보의 변형을 삽입하는 방식이 가장 많이 발견된다. 사설시조의 형식 및 운율이 지닌 자유로움이 완전한 파격과 불규칙성의 산물이 아니라, 이와 같은 '넉넉한 정형성'을 적절히 활용하면서 일상어의 산문적 호흡과 다채로운 리듬, 어법을 구사하는 데서 비롯된 것이다.

2) 사설시조의 형성과 미의식

사설시조의 형성은 두 측면에서 고려해 볼 수 있다. 먼저 사설시조가 평시조의 파격된 변형으로 생겨난 것이 아니라 조선 중기 이전부터 존속해 온 '민요'로부터 나왔다는 것이다. 이러한 입장은 '사설시조'라는 이름 대신 '만횡청蔓橫淸'이라는 용어를 제안하였다. 그리고 이 부류의 작품들은 평시조와는 달리 하층민들의 가요로부터 전이되어 주로 평민층의 생활체험과 의식을 표현하는 별도의 시가로서 18세기초보다 훨씬 앞선 시기에 형성되었고, 그것이 사설시조라 불린 것은 조선후기에 접어들면서 시조창의 장단에 실려서 불린 때문이라고 한다. 다음은 사설시조가 평시조와 비슷한 시기에 병행적 보완관계를 지니면서 성립한 것으로 추정하고, 그 담당층 역시 평시조와 마찬가지로 사대부층이 주축이 된다고 보는 견해이다.

이와 같은 쟁점은 앞으로 더 논의되어야 하지만, 조선후기가 사설시조의 본격적 융성기라는 점은 의문의 여지가 없다. 이 시기의 사설시조 창작과 향유에 중인을 포함한 평민층이 큰 몫을 담당했다는 점도 대체로 인정되고 있다. 조선전기의 사대부들이 남긴 몇 편의 사설시조는 대개가 형태상으로만 사설시조일 뿐 내용과 미의식에서는 평시조와의 차이가 미미했는데, 후기에 와서는 이름을 밝힌 중인층과 사대부 작가들의 작품에서도 해학, 풍자와 대담한 표현 및 세속적 인간형을 다룬 내용이 풍부하게 나타났다.

사설시조가 조선중기 이전에 발생했다 하더라도, 그 대다수의 작품은 조선후기의 것이며 또한 이 시대의 새로운 관심사와 특질을 잘 나타내고 있다. 사설시조는 평시조의 균형 잡힌 틀과는 전혀 다른 형태를 통해 평민적 익살, 풍자와 분방한 생활을 표현함으로서 조선후기 문학사의 새로운 국면을 조성하는데 크게 기여했다.

사설시조는 사대부시조와 달리 거칠면서도 활기에 찬 삶의 역동성을 담고 있다. 사설시조를 웃음의 미학이라 할 수 있겠는데, 일상적 삶 속의 갑남을녀들에 대한 해학적 관찰, 중세적 고정관념을 거리낌 없이 추락시키는 풍자, 고달픈 생활에 대한 해학 등이 주요 내용을 이룬다. 아울러, 남녀 간의 애정과 기다림, 그리고 성의 문제가 많은 비중을 차지하였다. 그리고 시적 대상을 바라보는 시선에서도 사설시조는 독특한 점이 있다. 평시조를 포함한 일반적 서정시에서 시적자아詩的自我는 작자 자신이거나 작자의 체험, 심리가 투영된 상상적 분신인 경우가 압도적으로 많으나, 사설시조는 작자와 수용자가 작중 인물 및 사태에 대해 심리적 거리를 두고 희극적으로 객관화하여 보게 하는 유형의 작품들이 많다. 이들이 사설시조의 변별적 양상을 드러내는 것이고, 표현하는 언어 역시 독특한 점이 많다. 종래의 관습으로는 비시적非詩的이라고 할 일상적인 어휘와 사물들이 사설시조에서는 흔하게 등장한다. 이러한 언어 요소들이 작품에 진솔하고 구체적인 생동감을 불어 넣기도 하고, 때로는 경쾌한 익살과 재담의 효과를 일으킨다.

2. 텍스트 분석

현전하는 사설시조는 약 780수로 최근까지 수집된 옛시조 5,180수

중에서 약 15퍼센트에 해당하는 수량이다. 이 가운데서 유명씨有名氏 작품이 220수, 무명씨無名氏 작품이 560수 정도로 78퍼센트에 달하는데 이 현상은 평시조의 경우에 비추어 극히 대조적이다. 그 이유에 대해서는 사설시조 창작의 주된 원천이 중인 및 그 이하의 신분층이라는 것이고, 사대부층의 창작이 많았으나 작품의 비속함 때문에 이름 밝히기를 꺼렸다는 것이다. 사설시조의 작가로 이름이 기록된 이들은 40명 정도로서 중인층과 사대부층이 두루 섞여 있는데, 작품 수량으로 보면 중인층이 훨씬 많다. 김수장金壽長과 안민영安玟英을 그 대표적 인물로 꼽을 수 있는 바, 김수장은 18세기 사설시조의 경향을, 안민영은 19세기의 경향을 보여주는 작가로서 주목된다. 사설시조의 내용을 흔히 시정市井의 현실적 삶이라든지 적나라한 애정 표현, 현실에 대한 풍자와 해학에 국한함으로써 마치 사설시조가 세속적 현실에만 관심을 기울인 시가인 것으로 흔히 오인하게 된다. 그러나 사설시조에는 어느 정도 철학성을 지니고 인간존재의 문제를 다룬 작품도 있다.

가) 정철鄭澈의 <장진주사將進酒辭>
　　혼 잔 먹새그려 또 혼 잔 먹새그려
　　곳 것거 산算 노코 무진무진無盡無盡 먹새그려
　　이 몸 주근 후면 지게 우해 거적 더퍼 주리혀 매여 가나,
　　유소보장流蘇寶帳의 만인萬人이 우러네나, 어욱새 속새
　　덥가나무 백양白楊 수페 가기곳 가면 누른 히 흰 둘 ᄀ눈 비
　　굴근 눈 쇼쇼리ᄇ람 불 제 뉘 혼 잔먹쟈 홀고
　　흐믈며 무덤 우해 젼나비 ᄑ람 불 제 뉘우츤둘 엇디리

<송강가사松江歌辭>

　　*산 노코 : 산가지를 놓고. 수를 세고.
　　*무진무진 : 한없이. 끝없이.
　　*주리혀 매여 : 졸라 묶여.

＊유소보장 : 술 달고 화려한 휘장으로 꾸민 상여.
＊우러 네다 : 울며 따라가거나.
＊쇼쇼리브람 : 소소리바람. 이른봄 부는 거칠고 쓸쓸한 바람.

이 작품은 인간의 유한성有限性에 대한 시상詩想을 노래한 애주가愛酒家로 이름이 높고, 호방한 송강의 성품이 잘 드러난 권주가勸酒歌이다. 꽃을 꺾어서 술잔 수를 셈하는 낭만적 정경과, 무덤 주변의 쓸쓸한 분위기를 대조시켜, 인생의 무상無常함을 실감나게 형상화하였다. 표현면에서 당나라 시인 이백과 두보의 술을 노래한 시와 시상이 비슷하고 더러는 그 구절을 인용한 것도 있으나, 전반적으로 우리말의 아름다움이 자연스럽게 드러나도록 국어미를 살려 독특한 경지에 이르는 걸작이다.

　　나) 김수장金壽長의 시조
　　　갓나희들이 여러 층層이오
　　　송골松鶻매도 갓고, 줄에 안즌 져비도 갓고
　　　백화원리百花園裡에 두루미도 갓고, 녹수파란綠水波瀾에
　　　비오리도 갓고, 따해 픽 안즌 쇼로개도 갓고, 석은 등걸에
　　　부헝이도 갓데
　　　그려도 다 각각 님의 스랑인이 개일색皆一色인가 ᄒ노라

<해동가요海東歌謠>

＊백화원리 : 온갖 꽃들이 만발한 뜰 안.
＊녹수파란 : 푸른 물결.
＊스랑인이 : 사랑받으니.
＊개일색 : 다 뛰어난 미인.

초장에서는 여인들이 다양하다고 전제하고, 중장에서는 여인들의 다양한 존재 양상을 여러 종류의 새에 비유하여 구체화한 다음, 종장에서는 그 다양한 여인들이 각각 제 임의 사랑을 받고 사니 모두 일색이라고

보아야 한다는 긍정적 인간관을 제시하였다. 존재 양식면에서 볼 때, 이 시조의 '님'은 일찍이 우리 문학사에 등장한 적이 없는 특이한 '님'이다. 우리 시가 문학에서 '님'은 대부분 떠난 임이요, 부재不在하는 임이다. 그러나 이 작품의 '님'은 함께 살면서 사랑하는 임이다.

다음은 해학 속에 감춰진 삶의 애환을 읊은 것으로 살아가는 이야기를 화제로 한 작품들이다. 이런 유형의 사설시조는 일상적인 소재들을 야단스럽게 나열하는 방식으로 삶의 애환으로 과장시킨다. 감정의 절제를 미덕으로 삼는 사대부들과는 달리 삶의 모습을 생생하게 보여주는 것이다. 우리는 이런 사설시조에서 삶의 고뇌와 슬픔까지도 익살스럽게 표현하는 낙천적樂天的 목소리를 들을 수 있다.

> 다) 일신一身이 사쟈 흔이 물껏 계워 못 견딜쐬
> 피皮ㅅ겨 굿튼 갈랑니 보리알 굿튼 슈퉁니 줄인니
> 굿 깐니 존 벼록 굴근 벼록 강벼록 왜倭벼록 긔는
> 놈 뛰는 놈에 비파琵琶 굿튼 빈대 삭기 사령使令 굿튼 등에아비
> 갈다귀 샴의약이 셴 박희 눌은 박희 바금이 거절이
> 불이 뾰죡한 목의 달리 기다흔 목의 야윈 목의 살진 목의 글임애
> 뾰록이 주야晝夜로 뷘 때 업시 물건이 쏘건이 빨건이 뜻건이 심甚
> 한 당唐빌리 예셔 얼여왜라
> 그 중中에 참아 못 견딜손 유월六月 복伏더위예 쉬프린가 흐노라
> <해동가요海東歌謠>

* 물껏 : 물것, 사람의 살을 무는 곤충들.
* 피ㅅ겨 : 돌피의 껍질.
* 갈랑니 : 작은 이.
* 슈퉁니 : 살찐 이.
* 사령 : 관아에서 심부름하던 사람.
* 등에아비 : 등에.
* 갈ㅅ다귀 : 각다귀(모기의 일종).
* 샴의약이 : 사마귀, 미얀마재비.

  * 박희 : 바퀴벌레.
  * 글임애 : 그리마(절족 동물).
  * 물건이 : 물거니, 물기도 하고.
  * 당빌리 : 당비루(피부병의 일종).

  사람을 괴롭히는 '물 것'이 많아서 살기 어려움을 호소하고 있는 노래
이다. 그런데 여기에서 '물 것'은 단순히 '사람이나 동물의 살을 물어 피
를 빨아먹는 벌레의 총칭'이라는 사전적 의미보다는 백성을 착취하는 온
갖 부류들을 상징하는 것으로 보아야 한다. 즉 이 노래의 핵심은 백성들
을 착취하는 무리들이 너무 많아서 고통을 견딜 수 없는 현실을 풍자하
고 있다.

  이 노래의 표현상 두드러진 특징으로는 중장에서 보는 바와 같이 열
거를 통한 다양한 예시를 들 수 있다. 사람을 괴롭히는 '물 것'의 종류를
그렇게 많이 열거할 수 있다는 것도 놀랍지만, 그것을 숨가쁘게 엮어나
가는 익살스런 말투가 절로 웃음을 자아낸다. 사설시조가 아니고는 보여
줄 수 없는 묘미를 흠뻑 담고 있는 작품이라 하겠다.

  라) 논밭 갈아 기음 매고 뵈잠방이 다임 쳐 신 들메고
      낫 갈아 허리에 차고 도끼 버려 두러메고 무림산중
      茂林山中 들어가서 삭다리 마른 섶을 뷔거니 버히거니 지게에 질머
      지팡이 바쳐놓고 새암을 찾아가서 점심點心 도슭 부시고 곰방대를
      톡톡 떨어 닢담배 퓌여 물고 코노래 조오다가
      석양이 재 넘어갈 제 어깨를 추이르며
      긴 소래 저른 소래 하며 어이 갈고 하더라
                                          <청구영언靑丘永言>

  * 기음 : 김, 논밭에 난 잡풀.
  * 신들메고 : 신 들메 하고, 신이 벗어지지 않도록 발에 잡아메고.
  * 버려 : 버리어.

    ＊삭다리 : 삭정이, 산 나무에 붙은 죽은 가지.
    ＊벼히거니 : 베거니.
    ＊도슭 : 도시락.
    ＊부시고 : 다 비우고.

　농부의 일상사日常事를 있는 그대로 그려 낸 작품이다. 논밭에 김을 맨 다음 산에 들어가 나무를 하여 지게에 짊어지고, 지팡이 받쳐 놓고 샘을 찾아가 점심 도시락 먹고, 잎담배 피우고 식곤증으로 졸다가 석양에 재를 넘어갈 때 일어나 어깨를 추스르며 긴 소리 짧은 소리를 한다는 내용이다. 하층 농민의 생활에서 우러나온 사설이 이렇게 생동감 있게 반영된 시조는 그리 흔치 않다. 힘들고 고된 일 가운데서도 긴 소리 짧은 소리로 흥을 돋우는 농부의 모습은 우리 민족의 낙천적이고 풍류적인 성정性情을 잘 드러낸 것이다.

　사설시조에 나타난 풍자諷刺와 해학諧謔의 차이를 볼 수 있는데, 풍자와 해학은 우회적으로 웃음을 유발한다는 점에서 유사하지만 풍자는 단순한 익살이 아니다. 풍자는 당대當代의 사회적 모순과 부조리, 또는 어떤 인물의 어리석음이나 악덕 등을 폭로하고 공격하는 것을 말한다. 그러므로 풍자는 언제나 대상에 대하여 비판적이고 부정적인 태도를 취하게 된다.

　이에 비하여 해학은 대상의 부정적인 면을 폭로하고 비판하는 정신의 소산이 아니다. 인생의 모순과 세상의 비속함을 폭로하고 조롱하기도 하지만, 그것을 부정적으로 다루거나 비판하지는 않는다. 그저 부조화와 비속함을 너그럽게 수용하고 긍정하면서 익살스럽게 웃어넘기는 여유를 보일 뿐이다.

　다음은 이중적 구조의 미학을 노래한 것으로 주제는 임을 애타게 기다리는 정서이나 표현은 해학적이다. 해학은 진지하고 엄숙한 것과는 거리가 멀다. 그럼에도 불구하고 이들 사설시조에는 이 두 요소가 묘한 조화를 이루고 있다. 임을 안타깝게 기다리는 진지한 정서가 해학적 어조로 형상화된 이중적 구조이다. 그리고 이것은 삶의 고뇌까지도 익살로 풀어버리는 서민적 삶의 미학인 것이다.

> 마) 개를 여라믄이나 기르되 요 개 ᄀᆞ치 얄믜오랴
>   뮈온 님 오며는 꼬리를 회회 치며 뛰락 나리 뛰락
>   반겨서 내둧고 고온 님 오며는 뒷발을 버동버동 므르락
>   나으락 캉캉 즈져서 도라가게 혼다
>   쉰밥이 그릇그릇 난들 너 머길 줄이 이시랴
>
> <청구영언靑丘永言>

* 여라믄 : 여님은, 열이 넘게.
* 치며 뛰락 ᄂᆞ리 뛰락 : 올라 뛰었다가 내리 뛰었다가.
* 버동버동 : 버티고 서 있는 모양.
* 므르락 나으락 : 물러났다가 나아갔다가.

임을 기다리는 애타는 심정이 일상적 우리말로 잘 형상화된 작품이다. 기다리는 정서의 간절함이 지나쳐, 오지 않는 임에 대한 미움을 개에게 전가시키고 있다. 개 때문에 임이 못 올 리 없건마는 아무 것도 모르고 짖는 개를 원망하고 있는 것이다. 이런 착상을 통해 소박한 여심女心이 사실적이면서도 익살스럽게 표현되었다. 또 임을 내쫓는 개의 동작을 묘사한 부분은 의성·의태어를 적절하게 써서 실감 나게 표현함으로써 이 작품의 가치를 높이고 있다.

다음에서는 희극적 풍자로 표현된 세정世情을 볼 수 있는데, 17~18세기에 이르러 평민들의 자아각성이라는 시대적 변화에 따라, 현실적 부조리를 폭로하고 비판하는 사설시조가 많이 출현하였다. 여기에 실린 작품들은 그 대표적 사례이다. 그러나 이들 작품의 한계는 세정의 부도덕성과 불합리성에 대한 개혁의지보다는 그저 해학적, 희극적으로 풍자하

여 웃어넘기는 차원에 머물러 있다.

> 바) 싀어마님 며느라기 낫바 벽 바닥을 구르지 마오
>   빗에 바든 며느린가 갑세 쳐 온 며느린가, 밤나모 셕은 등걸에
>   휘초리 나니굿치 양살픠신 싀아바님, 볏 뵌 쇠똥 굿치
>   되죵고신 싀어마님, 삼년三年 겨론 망태에 새 송곳부리
>   굿치 뽀죡ᄒ신 싀누의님, 당唐피 가론 밧태 돌피 나니 굿치
>   새노란 욋곳 굿튼 피똥 누는 아돌 ᄒ나 두고
>   건 밧태 메곳 굿튼 며느리를 어듸를 낫바 ᄒ시는고
>
> <악학습령樂學拾零>

* 벽바닥 : 부엌바닥.
* 낫바 : 나빠. '싫어, 미워서'의 뜻.
* (회초리)나니굿치 : (가느다란 가지가)난 것처럼.
* 양살픠신 : 매서운.
* 되죵고신 : 말라빠진.
* 겨론 : 결은, 엮은.
* 당피 : 품질이 좋은 피 (곡식 이름).
* 가론 : 경작耕作한.
* 돌피 : 질이 나쁜 자연생 피.
* 새노란 욋곳 굿튼 : 몸이 허약함을 뜻함.
* 아돌 : 여기서는 어린 남편을 가리키는 말.

전 근대적 가정생활의 질곡桎梏 속에서 어렵게 시집살이하는 며느리의 원정怨情을 진솔하게 대변하고 있는 작품이다. 시어머니, 시아버지, 시누이, 어리고 못난 신랑 등 시집 식구들의 부정적 모습들을 며느리의 관점에서 비유적으로 그려내고 있다. 이것은 이유 없이 며느리를 학대하는 봉건적 대가족 사회의 악습에 대한 비판의식批判意識의 표출이다. 그러나 이 비판의식은 투쟁지향이 아니고 해학을 동반한 풍자라는 점에 특징이 있다.

사) 뎍들에 동난지이 사오. 져 쟝스야, 네 황후 긔
무서시라 웨는다. 사쟈
외골내육外骨內肉, 양목兩目이 상천上天, 전행후행前行後行,
소小아리 팔족八足 대大아리 이족二足, 청장淸醬 ᄋᆞ스슥
ᄒᆞ는 동난지이 사오
쟝스야, 하 거복이 웨지 말고 게젓이라 ᄒᆞ렴은

<청구영언靑丘永言>

* 동난지이 : 게젓.
* 황후 : 잡화潛貨, 팔려고 내놓은 물건.
* 외골내육 : '게'를 읽컬음, 겉은 딱딱하고 속은 연한 살이 있음을 비유.
* 소아리 : 작은 다리, '아리'는 '다리'의 옛말.
* 청장 : 진하지 않은 맑은 간장, 뱃속에 들어 있는 게장.
* ᄋᆞ스슥 : 게를 입에 넣고 씹을 때 나는 의성어.

시정市井의 상거래商去來 장면이 서민적인 생활용어로 익살스럽게 표현된 작품이다. 전반적으로 대화형식으로만 엮어졌다는 점에서 다른 사설시조와 구별된다. 중장에서 장사꾼이 한자어휘를 동원하여 '게'를 장황하게 묘사한 대목은 다분히 풍자적이며, 'ᄋᆞ스슥 ᄒᆞ는'과 같은 감각적 표현은 한층 현실감을 더해 준다. 이 시조의 풍자성은 종장에 응결되어 있다. '게젓'이란 쉬운 우리말을 버려두고 한자어휘로 수다스럽게 수식하여 현학衒學의 허세를 부린 장사꾼을 비꼬고 있기 때문이다.

다음은 진솔하고 애절한 사랑을 형상화한 것으로 강렬한 사랑을 전제로 한 작품들이다. 임을 애절하게 그리는 마음이 가식 없이 형상화되어 있어서, 서민적인 발랄함과 더불어 정서적 개방성을 확인해 볼 수 있다. 유교적 이념이나 음풍농월吟風弄月을 일삼던 사대부들의 시조와 구별되는 서정抒情의 세계를 형성하고 있는 것이다.

아) 나모도 돌도 바히 업슨 뫼혜 매게 쪼친 가토릐 안과
대천大川 바다 한가온대 일천석一千石 시른 배에

노도 일코 닷도 일코 뇽총도 근코 돗대도 것고 치도 빠지고
ㅂ람 부러 물결치고 안개 뒤섯계 즈자진 날에
갈 길은 천리만리千里萬里 나믄듸 사면四面이 거머어득 져뭇 천지적
막天地寂寞 가치노을 떳는듸 수적水賊 만난 도사공都沙工의 안과
엊그제 님 여흰 내 안희야 엇다가 ㄱ을ㅎ리오
<악학습령樂學拾零>

* 바히 : 전혀.
* 쪼친 : 쫓긴.
* 안 : 속마음.
* 뇽총 : 용총, 돗대에 맨 굵은 줄.
* 치 : 키, 배의 뒤에 달려서 방향을 조절하는 기구.
* 거머어득 : 검고 어둑하게.
* 가치노을 : 까치놀, 사나운 물결, 파도위의 파도.
* 도사공 : 사공의 우두머리.
* 가을하리오 : 견주리오, 비교하겠는가.

이는 절망적이고 절박한 여인의 목소리로 임과 이별한 심정을 노래한
시조이다. 아무리 절망적인 상황에 처한 까투리와 도사공의 마음이라도
임을 여윈 암담한 내 심정에는 비길 바가 안 된다는 것이다. 특히, 중장
은 모든 상상할 수 있는 시련이 중첩重疊된 극한적 상황을 설정하고 있어
비장감悲壯感·절박감切迫感과 더불어 그 수다스런 표현에서 해학성까지
느낄 수 있다. 그리고 백척간두百尺竿頭와 같은 상황을 고조시키기 위해
4음보의 율격조차 상당 부분 파격된 모습이다.

　　자) ㅂ룸도 쉬여 넘는 고개, 구름이라도 쉬여 넘는 고개
　　　　산진山眞이 수진水眞이 해동청海東青 보르매도
　　　　다 쉬여 넘는 고봉高峯 장성령長成嶺 고개
　　　　그 너머 님이 왔다 ㅎ면 나는 아니 흔 번도 쉬여 넘어가리라
<악학습령樂學拾零>

    ＊산진이 : 산지니, 산에서 자란 매.
    ＊수진이 : 수지니, 집에서 길들인 매.
    ＊해동청 : 송골매.
    ＊보르매 : 새끼 매를 길들여서 사냥에 쓰는 매.

이 사설시조의 요지는 바람, 구름, 날짐승까지도 쉬어 넘어야 할 만큼 험준한 고개라 할지라도 임을 만날 수 만 있다면 단숨에 뛰어 넘어가겠다는 것이다. 임을 향한 그리움이 진솔하게 표출되었을 뿐만 아니라, 사랑을 성취하고자 하는 적극적 의지와 정열이 함축되어 있다. '고개'는 화자와 임의 사이를 가로막는 장애물의 상징이며, 종장은 어떤 장애물이라도 극복하여 임을 놓치지 않겠다는 강인한 의지의 표현이다.

◐ 문학사적 의의

사설시조는 우아한 기품과 균제미均齊美를 함께한 평시조와는 달리 어조語調가 거칠지만 활기에 차 있고, 삶의 역동성과 웃음의 미학을 극대화하는 작품이다. 특히, 18세기 이후의 사설시조는 현실적 모순과 부조리에 대한 폭로와 비판, 전근대적 관념을 거리낌없이 조롱하는 풍자, 고달픈 생활에 대한 해학적 표현, 남녀 사이의 애정과 기다림 등을 통해 서민적 웃음의 미학을 구축하였다. 이러한 특징을 지닌 사설시조는 근대의 문학을 준비하는 발효작용으로서의 가치를 지닌다. 그러나 사설시조 전반의 미의식과 내용들이 그 자체로서 근대적 가치에 일치하는 것처럼 단순화하는 논법은 위험하다. 사설시조 가운데서 흔히 발견되는 파괴적이고 냉소적인 웃음과 성性의 비속화는 완고한 관념의 억압에 대한 일탈적 저항으로서의 형상일 수는 없기 때문이다. 인생을 덧없는 시간성 속의 한 순간으로 보고 취락에의 몰입을 유일한 선택인 것처럼 노래한 작품들 또한 마찬가지의 비판적인 재해석을 필요로 한다. 다만 이러한 재해석과 평가에서도 사설시조가 종래의 관습화된 미의식과 규범적 세계로부터 벗어난 인간의 모습, 욕망, 갈등 등을 시의 세계 안에 이끌어 들이고 갖가지 추한 것과 비천한 것들까지도 적극적으로 다룸으로써 조선후기문학의 새로운 지평을 확대했다는 점은 크게 주목되어야 할 것이다. 이런 미의식은 조선후기에 나타난 세계관과 현실 인식의 변화를 바탕으로 이루어진 것이며, 우리가 살아가는 현실에 대한 비판적 인식은 이후 우리 근대문학의 씨앗이 되었다. 이와 같이 조선후기 사설시조는 종래의 관습적이고 전형적인 미의식을 넘어서서 평민적 삶의 실상과 갈등을 소재로 해학미를 창조함으로써 시가문학詩歌文學의 영역을 넓히는 데 크게 기여한 것으로 평가된다.

제 2 부

가사의 이해와 감상

| 제 11 장 | 가사의 발생과 특징

1. 가사의 발생

가사의 개념은 형식에 있어서 대체로 3·4조나 4·4조의 기본율격을 이루어 4음보四音步를 한단위로 행行(장章)을 형성하여 연속되는 율문律文이고, 내용적으로는 다양한 소재들로 장형화 되었지만 그 나름대로 정돈된 시사詩辭가 연결되어 긴밀한 내용으로 시상詩想을 형성하고 있는 시가로서, 시조와 더불어 우리 시가문학의 양대산맥兩大山脈을 이루었다.

가사의 기원에 대한 논의는 아직까지 뚜렷한 결론에 이르지 못한 실정이다. 물론 거기에는 내용상 주제의 다양성多樣性과 형식상形式上 양식樣式의 복잡성複雜性, 그리고 음악과의 결부관계結付關係 등 해결해야 할 문제가 많기 때문이다.

이에 대한 견해로는, 조윤제 '고려가요기원설'과 이병기의 '한시현토기원설漢詩懸吐起源說'이 있으며, 또 '시조가사설', '악장기원설', '교술민요기원설', '신라가요기원설', '종합기원설' 등 다양하게 주장되었다.

그러나 이러한 주장들은 가사를 전체적·종합적으로 보는 시각보다 미시적微視的·부분적 안목에 치우쳐서 기원을 정확히 탐색하지 못한 점이 있다. 즉 형식상의 유사성이나 일부의 동질성同質性만을 위주로 하여 가사의 기원을 말하는 경우가 적지 않다. 물론 문학장르의 형성은 기존시가의 영향 아래 분파되거나 생성되는 것이 일반적인 원리이다. 그러나 한 시가장르의 형성을 단일적인 관점으로 어느 한 기존시가의 영향으로 만 생각할 수 없다.

특히 가사는 당대의 국민정서를 표출하기에 가장 알맞는 시형詩型이었기 때문에 사대부士大夫에서 서민庶民, 부녀자婦女子에 이르기까지 광범위한 작자층과 향유층을 가질 수 있었다. 이같은 시가장르는 종래의 어느 한 시가유형詩歌類型의 결정적 영향만으로 형성되었다고 보기는 어렵다. 다양한 기존시가旣存詩歌들의 복합적인 영향으로 인해 형성된 보편적인 시가장르인 가사가 형성되었다고 본다.

따라서 가사문학은 어느 한 시형으로 말미암아 갑작스레 나타난 장르가 아니다. 오랜 세월을 거치는 동안 고유한 민요적 율조律調의 바탕 위에 향가鄕歌, 고려속요高麗俗謠, 경기체가景幾體歌 등과 중국의 한시漢詩, 사부辭賦, 변려문騈儷文 등의 영향으로 우리의 사상과 감정을 표현하는데 가장 알맞은 독창적 시형으로 형성된 것이다. 다시 말하여 가사는 선행 제시가諸詩歌의 영향으로 형성된 복합적이고 종합적인 성격의 시가장르로 보아야 할 것이다.

그리고 가사의 발생시기에 대해서도 신라말新羅末, 고려초엽발생설高麗初葉發生說, 고려중엽발생설高麗中葉發生說은 일반적 설득력을 거의 얻지 못한 반면 고려말엽발생설과 조선초엽발생설은 <서왕가西往歌>와 <상춘곡賞春曲>을 각각 그 효시작으로 내세우면서 견해의 타당성이 주장되고 있는데, 이에는 좀더 신빙성 있는 자료의 발굴과 학문적 연구가 요청된다.

그런데 <서왕가>는 <상춘곡>은 창작후 오랫동안 구전되다가 문자로 정착된 다. 자료의 부족으로 이의 안작설贋作說이 거론되고 있기는 하지만 <서왕가>나 <상춘곡>보다 100여년이나 먼저 창작되었으며, 전자(보권념불문普勸念佛文 : 1704)는 후자(불우헌집不憂軒集 : 1786)보다 약 80년 먼저 문자로 정착된 셈이다. <서왕가>가 승려僧侶나 불교신도佛敎信徒들에 의해 전승된데 대하여, <상춘곡>이 문중門中의 친척에 의해 전해진 점을 고려하면 작품의 전승계층에 대한 신빙성은 <서왕가>에 대한 비중이 크다.

또한 두 작품이 가사의 효시작으로 운위되는데 유사한 조건이라 한다면, 전대前代의 사실에서 더 큰 의의를 찾고자 한다. 게다가 최근에는 이두吏讀로 된 <승원가僧元歌>가 발굴되었으니, 이는 고려말 <역대전리가歷代轉理歌>와 더불어 당시의 표기법에 따라 가사가 제작되었다는 것을 입증해 주는 좋은 자료가 된다. 이런 점에서 <서왕가>가 가사의 효시작이라는 개연성蓋然性은 충분하다. 따라서 가사의 발생시기도 고려말엽발생설로 보는 것이 타당하리라 본다.

2. 가사의 특징

가사의 명칭이 다양하게 표기된 바, 한글로는 'ㄱ스', '가스'라고 하였고, 한자로는 '가사歌詞', '가사歌辭', 또는 '장가長歌'라고도 전한다. 이런 현상은 오늘에도 그대로 이어져 '가사', '가사歌詞', '가사歌辭' 등의 표기가 혼용되고 있으며, 과거에는 신라의 향가를 비롯하여 고려가요와 악장, 심지어 시조까지도 가사歌詞 또는 가사歌辭라고 일컬어 왔다.

그러나 오늘날에는 '가사歌辭'로 통일되었는데, 그 이유는 가사가 사설적辭說的 노래인데, 음악곡조에 따른 가사歌詞와 혼동된 우려가 있고, 어원적 해석으로도 소괴·표와 공통성이 있으며, 넓은 의미로 <십이가사十二歌詞>도 가사에 포함된다. 따라서 가사는 단지 감동과 흥취에 맞춰 자연스럽게 읊어 낸 글로서 산문성散文性을 띤 운문韻文으로 '가사歌辭'라는 명칭으로 부르는 것이 타당하다고 본다.

또 형태적 특징은 비련시형非聯詩型, 음절율音節律, 음보율音步律, 종결형식終結形式 등에서 살필 수 있다. 먼저 가사는 비련시형非聯詩型으로 시행의 제한을 받지 않고 시상에 따라 얼마든지 길게 지을 수 있는 장편성을 띠고 있는 시형이다. 음절률은 임란이전가사가 4·4조보다는 3·4조가 주류를 이루었고, 임란이후가사는 3·4등으로 나누어 정형(3·5·4·3), 변형(4·4·4·4)을 성급하게 논의하고 있으나 실제로는 3·5·4·3조, 3·5·4·4조, 4·4·4·4조 등이 전체적으로 다양하게 사용되었으며, 특히 전자는 주로 유명씨가사의 종행에 쓰였고, 후자는 무명씨가사나 내방가사의 종행에서 사용한 것으로 나타났다.

요컨대 가사문학의 형태적 특징은 주로 외형적인 모습에서 찾을 수 있으며, 그것은 비연시형이고, 3음절, 4음절을 가진 음절률이며, 3·4조나 4·4조의 2음보를 주축으로 한 전 2음보와 후 2음보가 대를 이루는 4음보행 구조다. 그리고 종결형식을 유명씨가사에는 3·5·4·3조의 정형이, 무명씨가사와 내방가사, 그리고 개화기가사에서는 4·4·4·4조의 변형이 주류를 이루었다.

내용적 특징을 살펴보기에 유명씨 가사작품 850여편을 내용에 따라 14종으로 나누었다. 작품의 내용은 전원의 한가로운 생활과 천도天道를 지키며 살고자 하는 강호한정가사江湖閑情歌辭, 군왕君王에게 일편단심으로 충성하는 연주충군가사戀主忠君歌辭, 사람이 지켜야 할 오륜五倫과 오상五常을 노래한 도덕교훈가사, 유람과 기행중의 견문·체험·감상을 주제로 한 유람기행가사, 장부丈夫의 호탕한 기상과 장졸將卒들의 기개를 노래한 장부호기가사, 수려한 산천풍물을 노래한 풍물서경가사가 있다.

또한 남녀 간의 사랑과 이별의 그리움을 노래한 연모상사가사, 풍속·농사·학문 등을 권장하는 풍속권면가사風俗勸勉歌辭, 역사적 인물과 사물들을 노래한 회고서사가사, 그리고 가사의 발생기부터 가사가 쇠퇴하기까지 계속적으로 이어온 포교신앙가사, 경사스런 일을 축하하고 인물의 덕행을 기리는 송축추모가사, 현실비판을 우회적으로 완곡하게 노래한 우언풍자가사, 국난을 당하여 국가의 안위를 염려하여 민중들에게 계몽정신을 고취한 우국계몽가사, 이상의 어느 분류에도 포함되지 않는 그 밖의 가사 등으로 나누었다.

가사 역시 시조와 같은 변화 양상을 보이고 있는데, 가사가 주로 사대부들의 산촌생활이나 혼탁한 정치적 현실의 갈등에서 빚어진 유배지의 고뇌를 읊었던 초기에는 양반계층의 전유물이었으나 후기로 접어들면서 삶의 애환, 풍자, 교훈 등이 주를 이루며 평민작가층이 나타나게 되었다. 이처럼 초기가사는 관념적·서정적인데 비해 후기가사는 체험적·사실적·서사적 성격을 띠었다. 형식에서는 정격가사에서 자수와 음보가 변하는 변격가사로, 내용에서는 충효사상이나 전원한정에서 벗어나 실사구시적 경향을 띠었으며, 대체로 장편화 되는 경향을 나타내었다.

전기가사는 정극인의 <상춘곡>에 이어 송순의 <면앙정가>, 그리고 가사의 제1인자로 평가되는 정철의 <사미인곡>, <속미인곡> 등이 두드러진다. 전기에 정철에 의해 꽃피웠던 가사문학은 박인로에게 계승되었으나 그 수준은 정철에 미치지는 못했다.

후기가사는 산문화의 영향으로 내방가사, 유배가사, 기행가사 등이 크게 발달하면서 가사의 본질인 산문정신이 유감없이 발휘되었다. 기행가사인 김인겸의 <일동장유가日東壯遊歌>, 홍순학의 <연행가燕行歌>와 유배가사인 김진형의 <북천가北遷歌> 등이 바로 그 예이다.

| 제 12 장 | **포교신앙가사**

1. 나옹화상의 <서왕가西往歌>

● 창작배경

나옹화상懶翁和尙(1320~1376)은 고려 말 명승으로 성은 아씨牙氏이고, 법명은 혜근慧勤, 호는 나옹懶翁 또는 강월江月 이다. 20세에 문경군 공덕산 묘적암妙寂庵 요연선사了然禪師를 사사師事하여 승려가 된 후, 회암사檜巖寺에 4년간 머물며 좌선개오坐禪開悟하였다. 28세에 원나라 연경燕京 법원사法源寺에서 인도승 지공선사指空禪師에게 2년간 배우고, 처림處林, 천암千巖 등을 사사하고 수도修道한 바, 그 도행道行이 황제皇帝에까지 알려져 광제선사廣濟禪寺에서 주지住持로 있으며 설법하였다. 귀국歸國해서는 신광사神光寺와 회암사의 주지가 되었다. 그는 52세(1371)에 왕사王師로 보제존자普濟尊者로 책봉되었으니, 보우대사普雨大師와 함께 여말麗末 선종禪宗의 쌍벽으로 불교계에 지대한 영향을 끼친 분이다. 그러나 척불론斥佛論을 주장한 사대부들이 공격해 오니, 나옹은 지방으로 내려와 여주驪州의 신륵사神勒寺에서 57세로 시적示寂하였다.

나옹의 저서로는 『나옹화상어록』과 『가송歌頌』이 현전하고 있다. 전자는 그가 평생했던 법문法問과 말씀을 그의 문인이나 시자侍者들이 필기하여 편찬한 책이고, 후자는 그의 몇몇 시구詩句와 찬양의 노래들이다. 그의 노래 가운데는 <완주가翫珠歌>, <백납가百衲歌>, <고루가枯髏歌>등 장편 한시가 있는가 하면, 한글로 된 <서왕가>와 <낙도가>, 이두吏讀로 전하는 <승원가僧元歌> 등의 가사작품이 전하고 있다. 먼저 <완주가>는 불성佛性을 구슬에다 비유하여 노래한 것이고, <백납가>는 승려가 입은 누더기를 들어서 세속世俗의 일에 관심이 없음을 말했다. 그리고 <고루가>는 사람의 몸은 마른 해골骸骨이나 다름이 없으니 거기에 집착하지 않아야 한다는 뜻을 담고 있다. 이 세 노래는 '입불도견불성入佛道見佛性' 한다는 불도수행의 묘체妙諦를 읊은 것이다.

◑ 텍스트 분석

<서왕가>는 승려의 작품답게 불교사상이 중심을 이룬다. 즉 인생의 무상함을 깨닫고 불교에 귀의함으로써 참된 진리를 찾을 수 있다는 전제 아래, 부처의 출가 내력과 중생 구제를 위한 가르침, 그리고 부처의 공덕을 비는 염불 등을 노래하고 있다.

이 작품이 발견되기 전까지는 정극인의 <상춘곡>이 가사의 효시 작품으로 지목되었다. 그러나 고려말에 창작된 것으로 보이는 <서왕가>가 발견된 이후, 그 율격이 불안정하지만 가사의 형식과 닮았기 때문에 이를 가사의 효시로 보려는 시각이 많아졌다.

다음은 <서왕가>의 내용을 3단락으로 나누어 고찰한 것이다.

(1) 序詞

나도 이럴망정	세샹에 인자人子[1] ㅣ러니
무샹[2]을 싱각ᄒ니	다 거즛거시로쇠
부모의 기친 얼골	주근 후에 쇽졀[3]업다

---

1) 人子 : 남의 자식으로

2) 無常 : 사람이 오래 살지 못함을 말함, 諸行無常의 준말. 모든 현상이 시시각각 生滅하여 변천함.

<table>
<tr><td>져근 덧 싱각ᄒ야</td><td>셰ᄉ世事을 후리치고</td></tr>
<tr><td>부모끠 하직ᄒ고</td><td>단표ᄌ單瓢子4) 일납애一衲애5)</td></tr>
<tr><td>쳥녀장6)을 비기 들고</td><td>명산을 ᄎ자 드러</td></tr>
<tr><td>션지식7)을 친견ᄒ야</td><td>ᄆ옴을 볼키려고</td></tr>
</table>

위에서는 출가한 내용으로, 세상을 사는 동안 모든 것이 무상하다는 것을 알게 되고, 무상을 생각하자 모든 것이 거짓임을 깨달게 되어 출가를 결심하고 명산을 찾아간다. 그리하여 선지식善知識을 친견하고 중생제도衆生濟度의 보살행菩薩行을 실천하려는 사홍서원四弘誓願의 큰 뜻을 편 것이다.

(2) 本詞

<table>
<tr><td>쳔경만론8)을</td><td>낫낫치 추심9) ᄒ야</td></tr>
<tr><td>뉵적10)을 자부리라</td><td>허공마11)롤 빗기 ᄐ고</td></tr>
<tr><td>마야검12)을 손에 들고</td><td>오온산13) 들어가니</td></tr>
<tr><td>제산諸山은 첩첩ᄒ고</td><td>ᄉ상산14)이 더욱 높다.</td></tr>
<tr><td>뉵근15) 문두에</td><td>자최 업슨 도젹은</td></tr>
<tr><td>나며 들며 ᄒᄂ즁에</td><td>번뇌심煩惱心 베쳐노코</td></tr>
</table>

---

3) 쇽졀업다 : 어찌할 방법이 없다.
4) 單瓢子 : 하나의 표주박.
5) 一衲애 : 한 벌의 떨어진 옷.
6) 靑藜杖 : 명아주풀의 줄기로 만든 지팡이.
7) 善知識 : 불법을 아는 사람, 훌륭한 스님을 친히 만나서.
8) 千經萬論 : 諸 佛經. 불교에 관한 수많은 경과 논으로 경은 부처님의 말씀이고, 논은 교리를 설법한 것.
9) 推尋 : 찾아서 가져옴.
10) 六賊 : 눈, 코, 혀, 몸, 귀, 탐심 등 감각작용은 사람에 번뇌를 일으키고 죄악을 범하게 함으로 도적에 비유함.
11) 虛空馬 : 사람의 빈 마음. 모든 것을 받아들이는 빈 공간.
12) 莫耶劍 : 사악함을 막는 검.
13) 五蘊山 : 현상(色), 감각(覺), 상념(念), 의지(行), 지식(識) 등이 모여 이루어진 삼라만상, 즉 사람으로 보아 산에 비유.
14) 四相山 : 生老病死의 모습을 산에 비유함.
15) 六根 : 眼, 耳, 鼻, 舌, 身, 意根 등 인식이 근원, 번뇌의 근원.

지혜로 비롤 무에16)　　삼계17) 바다 건네리라
넘불중생 시러 두고
삼승18) 딤째예　　일승19) 도츨 드라두고
츈풍은 슌히 불고　　빅운은 설도는디
인간을 싱각ㅎ니　　슬프고 셜운지라
넘불 므는 즁싱드라　　몃싱을 살랴ㅎ고
셰스만 탐착貪着ㅎ야　　애욕愛慾에 잠겼는다.
ㅎ른도 열 두 시오.
훈둘도 셜흔 날에　　어니 날에 한가홀고
청정훈 불셩20)은　　사롬마다 ㄱ자신둘
어니날에 싱각ㅎ며　　흥샤21) 공덕은
본니 구독本來俱足훈둘　　어니 시에 나야 쁠고
셔왕22)은 머러지고　　지옥은 갓갑도쇠
이보시소 어르시네 권ㅎ노니　　종졔션근23) 시무시소
금싱에 ㅎ온 공덕　　후싱애 슈ᄣ하ᄂᆞ니
빅년 탐물百年貪物은　　ㅎ른 아젹 듯글이요
삼일ㅎ온 넘불은　　빅쳔 만겁百千萬劫에
다ㅎ홈업슨 보뵈로쇠　　어와 이 보뵈
력쳔겁이 블고ㅎ고24)　　긍만셰이 쟝금25)이라
건곤乾坤이 넙다 훈둘　　이 ᄆᆞ옴에 미출손가

---

16) 무에 : 만들어.

17) 三界 : 欲界, 色界, 無色界. 욕계에서 무색계로 가면 중생도 부처가 된다. 저 언덕에 이르기에는 지혜가 필요함.

18) 三乘 : 極樂에 가는 3가지 탈 것(聲聞乘, 綠覺乘, 菩薩乘), 성문승은 교리를 해탈한 불제자, 연각승은 혼자서 깨달은 성자, 보살승은 부처에 가까운 성자, 세가지 교법.

19) 一乘 : 성불할 수 있는 法華經.

20) 佛性 : 부처가 되는 근본 성품. 淸靜하고 慈悲로움.

21) 恒沙 : 恒沙(갠지스강)의 모래, 한없이 많음의 뜻. 수많은 좋은 일로 공과 불도를 닦은 덕을 완전히 갖춤.

22) 西往 : '西方淨土往生'의 준말, 극락세계에 가서 남.

23) 種諸善根 : 父母供養, 佛供布施, 念佛化主 등 선근은 좋은 果報를 받는 좋은 原因.

24) 歷千劫而不古 : 천겁을 지나도 괴롭지 않음.

25) 極萬世而長今 : 佛性은 生老病死의 고뇌가 없음, 만세를 지나도 언제나 지금으로 영원하다는 뜻.

일월이 볼다 혼둘	이 무옴에 미출손가
삼세 졔블26)은	이 무옴을 아르시고
뉵도 즁싱27)은	이 무옴을 져브릴시
삼계 뉸회28)을	어늬 날에 긋칠손고

위에서는 내적 수행이야기와 중생제도한 외적 수행과정을 내용으로 하였다. 서정적 자아는 청정한 마음을 도적질하는 번뇌의 여섯가지 뿌리를 제거하기 위해 마음과의 싸움을 한다. 오온산에 들어가 마야검으로 육적을 모두 베고 불성을 깨친다. 산에서 내려와 중생을 싣고 '삼계바다를 건너리라'하고 지혜로 배를 저어 항해에 나선다. 바다에 나와서 인간세계를 돌아보자 애욕에 잠겨 청정한 불성을 하루 한때도 생각할 겨를이 없는 사람들의 모습이 눈에 들어온다. 이를 연모하고 탄식하면서 비감한 마음을 이기지 못하고 그들을 향하여 선근을 심고 삼계윤회를 그칠 것을 외쳐 권했다.

(3) 結詞

져근닷 싱각ᄒ야	무옴을 씨쳐 먹고
태호29)롤 싱각ᄒ니	산쳡쳡 슈잔잔
풍슬슬 화명명花明明ᄒ고	숑죽은 낙낙혼더
화장바다30) 건네저어	극낙셰계極樂世界 드러가니
칠보 금디31)예	칠보망을 둘러시니

---

26) 三世諸佛 : 과거, 현재, 미래(前世, 現世, 來世)의 부처들.

27) 六道衆生 : 地獄, 餓鬼, 畜生, 阿修羅, 人間, 天上 등 자기가 지은 업에 따라 중생은 윤회한다.(번갈아 태어난다)

28) 三界輪廻 : 欲界, 色界, 無色界를 끝없이 재생함.

29) 太昊 : 하늘나라, 산 겹겹하고, 물 졸졸하며, 바람 솔솔 하고, 꽃 활짝 피며, 송죽이 크게 자라는 곳.

30) 華嚴바다 : 부처님이 깨달은 진리가 꽃처럼 장엄하다는 뜻으로 화엄경의 바다, 진리를 깨우치고 극락왕생함.

31) 七寶錦地 : 극락세계(금, 은, 유리, 진주, 마노, 산호, 차거 등으로 꾸며진 아름다운 땅). 서쪽으로 40만억 佛土를 지닌 곳에 아미타불의 淨土가 있음.

구경ᄒ기 더욱 죠희

구품 년디[32]	넘불소리 자자 잇고
쳥학 빅학과	잉무 공쟉과
금봉 쳥봉金鳳靑鳳은	ᄒᆞᄂᆞ니 넘불일쇠
쳥풍이 건 ᄃᆞᆺ 부니	넘불소리 요요ᄒᆞ외
어와 슬프다	우리도 인간에 나왓다가
넘블 말고 어이ᄒᆞᆯ고	나무아미타불南無阿彌陀佛

위에서는 어느 회심자回心者의 극락기행을 내용으로 '나'의 설법을 들은 또 다른 '나'는 함께 배에 타고 극락을 향해 가게 된다. '져근닷 싱각ᄒᆞ야 ᄆᆞ음을 씨쳐 먹고'정토를 생각하게 되었다. 극락세계에 들어가서 장엄한 구경을 한 뒤 극락세계를 알지 못하고 세사에 탐착하는 인간들에 대해 연민의 정을 느끼고 탄식하였다.

◑ 작품의 이해와 내면화

<서왕가>의 형식은 3·4조, 4·4조의 기본율격으로 되어 전체가 96구로 구성되었으며, 형식상 조선 전기가사와 공통점을 가졌다. 주된 내용은 극락왕생의 인연으로서 염불공덕을 권장하되, 백년 탐물이 하루 아침 티끌이요, 삼일 동안의 염불이 오히려 백만겁에 다함이 없는 보배라는 것이다. <서왕가>란 '서방정토西方淨土로 가는 노래'라는 뜻이므로, 이는 곧 극락왕생極樂往生을 위한 염불의 권면勸勉을 노래한 것으로 이해할 수 있다.

서사序詞는 인생의 무상을 한탄하여, 속세를 버리고 입산하여 선지식善知識을 친견하고 중생제도衆生濟度의 보살생菩薩行을 실천하려는 사홍서원

---

32) 九品蓮臺 : 극락정토에 왕생하는 이가 앉은 9종의 연꽃대좌(上上, 上中, 上下, 中上, 中中, 中下, 下上, 下中, 下下), 상상품의 연대는 금강대, 하하품은 金蓮華猶如日輪이다. 연대는 부처가 된 자들의 자리이다. 여기는 鶴, 鸚鵡, 孔雀, 鳳凰 등의 염불소리가 요요한데, 맑은 바람이 불어와서 염불소리 아련히 들려온다.

四弘誓願의 큰 뜻을 편 것이다. 본사本詞는 불교의 대진리를 역설하고, 극락왕생의 원심願心을 무명중생無名衆生에게 유발하고자 하였다. 무신범부無信凡夫들에게 왕생을 위한 실천을 강조한 내용들이다. 결사結詞에서 화려한 극락세계의 광경을 묘사하여 안양세계安養世界로 안내하고, 누구나 염불 해야한다는 대선언大宣言을 하고, 나무아미타불南無阿彌陀佛이라는 문자명호文字名號를 염송念誦하고 있다.

이는 단골집 문전에서 염불하는 가사로, 사람은 누구나 불성佛性을 가지고 있으니 세상 욕심 버리고 염불로 죄악은 씻고 삼계윤회三界輪廻를 믿으면서 부지런히 염불하여 서방극락西方極樂에 왕생往生하라는 권불가사다.

<낙도가樂道歌>는 나옹화상이 지은 권불가사인데, 그 일부를 소개하면 다음과 같다.

飢寒에 無心ㅎ다
飢寒에 無心ㅎ니　　　　世慾情이 있을소냐
感情이 淡白ㅎ니　　　　人我之相 쓸 더 업네
四相山 업난고디　　　　法性山이 놉고 놉다
千山이 깁고깁허
一物도 업난 中에　　　　一圓相에 獨路로다
皎皎한 夜月下에　　　　圓覺相에 올나안저
無空笛을 빗겨불고　　　　無絃琴을 노피타니
石虎난 춤을 추고　　　　松風은 화답ㅎ다
無爲自性은 진공낙은　　　그 中에 갓촷더라 (하략)

위 내용은 세상만사가 몽환夢幻이니 세상락世上樂만 탐착貪着하지 말고 진세塵世를 떠나 만학천산萬壑天山에서 청풍명월을 벗삼아 정진하는 무상락無常樂을 읊었으니, 이는 뒤에 유학자들의 은둔취향隱遁趣向에도 영합迎合되어 율곡栗谷 이이李珥의 <낙빈가樂貧歌> 등에 많은 영향을 끼쳤다.

　　<승원가僧元歌>는 김종우金種雨에 의하여 1971년 소개된 매우 귀중한 자료로서 '나옹화상승원가懶翁和尙僧元歌'라는 제목이 붙어 있어 나옹화상의 작품으로 보았다. 가사의 표기가 이두吏讀로 기록된 필사본으로 주목된다. 그 처음과 끝을 소개하면 다음과 같다.

主人公　主人公我　世上貪着　其萬何古
　　　　　　　주인공아 주인공아 세상탐착 그만하고
慙愧心乙　而臥多西　一層念佛　何等何요
　　　　　　　참괴심을 이와다서 일층염불 어떠하뇨
昨日　少年乙奴　今日白髮　惶恐何多
　　　　　　　어젯날 소년으로 오늘백발 황공하다
朝積那乽　無炳陀可　夕力羅乽　末多去西
　　　　　　　아적나잘 무병타가 저녁나잘 못다가서
手足接古　死難人生　目前厓　頗多何多
　　　　　　　손발접고 죽난인생 목전에 파다하다 (중략)
一切衆生　濟度何也　世上事　多婆而古
　　　　　　　일체중생 제도하야 세상사 다버리고
蓮花船乙　得加乘古　極樂矢　於書去自
　　　　　　　연화선을 얻어타고 극락으로 어서가자
極樂世界　好歎言乙　僧俗男女　多知去乙
　　　　　　　극락세계 좋단말을 승속남녀 다알거늘
於西於西　底極樂厓　速耳速耳　受耳可自
　　　　　　　어서어서 저극락에 속히속히 수이가자
南無阿彌陀佛　成佛
　　　　　　　나무아미타불 성불

　　이는 <승원가僧元歌>의 처음과 끝을 보인 것인데, 이두표기吏讀表記지만 어렵지 않게 해독할 수 있는 것으로 이는 <서왕가西往歌>와 크게 다르지 않은 권불가사로 405구 6연으로 된 가사이며 <상춘곡賞春曲>에 비하면 약 4배나 되는 장편이다. 구성면에서는 '主人公 主人公我'라는 구가

5군데 있어 5편의 독립된 가사로도 볼 수 있다. 그 내용은 '세상일에 너무 탐착하지 말고, 공수래공수거空手來空手去의 허무한 인생사에서 부귀와 공명은 하루아침의 티끌임을 깨우쳐서 일심으로 선근善根을 닦아 염불수도하여 극락정토極樂淨土로 가자'는 뜻이 담겨 있다.

● 문학사적 의의

이 작품을 나옹화상 작으로 보는 학자들은 장덕순, 서수생, 정병욱, 김성배, 이상보, 최강현, 구수영 등이며, 특히 최강현은 <서왕가>와 나옹懶翁의 기타 저술에 나타난 어휘語彙를 대비한 결과 사상思想과 시상詩想이 일치한 점이 많아 <서왕가>가 나옹작이 확실함을 입증하였다. 이상보도 신라의 범패梵唄가 발전되어 고려시대에 불교가사가 형성되었으며, 고려말 나옹화상이 <서왕가>를 지었음이 틀림없다33)고 하였다. 또한 구수영은 나옹의 생애와 불교계의 위치로 보아 포교를 위해, 대중들이 쉽게 알 수 있는 염불가사를 시도했을 듯하며, 이는 염송念誦이 목적하는 바, 현재도 신도信徒 사이에 낭송되고 있다. 그리고 <서왕가>의 사상과 내용이 나옹의 저서와 일치한다34)고 하였다.

이처럼 가사가 고려말에 생겼으리라는 견해는 나옹화상의 <서왕가>를 근거로 들었으며, 이 작품의 출현으로 가사문학의 형성시기가 고려시대라는 쪽으로 학계의 의견이 모아지고 있다. 현재 자료의 신빙성 때문에 논의는 계속되고 있으나 근년에 그의 작품 <승원가>가 이두표기吏讀表記 형태로 발견되어, 그동안 추정의 타당성이 입증되었으니 고려말에 이루어진 <서왕가>는 가사의 효시작이라 하겠다.

그런데 가사의 발생이 고려말엽高麗末葉인가 조선초엽朝鮮初葉인가를 놓

---

33) 이상보, 「한국가사문학의 연구」, 31~49쪽.
34) 구수영, 「나옹화상과 서왕가 연구」, 『국어국문학』 62·63호 합병호, 국어국문학회, 1973, 55~56쪽.

고 <서왕가>와 <상춘곡>을 각각 그 효시작으로 내세우면서 자기 견해의 타당성이 주장되고 있는데, 이는 앞으로 좀 더 신빙성 있는 자료의 발굴과 학문적 연구가 요청된다.

그런데도 <서왕가>와 <상춘곡>은 창작 후 오랫동안 구전口傳되다가 문자文字로 정착된 것이라 생각된다. 자료資料의 부족으로 이의 안작설贋作說이 거론되고 있기는 하지만 <서왕가>는 <상춘곡>보다 100여년이나 먼저 창작되었으며, 전자는 (보권염불문普勸念佛文: 1704년 초간) 후자(불우헌집不憂軒集: 1786)보다 약 80년 먼저 문자로 정착된 셈이다. <서왕가>가 승려僧侶나 불교신도佛敎信徒들에 의해 전승된데 대하여, <상춘곡>이 문중門中이 친척에 의해 전해진 점을 고려하면 작품의 전승계층에 대한 신빙성은 <서왕가西往歌>에 비중이 더 크다.

또한 두 작품이 가사의 효시작으로 운위되는데 유사한 조건이라 한다며, 전시대前時代의 사실事實에서 더 큰 의의를 찾고자 한다. 게다가 최근에는 이두吏讀로 된 <승원가僧元歌>가 발굴되었으니, 이는 고려말 <역대전리가歷代轉理歌>와 더불어 당시의 표기법에 따라 가사가 제작되었다는 것을 입증해 주는 좋은 근거가 된다. 이런 점에서 <서왕가西往歌>가 가사의 효시작이라는 개연성蓋然性은 충분하다. 따라서 가사의 발상시기도 고려말엽 발생설로 보는 것이 타당하리라고 본다.

2. 정약전의 <십계명가十誡命歌>

◕ 창작배경

이것은 이른바 서학西學, 즉 천주교에 관한 가사인데, 구약성서의 10계명을 당시 일반 백성들에게 알기 쉽게 풀어서 포교의 수단으로 삼았던 것이다. 지은이가 1779년에 지었다. 이런 종류의 가사로서는 가장 오랜 된 것이라고 말할 수 있다.

지은이 정약전丁若銓(1758~1816)은 1801년에 순교한 아오스팅(奧期定) 정약종丁若鍾과 실사구시實事求是의 실학파의 거두 정약용丁若鏞의 형이며, 한국 최초의 영세자領洗者 이승훈李承勳의 매부가 된다. 정조 때, 문과에 급제하여 병조좌랑兵曹佐郞의 벼슬까지 지냈으나 서학 탄압의 희생이 되어 1801년 흑산도에 유배되어 거기에서 생을 마쳤다.

이 노래는 기독교신앙의 행동강령이라고 할 수 있는 10계명을 차례로 풀어서 신자들로 하여금 실천케 하려는 설교와 선교의 뜻이 아울러 담겨 있는 것을 알 수 있다.

<십계명가>는 모두 10단락인데, 그 가운데 ①,②,⑤,⑨,⑩ 단락을 소개하면 다음과 같다.

◐ 텍스트 분석

① 세상 사람 선빈님네　　　　이 아니 우스운가
　　사람 사는 한평생에　　　　무슨 귀신 그리 많소
　　아침저녁 종일토록　　　　합장배례 주문 외고
　　있는 돈 귀한 재물　　　　던져 주고 바쳐 주고
　　자고깨자 행신언동行身言動　　자기 귀신 모셔 봐도
　　허망하다 마귀 미신　　　　우매한고 사람들아
　　허위 허례 마귀 미신　　　　믿지 말고 천주 믿세

② 하늘 위에 계신 천주　　　　벌레 같은 우리 보소
　　광대무한 이 우주에　　　　인간 목숨 넣어 주셔
　　대해지각大海知覺 깨달으며　　우주섭리 알고 나면
　　천주 은혜 밝은 빛을　　　　무궁토록 받으련가
　　사람 지혜 우둔하여　　　　꼭두각시 나무신막
　　외고 울어 복받더냐　　　　전한다고 효자 되나
　　잘되어서 제복이라　　　　못되면은 남탓이네

⑤ 천지 고금 만물지사   부모 효도 으뜸일세
    부모 은혜 모르고서   불효자식 되고지면
    죄 중에서 제일 크고   죽은 후에 지옥 가네
    하늘같이 넓은 대자大慈   부모정이 일컬으면
    인간 금수禽獸 초목 만물   그 아버지 천주일세
    부모 효도 알고지면   천주 공경 알고지고
    영원불멸 큰 은혜   하시何時 필경 얻어지네

⑨ 세상에 한번 나서   대의명분 시새어서
    큰 의義란 내가 먼저   대창창세세蒼蒼世世 전해 보세
    국운이 기울어져   흥망성쇠 뚜렷하네
    간신 소부小夫 까막까치   헐뜯어서 싸움일세
    자고로 터싸움에   죽고 살고 얼마더냐
    예나제나 터싸움은   군신서민 일반일세

⑩ 우부愚夫되고 초부같이   어질게 살았더냐
    한마음 넓게 눈떠   천주 큰 듯 알고 나면
    벌레 같은 인간세사   군뜻이 전혀 없네
    만인의 소원이란   부귀 공명 재복財福이라
    오뉴월 거름 곁에   파리떼도 똥뜻일세
    제일 분수 지켜 가지   남네 소유 탐치마소
    만악萬惡의 근원이   이로하여 일어나니
    수분 낙도 알고나면   큰 마음 편하건만
    제 마음 기둥 없이   재물 사치 탐과貪過하면
    세사 갖은 화근들이   필연코도 관화觀火 같다

　　위에서 ‘10계명’이란 예수교에서 말하는 열 가지 경계하는 말로서 기
독교 신앙의 기둥이 되는 실천사항이다. 신이 시나이산에서 모세에게 계
시啓示하였다고 한다. 그 내용을 보면 다음과 같다.

① 다른 신을 섬기지 말 것
② 우상을 섬기지 말 것
③ 여호와의 이름을 망녕되이 하지 말 것
④ 안식일을 지킬 것
⑤ 어버이를 공경할 것
⑥ 살인하지 말 것
⑦ 간음하지 말 것
⑧ 도둑질 하지 말 것
⑨ 거짓말 하지 말 것
⑩ 탐내지 말 것

위와 같이 아주 알기 쉬운 말로서 일반대중이 잘 알 수 있도록 적었기 때문에 특별히 해석하거나 설명을 더할 것이 거의 없다. 이렇듯이 성경이나 그 밖의 기독교 문헌이 순 한글의 비교적 쉬운 말로 되어 있기 때문에 어리석은 백성들도 쉽게 접근할 수가 있었던 것이다.

1. 정극인의 <상춘곡賞春曲>

● 창작배경

정극인丁克仁(1401~1481)은 조선 전기의 문신文臣이며 학자로, 본관本貫은 영광靈光, 자는 가택可宅, 호는 불우헌不憂軒·다헌茶軒·다각茶角 등이다. 태종太宗 원년元年(1401)에 정곤丁坤의 아들로 광주 두모포廣州豆毛浦에서 태어나 고향인 영광으로 돌아와 성장했다.

29세(1429,세종11)에 생원과生員科에 합격하였다. 세종世宗 19年(1437) 정릉貞陵에 흥천사興天寺를 중건하자 반대상소를 올렸다가 귀양을 가게 되었고, 풀려난 후 처가가 있는 태인泰仁으로 돌아와 불우헌不憂軒이라는 초사草舍를 짓고 자신의 호로 명명하였다. 불우헌 앞으로 흐르는 냇물을 비수천泌水川라 이름하고 주변에 소나무와 대나무를 심고 양성養成에 힘썼다.

문종원년文宗元年(1451)에 일민천거逸民薦擧의 은전恩典으로 광흥창부승廣興倉副丞이 되어 은일隱逸 6품六品을 받았다. 이어 인수부승仁壽副丞을 지냈으며, 단종 원년端宗元年(1453) 문과에 급제해 벼슬길 에 이르렀으나 1455年 세조世祖가 즉위하자 사직하고 전북 태인으로 돌아왔다. 그 해 12월 다시 벼슬길이 열려 성균관 주부成均館主簿, 두 번의 종학박사宗學博

士, 사헌부 감찰司憲府監察 등을 지내다 성종원년成宗元年(1470)에 관직에서 물러나 향리 자제들을 교육하며 후진 양성養成에 주력했다. 성종3년成宗三年(1472)에는 자신의 영달榮達을 생각하지 않고 향리자제를 교육한 공으로 3품산관三品散官이 되자 이에 감격하여 임금의 은공을 노래한 <불우헌곡不憂軒曲>, <불우헌가不憂軒歌> 등을 지었다.

● 텍스트 분석

<상춘곡賞春曲>은 『불우헌집不憂軒集』에 실려 있는 전 79구로 된 가사歌辭로 조선조 사대부가사士大夫歌辭의 대표적인 작품이다. <서왕가西往歌>가 발견되기 전까지 최초의 가사歌辭로 평가 받기도 하였다. <상춘곡賞春曲>은 봄의 아름다움을 노래한 가사로 산림에 묻혀서 유유자적悠悠自適한 삶을 살겠다는 의지에서 시작하여 산림처사山林處士로 머무르는 자족감을 노래하고 있다. 정계를 떠나서 안빈낙도安貧樂道하는 삶을 즐기겠다는 작가의 생각이 아름다운 표현을 통하여 잘 묘사된 작품이다. 작품의 내용을 기起, 승承, 전轉, 결結의 4단락으로 나누어 살펴보기로 한다.

(1) 起 (序詞)

홍진紅塵1)에 뭇친 분네	이내 생애生涯 엇더호고
녯 사롬 풍류風流룰	미츨가 못 미츨가
천지간天地間 남자男子 몸이	날만흔 이 하건마는
산림山林에 뭇쳐이셔	지락至樂을 모롤 것가
수간모옥數間茅屋2)을	벽계수碧溪水 앎픠 두고
송죽松竹 울울리鬱鬱裏3)예	풍월주인風月主人 되어셔라

---

1) 紅塵 : 번거로운 인간세상, 원뜻은 붉게 일어나는 티끌(먼지).
2) 數間茅屋 : 몇 간 안되는 초가집, 초가삼간.
3) 鬱鬱裏 : 빽빽한 숲.

위에서는 자연에 묻혀 사는 자신의 처지를 밝히면서 현실세계現實世界인 '홍진紅塵'과 대립되는 공간으로 '수간모옥數間茅屋'을 설정하고 있다. 풍류생활風流生活을 즐기는 옛사람에 대한 동경을 말하며 작가 자신을 풍월주인風月主人으로 그리고 있다. 여기서 수간모옥은 불우헌不憂軒(사명舍名)이요, 벽계수碧溪水와 송죽리松竹裡에 풍월주인은 자신을 두고 한 말이다. 이는 작가가 치사환향致仕還鄕할 때의 심정을 마치 도연명陶淵明이 〈귀거래사歸去來辭〉를 읊으며 향리로 돌아가던 것과 흡사하기 때문이다.

(2) 承 (本詞 1단락)

엊그제 겨을 지나	새봄이 도라오니
도화행화桃花杏花4)는	석양리夕陽裏예 퓌여 잇고
녹양방초綠楊芳草5)는	세우중細雨中6) 프르도다
칼로 몰아 낸가7)	붓으로 그려 낸가
조화신공造化神功8)이	물물物物마다 헌스룹다9)
수풀에 우는 새는	춘기春氣10)룰 못내 계워
소리마다 교태嬌態로다	
물아일체物我一體11)어니	흥興이이 다룰소냐
시비柴扉12)예 거러보고13)	정자亭子 안자 보니
소요음영逍遙吟詠14)호야	산일山日15)이 적적寂寂호딕
한중진미閑中眞味 16)룰	알 니 업시 호재로다

---

4) 桃花杏花 : 복숭아꽃 살구꽃.
5) 綠楊芳草 : 푸른 버들과 향기로운 꽃.
6) 細雨 : 가랑비.
7) 몰아 낸가 : 재단한 것인가.
8) 造化神功 : 만물을 창조 변화시키는 신령스러운 造物主의 솜씨.
9) 헌스룹다 : 야단스럽다, 굉장하다, 화려하다.
10) 春氣 : 봄의 기운, 흥취.
11) 物我一體 : 자연과 내가 한 몸이 됨.
12) 柴扉 : 사립문.
13) 거러보고 : 거닐어 보기도 하고
14) 逍遙吟詠 : 천천히 거닐며 詩를 읊음, 장자 소요유편에 나옴.
15) 山日 : 산 속의 하루.

위는 본사 1단락으로 내용상 승承에 해당한다. 여기서는 자연에 더욱 가까이 다가가 '나'는 '꽃'과 '가랑비에 젖어 있는 푸른 버들'을 감상하며 대자연의 조화와 아름다움을 감탄하고 있다. 뿐만 아니라 '수풀에서 우는 새'에게 감정을 이입하여 물아일체物我一體의 흥을 만끽하고 있다. 이러한 감흥感興은 자연과의 친밀감親密感으로 이어진다. 마치 한 폭의 동양화東洋畵를 감상鑑賞한 듯한 느낌으로 시상詩想을 전개하고 있다. 이는 자연에 대한 감동感動과 동화同化로 물아일체物我一體의 경지에 이름을 노래한 것이다.

(3) 轉 (本詞 2단락)

이바 니웃드라	산수山水 구경 가쟈스라
답청踏青17)으란 오늘 ᄒ고	욕기浴沂18)란 내일來日 ᄒ새
아ᄎᆞᆷ에 채산採山19) ᄒ고	나조히 조수釣水20) ᄒ새
ᄀᆺ 괴여 닉은 술을	갈건葛巾21)으로 밧타 노코
곳나모 가지 것거	수 노코 먹으리라
화풍和風이 건듯 부러	녹수綠水를 건너오니
청향淸香22)은 잔에 지고	낙홍落紅23)은 옷새 진다
준중樽中24)이 뷔엿거든	날ᄃᆞ려 알외여라
소동小童 아ᄒᆡᄃᆞ려	주가酒家에 술을 믈어
얼운은 막대 집고	아ᄒᆡᄂᆞᆫ 술을 메고
미음완보微吟緩步25) ᄒ야	시냇ᄀᆞ의 호자 안자

---

16) 閒中眞味 : 한가함 속의 참된 맛.
17) 踏青 : 33일, 곧 삼짇날인 답청절에 들에 나가 새봄에 돋은 풀을 밟고 산책하는 민속놀이.
18) 浴沂 : 냇물에서 목욕하는 것 『論語』 <先進篇>에 나오는 말로 孔子가 제자들과 沂水에서 목욕한 일.
19) 採山 : 採山採에서 採를 생략한 형태.
20) 釣水 : 釣水魚를 생략한 형태.
21) 葛巾 : 칡으로 만든 두건, 은사의 두건, 술 거르는 도구로 쓰임.
22) 淸香 : 맑은 향기.
23) 落紅 : 떨어지는 붉은 꽃잎.
24) 樽中 : 술을 담은 항아리 속.

명사明沙 조훈 믈에
잔 시어 부어 들고
청류淸流26)롤 굽어보니
쩌오ᄂᆞ니 도화桃花ㅣ로다
무릉武陵27)이 갓갑도다
져 뫼28)이 긘 거인고
송간松間 세로細路29)에
두견화杜鵑花롤 부치 들고
봉두峰頭에 급피올나
구름 소긔 안자 보니
천촌만락千村萬洛30)이
곳곳이 버러 잇ᄂᆡ
연하일휘煙霞日輝31)는
금수錦繡32)롤 재폇ᄂᆞᆫ 듯
엊그제 검은 들이
봄빗도 유여有餘ᄒᆞᆯ샤

위는 본사 2단락으로 앞에서 생긴 흥興이 술과 풍류와 어우러지면서 절정絶頂을 이룬다. '이바 니웃들아, 山水 구경 가쟈스라'고 청유형을 써서 이웃들에게 흥을 함께 누릴 것을 권유하지만 실제로는 동행인이 시종하는 소동小童아희뿐 임을 알 수 있다.

또한 답청踏靑, 욕기浴沂, 채산採山, 조수釣水 등 자연 속에서 누릴 수 있는 행위를 상징하는 단어들을 나열하면서 한가롭고 유유자적悠悠自適한 심상과 더불어 청빈淸貧함 속에서도 술 한 잔이라도 풍류와 멋스러움속에서 즐기려는 작가의 심정이 잘 드러나 있다.

특히 본사本詞 2단락에서는 청류淸流 → 도화桃花 → 무릉武陵 으로 이어지는 시상詩想의 전개는 자연과의 물아일체物我一體의 흥이 절정에 다다르면서 작가 자신이 신선神仙이 된 듯한 착각을 느끼고 '구름 소긔 안자'서 '천촌만락千村萬落'을 내려다 볼 여유를 가지고 있다.

---

25) 微吟緩步 : 나직히 시를 읊조리며 천천히 걸음.

26) 淸流 : 흐르는 맑은 물.

27) 武陵 : '武陵桃源'의 준말로 別天地을 가리키는 말, 晉나라 도연명의 <桃花源記>에 나오는 곳으로, 湖南省 武陵懸에 있었다고 함.

28) 뫼 : '뫼'의 잘못된 표기로 산을 말함.

29) 松間細路 : 소나무 숲 사이의 오솔길.

30) 千村萬洛 : 수많은 마을들.

31) 煙霞日輝 : 햇살에 빛나는 아름다운 안개와 노을, 즉 자연.

32) 錦繡 : 수 놓은 비단.

(4) 結 (結詞)

공명功名도 날 씌우고	부귀富貴도 날 씌우니
청풍명월淸風明月 外예	엇던 벗이 잇ᄉ올고
단표누항簞瓢陋巷33)에	훗튼 혜음34) 아니 ᄒ니
아모타, 백년행락百年行樂35)	이이만ᄒᆞᆫ들 엇지ᄒ리

위는 결사로 부귀공명富貴功名이 날 꺼리므로 청풍명월淸風明月 외에는 어떤 벗도 없다는 표현을 하고 있다. 이는 언뜻 보기에 자연 속에서의 외로움을 말하는 것 같으나 사실은 부귀공명富貴功名이 나를 꺼리는 것이 아니라 시적자아詩的自我 자신이 거기에 뜻이 없어서 집착하지 않고 남은 생을 단표누항簞瓢陋巷을 누리며 살겠다는 의지가 드러나고 있다.

지금까지 살펴본 <상춘곡>의 구조를 정리하면 다음과 같다.

① 서사 : 삶의 공간 - 산림에 묻혀 사는 삶
② 본사1 : 제한된 공간에서의 자연친화
　　　　　 - 물아일체의 삶, 고독한 한중진미
③ 본사2 : 확장된 공간에서의 자연친화
　　　　　 - 자연친화의 공간 확장, 술을 마시며 즐기는 풍류,
　　　　　　 무릉도원을 지향하는 길, 초극한 상승의 경지
④ 결사 : 삶의 자세 - 자연귀의와 안빈낙도

🌑 작품의 이해와 내면화

이 작품의 내용은 작가가 벼슬을 사임하고 고향으로 돌아가 만년晩年을 보내며 자연의 아름다움을 노래하는 것이다. 풍류風流와 안빈낙도安貧樂道를 즐기는 선비의 정신이 드러난 조선시대의 대표적 사대부가사士大

---

33) 簞瓢陋巷 :『論語』에 나오는 말로, 소박하고 청빈한 생활을 이름.
34) 훗튼 혜음 : 헛된 생각, 부귀나 공명.
35) 百年行樂 : 한평생 즐겁게 지냄.

夫歌辭이다. 창작은 조선 성종成宗 때인 15세기이지만 기록은 그의 후손 정효목에 의해 정조正祖 10년(1786)에 간행되었다.

<상춘곡>은 내용상 두 가지의 서로 다른 시각에서 이해 할 수 있다. 첫째는 벼슬에서 물러나 자연에 은둔隱遁하는 생활을 읊은 작품으로 보는 것이다. 대자연의 주인이 되어 사는 기쁨과 여유를 노래하고 세속世俗에 허덕이는 속류俗流를 비웃듯 청아한 마음을 나타내 마치 한 폭의 동양화東洋畵를 보는 듯한 아름다움을 만드는 것이다. 다음의 경우는 겉으로는 부귀공명富貴功名에 뜻이 없으며 자연 말고는 다른 벗이 없다는 외로움이 표출되었다. 즉 정치에서 떨어져 나와 은둔한 상황에서 심리적 균형을 맞추기 위해 자신을 신선神仙에 비유하고 속세를 벗어나지 못하는 사람들을 동정하고 있다. 이는 작가가 20여 년 간 과거에 응시하였으나 번번이 실패하였고, 나이가 든 후에 얻은 관직도 그리 오래가지 않았음을 고려해 볼 때 세속적 출세世俗的出世를 향한 욕구를 변형적으로 표현했다고 보는 견해도 있다.

사상적思想的인 측면에서 유교사상儒敎思想이 크게 반영反映되었음도 간과할 수 없다. 조선시대朝鮮時代는 유교儒敎를 숭상崇尙하는 시기인 만큼 유교사상儒敎思想은 당대의 문학작품文學作品에 반영反映되었음은 당연한 일이다. 유학자儒學者들이 항상 꿈꾸던 것이 은둔隱遁과 도피사상逃避思想 속에서의 안빈낙도安貧樂道하는 생활이었는데, 이러한 사상은 <상춘곡賞春曲>에서도 잘 나타나고 있다. 이는 조선 사대부들이 지향한 출처出處의 삶을 반영한 것으로 출장입상出將入相한 유가儒家의 생활과 자연에 은둔하는 처사處士의 모습을 볼 수 있는 작품이다. 이런 강호한정가사의 영향관계는 <상춘곡> → <면앙정가> → <성산별곡> → <매호별곡>으로 이어졌다.

이 작품은 은사隱士의 한정閑情과 즐거움으로 은일지사隱逸之士의 삶이 형상화되어 있는 가사이다. 번잡한 속세를 떠나 자연에 몰입한 한정이

'벽계수', '녹양방초', '세우' 등의 자연적 배경과 어우러져 있으며, 자연친화의 즐거움이 '답청', '채산', '미음 완보', '봉두에 오름' 등의 행위를 통해 점층적으로 표현되어 있다. 산중 거처에서 봄날의 흥취에 한껏 젖어들다가, 자리를 옮겨 아름다운 산수山水에서 소요하며 음주飮酒 풍류를 즐기고, 높은 봉우리에 올라 많은 마을을 내려다보며, 안빈낙도安貧樂道라는 달관의 경지를 깨닫게 되는 것이다.

<상춘곡>은 내용 전개에 있어서 공간 확장의 방법을 쓰고 있다. 앞부분에서 화자는 '수간모옥數間茅屋'이라는 작은 공간에서 '풍월주인風月主人'으로서의 삶에 보람을 느낀다. 이렇게 춘경에 몰입했던 화자의 내면은 사립문을 나서 외부 공간인 정자로 향한다. 그러나 화자는 고독감을 이기지 못하여, 산수구경에 나선다. 더 광활한 세계로 나아가려는 시도를 하는 것이다. 그리하여 들판과 시냇가에서 음주 행각行脚을 벌이다가, 봄의 절경 속에서 이상향(무릉도원)을 보게 된다. 화자는 다시 수직으로 상승된 공간 봉두峰頭에 올라 세속의 마을을 바라본다. 여기에서 그는 세속적 부귀공명에서 자유로워진 자신을 발견하고 자연귀의와 안빈낙도의 삶을 자랑스럽게 여긴다.

또한 이 작품에서는 중국 쪽에서 유래된 고사성어들을 많이 사용하고 있지만 우리말 문맥에 잘 어울리고 있어 생경하다는 느낌이 들지 않는다. 소식의 <적벽부赤壁賦>에 쓰인 '풍월주인'을 비롯하여, 『논어論語』에 나오는 '욕기浴沂, 단표누항簞瓢陋巷', 도연명에게서 유래된 '갈건녹주葛巾漉酒, 무릉도원武陵桃源36)' 등의 어휘들은 특히 정치적 야심이나 부귀공명

---

36) 무릉도원 : 진晉나라 때 무릉武陵의 한 어부가 강물을 거슬러 오르다가 복사꽃 숲을 만나, 그 아름다움에 이끌려 물줄기가 다한 곳까지 이르니, 작은 굴이 있었다. 수십 보를 들어가니 평평한 땅에 사람들이 태평스럽게 살고 있었다. 그들은 진나라 때 혼란 을 피해 이곳에 들어왔던 사람들의 후예로 세상을 등지고 살아, 바깥 세상을 전혀 모르고 있었다. 어부는 진秦 이후 한漢, 위魏, 진晉 등에 관한 이야기를 하며 융숭한 대접을 받았다. 그리고 돌아오는 도중에 군데군데 표시를 해두고, 태수에게 이를 알렸다. 태수가 그곳을 찾으려 했으나, 표시도 없고 그 선경仙境 또한 찾을 수가 없었다. ―도연명의 '도화원기' 요약.

에 대한 욕구를 벗어놓고 자연 속에서 안빈낙도하는 화자의 삶을 표현하는 핵심적 역할까지 하고 있다.

● 문학사적 의의

<상춘곡賞春曲>은 조선시대 가사문학을 거론할 때 항상 중요한 위치를 차지한다. 이는 내용과 수사적 기법 등에서 가사문학의 전형적 틀을 마련함으로 뒤를 이은 작품들의 훌륭한 토대가 되었기 때문이다. 그러나 가사문학에 대한 연구가 거듭되면서 <상춘곡>이 가사문학의 효시嚆矢라고 보던 지배적인 학설보다는 고려말 나옹화상懶翁和尙이 지었다는 <서왕가西往歌>를 효시작嚆矢作으로 보는 학설이 설득력을 가진다. 여기에는 <상춘곡>이 세련되고 너무나 완벽한 표현 형태 또한 가사의 첫 작품으로 보기 어렵다는 이유를 제시하고 있다. 그러나 <서왕가>를 효시작품으로 보더라도 포교布敎를 목적으로 했던 <서왕가>와 달리 개인의 감성과 정서를 노래하고 있는 <상춘곡>이 문학적 성격을 강하게 띄고 있으며, 가사문학이 본격적으로 꽃을 피운 때를 조선시대로 볼 때 <상춘곡>의 중요성은 간과될 수 없다.

또 작가가 정극인丁克仁이 아닐 수도 있다는 의견도 있다. <상춘곡>의 창작시대創作時代와 간행시대刊行時代간의 시차에 대한 의구심에서 시작된 반론이라 하겠다. 작가인 정극인에 대하여 임란전후의 문헌적 기록이 없으며, 구사된 시어들이 정극인의 다른 시문에서 찾기 어려울 만큼 정교하고 정제되었다는 점을 들어 <상춘곡>이 후대에 지어졌거나 많은 부분 개작되었다는 것이다. 그러나 아직 문헌이나 자료상 <상춘곡>의 작가가 정극인이 아니라고 증거 할 만한 것이 발견되지 않는 한 제작연대나 작가에 대한 속단은 삼가 할 일이다. 또한 제작 당시 70세의 나이로 귀거래사적歸去來辭的 심정으로 썼을 것이라는 의견과 『불우헌집』의 사료적 신빙성이 충분하다고 보는 견해도 있다. 이러한 많은 논의에도 불구

하고 정극인의 <상춘곡>은 정제된 가사문학의 완성된 형체를 보여줌으로써 우리의 시가문학사詩歌文學史에 금자탑을 이루었다37).

또한 <상춘곡>은 뒤이어 오는 송순宋純의 <면앙정가俛仰亭歌>에 영향을 주고, 여기에서 영향을 받은 정철鄭澈에 의해 <성산별곡星山別曲>, <관동별곡關東別曲> 등으로 이어져 강호가단江湖歌壇을 형성하게 되었다. 또한 조선시대 사대부가사士大夫歌辭의 첫 작품이며 산림처사山林處士로서의 은일생활을 노래하여 사림파士林派 문학의 계기를 마련한 작품이다. 가사문학의 효시작이 <서왕가> 이든 <상춘곡> 이든, 이들 작품의 창작을 계기로 가사문학이 발생되고 우리나라 시문학 역사에 새로운 장르를 개척했다는 점에서 문학사적의의文學史的意義는 크다고 할 수 있다

2. 송순의 <면앙정가俛仰亭歌>

● 창작배경

면앙정 송순俛仰亭宋純(1493~1583)의 자는 수초遂初, 호는 기촌企村과 면앙정俛仰亭, 시호는 肅定이다. 성종 24년 담양군 봉산면 기촌에서 출생했으며, 중종 14년(1519) 별시문과 을과乙科에 급제한 이후 명종 24년(1527)에 사간원정원이 되었다. 사간司諫으로 있을 때 김안로金安老등이 집권하여 어진 사람들을 질시하므로 벼슬에서 물러나 귀향하여 41세 때(1533) 면앙정을 짓고 자연을 벗삼아 유유자적悠悠自適하였다.

이때 임제, 김인후, 고경명, 임억령, 박순, 이황, 윤두수, 노진 등 많은 인사들이 출입하여 시짓기를 즐겼다. 특히 송순은 음률에 밝아 가야금을 잘 탔고, 풍류風流를 아는 호기로운 재상으로 일컬어졌다. 그 후 김안로가 사사된 뒤 5일 만에 홍문관부응교에 제수되고, 이후 개성부 유수留守, 이조판서 등을 제수받았고, 선조 2년 대사헌에 오른 후

---

37) 류연석, 『韓國歌辭文學史』, 국학자료원, 1994, 110쪽.

한성부 판윤을 거처 의정부 우참판겸 춘추관사를 지내다 77세에 사임하였다.

사임 후 향리鄕里에 내려와 퇴계 이황李滉을 비롯하여 강호제현과 학문을 논하며 후학을 양성하였다. 뒤에 고경명, 기대승, 임제 등이 그의 문하에 있었으며, 정철 또한 그에게 사사하였다. 그의 정계 생활은 고매한 인품으로 대인관계는 비교적 순탄하였으나 그가 관직에 오른 후 물러난 시기까지 사화士禍와 당쟁黨爭이 연속되던 시기이다. 연산대의 무오사화戊午士禍, 갑자사화甲子士禍의 여파가 이어졌고, 중종대 기묘사화己卯士禍, 명종대 을사사화乙巳士禍 등 파란이 중첩된 시기었으나 무사히 관료생활을 마쳤다.

그럼에도 불구하고 <면앙정가俛仰亭歌>의 작품을 보면 밝고 맑은 분위기가 지배하고 있는 것은 현실을 잘 극복하고 매사를 긍정적으로 받아들이는 성격의 소유자였음을 확인하게 된다. 그는 선조 15년(1582) 90세의 일기로 세상을 떠났다. 그의 작품을 살펴보면 가사歌辭인 <면앙정가> 1편, <잡가雜歌> 2편, <단가> 20여 수 등 국문시가와 수많은 한시를 남겼다. 문집文集으로는 『면앙집俛仰集』이 있다.

◑ 텍스트 분석

<면앙정가>를 내용으로 나누면 크게는 3단락이요, 세분하면 6문단으로 나눌 수 있다. 우선 3단락으로 대별大別하면 서사序詞는 "무등산無等山 흔 활기 뫼히 동다히로 버더 이셔~노화蘆花를 사이 두고 우러곰 좃니는뇨" 이고, 본사本詞는 "너븐 길 밧기요 긴 하늘 아리~희황羲皇을 모을너니 니적이야 긔로괴야." 이며, 결사結詞는 "江山風月 거놀리고 내 百年을 다 누리면~이 몸이 이러굼도 亦君恩이샷다." 로 되어 있다. 서사는 면앙정 주변과 조망의 경치를 노래하였으며, 본사는 사계의 경관과 한거 취흥閑居醉興, 호탕자락浩蕩自樂을 노래하였으며, 결사는 임금님의 은혜를

노래하였다. 여기서는 6문단으로 그 구성을 살펴보고자 한다.

(1) 序詞 1

無等山 혼 활기38) 뫼히	東다히로 버더이셔
멀리 쪠쳐와39)	霽月峰이 되어거늘
無邊大野40)의	므솜 짐쟉 ᄒᆞ노라
일곱 구비 혼ᄃᆡ 움쳐	므득므득41) 버러ᄂᆞᆫ 듯
가온ᄃᆡ 구비ᄂᆞᆫ	굼긔 든 늘근 뇽이
션줌을 굿 ᄭᆡ야	머리롤 언쳐시니
너ᄅᆞ바회 우희	松竹을 헤혀고42)
亭子롤 안쳐시니	구름탄 쳥학이
千里를 가리라	두 나리 버럿ᄂᆞᆫ 듯

위의 서사1에서는 면앙정의 위치를 노래하되 무등산의 기맥岐脈에 있음을 말해 준다. 면앙정이 있는 제월봉은 무등산 동쪽에 있는 야산인데 기촌이 한 눈에 안긴다. 여기서 제월봉을 늙은 용과 푸른 학에 비유하여 역동적으로 표현하고 있다. 시적 기법이 자연을 있는 그대로 정물화하여 마치 한 폭의 동양화를 보는 듯 실감이 나며, 실제 자연물을 생동감 있게 표현하여 자기 자신의 감정이입 및 시적 대상물을 활성화하고 있다.

(2) 序詞 2

玉泉山 龍泉山	ᄂᆞ린 믈히
亭子 압 너븐 들히	兀兀43)히 펴진 드시
넙거든 기노라	프르거든 희지 마나

---

38) 줄기.
39) 떼어 버리고 나와.
40) 끝없이 넓은 들판.
41) 우뚝우뚝.
42) 헤치고
43) 끊임없이.

<table>
<tr><td>雙龍이 뒤트는 듯</td><td>긴 깁44)을 치폇는 듯</td></tr>
<tr><td>어드러로 가노라</td><td>므슴 일 비얏바45)</td></tr>
<tr><td>닷는 듯 ᄯ로는 듯</td><td>밤낮즈로 흘르놋 듯</td></tr>
<tr><td>므조친 沙汀46)은</td><td>눈ᄀᆺ치 펴졋거든</td></tr>
<tr><td>어즈러은 긔럭기는</td><td>므스거늘 어르노라</td></tr>
<tr><td>안즈락 ᄂ리락</td><td>모드락 훗트락</td></tr>
<tr><td>蘆花을 사이 두고</td><td>우러곰 좃니는뇨</td></tr>
</table>

위의 서사2에서는 옥천산과 용천산에서 흘러내리는 물은 정자 앞 넓은 들판을 넘실거리고, 기러기떼들이 비거비래飛去飛來하여 승경勝景을 이룬다고 읊었다. 산 아래 흐르는 물줄기를 보고 두 마리 용이 몸을 뒤틀고 있는 듯, 비단을 펼쳐 놓은 것에 비유하였으며, 밤낮으로 흐르는 물줄기는 어디로 흘러가는지 삶을 사유하게 한다. 그야말로 무등산 제월봉 아래의 힘찬 물줄기는 자연을 역동적으로 표현하고 있다.

(3) 本詞 1

<table>
<tr><td>너븐 길 밧기요</td><td>긴 하늘 아릐</td></tr>
<tr><td>두르고 ᄶ준 거슨</td><td>뫼힌가 屏風인가</td></tr>
<tr><td>그림가 아닌가</td><td>노픈 듯 ᄂ즌 듯</td></tr>
<tr><td>긋는 듯 닛는 듯</td><td>숨거니 뵈거니</td></tr>
<tr><td>가거니 머믈거니</td><td>어즈러온 가온듸</td></tr>
<tr><td>일홈는 양ᄒᆞ야</td><td>하늘도 젓치아녀47)</td></tr>
<tr><td>웃독이 셧는 거시</td><td>秋月山 머리 짓고</td></tr>
<tr><td>龍龜山 夢仙山</td><td>佛臺山 魚登山</td></tr>
<tr><td>湧珍山 金城山이</td><td>虛空의 버러거든</td></tr>
<tr><td>遠近 蒼崖48)의</td><td>머믄 짓도 하도 할샤</td></tr>
</table>

---

44) 비단(원관념: 시냇물).
45) 바빠서.
46) 물길따라 펼쳐진 모래.
47) 두려워 하지 않고

　본사1에서는 정자에서 조망하는 사방四方의 승경인데 주로 산세山勢를 읊은 것으로 그 표현에 있어 반복법, 점층법, 대구법 등을 적절히 사용하여 산봉우리의 풍경을 힘차게 노래하고 있다. 산봉우리를 마치 병풍을 둘러 쳐 놓은 듯. 그림을 펼쳐 놓은 듯이 노래하고 있어 한 폭의 동양화를 보는 듯 하다. 추월산을 주위로 용구산, 몽선산, 불대산, 어등산, 용진산, 금성산이 서로 기백을 뽐내 듯이 장엄하게 우뚝 서 있다. 위에서는 근경近景을 노래했다면, 다음 본사1에서는 정자에서 바라보는 원경遠景을 읊은 것이다.

　　　　(4) 本詞 2

흰 구름 브횐 煙霞49)	프로니는 山嵐50)이라 (春景)
千巖萬壑51)을	제 집을 삼아 두고
나명셩 들명셩	일희52)도 구는지고
오르거니 느리거니	長空의 쩌나거니
廣野로 거너거니	
프르락 불그락	여트락 지트락
斜陽과 서거지어	細雨조츠 쑤리는다.
藍輿롤 비야타고53)	솔 아리 구븐 길노
오며가며 하는적의	綠楊의 우는 黃鸎
嬌態　겨워 ᄒ는괴야	
나모 새 ᄌᄌ지여54)	樹陰이 얼린 적의 (夏景)
百尺 欄干의	긴 조으름 내여펴니
水面 凉風55)이야	그칠 줄 모르는가

---

48) 푸른 언덕.
49) 안개와 놀.
50) 산 아지랑이.
51) 수많은 바위와 골짜기.
52) 아양.
53) 뚜껑없는 가마를 재촉해 타고
54) 우거져.

즌서리 빠진 후의   산 빗치 금슈[56]로다 (秋景)
黃雲은 쏘 엇지   萬頃[57]의 편거지요
漁笛[58]도 흥을 계워   돌롤 쓰라 브니는다
草木 다 진 후의   江山이 미몰커눌 (冬景)
造物리 헌스ᄒᆞ야   氷雪노 쑤며내니
瓊宮瑤臺[59]와   玉海銀山[60]이
眼底의 버러셰라   乾坤도 가옴열샤[61]
간 뒤마다 경이로다.

본사2에서는 봄풍경을 보고, 산아지랑이가 피어오르고 가랑비가 내리는 가운데 남여를 타고 노는데 우거진 버들에서 황앵의 지저귐을 아양을 떠는 여자에 비유하고, 여름에는 나무가 우거져 녹음 짙은 난간에 앉아 시원한 바람을 쏘이는 풍경을 읊고 있으며, 가을의 단풍을 보고 수놓은 비단에 비유하였다. 또 겨울의 설경을 경궁요대와 옥해은산에 비유하여 사계四季의 변화무쌍한 대자연을 노래하고 있다.

(5) 本詞 3
人間을 써나와도   내 몸이 겨를 업다
니것도 보려ᄒᆞ고   져것도 드르려코
브람도 혀려ᄒᆞ고   둘도 마즈려코
봄으란 언제 줍고   고기랑 언제 낙고
柴扉란 뉘 다드며   딘 곳츠란 뉘 쓸려뇨
아춤이 낫브거니[62]   나조히라 슬흘소냐[63]

---

55) 서늘한 바람.
56) 수놓은 비단(단풍이 든 산의 모습).
57) 넓은 들.
58) 어부가 부는 피리.
59) 아름다운 구슬로 꾸민 궁궐과 대.
60) 옥같은 바다와 은같은 산.
61) 풍성하구나.
62) 부족한데.

오늘리 不足거니	來日리라 有餘ᄒ라
이 뫼ᄒᆡ 안자 보니	져 뫼ᄒᆡ 거러보니
煩努64)ᄒᆞᆫ ᄆᆞᄋᆞᆷ의	ᄇᆞ릴 일리 아조 업다
쉴 스이 업거든	길히나 전ᄒ리야
다만 ᄒᆞᆫ 靑藜杖65)	다 뫼되여 가노미라
술리 닉어거니	벗지라 업슬소냐
블ᄂ며 ᄐᆞ이며	혀이며 이아며66)
온 가짓 소리로	醉興을 빈야거니67)
근심이라 이시며	시름이라 브터시랴
누으락 안즈락	구부락 져츠락
을프락 ᄑᆞ롬68)ᄒ락	노혜로69) 노거니
天地도 넙고 넙고	日月도 ᄒᆞᆫ가ᄒ다

본사3에서는 자연은 한가롭게 멈추어 있지 않고 바쁘게 움직이며 생동한다. 즉 자연의 움직임을 받아들이고, 그 생동감에 동참하는 분망함이야말로 다른 무엇이 아니고 풍류이다. 풍류를 즐기노라니 괴로움도 쓸쓸함도 없다. 그런 경지에 이르렀으니 더 바랄 것이 없다. 또 주붕酒朋들과 흥취를 돋구는 광경을 노래하였다. 그야말로 자연흥취를 즐기는 정서가 본격적으로 표현되었으며, 자연과 나와 물아일체我一體物가 됨으로써 신선神仙의 경지에 이르러 물외한정物外閑情과 취흥자락醉興自樂을 읊은 것이다.

(6) 結詞

羲皇70)을 모을너니	니적71)이야 긔로괴야

---

63) 저녁이라고 싫겠는가.
64) 번잡하고 바쁜.
65) 명아주로 만든 지팡이.
66) 부르게 하며.
67) 재촉하니.
68) 휘파람.
69) 마음놓고

神仙이 엇더턴지	이 몸이야 긔로고야
江山風月 거놀리고	내 百年을 다 누리면
岳陽樓上의	李太白이 사라오다
浩蕩情懷야	이예셔 더홀소냐
이 몸이 이렁굼도	亦君恩이샷다.

결사에서는 이때가 의황시절이요, 이 몸이 신선이라고 자처하였다. 조망한 경치 속에서 태평세월을 읊어 악양루에 이태백보다 호탕정회가 더함을 노래하니, 이 모든 것이 임금님의 은혜임을 강조하여 유교사회의 신하적 도리를 다하고 있다.

이 작품은 지은이가 벼슬을 그만두고 향리인 전남 담양에 내려가 면앙정俛仰亭이라는 정자를 짓고, 아름다운 자연을 벗 삼아 사는 자신의 풍류생활을 노래한 것이다. 면앙정의 지세地勢로부터 시작하여 제월봉의 형세, 면앙정의 위치, 사계절의 풍경 그리고 자신의 풍류생활에 대한 멋과 흥취를 짜임새 있게 그려 낸 선경후정先景後情의 작품이다.

◑ 작품의 이해와 내면화

이 작품은 정극인이 지은 〈상춘곡賞春曲〉의 시풍을 잇고 이후 정철의 〈성산별곡星山別曲〉에 직접적으로 영향을 끼침으로서 호남가사 문학의 계통을 형성하는데 결정적인 역할을 한 강호가도江湖歌道의 대표적인 작품으로 가사 문학사상 중요한 위치를 차지하고 있다. 특히 이 작품이 자연미를 발견하고, 자연의 흥취를 즐기는 정서가 본격적인 표현을 얻어 많은 작품에 영향을 끼쳤다는 평을 듣고 있다. 정철의 〈성산별곡〉은 내용, 형식, 풍류, 어구, 시풍 등 여러 방면에서 〈면앙정가俛仰亭歌〉의 영향을 받았다.

---

70) 중국 상고시대의 제왕인 복희씨(태평성대를 뜻함).
71) 이때.

내용면에서는 자연을 인간의 궁극적인 귀의처歸依處로 본 것과 사계절을 통한 자연미의 발견, 신선의 경지에 드는 풍류의 극치를 맛보려한 것 등은 그대로 <성산별곡>으로 이어졌다. 구성에 있어서도 <면앙정가>가 서사-주위의 아름다운 경치-사계의 경물-풍류생활-결사의 순으로 짜여져 있는데, <성산별곡>도 이와 유사하게 서사-춘경-하경-추경-동경-결사로 짜여져 있다. 표현면에서도 ~난닷, ~거니, ~거든, ~마나 등의 특수한 문체가 두 작품의 공통점으로 나타나고 있다. 이처럼 정철의 <성산별곡>은 서경적인 내용, 구성에 있어 사계절을 넣은 것과 표현에 있어 유사한 표현법을 쓴 것은 사설의 동일한 유형성, 어구 배치의 유사성, 풍류표현의 공통성 등 각 방면에 걸쳐 그 영향을 크게 받았다.

<면앙정가>는 선경후정先景後情의 구성이다. 이 작품은 제월봉의 형세에서 시작하여, 면앙정과 그 주변 및 사계절의 경치를 제시한 다음 화자의 풍류와 흥취를 서술함으로써 선경후정의 구성방식을 취하고 있다. 전반부에서는 제월봉과 면앙정을 '늙은 용, 청학'등에 비유하여 사실적으로 표현하고 이어서 면앙정 주변의 정경을 공간적(근경→원경), 시간적(봄→여름→가을→겨울)순서에 따라 묘사하고 있다. 풍류와 흥취를 서술한 후반부에도 대구, 열거 등의 방식으로 자연과 일체를 이룬 화자의 호탕한 정회를 읊고 있어 자연 친화의 도가사상道家思想을 반영하였다. 도가사상의 가장 중요한 특성은 자연과 일체一體를 이룸으로써 최고선最高善에 도달하고자 하는데 있기 때문이다.

자연탄상自然歎賞을 주제로 한 이 작품은 전래의 표현양식이 완숙完熟하며 특히 시어詩語의 선택選擇에 있어 순 국어의 자유자재한 구사와 조사법의 기발한 솜씨, 언어의 공교함, 그리고 그에 따른 절실한 정감등은 가사문학歌辭文學중 최고의 걸작으로 평가 받는다. <면앙정가>는 그동안 정극인丁克仁의 <상춘곡>으로부터 영향을 받고, 다시 정철의 <성산별

곡>을 창작하는데 큰 영향을 끼쳤다고 보았다. 그 이유는 정극인, 송순, 정철이 호남湖南의 시림詩林에서 중심인물이었고 국문시가에 큰 시인이었을 뿐 아니라 서로 교류했던 사숙私淑, 사사師事의 관계라는 인적유대가 그 첫째 이유이며 둘째는 세 작품의 내용이 모두 사계절의 아름다운 경관과 자연미를 노래한 강호가사江湖歌歌辭로 그 표현수법까지 대체적으로 유사하기 때문이다.

그러나 이에 반론으로 <상춘곡>, <면앙정가>, <성산별곡> 등으로 이어진다는 맥락에 대해 절대적이지 못하며, <면앙정가>에 직접적으로 영향을 준 가사는 송순과 같은 시기에 이웃 대덕大德에 살았던 이서李緖의 <낙지가樂志歌>에서 직접적인 맥을 찾는 경우도 있다. 그것은 송순이 41세 때 면앙정을 세우고 <면앙정삼언가俛仰亭三言歌>를 지은 뒤 이 시를 바탕으로 <면앙정잡가俛仰亭雜歌>, <면앙정단가俛仰亭短歌>, <면앙정가俛仰亭歌> 등을 창작하였으니 이는 정극인이 타계한지 50년이 훨씬 지나서의 일이기 때문에 <상춘곡>을 <면앙정가>의 직접적인 맥으로 보는 것은 무리라고 보고 있다. 따라서 송순과 정철의 연계는 두 사람 사이가 사제간의 활동상황, 시문의 수창 등 여러 면에서 수수가 당연하다고 본다. 따라서 <면앙정가>는 위로는 <낙지가樂志歌>로부터 영향을 받았고, 아래로는 정철의 <성산별곡>을 창작하는데 영향을 주었다고 보아 <낙지가>, <면앙정가>, <성산별곡> 등으로 이어지는 한 맥을 이루었다고 본다.

● 문학사적 의의

<면앙정가>는 강호가도江湖歌道의 전형이라 할 수 있다. 지은이는 이러한 도가적 풍류를 노래하는 듯하면서 '이 몸이 이렁굼도 역군은亦君恩 이샷다.' 라는 말을 덧붙임으로써 강호가도를 확립한 대표자로서의 면모를 보여주고 있다. 자연의 아름다움과 그 속에서 태평한 세월을 보내는

것이 임금의 은혜라고 고백한 것이다. 그리고 이런 표현은 조선시대의 강호가도의 전형이며, 유교사상에 물든 사대부들의 자연관을 반영한 것이다. 이 작품에서 자연은 완전한 융합과 귀의의 대상이 아니라, 도덕과 심성을 기르는 군자의 벗일 뿐이다. 강호에서의 한가로운 삶은 하나의 명분이고, 내면적으로는 정계政界 진출의 기회를 기다리며 쉬어 가는 안식처로소의 자연이다. 자연과의 완전합일을 추구하는 도가적 자연관과는 구별되는 것이다.

또한 이 작품은 내용 구성과 표현 형식의 완숙성, 우리말 시어의 자유자재한 구사, 격조 높은 풍류등의 특징을 가지고 있어 가사문학의 걸작으로 평가받고 있다. 특히 정극인의 <상춘곡>에서 자연 친화의 사상을 이어 받아 자연미를 발견하고 자연의 홍취를 즐기는 정서를 본격적으로 노래하고 있다. 그리고 이후 송강의 가사에 큰 영향을 주게 된다. 특히 사계절의 변화에 따라 짜임새 있게 경치를 묘사하는 방식은 <성산별곡>에 계승되었으며, '넙쩌든 기노라 프르거든 희디 마나 쌍룡雙龍이 뒤트는 둣긴 깁을 치폇 는 둧' 같은 표현 구조는 송강의 <관동별곡>에 그대로 이어지고 있다.

<면앙정가>에 대한 선인들의 평가를 보면 다음과 같다.

① <면앙정가>는 산천과 전야田野의 깊고 멀며 광활한 모양, 정자와 누대와 길들이 높고 낮으며 돌고 구부러진 모양, 그리고 사계四季의 아침 저녁 경치를 두루 서술한 것인데 모든 것이 샅샅이 적혀 있다. 한자어를 섞어 썼는데 묘사가 극히 아름답다. 정말 볼만하고 들을만한 작품이다.　　　　　　　　　　－ 심수경沈守慶의 『견한잡록遣閑雜錄』

② 산수의 좋은 경치를 설진說盡하고 거기서 노는 즐거움을 늘어놓은 것으로 그의 가슴 속에는 浩然한 意趣가 있다.

　　　　　　　　　　　　　　　　　　　　－ 홍만종洪萬宗의 『순오지旬五志』

③ 근세 우리나라의 가사는 송순과 정철이 지은 작품이 가장 잘된 것

인데 송순의 <면앙정가>, 백광홍의 <관서별곡>, 정철의 <관동별곡>, <사미인곡>, <속사미인곡>, <장진주사> 등이 세상에 널리 성행하고 있다. － 이수광의 『지봉유설』

■▶ 다음은 박요순의 『면앙정가의 심미의식』을 요약한 것이다.

시는 사물현상과 작가의 자아의식과의 교감 속에서 이루어진다. 작가가 사물 현상을 어떻게 관조하고 수용하느냐 하는 과정은 작가의 심미의식에 의해 좌우된다. 미학의 궁극은 아름다움을 추구하고 판단하는데 있다. <면앙정가>의 경우도 비록 400여년의 시간차를 극복해내는 문제가 용이하지는 않지만, 분명 오늘날 우리가 공감할 수 있는 부분도 존재한다. 그것은 우리의 의식 저변에 아직 전통적 가치관이 잔존해 있기 때문이다.

<면앙정가> 공간적 배경이 되는 제월산 일대는 평범한 평야지대이다. 선생은 범상한 이곳에 전각을 세우고 대단한 의미부여를 했다. 무등산을 끌어들여 제월산을 '용의 머리'로 가치부여하고 있는데도 선잠을 깨어 머리를 곧추 세운 늙은 용임을 밝혀 무게를 더한 점은 지은이의 치밀하고 장엄한 심미의식의 발로라고 보아야 한다. 정자의 아름다움을 표현하기 위해 청학을 도입했는데, 청학도 학이지만 그것은 현실의 학이라기보다는 신선세계에 존재하는 학으로 인식되어온 학이다. 게다가 '구름탄 학'으로 묘사함으로써 인식의 안정, 한 폭의 그림처럼 조화된 아름다움을 보여준다. 이러한 점은 흰 도포자락을 휘날리며 면앙정을 찾아들던 선비들의 모습을 떠올리게도 한다.

송순은 사물 현상을 관조하고 감지하는 인식은 비범하다. 추수가 끝난 겨울 벌판은 삭막하기 이를 데 없는 빈 공간일 뿐인데도 냇물과 기러기를 제재로 부각시킴으로써 독자적인 아름다움을 창출한다. 산의 표현도 원경현상을 섬세하게 수용한 데 비하여 구체적인 산명 열거에서는 대담한 선택을 했던 것을 볼 수 있다. 산이 서 있는 위치를 보면 가시적인 위치의 산 외에도 상념의 차원에서도 선택되고 부각되는 산이 있다. 또한 전경의 아름다움을 묘사한 대목에서 마치 인위적으로 거기 그렇게 산을 둘러놓거나 꽂아놓은 것처럼 표현한 부분은 대담한 심미의식의 발로이다.

사계절을 표현한 화소 선택 특성을 보면, 봄 경치를 꽃 대신 '구름', '안개', '아지랑이', '이슬비' 등의 화소를 부각하여 볼 수 있다. 마치 생명체가 움직이듯이 묘사해 내고 있는데 낭만적 아름다움을 잡아내는 심미의식을 느낄 수 있다. 여름 풍치를 '수음樹陰'과 '양풍凉風'을 부각시켜서 소박하고 평화로운 한정閑靜의 아름다움을 표출하고 있다. 가을 경치를 '서리', '금수錦繡', '황운黃雲', '어적漁笛', '달' 등이 화소로 부각되어 곡식들이 익어 황금빛으로 변한 들녘의 풍만하고 황홀한 아름다움을 간과하지 않고 부각시키고 있다. 겨울 경치를 읊은 대목은 '낙엽'과 '설경'이 화소로 쓰여 특별하거나 개성적인 화소를 찾아내지는 못하였다.

<면앙정가>의 후반부는 화자 내부로부터 아름다움을 도출해내고 있다. 이웃과의 교류 속에서 더불어 사는 삶을 지향했음이 드러나는데, 이를 통해 더불어 사는 아름다움, 친화의 아름다움을 감지할 수 있다. 또 여유있는 삶, 정서적인 삶, 적극적인 삶 등을 읽어낼 수 있다. 술과 관련하여서 벗과 더불어 마시는 술임을 알 수 있다. 면앙정 선생이 살았던 시기는 당쟁과 사화가 끊이지 않았던 시기이다. 선생의 삶은 전체적으로 밝고 맑은 분위기가 지배하고 있다. 작가가 현실을 극복하고 탈속한 경지에서 매사를 긍정적으로 수용한 때문일 것이다. <면앙정가>는 이름 없는 제월산 일대를 붓끝 하나로 가시적인 생생하고 아름다운 그림으로 그려 펼쳐 보여주고 있다. 그리고 그 안에서 '신선'처럼 악양루岳陽樓 위에 올라 시를 읊던 이태백李太白보다 우위에 서는 자신감으로 살던 선비의 삶을 보여주고 있다.

3. 정철의 <성산별곡星山別曲>

◐ 창작배경

정철鄭澈(1536~1593)은 선조때 문인으로 자는 계함季函, 호는 송강松江, 시호는 문청文淸이다. 송강은 돈녕부 판관을 지낸 유침惟沈의 아들로 서울에서 출생하였다. 맏누님은 인종仁宗의 귀인貴人, 둘째 누님은 종실인 계림군桂林君의 부인이 되었기 때문에 그의 유년 시절은 호화로웠다.

특히, 인종仁宗이 세자로 있을 때는 송강은 동궁에 들어가 당시 대군이었던 명종明宗과 거처를 함께하면서 돈독한 정의情誼를 나누었다. 그러나 송강이 10세 되던 해에 을사사화乙巳士禍가 일어나게 되자 자형姉兄 계림군이 역모의 주모자로 몰려 처형되고, 아버지와 만형이 유배를 갔다. 이후 송강은 부친의 유배지를 따라다니며 엄청난 공경을 치르게 되었다.

송강이 16세 때 부친이 귀양에서 풀려나자 조부의 묘가 있는 전남 담양군 창평으로 하향下鄕했다. 부친을 따라 창평으로 내려온 송강은 10여 년 동안 이곳에 살면서 성산星山 주변의 자연풍경을 체험하면서 시적 정서를 함양하였다.

17세 되던 해, 벼슬에서 물러나 이곳에서 노년을 보내던 환벽당 주인 사촌沙村 김윤제金允悌의 외손녀와 혼인을 하였다. 송강의 영특함에 감동한 김윤제의 후원으로 송강은 본격적으로 학문의 길에 나선다. 그리하여 그는 서하당 주인 김성원과 동문수학하게 되며, 이후 송순宋純의 문하인인 김인후金麟厚, 기대승奇大升, 양응정梁應鼎 등에서 학문을 익히고 임억령林億齡에게 시를 배웠다.

송강은 27세에 문과별시에 장원급제하여 벼슬길에 나아가게 된다. 명종은 유년시절의 정의를 생각하여 그를 후히 대하였지만, 송강은 강직한 성품으로 명종의 뜻을 거슬려 오랫동안 소외되다가 33세 때 선조가 즉위하면서 관직생활에 활기를 띠었다.

그는 동서분당東西分黨이 구체화되면서 서인에 가담하게 되고. 40세(1575~선조8년)에 송강은 동서의 화합을 시도하려다 실패하고 다시 창평으로 내려간다. 이후 창평에 거주하면서 자연과 교류하는 가운데 시와 술의 풍류에 빠지기도 하고 학문에 몰두하며 세월을 보냈다.

45세(선조 13년)에 임금은 동인이 득세하고 있는 내직內職에는 뜻이 없음을 알고 송강을 외직인 강원도 관찰사를 제수하였다. 강원도에 부임한 송강은 관동의 아름다운 경치를 노래하며 그의 생애 가운데 가장 뜻

깊은 나날을 보내면서 <관동별곡>을 비롯한 많은 시조와 한시를 남겼다. 48세가 되는 해에 다시 조정에 나아갔으나 동인들의 공박과 사간원·사헌부의 논척을 받고 다시 창평으로 낙향했다. 50세 이후 송강은 창평에 머물면서 자연미에 몰입하여 시상詩想을 가다듬기도 하고, 시비가 분분한 조정을 떠나 있으면서도 시국에 대한 개탄과 연군의 정을 노래하는 등 많은 작품을 남겼다. <사미인곡>과 <속미인곡>은 이때 지은 것이다.

54세(1589,선조22)에 정여립의 모반 사건이 일어나자 우의정에 올라 모반의 무리를 제거하고, 동인의 많은 선비들을 참살하는 옥사를 일으켰다. 56세 때 반대파의 모함 때문에 선조의 노여움을 사 진주로 유배되었다가 강계로 이배移配되었다. 임진왜란이 일어나던 선조 25년(1592)에 귀양에서 사면되자 57세의 나이로 피난 중이던 임금을 평양으로 찾아가 모시게 된다. 그러나 전쟁의 와중에도 동인의 논박이 심하자, 선조 26년에 벼슬을 그만 두고 강화江華 송정촌으로 은거한다. 송강은 그해 12월 빈한貧寒과 울분 속에서 58세의 파란만장한 생애를 마친다.

◑ 텍스트 분석

<성산별곡>은 정철이 25세에 처 외재당숙인 김성원金成遠이 서하당과 식영정을 지었을 때, 사계절에 따른 그 곳의 풍물과 김성원에 대한 흠모의 정을 노래한 작품이다. 이 작품은 서하당의 주인인 김성원의 멋과 풍류를 노래하고 있지만, 사실은 정철 자신의 풍류를 읊은 것이라 할 수 있다. 여기에는 체험에서 우러난 전원생활의 흥취와 지은이의 개성이 잘 드러나 있다.

<성산별곡>은 모두 84행 169구로 서사, 춘사, 하사, 추사, 동사, 결사 등 6단락으로 구성되었다.

(1) 序詞

엇던 다날손72)이	성산73)의 머믈면서
서하당棲霞堂74) 식영정息影亭	주인75)아 내 말 듯소
인생人生 세간世間의	됴흔 일 하건마는
엇디 한 강산江山을	가디록 나이 녀겨
적막寂寞 산중山中의	들고 아니 나시는고
송근松根을 다시 쓸고	죽상竹床의 자리 보아
져근덧 올라 안자	엇던고 다시 보니
천변天邊의 썬는 구름	서석瑞石76)을 집을 사마
나는 듯 드는 양이	주인主人과 엇더훈고
창계滄界77) 흰 물결이	정자亭子 알픠 둘러시니
천손운금天孫雲錦78)을	뉘라서 버허 내어
닛는 듯 펴티는 듯	헌스토 헌스홀샤
산중山中의 책력冊曆 업서	사시四時롤 모르더니
눈 아래 헤틴 경景이	철철이 절노 나니
듯거니 보거니	일마다 선간仙間이라

　서사는 김성원金成遠의 산중생활山中生活을 묻는 단락段落과 식영정息影亭의 운치韻致를 읊은 단락으로 나누고, 결사結詞에서도 독서생활讀書生活과 음주飮酒·탄금생활彈琴生活의 두 단락으로 나눌 수가 있다. 이러한 문장구성은 <사미인곡>에서도 나타나고 있다. 여기서 '디날손'은 '松江'이요, '棲霞堂 息影亭主人'은 김성원을 말한 것이며, 寂寞山中이란 성산녹반星山麓畔을 가리킨다. 여기 서석瑞石은 광주의 무등산 서석대를 말하고, 창계

---

72) 디날손 : 화자(송강)를 가리킴.
73) 성산 : 전남 담양군 창평에 있는 산.
74) 서하당 : 김성원이 식영정과 함께 지은 정자의 이름.
75) 주인 : 김성원을 말함.
76) 서석 : 광주 무등산 마루에 있는 서석대, 또는 상서로운(깨끗한) 돌.
77) 창계 : 식영정 앞을 흐르는 작은 시내.
78) 천손운금 : 아름다운 비단 은하수를 비유한 말, '천손'은 직녀성의 딴 이름, '운금'은 아침 안개를 뜻함.

蒼溪는 식영정息影亭 앞을 흐르고 있는 실개천이요, 천손운금天孫雲錦은 직
녀織女가 짠 조하朝霞이니 비유를 위한 보조관념으로 쓴 것이다.

        (2) 春詞

매창梅窓 아젹 버티	향기香氣에 잠을 씨니
산옹山翁79)의 히욜 일이	곳80) 업도 아니ᄒ다
울믿 양지陽地 편에	외씨롤 쎄허81) 두고
믹거니 도도거니	빗김의 달화 내니82)
청문靑門고사故事83) 롤	이제도 잇다 홀다
망혜롤 뵈야84) 신고	죽장竹杖을 홋더디니85)
도화桃花 핀 시내길히	방초주芳草洲86)의 니어셰라
닷 봇근87) 명경중明鏡中	절로 그린 석병풍石屛風
그림애롤 버슬 사마	서하西河로 홈믜 가니
도원桃源은 어드매오	무릉武陵이 여긔로다

    춘사에서는 청문고사淸門故事를 인용하면서 봄날 '선옹仙翁의 히욜 일'
즉 산중山中생활을 노래하고, 방초주芳草洲를 무릉도원에 비기면서 봄날
한가로운 마음으로 자연을 즐기는 삶의 여유를 노래한다. 여기서 선옹
仙翁은 사선四仙 곧 석천石川 제봉霽峰. 송강宋江. 하당霞堂등 4인으로도 볼
수 있으나 사의辭意로 보아 김하당金霞堂을 가리킨 것으로 봄이 좋을 듯
하다.

---

79) 산옹 : 김성원을 말함.

80) 곳 : 곧, 아주.

81) 쎄허 : 뿌려.

82) 빗김이 달화 내니 : 비온 김에 다루어(가꾸어) 내니.

83) 靑門故事 : 한나라 때 소평邵平이 장안성의 청문 밖에 외를 심으니, 사람들이 그것을 청문
    과라 하였음.

84) 뵈야 : 발에 빠듯하게.

85) 홋더디니 : 되는 대로 옮겨 짚으니.

86) 방초주 : 아름다운 풀이 우거진 물 속의 섬.

87) 닷복근 : 잘 닦은(반들반들한), '달밝은"으로 되어 있는 판본도 있음.

（3） 夏詞

<table>
<tr><td>남풍南風이 건듯 부러</td><td>녹음을 헤텨내니</td></tr>
<tr><td>절節88) 안는 괴꼬리는</td><td>어드러셔 오돗던고</td></tr>
<tr><td>희황羲皇벼개우희</td><td>풋줌을 얼픗 끼니</td></tr>
<tr><td>공중空中 저즌 난간欄間</td><td>믈 우희 써잇고야</td></tr>
<tr><td>마의麻衣롤 니믜 츳고</td><td>갈건葛巾을 기우 쓰고</td></tr>
<tr><td>구브락 비기락</td><td>보는 거시 고기로다</td></tr>
<tr><td>ㅂ람씌 업서셔</td><td>만산萬山이 향긔로다</td></tr>
<tr><td>염계濂溪89)롤 마조보아</td><td>태극太極90)을 믓줍는 듯</td></tr>
<tr><td>태을진인太乙眞人91) 이</td><td>옥자玉字92)롤 헤헷는 듯</td></tr>
<tr><td>노자암鸕鷥巖93)건너 보며</td><td>자미탄紫微灘94)</td></tr>
<tr><td>장송長松을 차일遮日95)사마</td><td>석경石鏡의 안자ᄒ니</td></tr>
<tr><td>인간人間 유월六月이</td><td>여긔는 삼추三秋로다</td></tr>
<tr><td>청강淸江의 ᄠᅥᆺ는 올히</td><td>백사白沙의 올마 안자</td></tr>
<tr><td>백구롤 벗을 삼고</td><td>줌 씰 줄 모르나니</td></tr>
<tr><td>무심無心코 한가ᄒ미</td><td>주인主人과 엇더ᄒ고</td></tr>
</table>

하사에서는 성산의 한가로운 여름 경치와 그 속에서 유유자적悠悠自適하는 은일생활隱逸生活을 즐기는 모습을 읊는 것이다. 괴꼬리 노랫소리에 풋잠을 깨어 공중 저즌 난간欄間에서 고기를 보며 즐기는 내용이다. 홍백련紅白蓮의 향기 속에 인간만사를 모두 잊고 '태극太極을 믓줍는듯 옥자롤 헤혔는 듯'하며, 마치 자신이 신선이 된 듯 대자연의 품속에서 안온한 삶을 누리는 내용을 노래하였다

---

88) 節 : 절기.
89) 염계 : 송나라 도학자 주돈이周敦頤의 호, 연꽃을 좋아하는 '애련설'을 지음.
90) 태극 : 천리의 근원에 관한 이론, 주돈이 창시함.
91) 太乙眞人 : 천지의 도를 터득한 신선.
92) 玉字 : 황제가 남긴 비결서로 금쪽에 푸른 옥으로 글씨를 박았다 함.
93) 노자암 : 식영정 아래 여울의 이름.
94) 자미탄 : 식영정 아래 여울의 이름.
95) 차일 : 햇빛을 가리는 장막.

(4) 秋詞

오동梧桐 서리돌96)이 　　　　　사경四更97)의 도다 오니
천암만학千巖萬壑98)이 　　　　　나진돌 그러홀가
호주湖洲 수정궁水晶宮99)을 　　　　뉘라서 옴겨 온고
은하銀河롤 건너 쒸여 　　　　　광한전廣寒殿100)의 올랏는 듯
짝마즌 늘근 솔란 　　　　　　　조대釣臺예 세져 두고
그 아래 비롤 쒸워 　　　　　　　갈대로 더뎌 두니
홍료화紅料花 백빈주白蘋洲101) 　　어느 스이 디나관더
환벽당環碧堂 용龍의 소히 　　　　빗머리예 다하셰라
청강淸江 녹초변綠草邊쇼 　　　　머기ᄂ 아히들이
석양夕陽의 어위 계워102) 　　　　단적短笛을 빗기 부니
믈 아래 줌긴 용龍이 　　　　　　줌 ᄭᅵ야 니러날 듯
니ᄭᅵ103)예 나온 학鶴이 　　　　제 기술104) 더뎌 두고
반공半空의 소소 쯀 듯 　　　　　소선蘇仙 적벽赤壁105)은
추칠월秋七月이 됴타 호더 　　　팔월십오야八月十五夜롤
모다 엇디 과ᄒᄂ고106) 　　　　섬운纖雲이 사권四捲107)ᄒ고
믈결이 채 잔 적의108) 　　　　　하늘의 도든 둘이
솔 우희 걸려거든 　　　　　　　잡다가 ᄲᅡ딘 줄이109)
적선謫仙110)이 헌스홀샤

---

96) 서리돌 : 한월寒月.
97) 四更 : 밤1시~3시 사이, 축시丑時.
98) 千巖萬壑 : 수많은 바위와 골짜기.
99) 水晶宮 : 중국 서호의 섬에 있는 궁전 이름.
100) 廣寒殿 : 달 속에 있다는 궁전.
101) 紅料花 白蘋洲 : 붉은 여주꽃이 피고 흰 개구리밥풀이 떠 있는 물가.
102) 어위 계워 : 흥을 이기지 못하여.
103) 니ᄭᅵ : 연기 기운.
104) 기술 : 집을.
105) 蘇仙赤壁 : 소선의 송나라 문인 蘇軾, 호는 동파, 적벽은 소동파가 지은 赤壁樓.
106) 과ᄒᄂ고 : 칭찬하는가.
107) 四捲 : 사방으로 흩어짐.
108) 채 잔 적의 : 아주 잔잔할 때.
109) ᄲᅡ딘 줄이 : 李太白이 采石江에서 놀다 취해 물에 뜬 달을 잡으려 물에 뛰어들어 죽었다
　　는 이야기.

추사에서는 '은하銀河롤 건너 쒸여 광한전廣漢殿의 올랏는 듯'한 기분으로 오동나무에 환한 달이 걸린 풍경을 읊고, 조대釣臺 아래 배를 띄어 배가 가는 대로 맡겨 용소龍沼에 이르는 뱃놀이의 풍류가 목동들의 단적短笛 소리에 한층 운치를 더해옴을 노래하고 있다.

(5) 冬詞

공산公山의 싸흰 닙흘	삭풍이朔風이 거두 부러111)
쎄구름 거느리고	눈조차 모라오니
천공天公이 호수로와112)	옥玉113)으로 고줄 지어
만수천림萬樹千林114)을	쑤며곰 낼셰이고
얇 여울 フ리 어러115)	독목교獨木橋잇것눈더
막대 멘 늘근 중이	어니 졀로 간닷 말고
산옹의 이 부귀富貴롤	눔드려 헌스 마오
경요굴瓊瑤窟116) 은세계銀世界롤	차즈리117) 이실세라

동사에서는 온 산 가득 눈으로 뒤덮인 겨울 성산星山의 풍경을 그렸다. 성산의 겨울 경치에 매료되어 '늘근 중'에게조차 '눔드려 헌스마오'라고 당부하며 자연 속에 삶을 지키고자 하였다. 그러나 자연을 즐기는 마음의 부귀를 혼자서만 누리려함은 아니었을 것이다. 속세의 유혹으로부터 행여나 마음 잃어 흔들릴까 저어하는 몸짓이라 할 수 있다.

---

110) 謫仙 : 이태백을 지칭, 시인의 별칭.
111) 거두 불어 : 휩쓸어 불어.
112) 호수로와 : 好事로와, 일 꾸미기를 좋아하여.
113) 玉 : 눈을 비유하는 말.
114) 萬樹千林 : 수많은 나무와 숲.
115) フ리 : 덮어 얼어, 전면이 얼어 붙어.
116) 瓊瑤窟 : 아름다운 옥으로 된 굴, 星山을 말함.
117) 차즈리 : 찾아 올 사람이.

(6) 結詞

산중山中의 벗이 업서
만고인물萬古人物을
성현聖賢도 만커니와
하놀 삼기실 제
엇디혼 시운時運이
모롤 일도 하거니와
기산의 늘근 고블121)
일표一瓢롤 썰틴 후後의122)
인심人心이 눗 굿투야
세사世事논 구롬이라
엊그제 비즌 술이
잡거니 밀거니
무움의 미친 시롬
거문고 시옭125) 언저
손인동 주인主人인동
장공長空의 쩟는 학鶴이
요대월하瑤臺月下127)의
손이셔 주인主人드려 닐오디

황권黃券118)롤 빠하 두고
거스리119) 혜여ᄒ니
호걸豪傑도 하도 할샤
곳 무심無心홀가마는
일락베락120) ᄒ얏는고
애둘옴도 그지없다
귀논 엇디 싯돗던고
조장操狀123)이 ᄀ장 놉다
보도록 새롭거늘
머ᄒ도 머흘시고
어도록 니건논니124)
슬ᄏ장 거후로니
져그나 ᄒ리ᄂ다
풍입송風入松126)이야고야
다 니저 ᄇ려셔라
이 골의 진선眞仙이라
힝혀 아니 만나신가
그디 긘가 ᄒ노라

결사에서는 험하디 험한 세상의 모든 시름 접어 두고 술과 거문고로 손과 주인을 분별할 수 없도록 도도한 흥취에 젖은 산 속 풍류를 노래하

---

118) 黃券 : 서적, 서적에 黃紙를 씌웠기에 서적을 말함, 다른 곳에는 寒紀로도 쓰임.
119) 거스리 : 거스리어 (逆).
120) 일락베락 : 일어났다가 망했다가
121) 고블 : 堯 때 기산에 은거한 巢父와 許由를 가리킴.
122) 異本에는 '박소리 핀계ᄒ고'로 되어 있다.
123) 조장 : 지조행장志操行狀의 준말, 지조 있는 생애.
124) 니건논니 : 얼마쯤 익었느냐?
125) 시옭 : 현絃, 줄.
126) 風入松 : 고려 속악곡명.
127) 瑤臺月下 : 달의 이칭.

고 있다. 어찌 보면 아무래도 잊기 어려운 현실에 대한 강한 미련을 드러낸 것으로도 볼 수 있다. '무옴에 미친 시름'이 다름 아닌 현실에의 갈등으로 생각되며, 때를 기다리며 자연 속에 웅크리고 있는 모습이 연상되기 때문이다. 결사는 독서생활과 음주탄금飲酒彈琴으로 나눌 수 있다. 전자는 산중에서 홀로 중국사서中國史書를 읽고 성현과 호걸을 생각하며, 기산箕山에 은거하던 허유許由의 조상操狀이 가장 높다고 하였다. 후자는 세상의 험난함을 도외시度外視하고 음주와 탄금으로 풍류를 즐기는 광경이다. 이는 송강의 시조에서, '청천青天 구름 밧긔 높이 쁜 학鶴이려니/인간人間이 됴터냐 므스므라 노려온다/ 양지치 다 쩌러디도록 노라갈 줄 모르눈다'고 한 시상과 동일하다.

이 가사는 조선조 사대부들의 전형적인 삶의 단면을 보여 준 작품이다. 조선조의 사대부들은 사유의 토지를 생활 근거로 하여 제가齊家에 더욱 힘쓰면서 강호의 처사로서 자연을 벗 삼아 여유로운 삶을 누렸다. 바로 이러한 사대부들의 생활의 양면성이 그들로 하여금 관료적 문학과 처사적 문학의 세계를 넘나들게 하였다. 이렇게 토지에 기반을 둔 생활 근거가 확고하게 마련되어 있었으므로 이현보李賢輔, 송순宋純, 윤선도尹善道 등은 여유 만만한 강호생활이 가능했으며, 관료와 처사의 위치에 관계없이 이른바 귀거래歸去來의 강호생활을 높이 평가하는 관념적 풍조 또한 보편화될 수 있었던 것이다.

위에서 살펴본 <성산별곡>의 작품 구조를 요약하면 다음과 같다.

序詞 : ① 식영정 주인의 풍류와 정자 주변의 절경
本詞 : ② 주인의 삶과 성산의 봄 정경 − 춘사春詞
       ③ 신선하고 한가로운 여름의 정경 − 하사夏詞
       ④ 선경과 같은 가을 달밤의 풍류 − 추사秋詞
       ⑤ 눈 덮인 성산의 겨울 경치 − 동사冬詞
結詞 : ⑥ 세속을 떠나 신선같이 사는 삶

● 작품의 이해와 내면화

이 작품은 조선조 사대부들의 자연에 동화된 전형적인 삶의 한 단면을 보여주고 있다. 16세기 사대부들은 사유의 토지를 생활 근거로 하여, 벼슬길에 나아가 치국평천하治國平天下의 이념을 실현하고자 하였고, 물러나면 수신제가修身齊家에 힘쓰면서 강호자연을 벗삼아 여유로운 삶을 누렸다. 서하당과 식영정 주인의 삶 역시 확고한 생활기반 위에서 자연에 동화된 삶이다. 그러므로 <성산별곡>의 배경이 된 서하당과 식영정, 그리고 성산星山의 절경은 대자연에 동화된 삶을 추구하는 조선조 사대부들에게 최상의 조건을 갖춘 자연인 것이다. 그러기에 <상춘곡>이나 <면앙정가>에 나타난 안빈낙도安貧樂道의 삶이 이 <성산별곡>에 계승되고 있다.

이작품은 식영정 주인의 삶에 대한 손(過客)의 질문에서 시작하여, 손의 말로 끝난다. 여기에서 손은 화자인 송강 자신을, 주인은 김성원을 가리키는 것이다. 그리고 주인은 적막산중에 들고 아니 나서는 사람이며, 무심하고 한가한 인물, 또는 진선 같은 존재이다. 그러면서도 애닯은 마음 그지없어, 술과 거문고로 시름을 잊으려 한다. 대자연에 몰입하면서도 현실에 초연할 수 없었던 사대부 생활의 전형적 모습을 보여주고 있다. 그런데 주인의 풍류를 노래하는 본문에서 화자(손)는 풍류를 즐기는 주체의 태도를 취하기도 한다. 서사의 '송근을 다시 쓸고~다시 보니'나, 결사의 '엇그제 비즌 술이~져그나 흐리느다' 등이 그것이다. 이로 보건대, 이 작품에서 '손'은 김성원을 단순히 관찰하는 데 그치지 않고, 그를 대변하기도 하는 송강 자신으로 볼 수 있다.

<성산별곡>은 내용이나 구조, 표현 등 여러 방면에서 <면앙정가>의 영향을 받는 것으로 확인되고 있다. 내용면에서 자연의 승경勝景과 사계四季의 자연미, 취흥과 풍류로 유유자적悠悠自適하는 삶 등은 <면앙정가>에서 그대로 <성산별곡>으로 이어졌다. 구성에 있어서도 면앙정과 식

영정 주변의 아름다운 사시四時를 배경으로 시상이 전개되는 점이 유사. 다만 <면앙정가>에서는 정자 주변의 경치를 원경과 근경으로 묘사한 공간적 구조와 계절에 따른 시간적 구조를 함께 가지고 있으나, <성산별곡>은 시간적 구조에 치중하고 있다는 점이 다르다. 표현면에서도 '~는 듯, ~거니, ~거든' 등의 특수한 문체가 공통적으로 나타나고 있다.

▶ <면앙정가俛仰亭歌>와 <성산별곡星山別曲>의 비교

① 주제의 공통성 : <면앙정가>와 <성산별곡>은 제재題材는 서로 다르지만 그 주제가 강호한정江湖閑情을 나타내려는 점에서 같다.

<俛>   술리 닉어거니 벗지라 업슬소냐
      불니며 투이며 혀이며 이아며
      근심이라 이시며 시롬이라 브텨시랴
<星>   억그제 비근 술이 어도록 니건느니
      잡거니 밀거니 슬크장 거후로니
      거문고 시름 언저 風入松이야고야
      이처럼 양자간에 비슷한 내용을 찾을 수 있다.

② 구성의 동일성 : 전체가 서사, 본사, 결사 등 3단락으로 동일성이 보인다.

<俛>   서사 - 면앙정 주변과 조망의 경치
      본사 - 春·夏·秋·冬 四季의 경관
      결사 - 閑居醉興과 浩蕩自樂함
<星>   서사 - 棲霞堂과 星山景致
      본사 - 春·夏·秋·冬 四季의 景觀
      결사 - 讀書와 飮酒, 彈琴으로 醉樂함

이는 이미 <성산별곡>을 노래하려고 松江이 착상着想할 때 자기가 존경하는 송순이 지은 <면앙정가>의 구성형식을 그대로 따르는 것이 시상을 전개함에 있어서 순탄順坦했기 때문이었을 것이다.

③ 표현의 유사성 : <면앙정가>와 <성산별곡>은 그 주제와 대상을 표
   현하는 어휘와 조사법에 있어서도 비슷한 데가 많다.
  <俛> 굼긔 든 늘근 뇽이 선줌을 ꙋ 찌야 머리롤 안쳐시니
  <星> 믈 아래 줌긴 龍이 줌 찌야 니러날 둣

이와 같이 <성산별곡>의 대부분이 그 표현에 있어서 <면앙정가>와 유
사함으로 보아 송순宋純의 <면앙정가>가 송강松江의 <성산별곡>에 끼친
영향이 얼마나 컸던가를 알 수 있다.

◐ 문학사적 의의

지금까지의 논의를 토대로 <성산별곡>의 문학사적 의의를 살펴보면,
첫째, 형식상으로 대화형식의 가사 형태를 확립시킨 점이다. 국문학의
대화형식은 설총의 <화왕계>에서 비롯되어 고려시대 <주옹설>, <슬견
설> 등과 같은 설화문학에서 널리 유행하였는데, 가사문학에서는 정철
의<성산별곡>이 처음이다. 이러한 대화형식은 후대에 계승되어 규방가
사류 에서는 빈번히 사용된 표현기교이다.

둘째, 사계절 순서에 따라 시상을 전개하고 있는 점이다. 사계절 순서
에 따라 시상을 전개하는 것은 시조에서는 맹사성의 <강호사시가江湖四
時歌>를 비롯하여 윤선도의 <어부사시사漁父四時詞>등 많은 작품이 있지
만, 가사에서는 송순의 <면앙정가>에서 비롯된 것으로 정철의 <성산별
곡>은 형식면에 있어서도 송순의 <면앙정가>의 시상 전개 방식을 계승
한 작품으로 서로의 영향관계를 알 수 있다.

셋째, 내용면에서도 <성산별곡>은 조선조의 사대부들의 전형적인 생
활양식을 표현한 강호가도江湖歌道이다. 조선조의 사대부들은 벼슬길에
나아가 조정의 관료로서 치국평천하治國平天下의 이념을 실현 하고자 하
였고, 물러나면 수신제가修身齊家에 더욱 힘쓰면서 강호의 처사로서 자연
을 벗 삼아 여유로운 삶을 누렸다. 따라서 사대부들은 벼슬길에 진출하

여 관료로서 꿈을 펼치고자하는 야망과, 벼슬길에 구애 받지 않고 처사로 살고자 했던 꿈을 동시에 지니고 있었는데, 정철의 <성산별곡>도 '人生 世間의 됴흔 일 하건마난, 엇디 한 江山을 가디록 나이 녀겨 寂寞山中의 들고 아니 나시난고'라고 함으로 현실 세계에서 입신양명立身楊名하여 치국평찬하治國平天下의 꿈을 펼 수 있는 관료적 꿈과 아름다운 자연 속에서 유유자적悠悠自適한 생활을 하며 신선의 경지를 선망하는 이중성을 드러내고 있다.

4. 박인로의 <누항사陋巷詞>

● 창작배경

박인로朴仁老(1561~1642)는 조선 중기의 문인으로 본관은 밀양, 자는 덕옹德翁, 호는 노계蘆溪, 경상북도 영천 출생이다. 어려서부터 시제詩才가 뛰어나 이미 13세에 <대승음戴勝吟>이라는 한시 칠언절구를 지어 보는 이들을 놀라게 하였다. 31세 때 임진왜란이 일어나고 동래, 울산, 경주지방을 비롯해 영양군까지 잇따라 함락되자 의병활동에 가담하였다. 36세 때는 경상좌절도사인 성윤문成允文의 막하에 수군으로 종군하여 많은 공을 세웠다. 39세(1599년)에 무과에 등과하여 수문관, 선전관을 거쳐 조라포 수군만호水軍萬戶로 부임하여 선정을 베풀어 선정비善政碑가 세워졌다.

그는 무인武人의 몸으로서도 언제나 낭중囊中에는 붓과 먹이 있었고, 사선을 넘나들면서도 시정詩情을 잃지 않았다. 그가 문인文人으로서 본격적으로 활약한 것은 은거생활에 든 40세 이후로 성현聖賢의 경전 주석연구에 몰두하였다. 밤중에는 분향축천焚香祝天하여 성현의 기상을 묵상했고, 성경충효誠敬忠孝의 네 글자를 평생의 좌우명으로 삼아 자성을 게을리하지 않았다. 만년에는 여러 교학자들과 교유하였으며, 특히 이덕형李德馨(1561~1613)과는 의기가 상합하여 수시로 교유하였다.

1601년(선조34) 이덕형이 도체찰사都體察使가 되어 영천에 이르렀을 때 상면하여 지은 시조가 <조홍시가早紅枾歌>이며, 1605년에는 <선상탄船上嘆>을 지었다. 1611년 이덕형이 용진강龍津江 사제莎堤에 은거하고 있을 때는 <사제곡莎堤曲>과 <누항사陋巷詞>를 지었다. 1612년 도산서원을 참례하여 이황의 유풍을 흠모하였다. 1630년에는 노인직으로 용양위부호군龍驤衛副護軍이라는 은전恩典을 받았다. 1635년에는 가사 <영남가嶺南歌>를, 이듬해 <노계가蘆溪歌>를 지었다. 그밖에 가사 <입암별곡立嚴別曲>과 <소유정가小有亭歌>를 지어 가사가 9편이고, 시조는 68수에 이른다. 말년에는 천석泉石을 벗하여 안빈낙도安貧樂道하는 삶을 살다가 83세(1642)에 세상을 떠났다. 죽은 뒤에 향리의 선비들이 그를 흠모하여 생장지인 도천리에 노계서원蘆溪書院을 세워 춘추제향하였다. 그의 문집文集으로는 『노계집』이 있다.

● 텍스트 분석

<누항사陋巷詞>는 1611년(광해군3년) 51세 때 작품으로『노계집蘆溪集』에 실려 있다. 누항陋巷이란『논어論語』에 나오는 말로 가난한 삶 가운데도 학문을 닦으며 도를 추구하는 즐거움을 즐기는 공간을 말할 때 사용한다. 이 작품은 지은이가 임진왜란壬辰倭亂이 끝난 뒤 고향에 돌아와 생활하던 중에 이덕형이 찾아와 누항생활의 어려움을 묻자 이에 답한 작품이다. 이 작품은 누추한 곳에 초막을 지어 가난한 생활을 할 때, 굶주림과 추위가 닥치고 수모가 심하지만 가난을 원망하지 않겠다는 것을 내용으로 한다. 자연을 벗 삼아 충성과 효도, 형제간의 화목, 친구간의 신의를 바라면서 안빈낙도의 심경을 노래하였다. <누항사>의 전문은 서사, 본사, 결사의 3단락으로 나누어 살펴보겠다.

(1) 序詞

어리고 迂闊128)ᄒ산	이 니 우히 더니 업다
吉凶禍福을	하날긔 부쳐 두고
陋巷 깁푼 곳의	草幕을 지어 두고
風朝雨夕에129)	석은 딥히 셥히130) 되야
셔홉 밥 닷 홉 粥에	煙氣도 하도 할샤
설데인 熟冷에	빈 비 쇡일 ᄯᅢ이로다
〔언매만히 바든 밥의	懸鶉 稚子들은
쟝긔 버려 졸 미덧 나아오니	
人情天理에	츰아 혼자 먹을넌가〕
生涯 이러ᄒ다	丈夫 ᄯᅳᆺ을 옴길넌가
安貧一念131)을	젹을망정 품고 이셔
隨宜로 살려 ᄒ니	날로조차 齟齬ᄒ다132)
ᄀ올히 不足거든	봄이라 有餘ᄒ며
주머니 뷔엿거든	甁133)으라 담겨시랴
〔다만 ᄒ나 뷘 독 우히	어론털 도든 늘근 쥐는
貪多務得 ᄒ야	恣意 揚揚ᄒ니
白日 아래 强盜로다	아야러 어든 거슬
다 狡穴에 앗겨주고	碩鼠 三章을
時時로 吟咏ᄒ며	歎息無言ᄒ야
搔白首 ᄯᅮᆫ이로다	
이 中에 탐살은	다 내 집의 뫼횃ᄂ다〕
貧困ᄒᆫ 人生이	天地間의 나ᄯᅮᆫ이라.

위의 서사에서는 길흉화복吉凶禍福을 하늘에 맡기고 누항에서 안빈일

---

128) 세상물정에 어두움.

129) 바람 부는 아침과 비 오는 저녁.

130) 薪(火木)이, 땔감이.

131) 구차한 삶 속에서도 마음을 편안히 가지겠다는 한 가지 생각.

132) 날이 갈수록 어긋나다. 저어는 위아래 이가 서로 맞지 않는 것.

133) 술병이라고

넘安貧一念으로 살려는 심정을 읊고 있다. 모든 것을 운명에 맡기고 너무나 청빈淸貧한 어려운 살림살이를 있는 그대로 받아들이며 사는 것을 곧 자기의 삶이라 했다. 화자는 안빈낙도安貧樂道하는 자세를 견지해 마땅한 것을 좇아 사는 것이 대장부의 뜻이지만 현실의 상황과 장부의 뜻 사이에 벌어진 괴리감이 절실한 문제임을 말하고 있다.

(2) 本詞 1

飢寒이 切身ᄒ다	一丹心을 이질눈가
奮義忘身134)하야	죽어야 말녀 너겨
于橐 于囊135)의	줌줌이 모와 녀코
兵戈136) 五載예	敢死心을 가져 이셔
履尸涉血137)ᄒ야	몃 百戰을 지니연고
一身이 餘暇잇사	一家를 도라보랴
一奴長鬚눈138)	奴主分을 이졋거든
告余春及139)을	어니 사이 생각ᄒ리
耕當問奴140) 인둘	눌더려 물롤눈고
躬耕稼穡141)이	니 分인 줄 알리로다.

위의 본사1에서는 충성심으로 백전고투했던 왜란을 회상하고 있으며, 전란후 돌아와 몸소 농사를 지음을 말하고 있다. 농사짓는 일은 마땅히 종과 하인이 해야할진대 전란후에 돌아와 보니 그 누구에게도 농사짓는 법을 물을 길이 없음을 말하고 있다. 배고픔과 추위로 목숨이

---

134) 의에 분발하여 자기몸을 잊음.
135) 자루와 주머니.
136) 병정과 창. 즉 전쟁.
137) 주검을 밟고 피를 건너감. 전쟁의 참혹함.
138) 긴 수염 기른 노동할 수 없는 노복, 자기 자신.
139) 나에게 봄이 왔다고 일러줌.
140) 밭가는 일은 마땅히 종에게 물음.
141) 몸소 밭을 갈고 씨를 뿌리어 곡식을 거둠.

끊어질지라도 전란 속에서 용감히 죽겠다고 하면서 싸웠던 것을 회상하고 있다.

(3) 本詞 2

莘野耕叟142)와 壟上耕翁143)을	賤타 ᄒ리 업건마는
아므려 갈고전돌	어니 쇼로 갈르손고
旱旣太甚144) ᄒ야	時節이 다 느즌 제
西疇145) 놉흔 논애	잠깐 갠 널비예
道上無源水를	반만깐 디혀 두고
쇼 ᄒ젹 듀마ᄒ고	엄섬이146) ᄒ는 말삼
親切ᄒ라 너긴 집의 달 업슨 黃昏의	허위허위 다라가서
구디 다든 門 밧긔	어득히147) 혼자 서서
큰 기춤 아함이를	良久토록148) ᄒ온 後에
어와 긔 뉘신고	廉恥 업산 니옵노라
初更도 거읜터	긔 엇지 와 겨신고
年年에 이러ᄒ기	苟且ᄒ 줄 알건마는
쇼 업슨 窮家애	혜염149) 만하 왓삽노라
공ᄒ니나 갑시나	주엄즉도 ᄒ다마는
다만 어제밤의	거넨집 져 사람이
목불근 수기150) 치稚을	玉脂泣게151) 쑤어니고
간이근 三亥酒152)을	醉토록 勸ᄒ거든

---

142) 들에서 밭가는 늙은이.
143) 밭 두둑 위에서 밭가는 늙은이, 진나라의 진승을 말함.
144) 가뭄이 한창 심함.
145) 서쪽 두둑.
146) 엉성이, 탐탁하지 않게.
147) 막막하게, 얼없이.
148) 한참동안.
149) 근심, 걱정, 시름.
150) 수꿩, 장끼.
151) 구슬같은 기름이 부글부글 끓게.
152) 음력 정월의 셋째 亥日에 빚은 좋은 술, 춘주春酒.

이러한 은혜을
來日로 주마ᄒ고
失約이 未便ᄒ니
實爲 그러ᄒ면
헌 먼덕 수기 스고 측업슨 집신에
風采 저근 形容애
蝸室153)에 드러간둘
北窓을 비겨 안자
無情흔 戴勝154)은
終朝惆愴155) ᄒ며
즐기는 農歌도
世情 모른 한숨은
[술 고기 이시면
두 주먹 뷔게 쥐고
양ᄌ ᄒ나 못 고오니
못 비러 마랏거든
醉흘 뜻을 가딜소냐]
아ᄭ온 져 소뷔는156)
가시 엉귄 묵은 밧도
[출하리 첫봄의
이제야 폴려 흔둘
虛堂半壁158)에
春耕도 거의로다

어이 아니 갑흘넌고
큰 言約 ᄒ야거든
사셜이 어려왜라
혈마 어이홀고
설피설피 믈너오니
기즈칠 뿐이로다.
잠이 와사 누어시랴
시비롤 기다리니
이니 恨을 도우느다
먼 들흘 바라보니
興 업서 들리느다
그칠 줄을 모르느다
권당 벗도 하렷마는
世態 업슨 말슴애
ᄒ르 아젹 블일 쇼도
ᄒ믈며 東郭墦間의

볏보님157)도 됴홀세고
容易케 갈련마는
포라나 볼일 거술
알 니 잇서 사러 오랴]
슬듸업시 걸려고야
후리쳐 던져 두쟈159)

위의 본사2에서는 농우를 두고 벌어진 일을 형상화하고 있다. 이것은

---

153) 달팽이, 자기 집을 겸손히 일컫는 말.
154) 농사일을 독촉한다는 오디새, 뻐꾹새와 다름.
155) 아침이 마칠 때까지 슬퍼함.
156) 쟁기의 사투리, 소비.
157) 볏과 보님 쟁기의 부품 이름, 흙이 한쪽으로 넘어가게 함.
158) 빈 벽 한 가운데에.
159) 팽개치어 던져.

산촌의 궁핍한 생활과 무방비로 가뭄을 맞을 수밖에 없다는 무기력함을 형상화하고 있다. 농우를 빌리러 갔다가 돌아와 한탄하며 봄갈이 농사를 포기함을 읊고 있으며, 새벽이 될 때까지 창문에 기대어 봄갈이를 할 수 없음을 한탄하고 있다.

(4) 結詞

江湖 혼 꿈을	꾸언 지도 오러려니
口腹이 爲累160) 호야	어지버 이져쩌다
瞻彼淇澳161) 혼디	綠竹도 하도 할샤
有斐君子162)들아	낙디호나 빌려스라
蘆花 깁픈 곳애	明月淸風 벗이 되야
님지 업손 風月江山애	절로절로 늘그리라
無心혼 白鷗야	오라 호며 말라 호랴
다토리 업슬손	다문 인가163) 너기로다.
〔이제사 쇼비리	盟誓코 다시 마쟈〕
無狀164)혼 이 몸애	무슨 志趣165)이스리마는
두세 이렁 밧논을	다 무겨 더뎌 두고
이시면 粥이오	업시면 굴물망졍
남의 집 남의 거슨	전혀 부러 말렷노라
니 貧賤 슬히 너겨	손을 혜다166)물러가며
남의 富貴 불리 너겨	손을 치다 나아 오랴
人間 어니 일이	命 밧긔 삼겨시리
〔가난타 이제 죽으며	가으며다 百年 살냐
原憲이는 몃 날 살고	石崇이는 몃 회 산고〕

---

160) 먹고 사는 것이 누가되어.
161) 저 기수의 물가를 바라봄 (시경의 한 구절).
162) 화려하고 훌륭한 군자.
163) 다만 이것 뿐인가.
164) 보잘 것 없는것, 쓸데 없는것.
165) 고상한 뜻과 취향.
166) 내젓는다고

貧而無怨167)을   어렵다 ᄒ건마는
니 生涯 이러ᄒ더   설온 ᄠᅳᆺ은 업노왜라
簞食瓢飮을   이도 足히 너기로라
平生 ᄒᆞᆫ ᄠᅳᆺ이   溫飽애168)ᄂᆞᆫ 업노애라
太平天下애   忠孝를 일을 삼아
和兄弟 信朋友   외다ᄒ169)리 뉘 이시리
그 밧긔 남은 일이야   삼긴   ᄃᆡ로170)   살렷노라.

※ 〔 〕 속의 내용은 옛사본에 있는 것을 보충하였음.

위의 결사에서는 자연을 벗 삼아 그 속에서 늙기를 소망하고 있으며, 가난하지만 누구를 원망하지 않고 충효하며, 형제간에 화합하며, 벗끼리 신의 있게 살아가고자 한다. 부귀는 주어진 운명에 달렸으니 원망하지 않고 사충효, 화형제, 신붕우에 힘쓰며 살고자한다. 위에서 보여준 <누항사>의 구조를 ① 누항에서 安貧一念으로 사는 심정(서사 : 누항의 현실) ② 가난한 삶 속에서도 지난날의 충의를 생각함, 경작을 하려하나 소가 없어 고심함, 소를 빌리려다 수모受侮만 당하고 낙심함(본사1 : 농부로서의 삶) ③ 야박한 세태 인심을 한탄하며 경작을 포기함, 자연을 벗삼아 살면서 절로 늙기를 바람(본사2 : 강호의 꿈) ④ 빈이무원하며 충효, 화목, 신의 정신으로 살고자함(결사 : 삶의 자세) 등의 4단락으로 나누어 고찰하였다.

☾ 작품의 이해와 내면화

<누항사陋巷詞>에 나타난 현실에 대하여 살펴보면 작품에 나타난 노계의 전원생활은 이현보나 윤선도 같은 문인들의 호사스런 강호 생활과

---

167) 가난하지만 누구를 원망하지 않고 마음 편히 사는 것.
168) 따뜻하게 입고 배불리 먹는 것.
169) 그르다.
170) 타고난 대로.

는 다르다. 그는 가난한 가운데서도 왜란 때의 의기義氣를 회상하기도 하지만, 사대부의 몸으로 농우農牛 없이 농사를 짓는 초라한 신세였다. 농우를 빌리려다 수모만 당하고, 그는 마침내 경작을 포기하고 자연을 벗 삼고자 한다. 그러면서도 가난을 원망하지 않고 인륜에 충실할 것을 다짐한다. 이는 그의 전원생활이 현실도피가 아니며, 더 나은 삶을 지향하는 몸부림이었음을 말해주는 것이다.

이 작품에는 <태평사>나 <선상탄>에서 보여 주었던 무사武士로서의 패기와 호방한 기상이 거의 없다. 가난하고 무기력한 농부로서의 모습이 형상화되어 있을 뿐이다. 그럼에도 불구하고, <누항사>는 박진감迫進感이 넘쳐난다. 이는 어려운 현실을 피하지 않고 적극적으로 대응하는 화자의 태도 때문이다. 가난한 농사꾼으로서 소를 빌리려다 수모를 당한 사실을 숨김없이 드러낸 데서 이런 태도를 단적으로 알 수 있다. 노계의 삶은 현실이 어려울 때 강호자연으로 들어가 안빈낙도를 부르짖던 관념적이고 이중적인 선비들과는 달랐던 것이다.

이 작품은 또한 전대前代 가사와의 차이를 볼 수 있는데, <누항사>는 전원田園에 살면서 안빈낙도한다는 점에서 <상춘곡>이나 <면앙정가>, <성산별곡>과 그 맥을 같이 한다. 그러나 이들 조선 전기가사는 경제적 여유를 바탕으로 자연에서 유유자적하는 생활, 자연 경관에 대한 찬미, 자연 속에 은둔하며 도道를 찾는 강호가도 등을 주 내용으로 하고 있다. 이에 반해 <누항사>는 자연 속에서 가난한 농사꾼으로 살면서 겪는 현실적 어려움을 사실적으로 고백하고 있다. 이런 작가의 태도는 조선 전기가사에서는 찾아보기 어려운 것이다. 그러므로 이 작품은 현실적이고 사실적 조선 후기가사의 선도적 작품으로서 의의가 높다고 하겠다.

문체상 특징적 요소로 <누항사>는 <태평사>와 <선상탄>에 비해 질박質朴한 일상적 우리말이 현저하게 많이 사용되었다. 언어 선택의 이러한 변화는 현실을 구체적이고도 절실하게 묘사하려는 작가의 태도와 밀접하게 연결되어 있다. 구체적 현실을 한문고사漢文故事나 미사여구美辭麗句로 표현하기는 어렵기 때문이다. 또 소 주인의 도도한 목소리와 화자의 처량한 목소리로 이루어진 대화를 통해 궁핍한 삶과 절망적인 상황을 직접적으로 보여주고 있다. 대화 형식은 송강의 <관동별곡>이나 <속미인곡>등에서도 발견되지만 <누항사>에서처럼 박진감 넘치는 대화로 보기는 어렵다.

또한 <누항사>는 빈이무원貧而無怨과 안빈낙도安貧樂道의 삶을 노래하였다. <누항사>의 끝 단락에 나타난 빈이무원의 삶은 김천택金天澤의 다음 시조에 그대로 수용되고 있다. 이런 삶의 태도는 가난한 현실을 긍정적으로 수용하는 태도로 현실도피적인 안빈낙도의 가치관과는 다소 차이가 있다. 안빈낙도는 가난한 삶 가운데에 학문을 닦으며 도를 추구하는 즐거움을 말한다. 산림에 묻혀 사는 선비들의 고절高絶하면서도 관념적인 삶의 태도이다. 이에 비해 빈이무원은 관념적인 삶의 태도가 아니라 생존의 한 방식이다. 가난을 운명으로 수용하면서 살 수밖에 없는 절실한 현실에 대한 대응 방식인 것이다.

> 안빈安貧을 슬히 넉여 손 헤다 물러감며
> 부귀富貴룰 불어ᄒ여 손 치다 나아오랴
> 암아도 빈이무원貧而無怨이 긔 올흔가 ᄒ노라.

또한 송강의 가사형식이 정격定格임에 반하여 노계의 작품은 음절율音節律, 음보율音步律, 종장형식終章形式 등 여러 면에서 파격을 이루고 있다. 특히 송강가사는 정연整然한 4음보音步의 율격을 지니고 있는데 반하여, 노계의 작품은 6음보音步의 리듬에 3.3조, 2.4조, 2.3조, 4.3조 등을 송강보다 훨씬 많이 쓰고 있어 서술적이라 할 수 있다. 이런 점은 노계가 율격의 리듬보다 사상의 표현을 더 중히 여긴 것과 복잡해가는 시대성과 아울러 자유로운 사상표현을 하려는 의욕에서 우러난 산문화 경향의 일단을 볼 수 있다. 아무튼 가사의 형식과 내용에 다양한 변화가 시도되었다.

◑ 문학사적 의의

조선 전기의 가사는 주로 양반층에 의해 창작되었고 강호시가江湖詩歌의 범주에 드는 작품들이 많으며 전반적으로 서정적인 경향이 강하다. 조선 후기가사는 작자층이 다양화하면서 작품 경향이 여러 방향으로 분화되고 생활 현실을 사실적으로 그리는 작품들이 많아지는 변화가 나타났다. 박인로의 <누항사陋巷詞>는 바로 이와 같은 변화의 흐름을 뚜렷하게 보여 준다는 점에서 문학서적으로 중요한 위치를 차지한다. 특히 <누항사>에서는 지금까지 가사에 등장하지 않았던 일상생활의 언어를 대폭 받아들여 생동감과 구체성을 획득하는 탁월함을 보였고, 그를 통해 조선후기가사의 새로운 방향을 제시하는 역할을 하였다.

박인로의 가사는 열정과 자구字句의 세련미에 있어서 송강 정철에게 일보를 양보한다 하겠거니와, 특히 그 시가의 형식과 내용에 있어서 한자漢字나 고사성어故事成語, 전고典故가 너무 많이 사용된 단점이 있으나, 수사나 조어造語의 묘는 송강가사에서 보는 것과 유사한 점이 다분히 보이며, 더욱이 초기의 작품은 풍부한 어휘에 그 필자가 웅열雄烈하여 무인武人다운 기상이 가득 차 있으며, 신선미와 기백이 잘 드러나 있다.

이 작품은 사대부의 소외되고 어려운 처지를 직시하고, 현실생활의 빈궁함을 생생하게 묘사하고 있어 조선전기의 가사가 보여 주었던 자연완상의 세계와 다른 면모를 보이고 있다는데 문학사적 의의가 크다.

| 제 14 장 | **유배연군가사**

1. 조위의 <만분가萬憤歌>

◑ 창작배경

조위曹偉(1454~1503)는 본관이 창녕昌寧이며, 현감을 지낸 조계문曹繼門의 아들로 단종 2년 경북 금릉군 봉산면 인의동에서 태어났다. 자는 태허太虛, 호는 매계梅溪로 세조 때 영의정을 지낸 조석문曹錫門(1413~1477)의 당질이며, 김종직金宗直(1431~1492)의 처남이자 그의 문인이었다. 이런 연고로 10세 때 매형인 김종직에서 학문을 닦고, 당숙 조석문의 가숙家塾에서 『소학小學』을 배웠다.

17세인 1470년(성종成宗원년)에 강릉에서 독서하다가 서울로 올라왔다. 18세에 처음으로 과거에 응시하여 생원生員, 진사進士, 초시初試 등에 모두 장원壯元하여 남들을 놀라게 했고, 다음 해에는 사마복시司馬覆試에 합격하여 진사가 되었다. 21세(1474)에 식년문과式年文科에 병과丙科로 급제하여 이듬해 검열檢閱이 되었고, 23세(성종7년)에 승문원정자承文院正字로서 사가독서문신賜暇讀書文臣의 영예를 얻었으며, 24세에 홍문관정자弘文館正字에 임명되었고, 25세에는 홍문관 저작著作, 박사博士, 사경司經에 이르고, 26세에는 홍문관 부수찬副修撰, 영안도永安道 경차관敬差官 등에 올랐다.

40세(성종24년)에는 가선대부嘉善大夫 호조참판戶曹參判에 제수되어 점필재佔畢齋의 시문을 수집하라는 성종의 명을 받고『점필재시문집佔畢齋詩文集』을 편찬하였다 이 해에 성종이 승하하니 매계에게는 커다란 충격이었다. 매계는 45세(연산군4년)에 동지중추부사同知中樞府事에 이르게 되고, 4월에 하성절정사賀聖節正使가 되어 명나라로 떠났다.

그러나 매계는 이극돈李克墩, 유자광柳子光 등의 참소로 무오사화戊午士禍에 연루되었으며, 명나라에서 돌아오는 길에 의주에서 체포·투옥되었고, 정석견鄭錫堅(?~1500)과 함께 국문鞫問을 당해야했다. 그때 이극균李克均(1437~1504) 등이 선왕先王의 총신寵臣이라는 간청으로 겨우 신명身命을 보전하여, 그 해 9월 의주에 유배되었다. 47세 매계는 순천順天으로 이배移配되어 순천부順天府의 서문西門 밖에 임시로 거주하고 있었는데, 마침 한훤당 김굉필도 희천熙川으로부터 이곳으로 이배되어 왔다. 이들은 서로 도의를 강론하며 함께 지냈다. 순천부의 서편에 '옥천玉川'이 있는데 수석水石이 청려淸麗하며 오래된 나무들이 많았다. 이곳은 매계가 거처하는 곳과 매우 가까웠다. 그래서 48세(연산군7년)에 돌을 쌓아 대를 만들어 '임청臨淸'이라 이름하고 유적遊適하는 장소로 삼았다.

매계는 50세(연산군9년)인 1503년 11월 16일 5년여에 걸친 유배지에서의 힘든 생활 끝에 질병으로 적소謫所에서 죽고 말았다. 한훤당은 고을 사람들의 힘을 빌어 예를 갖추어 치상治喪하였다. 그 후 매계의 누명은 중종대中宗代에 와서 풀리었으며, 숙종 34년(1708)에 이조판서吏曹判書로 추증追贈되고, 문장文莊이라는 시호諡號가 내려졌다. 그의 묘소는 고향인 봉계리 선영에 있으며, 그의 위패는 황간의 송계서원 등에 배향配享되어 있다.

매계의 생애는 어려운 한 시대를 살고 간 수많은 사람 중에서도 비운悲運의 일생이었다고 할 수 있으며, 인생의 결실기結實期를 앞두고 일어난 황당한 운명적 사건은 매계로 하여금 도저히 받아들일 수 없는 청천벽력으로, 유배 5년간의 답답한 삶을 살면서 철천의 원한을 삭이고 끝없는 인생의 벼랑을 느끼며 최후의 죽음을 맞았을 것이 분명하다. 그래서 <만분가萬憤歌>의 서사에서는 임에 대한 그리움의 연군적정서戀君的情緒가 가미되어 나타나다가 본사에서는 임에 대한 원망 및 자신의 처지에 대한 자탄으로 발분적정서發憤的情緒가 교합되었다. 이는 연약한 사림파의 한 사람으로 막강한 훈구파의 권력 앞에서 느낀 막막한 죄절감이 분노와 체념으로 나타나게 되었고, 이러한 심정은 <만분가>의 전편을 통하여 나타나고 있다.

<만분가>의 직접적인 창작 배경을 살펴보면, 『성종실록』편찬을 위해 작성한 김일손의 사초史草에 김종직이 쓴 <조의제문弔義帝文>이 수록된바, 이는 세조의 왕위찬탈을 풍자한 것으로 항우項羽가 초회왕楚懷王을 죽인 중국의 고사를 비유한 것이다. 여기에다 유자광은 교묘하게 구해句解를 더하여 연산군에게 상계上啓하였다. 이른바 의제義帝를 단종端宗으로 간주하여 세조가 단종의 왕위를 빼앗은 것을 비방한 것이며, 세조를 음기陰譏하려는 의도가 있다고 고발하였다. 이에 연산군은 김일손 등을 신문하고, 이 죄는 모두 김종직이 선동한 것이라 하여 그를 부관참시剖棺斬屍하고, 김일손을 비롯 수많은 사람을 죽이고 귀양 보내어 파면하니 사림파의 기세는 무참하게 꺾이고 말았다.

매계는 여기에 직접 연류된 것은 아니었으나, 김종직의 처남이자 문인門人이라는 점과 일찍이 성종의 편찬사업에 온 정열을 바쳤으며, 특히 『두시언해杜詩諺解』, 『점필재문집』 등의 간행에 참여하였는데 이때 점필재의 시문 17권을 교정하여 올리면서 <조의제문>을 그 머리에 두었다. 이것이 뒷날 사화士禍를 입는 도화선이 되었던 것이다. 유자광은 이를 빌미로 참소하여 <조의제문>을 처음에 실은 것은 다분히 의도적인 것이라 하면서 처벌하기를 주청하니 연산은 이 말을 듣고 크게 노하였고, 하정사賀正使로 연경에 간 조위가 압록강을 넘어오면 처참處斬하라는 명을

내렸다. 이때는 매계가 45세된 7월이었다. 8월 압록강에 이르러 의금부 도사를 보고 일행은 모두 두려워 떨었으나 매계는 홀로 태연하게 체포되었으며 입경入京하여 죄를 받고 20일에 의주 적소를 향했다. 그는 이곳에서 1년 8개월 지내면서 규정葵亭을 짓고 주변에 해바라기를 심어 충성과 절개를 다졌다. 또 순천으로 이배되어 3년 6개월 유배생활의 고행과 울분으로 중병을 앓게되니, 50세 되던 동지달에 타계하였다.

다음해(연산군10년) 갑자사화甲子士禍가 일어나자 윤씨폐비교서尹氏廢妃 敎書를 작성한 것이 죄가 되어 부관참시를 당했다. 성종이 중궁中宮 윤씨를 폐廢할 때 홍문관원弘文館員에 교서敎書를 짓게 했으나 모두 명령을 받들지 아니하므로 다시 매계에게 명하니 곧 지어 바쳤다. 이에 윤씨 폐출의 교서를 지은 매계로서 부관참시는 당연지사였고, 그를 언문옥사言文獄事에 관련시켜 그의 친족들을 국문하였다. 매계는 유배지 순천에서 생애를 마쳤고, 그곳에서 한 많은 생애를 살면서 〈만분가〉를 통하여 원분의 심정을 토로하였다. 자신의 억울하고 답답함을 군주를 그리는 심정으로 혹은 유언을 쓰는 마음으로 〈만분가〉를 썼다고 볼 수 있다.

● 텍스트분석

〈만분가〉는 형식상 124행 248구로 이루어져 있으며 3·4, 3·4의 4 음보격의 정형시가이다. 작품의 내용은 전체를 서사, 본사, 결사 등으로 나누고, 다시 본사를 7단락으로 나누어 살펴보았다.

(1) 序詞

天上천상 白玉京백옥경1)　　　十二樓십이루 어듸매오
五色雲오색운 기픈 곳의　　　紫淸殿자청전2)이 ᄀᆞ려시니

---

1) 天上 白玉京 : 하늘 위의 궁궐.
2) 紫淸殿 : 하늘의 신선이 사는 집.

天門천문 九萬里구만리를   꿈이라도 갈동말동
ᄎ라리 싀여지여3)   億萬억만번 變化변화ᄒ여
南山남산 늣즌 봄의   杜鵑두견의 넉시 되여
梨花이화 가디 우희   밤낫즐 못 울거든
三淸洞裡삼청동리4)의   졈은 한ᄂᆯ 구름 되여
ᄇ람의 흘리 ᄂ라   紫微宮자미궁5)의 ᄂ라 올라
玉皇옥황 香案前향안전의   咫尺지척의 나아 안자
胸中흉중의 ᄊ힌 말슴   쓸커시 ᄉ로리라

위에서 서정적 자아抒情的自我는 님이 계신 궁궐이 구름에 가려 꿈에도 갈 수 없는 정황을 제시하고 죽어서 두견이나 구름이라도 되어 님의 곁에 가서 흉중에 쌓인 말을 하고 싶다는 자신의 절실한 소망을 압축하여 제시하였다. 여기서 옥황玉皇은 선왕先王인 성종成宗으로 도가적 천상세계인 신선의 집에 계시니 자신의 유배지인 지상과는 도저히 만날 수 있는 곳이 아니다. 그런데도 억만 번 윤회전승을 거쳐서라도 님의 곁에 가서 만분萬憤의 정한을 실컷 사뢰어 해소하고 싶다는 영원불변의 사랑의 정서가 돋보이며, 서정적자아가 유배지에서 느끼는 원분지정이 압축적이면서도 곡진하게 피어오르는 절실함을 느끼게 한다.

(2) 本詞 1단락
어와, 이 내 몸이   天地間천지간의 ᄂ저 나니
黃河水황하수 몰다만는   楚客초객6)의 後身후신인가
傷心상심도 ᄀ이 업고   賈太傅가태부7)의 넉시런가

---

3) 싀여지여 : 죽어져서, 없어져서.
4) 三淸洞裡 : 신선이 사는 고을, 도가에서는 옥청, 상청, 태청을 삼청이라 하니, 모두 신선이
   사는 고을임.
5) 紫微宮 : 천제의 거처, 또는 황궁, 자궁이라 함.
6) 楚客 : 초나라 때의 사람, 곧 굴원을 말함.
7) 賈太傅 : 한나라 때의 賈誼.

한숨은 무스 일고   荊江형강은 故鄉고향이라
十年십년을 流落유락ㅎ니
白鷗백구와 버디 되여   홈끠 늘쟈 ㅎ엿더니
어루는 듯8) 괴는 듯9)   눔의 업슨 님을 만나
金華省금화성10)白玉堂백옥당의   꿈이조차 향긔롭다
五色오색실 니음 졀너11)   님의 옷슬 못 ㅎ야도
바다 ᄀ튼 님의 恩은을   秋毫추호나 갑프리라
白玉백옥ᄀ튼 이 내 ᄆ음   님 위ㅎ여 직희더니
長安장안 어제 밤의   무서리12) 섯거치니
日暮脩竹일모수죽의13)   翠袖취수도 冷薄냉박홀샤

위에서는 흉중의 쌓인 말씀을 구체화한 것으로 자신을 초객과 가태부에 비겨 유배된 자신의 운명을 한탄하며, 의주에서 순천으로 이배되어 오랜 세월동안 백구白鷗를 벗하게 되니 적송자가 득도한 금화성金華省에 이르러 선경의 향기로운 꿈도 꾸어본다. 유배지에서도 님의 옷을 짓고 유란幽蘭을 꺾어 님에 대한 보은을 하고자 하나 지난 밤 무서리가 내려 냉기가 감도는데, 더구나 약수가 막고 구름이 험하여 님에게 갈 수 없는 안타까움에 지친 자신의 초췌한 모습을 자탄하였다.

(3) 本詞 2단락
千層浪천층랑 ㅎ가온대   百尺竿백척간의 올나더니
無端무단ㅎ 羊角風양각풍이14)   宦海中환해중의 니러나니

---

8) 어루는 듯 : 아양을 부리는 듯.
9) 괴는 듯 : 사랑하는 듯.
10) 금화성 : 중국 절강성 금화현을 말함. 이 고을 북쪽에 장산 곧 금화산이 있는데 적송자가 극도한 곳임.
11) 니음 졀너 : 이음이 짧아.
12) 무서리 : 처음 오는 묽은 서리.
13) 日暮脩竹 : 해 저문 날 밋밋한 긴 대나무.
14) 羊角風 : 선풍(旋風).

億萬丈억만장 소회15) 빠져	하늘 짜흘 모롤노다
(중략)	
華山화산의16) 우는 새야	離別이별도 괴로왜라
望夫山前망부산전의	夕陽석양이 거의로다
기도로고 브라다가	眼力안력이 盡진톳던가
落花낙화 말이 업고	碧窓벽창이 어두브니
입 노른 삿기 새들	어이도 그리 건쟈
八月秋風팔월추풍이	쒸집을 거두으니
븬 긴의 쌋인 알히	水火수화롤 못 면토다
生離死別생리사별을	혼 몸의 혼자 맛따
三千丈삼천장 白髮백발이	一夜일야의 기도 길샤

위에서는 화자 자신을 남편과 자식을 이별한 화산의 새에 비유하여 유배의 회포를 이야기 하였다. 궁중에 회오리바람이 일어나 억만장 소沼에 빠져 옥석이 함께 타서 죽으니 망부산에는 해가 지고 태풍에 수마를 만나 생사를 앞에 두어 백발이 하루 밤에 삼천장이나 길었다고 하며 유배지에서 생사이별의 비탄을 술회한 내용이다.

(4) 本詞 3단락

風波풍파의 헌 비 틋고	홈씌 노던 져뉴덜아17)
江天강천 지는 희의	舟집주집이나 無恙무양혼가
밀거니 혀거니	艶澦堆염여퇴롤18) 겨요 디나
萬里鵬程만리붕정을	멀니곰 견주더니
브람의 다브치여19)	黑龍江흑룡강의 쩌러진 듯

---

15) 소회 : 소에. 물이 깊은 못에.

16) 華山 : 오악의 하나로 섬서성 화음의 남쪽에 있음.

17) 져뉴덜아 : 저네들이여.

18) 艶澦堆 : 중국 사천성 봉절현 서남쪽에 있는 구당의 물 이름. 음예퇴淫預堆, 유예퇴猶豫堆라고도 하며 뱃사람들이 물살을 조심하던 곳.

19) 다부치여 : 다붙여, 당겨서 붙게 하여.

天地천지 ? 이 업고   魚雁어안이 無情무정ᄒ니
玉옥 ᄀ툰 面目면목을   그리다가 말녀지고
梅花매화나 보내고져   驛路역로롤 브라보니
玉梁明月옥량명월을   녀보던 눗비친 둧
陽春양춘을 언제 볼고   눈비롤 혼자 마자
碧海벽해 너븐 ᄀ의   넉시조차 흣터지니
내의 긴 소매롤   눌 위ᄒ여 적시ᄂ고

　　위에서는 사화士禍에 연루된 동료들의 불행을 슬퍼하고 멀고 먼 사행使行을 갔다 돌아오던 길에 갑자기 풍파를 만나 차가운 북해에 떨어진 신세로 님의 얼굴을 그리며 홀로 눈비를 맞으며 넋을 잃어 하염없이 비통해 하는 모습이다. 옥같은 님의 얼굴을 그리다가 매화를 보내려는데 눈비를 홀로 맞아 넋도 따라 나가니 흐르는 눈물이 옷소매를 적신다고 이별의 비탄을 술회하였다.

　　(5) 本詞 4단락
五月飛霜오월비상이   눈물로 어릐ᄂ 둧
三年大旱삼년대한도   寃氣원기로 니뢰도다
楚囚南冠초수남관이20)   古今고금의 흔둘이며
白髮黃裳백발황상의   셔룬 일도 하고 만타
乾坤건곤이 病병이 드러   混沌혼돈이 죽근 後후의
하눌이 沈吟침음ᄒᆯ 둧   貫索星관색성이21) 비취ᄂ 둧
孤情依國고정의국의   寃憤원분만 싸혓시니
ᄎ라리 瞎馬할마22) ᄀ치   눈 곰고 지내고져
蒼蒼漠漠창창막막ᄒ야   못 미들슨 造化조화일다
이러나 져러나   하눌을 원망ᄒᆯ가

---

20) 楚囚南冠 : 죄수, 초나라 사람 종의鍾儀가 남관을 쓰고 갇힌 옛 일에서 죄수의 뜻으로 쓰임.

21) 貫索星 : 천한 사람의 감옥. 관색구성貫索九星의 준말.

22) 瞎馬 : 한쪽 눈이 먼 말.

　위에서는 서정적 자아가 자신의 처지에서 느끼는 원분과 비통함을 노래하였다. 장황한 한문 고사를 통하여 세계에 대한 원망을 거침없이 토로하고 있어 <만분가萬憤歌>라는 제목에 걸맞는 발분적發憤的 정서가 짙게 나타난 단락이다. 고금의 성현들도 억울한 일을 당했듯이 세상에 원분이 가득하여 천지조화를 믿을 수 없음을 원망하고 있다.

(6) 本詞 5단락

盜跖도척23)도 셩히 놀고	伯夷백이도 餓死아사ᄒᆞ니
東陵동릉24)이 놉픈 작가	首陽수양이 ᄂᆞ즌 작가
南華남화 三十篇삼십편의	議論의논도 하도 할샤
南柯남가의 디난 쑴을	싱각거든 슬므어라25)
故國松楸고국송추를	쑴의 가 ᄆᆞ져 보고
仙人선인 丘墓구묘를	쒼 後후의 싱각ᄒᆞ니
九回肝腸구회간장이	굽의굽의 그처셰라
瘴海陰雲장해음운의26)	白晝백주의 훗터디니
湖南호남 어늬 고디	鬼蜮귀역의27)의 淵藪연수런디
魑魅魍魎이매망량이	쓸커디 져즌 ᄀᆞ의
白玉백옥은 므스 일로	靑蠅청승의 깃시 된고
北風북풍의 혼자 셔셔	ᄀᆞ 업시 우는 뜻을
하롤 ᄀᆞᄐᆞᆫ 우리 님이	젼혀 아니 슬피시니

　위에서는 도적이 잘되고 성인이 못되는 세상이니 천지조화를 믿을 수가 없음을 원망하고 선왕先王이나 선조先祖들의 영화가 남가일몽南柯一夢처럼 덧없게 느껴지고, 질병과 귀신이 많은 유배지에 버려진 자신의 비

---

23) 盜跖 : 옛날의 큰 도적 이름.
24) 東陵 : 중국 호남성 악양현 남쪽에 있는 산 이름.
25) 슬므어라 : 싫고 미워라.
26) 瘴海陰雲 : 병을 발생하게 하는 구름.
27) 鬼蜮 : 몰래 남을 해치는 물건. 음험한 사람에 비유하는 말.

참한 처지를 슬퍼하는 심회를 장황히 토로하였다. 특히 님이 쉬파리들의 깃이 되면서 북풍에 홀로 우는 자신을 살펴주지 않는다고 하는데서 간신들을 쉬파리에 비유하면서 왕권을 포함한 세계 질서 자체에 대한 원분지정怨憤之情을 노골적으로 나타내고 있다.

(7) 本詞 6단락

이 몸이 녹가져도	玉皇上帝옥황상제 處分처분이요
이 몸이 싀여져도	玉皇上帝옥황상제 處分처분이라
노가디고 싀어지여	魂魄혼백조차 훗터지고
空山공산 髑髏촉루ㄱ치	님자 업시 구니다가
崑崙山곤륜산28) 第一峯제일봉의	萬丈松만장송이 되여 이셔
ㅂ람비 쓰린 소리	님의 귀예 들니기나
輪回윤회 萬劫만겁ㅎ여	金剛山금강산 鶴학이 되여
一萬일만 二千峯이천봉의	ㅁ음ㄱ 소사 올나
ㄱ을 둘 볼근 밤의	두어 소리 슬피 우러
님의 귀의 들니기도	玉皇上帝옥황상제 處分처분일다

위에서는 님에 대한 사랑을 기대할 수 있을까에 대한 회의와 체념이 함께 하고 있다. 이 몸이 죽어 공산에 해골로 구르다가 곤륜산 만장송이 되고, 금강산 학이 되어 가을 달 밝은 밤에 슬피우나 옥황상제가 들어줄지 회의가 겹치고, 들어주지 않아 박명한 몸이 되어도 어쩔 수 없다는 체념의 심사를 읊었다.

(8) 本詞 7단락

恨혼이 쌜희 되고	눈물로 가디 삼아
님의 집 창 밧긔	외나모 梅花매화 되여
雪中설중의 혼자 피여	枕邊침변의 이위는 듯

---

28) 崑崙山 : 중국의 산 이름.

月中疎影월중소영이   님의 옷의 빗취어든
어엿븐 이 얼굴을   네로다 반기실가
(중략)
天道천도 漠漠막막ᄒ니   물을 길이 전혀 업다
伏羲氏복희씨29) 六十四卦육십사괘   天地萬物천지만물 상긴 뜻을
周公주공30)을 꿈의 뵈와   주시이 뭇줍고져
하늘이 놉고 놉하   말 업시 놉흔 뜻을
구룸 우희 ᄂᆞᆫ 새야   네 아니 아돗더냐

위에서는 님이 나를 사랑해 주실 것인가에 대한 회의와 번민이 끝없이 일어나고 있다. 그리고 님의 은총으로 살아나고픈 반복된 애소를 듣는 것 같아 서정적 자아의 모습이 애처롭다. 한恨과 눈물의 매화되어 님의 침변枕邊에서 시들어 외로운 그림자로 님의 옷에 비쳐보나 님이 나를 반길리 만무하다. 천도天道가 막막하여 알 길이 없어 천지만물 근본을 주공周公에 묻고자 하나 하늘이 너무 높아 갈 수 없으니 구름 위를 나르는 새만은 알지 않겠느냐고 탄식하였다.

    (9) 結詞
어와 이 내 가슴
山산이 되고 돌이 되여   어듸 어듸 사혀시며
비 되고 믈이 되여   어듸 어듸 우러 녤고
아모나 이 내 뜻   알 니 곳 이시면
百歲交遊백세교유   萬世相感만세상감 ᄒ리라

결사에서는 님에 대한 연군지정戀君之情을 기대할 수 없어 자신의 처지는 원분과 통한의 신세가 되고 말았다. 따라서 결사에 이르러서는 산에

---

29) 伏羲氏 : 중국 옛 제왕 이름.
30) 周公 : 주나라 문왕文王의 아들.

돌이 되어 쌓이고 빗물이 되어 어딘가로 흘러가다가 종행終行에 가서는 어느 누구나 자신의 만분萬憤을 알아주는 사람이 있다면 평생토록 서로 교유하며 상감해 보자고 하는 서정적 자아의 마지막 소망을 읊었다. 그러나 그 소망마저도 성취할 수 없는 구제불능의 입장에 서고 보니, 이 작품은 제목에서부터 종행까지 만분지정으로 점철된 노래가 될 수밖에 없다.

● 작품의 이해와 내면화

<만분가>의 서정적 자아는 남성이고, 지금은 유배지에서 원분을 노래하게 된 작가자신이라고 볼 수 있다. 성종의 총애가 지극했던 신하의 입장에서 보면 자기 앞에 전개된 세계는 너무도 큰 시련이고, 납득할 수 없는 죄인으로 전락된 현실은 자신의 존재를 지탱할 수 없을 만큼 힘든 멍에인 것은 사실이다. 그래서 세계가 원망스럽고 현실이 저주스러운 것이다. 더러는 충간忠諫이 용납되지 않아 멱라수汨羅水에 빠져 죽은 굴원屈原을 생각하고, 이를 위로해준 가태부賈太傅의 넋을 그려보다가 적송자赤松子가 득도한 신선의 세계를 갈망하기도 한다. 어느 때는 애절한 여인의 심정으로, 충신의 절의로, 환란에 빠진 새로, 난파당한 어부 등 서정적 자아의 모습 변형시키면서 시적 모티프를 다양하게 제시하였다.

<만분가>를 서사, 본사, 결사로 나누어 보면, 서사는 이 작품의 도입으로 '님을 만나 가슴속에 맺힌 원분을 실컷 사뢰리라'는 창작동기創作動機를 노래하였다. 본사는 유배자流配者의 고뇌와 작가의 충정衷情을 구가하였고, 가족과의 이별에 대한 슬픔으로 영어囹圄의 신세를 비탄하였으며, 이어서 동류同類들과 이별하는 슬픔으로 앙천탄식仰天歎息하고, 하늘을 우러르며 원분을 토로하였으며, 또 하늘같은 님을 원망하는 함분축원含憤畜怨을 읊었고, 서정적자아의 체념적 정서가 서린 애소哀訴와 회의懷疑를 그렸으며, 님에 대한 회의와 원망 중에도 성총회복聖寵回復에 의지를

보였다. 결사에서는 만분마저도 체념하고 산석山石되고 빗물되어 울면서 흘러가다가 자신의 충정을 알아주는 이 있으면 오래도록 사귀며, 상감相感하겠다고 하여 자기를 각별히 총애해 준, 그리고 자기가 충성으로 받들었던 만분의 원조元祖인 님(성종)마저도 버리고 떠나는 서정적자아는 우리 시가의 대표적 비가悲歌를 노래했다고 하겠다.

또한 이 작품의 작가의식은 다양하게 제시되는 바, 다음의 소재들에서도 그 모습을 볼 수 있다. 소재명과 빈도수를 소개하면, 梅(3), 蘭(2), 菊(1), 竹(2), 夢(5), 울다(5), 눈물(4), 死(5), 離別(2) 등이 있고, 자신을 비유하거나 처지를 나타낸 대상물은 五月飛霜, 杜鵑, 구름, 白鷗, 月, 외기러기, 우는 새(3), 山, 石, 雨, 水, 萬丈松, 鶴 등이 있다. 그리고 원분지정怨憤之情을 나타낸 어구를 소개하면, 13행 傷心도 ᄀ이 없고, 14행 한숨은 무스일고, 37행 팔도 恨을 슷쳐보니, 38행 이별도 괴로워라, 52행 魚雁이 무정ᄒ니, 66행 寃氣로 니뢰로다, 68행 셔룬 일도 하고 만다, 71행 원분만 싸혓시니, 74행 하눌을 원망ᄒᆞᆯ가, 78행 싱각거든 슬므어라, 100행 두어 소리 슬피우러, 102행 恨이 쓸희되고, 123행 어듸 어듸 우러 녤고 등 13구에 이르고 있다.

이상에서 <만분가>의 내용을 형상화한 소재와 비교물, 그리고 원분지정의 구절을 소개한 바, 소재 가운데 눈물을 흘리는 것이 9회, 죽음과 이별이 7회, 꿈속이 5회 등으로 나타나 화자의 비통한 심정을 헤아릴 수 있으며, 서정적 자아를 비유하여 두견, 백구, 학, 외기러기, 우는 새 등 자유롭게 날 수 있는 조류鳥類와 산, 물, 돌, 비, 달, 구름, 서리, 소나무 등 자연물自然物을 통하여 나타난 작가의 통한痛恨을 확인하게 되었고, 그리고 '원기寃氣로 니뢰도다', '원분만 싸혓시니', '하눌을 원망ᄒᆞᆯ가' 등 13구에 표현도니 작가의 정서情緒는 발분지정發憤之情이라 할 수 있으며, 작가의식은 연군戀君쪽이 아닌 만분萬憤쪽에서 고찰해야 한다. 따라서 지금까지 <만분가>를 일반 유배가사와 동일시하여 충신연군지사忠臣戀君之

詞라는 입장에서보다는 작품 자체의 특이성이 고려된 원분가怨憤歌라는 시각으로 바꿔야 할 것이다.

● 문학사적 의의

조위曺偉의 <만분가萬憤歌>는 '최초의 유배가사'라는 문학사적 의의를 가지고 있다. 따라서 유배가사로써의 면모를 살펴보는 것이 대단히 중요한 일이다.

일반적으로 유배지에서 느낄 수 있는 감정의 흐름은 두 가지를 생각할 수 있다. 첫째는 지배적인 정서로 왕의 총애에 대한 그리움을 드러내는 연군지정戀君之情을 들 수 있고, 둘째는 유배생활을 야기시킨 당대의 정치 현실에 대한 발분적發憤的 정서를 생각할 수 있다. 전자가 유배가사의 표면적 정서라 한다면 후자는 내면화된 이면적 정서라 할 수 있다. 유배가사에서 이들 정서는 작가를 둘러싸고 있는 정치 현실과 그것을 바라보는 작가의 세계관의 차이에 따라 각기 상이한 관계를 맺으면서 나타나게 된다.

<만분가>는 시적 상황을 임과 이별한 여인이 임을 그리워하는 것으로 설정함으로써 표면적으로는 연군의 정을 노출시킨 작품이다. 이와 같이 연군의 정을 서정적으로 그릴 때는 자신을 유배의 상황으로 밀어 넣은 객관적 현실에 대한 비판과 그에 대한 발분의 정이 축소될 수밖에 없을 것이다. 후대의 유배가사인 정철의 <사미인곡>과 <속미인곡>의 경우는 발분의 정을 극단적으로 감추고 연군의 정을 최대한 강화시켜 표현한 것이다. 그런데 <만분가>는 한편으로는 임을 잃은 여성을 서정적 자아로 설정하여 충신연주지사忠臣戀主之詞의 형상을 취하는 한편, '만분가'라는 제목에서 볼 수 있듯이 자신이 유배를 당하게 된 현실에 대한 발분의 정을 아울러 표출하는 유배가사라는 데서 그 특징을 찾아볼 수 있다.

이러한 발분적 정서가 두드러진 곳은 본사 5단락인데, 서정적 자아는

먼저 고금의 역사에서 성현들까지도 억울한 일을 당한 경우가 많아 세상에 원분이 쌓인 것으로 보고, 천지조화의 믿을 수 없음을 원망한 뒤 선대의 왕조와 자신의 선조들의 영화榮華가 남가일몽南柯一夢처럼 덧없이 되었고, 음산한 유배지에서 임금과 떨어져 있는 자신의 처지를 술회하며 슬퍼하는 심사를 장황하게 토로한다.

이와 같은 원분의 토로는 연군지정을 토로하던 태도를 뒤엎는 것으로서, 왕명을 빌어 유지되는 당대 질서에 대한 작가의 비판을 간접적인 형태로 드러내는 것이라 하겠다. 그러면서도 이 작품에서는 이러한 발분이 현실세계의 질곡을 객관적으로 비판할 수 있는 단계로는 나아가지 않고, 체념적 단계에 머물러 감상적으로 해소하고 있다. 이것은 아마도 신진 사림의 현실에 대한 좌절감의 표출이면서 그들의 한계점이라 하겠다.

2. 이진유의 〈속사미인곡續思美人曲〉

● 창작배경

북곡北谷 이진유李眞儒(1669~1730)는 자는 사진士珍, 호는 북곡北谷, 본관은 전주全州다. 정종定宗의 별자別子 덕천군德泉君의 10대손으로 부친 대성大成은 벼슬이 호조참판戶曹參判이었고, 모친은 풍산홍씨豊山洪氏로 의정부 우참찬右參贊 겸 지경연사知經筵事 홍만용洪萬容의 딸이다. 서대문 밖 반송방盤松坊에서 진검眞儉, 진휴眞休, 진급眞伋, 진위眞偉 등 5형제 중 장남으로 태어나 백부伯父인 만성晩成에 입양入養되었다.

그는 39세에(숙종33년,1707)에 별시문과別試文科에 급제하여, 43세에 봉교奉教, 45세에 부교리副校理에 오르고, 46세에는 전국에 이변이 일어 전라도 암행어사暗行御史가 되었다. 48세에는 노론老論과 소론少論의 당쟁이 극심하여 관직이 4번이나 바뀌었다. 북곡의 생부生父 대성은 소론의 극준자極峻者로 타협할 줄 모르는 대쪽같은 성격의 소유자였다. 이런 아버지의 영향을 받은 북곡은 대성과 함께 송시열宋時烈과 윤선거尹宣擧, 윤증尹拯 부자父子와의 시비와중是非渦中에 말려들어 싸우다가 안중필安重弼의 상소를 당하기도 하였다. 이처럼 북곡이 관계官界에 진출한 시기는 극심한 당쟁黨爭의 소용돌이었다.

52세(숙종 46년,1720)에 숙종이 승하昇遐하고 34세인 경종景宗이 즉위即位하였다. 그런데 경종 원년元年에 왕이 후사後嗣가 없고 병약病弱하다는 이유로 노론이 연잉군延礽君(후일 영조英祖)을 세워 저사儲嗣로 하고 10월에 조성복趙聖復이 상소하여 세제대리청정령世弟代理聽政令을 내리게 하였다. 북곡은 김일경金一鏡을 소두疏頭로 하여 다른 5인과 함께 세제世弟의 참정參政을 상소한 조성복과 노론 사대신四大臣을, 경종의 저사儲嗣를 세우고 대리청정代理聽政케 하여 경종을 우상偶像으로 만들었다며, 그들을 사흉四凶이라고 탄핵彈劾하였다. 이것이 이른바 육인신축소六人辛丑疏다. 이 상소로 왕이 진노하여 노론 사대신四大臣이 원찬遠竄되고 소론이 집권하게 되었다.

그러나 경종이 승하昇遐하고 영조가 즉위하자 노론에 의한 소론 탄핵의 소疏가 올랐다. 소론 척소斥疏는 신축소辛丑疏로 비롯되는 신임옥사辛壬獄事에 가담한 북곡과 김일경 등을 주대상으로 국문鞫問 처단處斷해야 한다는 노론의 상소 정계庭啓가 계속 올라 김일경과 목호룡睦虎龍은 주살誅殺되고 신축소하辛丑疏下 6인도 삭탈관직하여 문밖으로 출송되었다.

북곡은 나주羅州로 유배되었다가 7월에 추자도楸子島로 이배되어 가극加棘을 당하였는데, 영조 3년에는 절도絕島에서 출육出陸하여 근지近地로 이배되었다. 영조는 북곡에게 교수형絞首刑을 내리었으나 대신들이 이진유는 신축소 이외에는 다른 죄가 없다고 적극적으로 간청하여 이전의 배소인 나주로 이배되었다. 그러나 신축소하의 사람들에 대한 미움이 골수에 맺혀있던 영조는 이진유李眞儒 등을 다시 나국拿鞫하게 한다. 서울로 압송押送되어 국문鞫問을 받게 된 북곡은 영조 6년 5월 13일 그의 나이

62세에 물고物故를 당했다.

◐ 텍스트 분석

이 작품은 명나라 사행을 다녀오던 중에 죄인의 신분으로 근기近畿에서 압송押送되어 나주에 유배되었다가 추자도에 이배되어 가는 노정路程과 그 곳에서의 천극栫棘된 3년간의 온갖 회포를 읊고 있다. 이처럼 기행가사로도 볼 수 있는 <속사미인곡續思美人曲>은 374구의 유배가사流配歌辭이다. 그 내용의 전개에 따라 작품구조를 서사序詞, 본사本詞, 결사結詞 등 크게 셋으로 나누고, 본사를 다시 8단락으로 분단하여 모두 10단락으로 나누었다.

(1) 序詞

삼년三年을 님을 써나	히도海島[31]의 뉴락流落ᄒ니
내 언제 무심無心ᄒ여	님의게 득죄得罪혼가
님이 언제 박정薄情ᄒ여	날 대접待接 소疎히[32] 혼가
내 얼굴 곱돗던지	질투嫉妬홀산 중녀衆女[33]로다
유한幽閑혼 이내 몸을	션음善淫[34]혼다 니르노쇠[35]

위에서는 3년 간 님을 떠나 추자도에 머무르게 된 동기를 진술하고 있다. 유배의 동기는 님과의 이별 때문인데, 이는 자신이 득죄한 것도 아니고, 님이 박정해서도 아니다. 단지 자신을 질투한 뭇 여인들의 참소讒訴에서 비롯된 것으로, 여기서 중녀는 정적政敵(노론)을 나타내어 자신의 유배가 노론 일당의 모함임을 우회적으로 시사하고 있다. 또한 '내 얼

---

31) 海島 : 바다 가운데 있는 섬으로 유배流配됨.
32) 소히 : 거칠게 하는가.
33) 衆女 : 모든 여자.
34) 善淫 : 술을 잘 마심.
35) 니르노쇠 : 이르는구나, 말하는구나.

굴 곱돗던지 질투홀산 중녀로다'는 미인계가사美人系歌辭에서 흔히 들을
수 있는 여성화자의 목소리로 볼 수 있다.

(2) 本詞 1단락

셔하西河36)의 식옥拭玉37)ᄒ고	사쟈거使者車38)로 도라오니
셩鳳凰城39) 다드르며	국 쇼식故國消息 경심驚心ᄒ다40)
황혼黃昏의 녯긔약期約을	다시 거의 ᄎ즐너니
참언讒言41)이 망극罔極ᄒ니	님이신들 어이ᄒ고
시호市虎42)도 셩의成疑43)ᄒ고 증모曾母44)ᄂ 투져投杵45)ᄒ져46)	

(중략)

근긔 압송近畿押送47)은	고금古今의 초견初見이오
ᄌ딜 졔직子姪除職48)은	이은異恩49)도 듀쳡稠疊ᄒ다
박명薄命ᄒ 이내 몸의	님의 은혜恩惠 이러ᄒ니
녀관 잔등旅館殘燈50)의	피눈물이 졀노 난다

위에서 나타난 특징은 기행문 형식으로 전개된 것을 볼 수 있는데,

---

36) 西河 : 서하촌西河村, 재산동교현在山東膠縣.
37) 拭玉 : 여관에서 쉼.
38) 使者車 : 사자가 타는 수레.
39) 鳳凰城 : 봉천奉天 봉성현鳳城縣에 있었던 고을.
40) 驚心ᄒ다 : 마음에 놀랍다.
41) 讒言 : 거짓으로 남을 참소하는 말.
42) 市虎 : 남을 속이기 위하여 여러 사람이 계획적으로 꾸며내는 거짓풍설, 저자(市)에 범이
  없는 것이 사실이지만 세 사람이 모두 범이 있다고 하면 사람이 이를 믿게 된다는 데서
  온 말.『삼인성호三人成虎』전국책戰國策에 보임.
43) 成疑 : 의심을 함.
44) 曾母 : 증삼曾參의 어머니.
45) 投杵 : 증삼曾參의 어머니가 증삼曾參이 사람을 죽였다고 하는 자가 삼인三人이나 있으므
  로 비로소 의심이 생겨 북을 던져 버리고 일어섰다는 고사, 즉 참언讒言을 믿는다는 말.
46) ᄒ져 : 함이여. 감탄종지형感嘆終止形.
47) 近畿押送 : 서울이 가까운 곳에서 죄인을 호송하는 것.
48) 子姪除職 : 아들과 조카의 관직을 제수하는 것.
49) 異恩 : 특별한 은혜가 거듭되다.
50) 旅館殘燈 : 여관의 등불이 희미함.

'셔하西河 → 봉황성鳳凰城 → 구연성九連城 → 압녹강鴨綠江 → 청천강淸川江 → 패수浿水 → 근긔近畿'로 이어져 명明나라로부터 고국故國으로 돌아오는 사행使行의 노정路程이 묘사되어 있다.

여기서는 자기구원의식自己救援意識을 노래한 바, 이는 자신에게 유리한 방향으로 현실적 조건을 합리화하여 해석한 것이다. 즉 '참언이 망극ᄒ니 님이신들 어이ᄒ고'라든지, '시호市虎도 성의成疑ᄒ고 증모曾母는 투저投杼ᄒ져'에서도 셋이 같은 말을 하면 누구나 믿지 않을 수 없다는 고사를 통하여 여론에 몰려 자기를 유배형에 처한 님을 두둔하고 있다. 이는 절대 군주의 권력 앞에 무력한 관료의 불안의식의 반영이요, 자기 구원의식의 발로라 할 수 있다.

(3) 本詞 2단락

금오리金吾吏51) 금퇵귀金澤龜롤	벽졔역碧蹄驛52)의 만나 보고
션산先山53)의 잠간暫間 드러	통곡痛哭ᄒ여 비별拜別ᄒ고
셩셔 구퇵城西舊宅54)의	가묘家廟55)의 하직下直ᄒ니
원근 친쳑遠近親戚이	손 잡고 니별離別ᄒᄅ시
쳥운 구붕靑雲舊朋56)은	안듕眼中의 드무도다
엄졍嚴程57)이 유한有限ᄒ니	경각頃刻인들 엄뉴淹留58)ᄒ랴
관악산冠岳山 십리디十里地59)의	숑츄松楸60)의 홀놀61) 쉬어
쳔니힝쟝千里行裝을	초초草草히 ᄎ려갈시

---

51) 金吾吏 : 금오리金吾吏는 의금부의 벼슬아치 금귀는 금택귀金澤龜.
52) 碧蹄驛 : 옛 고양군高陽郡에 있었던 역.
53) 先山 : 조상의 무덤이 있는 곳.
54) 城西舊宅 : 성 서쪽 옛집.
55) 家廟 : 사삿집의 사당.
56) 靑雲舊朋 : 높은 이상을 지닌 옛 친구.
57) 嚴程 : 노정路程이 엄함.
58) 淹留 : 오래 머무름.
59) 十里地 : 십리지점.
60) 松楸 : 선산을 말함.
61) 홀놀 : 하루를.

종남終南을 회슈回首62)ᄒ니　　　　오운五雲63)이 의의依依ᄒ고64)

의릉懿陵을 첨망瞻望65)ᄒ니　　　　숑빅松栢이 챵챵蒼蒼ᄒ다

(중략)

위에서는 작자가 죄인으로 서울 근교에서 압송되어 나주 배소에 도착하는 출발 정경情景을 그린 것으로 의금부義禁府 금오리金吾吏의 호송護送을 받으며 선산先山에 들려 통곡痛哭 작별하는 정경과 성서城西 구택舊宅의 가묘家廟에 하직하고 원근 친척遠近親戚과 손잡고 이별하는 정경은 그야말로 단장斷腸의 고통을 자아내고 있다. 그렇게도 많던 청운靑雲의 옛 벗도 죄인이 된 지금 아무도 찾아주지 않는다는 세정世情과 총애寵愛를 해주시던 의릉懿陵(경종景宗)을 바라보면서 죄인이 된 자신의 모습을 생각한다. 특히 여기서는 선왕先王(경종景宗)과 '님 향한 일편정一片情'을 병행하여 현실에서 과거로 돌아가고픈 욕망을 무의식적으로 드러내고 있다.

(4) 本詞 3단락

시지욕살時帝欲殺66)ᄒ야　　　　화식禍色67)이 층격層激ᄒ니68)

도거정확刀鉅鼎鑊69)이　　　　됴셕朝夕의 위급危急일새

졀도쳔극絶島栫棘70)으로　　　　즁노衆怒71)를 막으시니

죵시終始예 곡젼曲全72)ᄒ심　　　　오늘이야 더욱 알다

---

62) 回首 : 종남산終南山 (목멱산木覓山)으로 머리를 돌림.

63) 五雲 : 오색구름.

64) 依依ᄒ고 : 아름답고 성하다.

65) 懿陵瞻望 : 의릉懿陵을 바라봄.

66) 時帝欲殺 : 그 때의 재상을 죽이고자 함.

67) 禍色 : 재앙이 벌어지는 빌미.

68) 層激ᄒ니 : 화평하지 않음.

69) 刀鉅鼎鑊 : 사람을 형벌하는 도구, 정확鼎鑊은 죄인을 삶아 죽이는 큰 솥.

70) 絶島栫棘 : 멀리 떨어진 섬의 배소配所에 가시나무울로 둘러치는 일, 중한 죄인에게 하는 형식.

71) 衆怒 : 여러 사람의 노여움.

72) 終始曲全 : 끝내 간곡하고 온전하다.

선녁〈방宣力四方[73]은　　　신〈臣子의 직분職分이라

봉사미로奉仕微勞[74]룰　　　일크롤것 전〈혀 업다

전후 은포前後恩褒[75]논　　　화곤華袞[76]도곤[77] 빗나시니

이 죄 위영以罪爲榮[78]은　　　이 더욱 망외望外[79]로다

〈식姿色[80]도 업손 내오　　　지덕才德도 업손 날을

무어슬 취取ᄒ시며　　　　무어슬 듕重히 녁여

언언言言이 쟝혀獎詡[81]ᄒ며　　〈〈事事의 두호斗護[82] ᄒ샤

비박菲薄[83]ᄒ 이 ᄒ몸을　　　다칠가 넘念ᄒ시니

(중략)

위에서는 북곡이 영조英祖 원년元年 7월2일에 절도絶島(추자도楸子島)로 이배移配의 명命을 받는 것을 두고, 중노衆怒(노론老論)의 화색禍色이 충격層激하니 도거정확刀鉅鼎鑊이 조석朝夕에 위급하므로 영조가 그를 살릴 생각으로 절도絶島 천극栫棘으로 중노衆怒를 막았다고 하며 그 은총恩寵이 뼈에 사무치도록 느껴서 이죄위영以罪爲榮을 더욱 망외望外라 하였다.

당시의 재상들이 자신을 죽이려 하니 재앙이 벌어질 것만 같아 조석으로 위급하다고 하여 자신에 대한 치죄논의治罪論議가 얼마나 절박한 지 가히 짐작할 수 있고, 이런 위기에 처한 자신을 임금이 추자도로 유배시켜 조정의 진노를 막아주니 극진한 은혜를 진심으로 알겠다고 하여 성총聖寵을 찬양하였다.

---

73) 宣力四方 : 사방으로 힘써 주선함.

74) 奉仕微勞 : 봉사하는 데에 드는 적은 수고

75) 前後恩褒 : 전후로 베풀어 주는 은혜.

76) 華袞 : 천자天子의 의복, 곡량전서穀梁傳序.

77) 도곤 : ―보다.

78) 以罪爲榮 : 죄가 오히려 영화가 된다는 말.

79) 望外 : 바라던 것보다 지나는 것.

80) 姿色 : 고운 얼굴.

81) 言言獎詡 : 말끝마다 너그럽게 권함.

82) 事事斗護 : 일마다 두둔하여 보호함.

83) 菲薄 : 가볍고 적은 것.

264 시조와 가사의 해석

(5) 本詞 4단락

니진항구梨津港口84)의　　　　　쥬즙舟楫85)을 뎡동整頓ᄒ야
동풍東風이 건듯 불며　　　　　쌍범雙帆을 놉히 다니
창파 묘망滄波渺茫ᄒ며　　　　　물 밧근 하늘일다
고도孤島롤 지졈指點86)ᄒ니　　　흑黑子87)만 계유繫留 ᄒ다
시야 장반時夜將半88)ᄒ매　　　　광풍狂風이 졉텬接天89)ᄒ니
듕뉴실타中流失柁90)ᄒ야　　　　호흡呼吸이 위티危殆ᄒᆯ시
장년長年이 속수束手91)ᄒ고　　　쥬듕舟中이 실ᄉᆡᆨ失色ᄒ니
묘연渺然92)ᄒ 이내 몸이　　　　스ᄉᆡᆼ死生이야 관계關係ᄒ랴
지ᄉᆡᆼ再生ᄒ신 님의 은혜恩惠　　듕도中道의 귀허歸虛93)ᄒᆯ가
감심甘心94)ᄒ던 모든 원願을　　　오늘날 일워 줄가
경ᄉ經史롤 묵숑默誦95)ᄒ고　　　녯ᄉ람을 싱각ᄒ니
(중략)

위에서는 이진항구梨津港口를 떠나 배소配所인 추자도楸子島에 닿을 때까지의 항해 경로 및 정장情狀을 그린 대목으로 사경死境을 헤매는 해로海路에서의 위험과 주중舟中의 처절悽絶한 정황情況이 사실적으로 묘사되어 있다. 즉 시야장반時夜將半에 광풍狂風이 접천接天하여 중류中流에서 실타失柁하고 호흡呼吸이 위태롭게 되니 장년長年도 속수束手하고 주중舟中이 실색失色하여 사생死生의 경지境地를 헤매였다는 장면이 퍽 처연凄然하다. 그

---

84) 梨津港口 : 전남全南 해남海南 남南쪽에 있었던 항구.
85) 舟楫 : 배의 총칭.
86) 指點 : 가리켜 보임.
87) 黑子 : 바둑돌의 검은 알, 또는 검은 사마귀를 말함, 적다는 표시.
88) 時夜將半 : 때는 바야흐로 깊은 밤이라는 말.
89) 接天 : 하늘에 닿음.
90) 中流失柁 : 바다 중간에서 키를 잃어버림.
91) 長年束手 : 장년長年은 여기서는 선두船頭를 말함.
92) 渺然 : 넓고 멀어서 아득하다.
93) 中道歸虛 : 중간에 헛되이 돌아감.
94) 甘心 : 만족하여 여기는 맘.
95) 經史默誦 : 경서와 사서를 소리 없이 외다.

러나 북곡은 위지危地에서도 경사經史를 묵송默誦하고 선현先賢의 도道를
생각하며 태연자약泰然自若한 자세를 보여주었으며, 오늘날 살아남은 것
은 님의 은총恩寵임을 토로하고 있으니, 여기에서 북곡의 강직한 성격의
일면一面을 볼 수 있는 대목이다.

(6) 本詞 5단락

동방東方이 긔빅旣白96)ᄒ매	소리ᄒ고 낙범落帆97)ᄒ야
셕긔石磯98)의 비룰 미고	도듕島中의 드러가니
츈낙村落이 쇼조蕭條99)ᄒ야	수십호數十戶 어가漁家로다
풍우風雨룰 무릅쓰고	와실蝸室100)을 ᄎᄌᄃ니
모즈茅茨101)ᄂ 다 눌니고	듁창竹窓의 무지無紙102)ᄒ대
샹샹온누床床屋漏103)ᄂ	ᄆ른대 젼專혀 업다
말만ᄒ104) 좁은 방房의	조슬蚤虱105)도 만흘시고
팔쳑댱신八尺長身이	구버 들고 구버 나며
다리룰 서려 누워	긴 밤을 새와나니
쥬즁舟中106)의 젹신 의복衣服	어늬불의 몰뇌오며
일힝一行이 긔갈飢渴ᄒᄂ들	무어스로107) 구홀손고
힝탁108)을 ᄯ러 내니	수두미數斗米 쑨이로다
(중략)	

---

96) 東方旣白 : 동쪽이 이미 밝음.

97) 落帆 : 돛을 내림.

98) 石磯 : 돌로 만든 배 매는 기구.

99) 蕭條 : 쓸쓸함.

100) 蝸室 : 달팽이집, 즉 옹색한 집을 말함.

101) 茅茨 : 지붕을 잇는 띠.

102) 竹窓無紙 : 대로 만든 창살에 창지窓紙마저 없다는 것.

103) 床床屋漏 : 평상平床이란 평상平床은 모두 비에 젖음.

104) 말만ᄒ : 말(斗)과 같은.

105) 蚤虱 : 벼룩과 이.

106) 舟中 : 배안.

107) 무어스로 : 무엇으로

108) 힝탁 : 여행할 때 쓰는 주머니, 또는 자루.

위에서는 날이 밝아서 돛을 내리고 추자도에 도착到着한 후의 정장情狀
과 수행자들과의 이별 정경離別情景이 소상하게 그려져 있다. 풍우중風雨
中 처음 찾아든 집은 초라한 와실蝸室로 모자茅茨는 다 날리고 창호지 없
는 죽창竹窓에 비는 새어 습기濕氣는 차고 조슬蚤虱은 득실거려 몸 둘 곳
을 모른다. 흰죽으로 연명을 하며 십장형리十丈荊籬 속에서 주야晝夜에 들
리는 것은 해도海濤와 맹풍盲風이와 조석으로 일어나는 것은 장무瘴霧와
만우蠻雨이다. 이들을 벗 삼아 지내게 되는 자신의 처참悽慘한 생활상을
그리고 있다.

      (7) 本詞 6단락

가을이 점점漸漸 깁고	긱회客懷109)는 뇨락寥落110)훈대
송옥宋玉111)의 비추부悲秋賦112)롤 초성楚聲113)으로 놉이 읇고	
뉴박 이긱柳朴二客114)을	쵸쵸悄悄115)히 상대相對ᄒ야
용슬슈간옥容膝數間屋116)을	초창草刱117)ᄒ믈 경영經營118)홀시
도듕島中의 모든 빅셩百姓	딘심盡心ᄒ여 완역完役119)ᄒ니
번토운와番土運瓦120)ᄒ던	챵화현昌化縣121) 풍속風俗일다
졔도制度ᄂ 추익湫隘122)ᄒ나	거처居處ᄂ 쇼쇄蕭洒123)ᄒ다

---

109) 客懷 : 객중客中의 회포, 여정旅情과 같음.

110) 寥落 : 쓸쓸함.

111) 宋玉 : 전국초戰國楚의 언인鄢人, 굴원屈原의 유배流配를 슬퍼하여 즐겨 소부騷賦를 지
    었다 함.

112) 悲秋賦 : 가을철을 쓸쓸하게 여기어 지은 노래.

113) 楚聲 : 초가楚歌와 같음, 초가楚歌는 초楚의 지방地方의 노래로서 항우項羽가 들었다는
    슬픈 노래로 유명有名함.

114) 柳朴二客 : 유씨박씨柳氏朴氏의 두 손님.

115) 悄悄 : 매우 근심스러움.

116) 容膝數間屋 : 무릎이나 겨우 움직일 수 있는 수칸집.

117) 草刱 : 처음으로 만듦.

118) 經營 : 일을 다스림.

119) 盡心完役 : 마음을 다하여 역사를 마침.

120) 番土運瓦 : 흙을 이기고 기와를 나름.

121) 昌化縣 : 창화현昌化縣은 당唐나라 때 당산현唐山縣, 송宋에 와서 창화현昌化縣으로 고
    침.

언앙굴신偃仰屈身124)ᄒ며	이제야 죠안粗安125)ᄒ다
감군은 삼ᄌ感君恩三字를	벽상壁上의 대서大書ᄒ고
(중략)	

위에서는 배소에서 유柳, 박朴 이객二客의 협조를 얻어 용슬수간옥容膝數間屋을 도중島中의 모든 백성이 합심하여 창화현昌化縣 풍속으로 겨우 몸 붙일 두어 칸 집을 창건하고, 벽상壁上에는 '감군은 感君恩' 三字를 대서大書하고 '망미헌望美軒'이라는 편액扁額을 걸고 종일토록 문을 닫고 주서主書를 피열披閱하며 성현聖賢의 도道를 궁구窮究하는 사대부의 진지한 모습을 읊었다.

(8) 本詞 7단락

됴작鳥鵲126)은 본本더 업고	오연烏鳶127)만 적괴며128)
어두귀면魚頭鬼面129) ᄀᆺ흔	포한逋漢130)이롤 만나보니
야록野鹿의 셩졍性情131)이오	믹만貊蠻의 어음語音132)일다
샹대 믹믹相對脈脈133) ᄒ야	무슴 말을 슈작酬酢홀고
엄동嚴冬이 깁허지고	뉵디陸地눈 못 통通ᄒ니
닝식粮食도 핍졀乏絶거든	반찬飯饌이야 의논議論ᄒ며
염쟝鹽醬을 못 먹거든	어육魚肉이야 ᄇ랄소냐
도듕슈십니島中數十里의	일년초一年草134) 희한稀罕ᄒ다

---

122) 湫隘 : 좁고 낮고 하여 습기濕氣가 많고 협소狹小한 땅, 완호문完好問.

123) 蕭洒 : 삼빡하고 깨끗한 것을 말함.

124) 偃仰屈身 : 몸을 맘대로 움직임.

125) 粗安 : 아무일 없이 잘 있음.

126) 鳥鵲 : 새와 까치.

127) 烏鳶 : 까마귀와 솔개.

128) 적괴며 : 지저귀며, 시끄럽게 울며.

129) 魚頭鬼面 : 고기 머리와 거북 얼굴 같이 생긴 흉한 얼굴.

130) 逋漢 : 갯가에서 고기잡이하는 사람.

131) 野鹿性情 : 들 사슴의 성품과 같은 늙은이.

132) 貊蠻語音 : 오랑캐와 같은 말소리.

133) 相對脈脈 : 서로 대해서 수작하기가 서먹하다.

<table>
<tr><td>됴셕朝夕밥 못닉일 제135)</td><td>방房 덥기 싱각홀가</td></tr>
<tr><td>정됴 대명일正朝大名日136)의</td><td>소素국137)의 썩을 쑤어</td></tr>
<tr><td>갯믈의 저린 비츠</td><td>샹찬上饌138)으로 올나시니</td></tr>
<tr><td>와 이 경샹景像139)은</td><td>싱니生來의 처음 보내</td></tr>
<tr><td>(중략)</td><td></td></tr>
</table>

위에서는 생소한 도민들의 모습, 황량荒凉한 배소配所의 풍경, 일용日用의 궁색窮塞함 등이 그려져 있다. 그리고 거소居所의 습기濕氣가 많고 독사毒蛇와 해충들이 우굴거리는 극도極度의 곤경에서 고생하는 간고艱苦한 생활상을 실감하게 표현하고 있다.

   (9) 本詞 8단락

<table>
<tr><td>듕야中夜의 줌이 업셔</td><td>옹금擁衾140)ᄒ고 니러안쟈</td></tr>
<tr><td>신셰身勢롤 ᄌ탄自歎ᄒ고</td><td>핑싱平生을 무렴撫念141)ᄒ니</td></tr>
<tr><td>고로孤露142)혼 이내몸이</td><td>ᄌ셩子姓143)도 업슨 내오</td></tr>
<tr><td>쟝히瘴海144)의 병病이 든들</td><td>구호救護ᄒ리 뉘 이시며</td></tr>
<tr><td>즁반계盤溪예 녯폐려蔽廬145)롤</td><td>뷔여신들 뉘 딕힐고</td></tr>
<tr><td>스셔 텬권賜書千卷146)을</td><td>고각高閣의 못거시니147)</td></tr>
</table>

---

134) 一年草 : 당년초當年草와 같음, 해마다 씨를 심어서 나는 풀을 통틀어 말함.

135) 못닉일 제 : 못 익히는데, 설되기 하는데.

136) 正朝大名日 : 설날 큰 명절.

137) 素국 : 고기를 넣지 않고 끓인 국.

138) 上饌 : 좋은 찬.

139) 景像 : 모양.

140) 擁衾 : 이불로 몸을 휩쌈.

141) 撫念 : 생각을 더듬어.

142) 孤露 : 외롭게 드러남.

143) 子姓 : 후손.

144) 瘴海 : 축축하고 더운 바다.

145) 盤溪蔽廬 : 반계盤溪에 있는 해어진 집. 반계盤溪는 작자作者가 살던 반송방盤松坊, 폐려蔽廬는 자가自家의 겸칭謙稱.

146) 賜書千卷 : 임금에게서 받은 서적 천권.

147) 高閣의 못거시니 : 고각高閣에 묵혀 있으니.

두서충蠹書虫148) 다 먹은들　　　그 뉘라셔 포쇄曝洒149) ᄒ며
평천장平泉庄 만원화滿圓花150) 롤　　전벌剪伐151) ᄒ들 뉘 금禁ᄒ고
천하天下의 무고無辜152) ᄒ니　　　나밧긔 ᄯᅩ 이실가
(중략)

위에서는 어려운 현실을 인식하고 불안과 초조한 심사를 드러낸 것으로 앞날에 희망 없음을 의문형으로 표현하고 있다. 밤중에 일어나 앉아서 일점혈육一點血肉도 없는 평생을 생각하며 "반계盤溪 예 녯폐려蔽廬롤" 누가 보살펴주며, "사서 천권賜書千卷을 고각高閣의 못거시니 두서충蠹書蟲 다 먹은들 그 뉘라셔 포쇄曝洒ᄒ며, 평천장만원화平泉庄滿圓花롤 전벌剪伐ᄒ들 뉘 금禁ᄒ고" 하여 고적孤寂한 신세를 자탄自歎하고 있다. 이렇게 집안일을 염려하고 있는가 하면, 자신은 죄가 없으며 고혈단신孤孑單身인 것을 남이 알지 못하고 "일월日月ᄀᆞ튼 우리 님이 거의 아니 조림照臨ᄒᆞᆯ가"라 하여 성총회복聖寵回復의 불가함과 권력 핵심에서 밀려난 유배자의 진한 소외 의식을 표현하고 있다.

(9) 結司

고국故國의 도라갈 꿈　　　벽ᄒᆡ碧海롤 문이 넓고
옥누玉樓153) 놉흔 곳의　　　야야夜夜154)의 님을 뫼셔
일당우불一堂盱拂155) 의　　　슈답酬答이 여향女響156) ᄒ니

---

148) 蠹書虫 : 서적을 갈가먹는 종.
149) 曝洒 : 축축한 것을 바람에 말리고 볕에 바래는 것.
150) 平泉庄滿圓花 : 평천장平泉庄에 가득히 피어 있는 꽃, 평천장平泉庄은 당唐의 이덕유李德裕가 천하天下의 진목괴석珍木怪石을 취取하여 원지園池의 경물景物로 삼고 즐겼다는 고사故事가 있음.
151) 剪伐 : 자르고, 베고
152) 無辜 : 죄가 없음.
153) 玉樓 : 백옥루白玉樓의 준말, 임금이 계신 궁전宮殿, 금전옥루金殿玉樓하고도 함.
154) 夜夜 : 밤마다.
155) 一堂盱拂 : 한 집안이 탄식하고 울부짖음.
156) 酬答女響 : 수작하는 것이 소리가 울리는 것과 같다는 말.

<table>
<tr><td>진션前席의 문귀問鬼157) 흐던</td><td>가태부賈太傅158) 이갓홀가</td></tr>
<tr><td>어촌 원계셩漁村遠鷄聲159)이</td><td>긴 줌을 떡드르니160)</td></tr>
<tr><td>우리 님 옥음玉音161)은</td><td>이변耳邊162)의 완연完然흐고</td></tr>
<tr><td>우리 님 어로항御爐香163)이</td><td>의슈衣袖164)의 품여계라165)</td></tr>
<tr><td>어느 날 이내 꿈을</td><td>진즛盡之것166) 삼을손가</td></tr>
<tr><td>두어라 왕셔긔기지王庶幾改之167)롤</td><td>여일망지余日望之168) 흐노라</td></tr>
</table>

위의 결사 구조에서는 세부분으로 나눌 수가 있다. 1행에서 4행까지는 꿈속의 정황情況이고, 5행에서 8행까지는 꿈을 깬 후의 현실을 그린 것이다. 그리고 9행은 종결형식終結形式을 엿볼 수 있는 종행終行이라 하겠다.

앞에서는 고국으로 돌아갈 꿈에서 현실로 돌아와 보니 이상은 이룰 수 없고, 희망 없음을 의문형종결어미로 마무리하였다. 그리고 종행에서 '두어라! 님이 마음을 고쳐먹기를 나는 날로날로 바라노라'고 하여 님이 지금이라도 마음을 고쳐서 자신에 대한 해배의 은총을 내려 주기를 간절히 바라는 심정을 읊었다.

---

157) 前席問鬼 : 자리(席)를 가까이 하고 귀신鬼神의 본本을 묻는다는 말.

158) 賈太傅 : 가의賈誼를 말함, 태부太傅는 벼슬이름, 전한낙양인前漢 洛陽人, 문제文帝의 박사博士가 되어 대중대부大中大夫에 올랐으나, 참讒을 만나 장사왕태부長沙王太傅가 되었고, 후後에 다시 양왕梁王의 태부太傅가 되어 죽었다, 세상에서 흔히 가태부賈太傅, 가장사賈長沙, 가생賈生이라고 하였음.

159) 漁村遠鷄聲 : 어촌에 멀리 들려오는 닭소리.

160) 긴줌을 떡드르니 : 긴 잠을 뜨이게 하니, 떠나게 하니, 깨우니.

161) 玉音 : 임금의 음성을 높이어 하는 말.

162) 耳邊 : 귓가.

163) 御爐香 : 임금의 향로에서 나는 향기.

164) 衣袖 : 옷과 소매.

165) 품여계라 : 품었어라.

166) 盡之것 : 참된 것, 진 것.

167) 王庶幾改之 : 왕이 이것을 고치기를 원함.

168) 余日望之 : 날을 예정하고 이를 바람.

● 작품의 이해와 내면화

<속사미인곡>의 선행 연구들을 살펴보면, 가장 큰 특징으로 기행체 구성방식을 도입한 것이라 하였고, 내용 전개를 분석해 본 결과도 선행 연구들의 주장과 동일함을 확인하였다. 그러면 기행체 구성방식이란 무엇인지에 대하여, 최강현은 '출발 → 여정 → 여행지 → 회정'의 순서로 진술하는 가운데 여행 중 얻을 수 있었던 새로운 견문과 감상을 기록하는 구성방식이라 하였다. 그리고 출발, 노정, 목적지, 객창감, 견문, 귀환 등을 기행문의 요소로 보고 37편의 기행가사 자료를 바탕으로 그 내용적 구조를 분석해 본 결과로 기행체 구성의 정격형 또는 완전형이라 할 수 있는 유형을 위와 같이 6단계로 제시하였다.

<속사미인곡>에는 유배지로 향하는 출발과정, 그리고 유배지에서의 견문이 세세하게 진술되어 있는 만큼, 작가 이진유에게 있어서는 그것이 기록의 충동을 느낄 정도의 새로운 경험이었다는 사실 또한 잘 드러나 있다.

여기서는 기행을 하게 된 동기를 진술하는 것부터 시작된다. 유배(이별)의 동기가 자신의 죄 때문도 아니고 님이 박정해서도 아니라 자신을 질투한 여인들의 참소에서 비롯된 것으로 여인들은 정적으로 보고 자신의 유배가 노론 일당의 모함임을 우회적으로 표현하였다.

그리고 출발의 전경은 여러 진술에서 확인할 수 있는데 선산에 들러 통곡하는 장면이나 가까운 친척과 이별하는 장면, 옛 친구들이 보이지 않는 것으로 야박한 인심을 깨닫게 되는 장면 등은 매우 상세하게 진술하고 있는 반면에 님을 떠나는 슬픔과 그리움은 "고신원루孤臣寃淚롤 한수漢水의 フ득 뿌려 / 님 향흔 일편정一片情을 참고 춤아 쩌나가니 / 내 무옴 이러훌 제 님이신들 니즐손가"와 같이 간단하게 표현하고 있는 것은 화자의 현재 위치가 목숨이 위태로운 긴박한 상황인데다 님과 화자는 서로 소원한 사이이므로 의식적으로라도 고마움을 표시해야 했던 것이다. 따라서 이 작품에서의 님과 화자의 거리는 다른 사미인곡계 가사의 경우보다 더 멀리 잡혀 있다고 보아야 할 것이다.

그리고 출발의 전경과 함께 노정과 목적지, 객창감과 견문은 비교적 소상히 잘 나타나 있다. 그러나 회정에 대한 언급은 없다. 이는 왕명에 의한 유배이기 때문에 그 다음의 보장을 할 수 없는 것이 일반 기행문과 차이를 보이는 특징 때문이라 할 수 있다. 따라서 <속사미인곡>은 내용 전개에 있어 기행문학성이 충분히 반영된 작품이라 하겠다.

● 문학사적 의의

북곡北谷 이진유李眞儒의 <속사미인곡>은 중국 사행使行에서 귀국 도중 나주羅州에 압송되었다가 후에 추자도楸子島로 유배되어 가는 노정 및 절도絶島에서 천극栫棘 3년간의 온갖 회포 등을 퍽 실감나게 서술하고 있다.

배소까지의 행로는 '서하西河 → 봉황성鳳凰城 → 구연성九連城 → 압록강鴨綠江 → 청천강淸川江 → 폐수浿水(대동강大同江) → 근기近畿 → 벽제역碧蹄驛 → 나주羅州(남주南州) → 강진康津(월남촌月南村) → 니진항구梨津港口 → 추자도楸子島'로 나타난다. 자신의 무죄와 왕에 대한 충정을 기술하고 있는데, 안조환安肇煥의 <만언사萬言詞>와 함께 유배지까지의 노정, 유배지에서 생활상 등이 비교적 소상히 묘사되어 있어 주목된다.

정철의 <사미인곡>이 남편을 이별하고 그리워하는 아내의 심정에 의탁하여 썼으나, 북곡의 <속사미인곡續思美人曲>은 임의 정체를 분명히 하고 있다. 또한 굴원, 이백, 유종원 등의 중국인명과 고사, 한문투의 구절도 빈번하게 사용하고 있다.

전반적으로 연군의식戀君意識이 바탕한 사미인계가사思美人系歌辭로 연주충군戀主忠君의 정情이 얼마나 간절했던지 밤마다 옥루玉樓에서 님을 모시고 옥음玉音을 듣는다는 님에 대한 연군일념戀君一念을 보여준 작품이다. 그러나 중죄인으로 먼 유배지에서 생활의 간고와 고적감이 쌓임으로

사미인思美人과 연군의식戀君意識은 차차 좌절, 패배, 소외 등 불안의식으로 변화되었다. 따라서 충군의식의 발현發顯은 의례적이고 상투적이지만 한편으로는 사대부의식士大夫意識의 표출과 성은聖恩에 대한 절대적인 믿음이 표현함으로 자기구제自己救濟와 해배에의 희망과 기대를 간절히 바라는 심정을 노래함으로 유배문학의 특징을 보여준다.

　정철鄭澈의 〈사미인곡思美人曲〉, 〈속미인곡續美人曲〉, 조우인曺友仁의 〈자도사自悼詞〉, 김춘택金春澤의 〈별사미인곡別思美人曲〉의 구성이 다 같이 작자 자신의 심정을 젊은 여인에게 기탁하여 서술하고 적강모티프를 통해 임과 이별한 사실을 제시하고 있는데 비해, 이 작품은 적강모티프가 나타나지 않고, 기행체紀行體의 수법을 취하여 독백하는 형식으로 자신의 무죄를 주장하며 임을 향한 애틋한 충정忠情을 표현했다는 점에서 앞의 작품들과는 차이가 난다.

| 제 15 장 | **연주충군가사**

1. 정철의 <사미인곡思美人曲>

● 창작배경

송강 정철松江鄭澈(1536~1593)은 조선 선조 때의 문인으로 자는 계함季函, 호는 송강松江, 시호는 문청이다. 정철은 돈녕부 판관을 지낸 정유침의 아들로서 서울에서 출생하였고, 당대의 명유들인 하서 김인후, 고봉 기대승, 면앙정 송순 등에게서 글을 배웠으며, 우리나라 시가사상 고산 윤선도와 쌍벽을 이루는 가사문학의 대가라고 할 수 있다. 그가 52세 때 향리인 담양에서 지은 <사미인곡思美人曲>과 <속미인곡續美人曲>은 조선 선조 임금을 그리워하는 마음을 노래한 것으로 서포 김만중은 『서포만필』에서, 중국 초나라의 굴원이 지은 <이소>에 비겨, '동방의 이소'라고 절찬하기도 하였다. 그리고 전라남도 담양군 남면의 경치 좋은 광주호 주변에 있는 식영정과 호남의 명산인 무등산 북서쪽의 원효계곡 자락이 있는 성산(별뫼)의 모습을 연결시켜 노래한 <성산별곡>은 정극인의 <상춘곡>, 면앙정 송순의 <면앙정가>, 정해정의 <석촌별곡> 등으로 이어지는 호남가단의 맥을 형성하고 있다. 송강 정철은 강원도 관찰사로 있으면서 관동지방의 해금강, 내금강, 외금강 등의 절승지와 관동팔경을 중심으로 한 기행가사인 <관동별곡>을 지었다.

또한 송강 정철은 본래 성질이 곧아서 바른 말을 잘하는 데다, 당시 조정의 당파 싸움에 연루되어 유배와 은거가 많았으나, 학문이 깊고 시를 잘 지어 그의 작품들은 오늘날에도 많은 사람들에 회자되고 있다. 오늘날 송강의 시비가 강원도 원주시 치악예술관 입구에 있는데, 이는 송강이 강원도 관찰사로 있으면서 도민을 교화하기 위해 <훈민가> 16수를 짓고 <관동별곡>을 지었기 때문이라고 할 수 있다.

송강 정철이 전라남도 담양 지역과 인연을 맺은 것은 그의 나이 16세 때 였다. 두 누이가 각각 인종의 귀인이자, 계림군桂林君 유의 부인이었던 탓으로 궁중에 자주 출입하며 경원대군(훗날 13대 명종)의 동무가 되기도 하는 등 명문세가의 자식으로서 유복하게 지냈다. 그러나 송강이 10세(명종 원년, 1545년)에 을사사화가 일어남으로 역모에 걸린 계림군 유는 죽임을 당했고, 송강 정철의 형은 모진 매를 맞고 먼 곳으로 귀양가던 길에 죽었으며, 아버지는 함경도 정평으로, 다시 경상도 영일로 유배됨으로 정철은 아버지를 따라 유배지를 떠돌았다. 6년 후 유배에서 풀린 그의 아버지는 할아버지의 산소가 있는 전라남도 담양으로 내려왔다. 16살 되던 해까지 체계적인 학문을 배울 수 없었던 그는 사촌 김윤제에 의해 발탁되었는데, 그 후 10여 년 동안 고봉 기대승, 하서 김인후, 송천 양응정, 면앙정 송순 등 호남사림의 여러 학자들에게서 학문을 배웠으며, 석천 임억령에게서 시를 배웠다. 또한 무등산 자락의 아름다운 자연 속에서 시인으로서의 자질을 흠뻑 길렀고, 율곡 이이와 우계 성혼과도 사귀었다. 송강 정철은 17세 때에 사촌 김윤제의 외손녀 사위(장인은 문화 유씨 강항)가 되었다. 이런 연고로 이곳은 숙종 때(1705) 송강서원이란 사액서원을 두어 송강을 배양하는 인연을 맺었다.

명종은 즉위하면서 송강 일가에게 특사를 내렸을 뿐만 아니라. 송강이 26세 때 문과별시에 장원급제하자 따로 주찬을 내려 축하하면서 직접 송강을 불러 격려했다. 그는 성균관전적, 사헌부 지평 등의 자리에 올랐다.

송강은 45세에 강원도 관찰사가 되어 <관동별곡關東別曲>과 <훈민가
訓民歌>를 지었다. 46세에는 대사성에 오르고 명을 받아 노수신불윤비답
盧守愼不允批答을 대작代作했는데 이로 사헌부의 탄핵을 받고, 다시 창평으
로 돌아왔다. 48세에 예조판서, 형조판서 등에 제수되었으며, 죄인들을
다스린 일로 하여 사간원의 논핵을 당하여 4번이나 사직소를 올렸으나
선조대왕은 윤허하지 않았다. 또 50세에는 김우옹, 정여립, 이발 등의
훼방으로 양사兩司의 논척論斥를 입고 송강은 고양을 거쳐 창평으로 갔
다. 이 때 충군연주지사로 대표되는 <사미인곡>과 <속미인곡>을 지었
다. 54세 우의정에 오르고, 55세에는 좌의정으로 승진하였다. 57세
(1592) 되던 해 4월 임진왜란이 일어나니, 귀양에서 풀려나 평양에서 임
금을 맞았다. 58세에는 사은사로 북경에 갔다가, '외구가 철거하니 출병
할 필요가 없다'고 했다는 매국모함으로 대간臺諫의 탄핵을 받았다. 강화
송정촌에 우거하다가 12월 18일에 58세의 생을 마감하였다.

● 텍스트 분석

<사미인곡>은 작자가 50세 때 반대파의 탄핵을 받고 전남 창평으로
물러가 우거寓居하면서 임금을 향한 충성심을 임과 이별한 여인의 애절
한 연가戀歌 형식으로 풀어냄으로 탁월한 작가적 면모를 보여주었다.
<속미인곡>과 함께 충신연주지사忠臣戀主之詞의 대표작으로 평가된다.
이는 서사序詞, 본사本詞, 결사結詞 등으로 나누고 본사는 춘하추동春夏秋冬
으로 나누어 사계四季의 연정戀情을 노래하였다.

    (1) 序詞
       이몸 삼기실 제1)   님을 조차 삼기시니

---

1) 삼기실 제 : 태어날 때, 생겨날 때.

훈싱 연분緣分이며   하늘 모롤 일이런가
나 호나2) 졈어 잇고   님 호나 날 괴시니3)
이 무음 이 ᄉ랑   견졸 ᄃ 노여4) 업다
평생平生애 원願호요ᄃ   훈ᄃ5) 녜자 ᄒ얏더니
늙거야 므스 일로   외오6) 두고 그리는고
엇그제 님을 뫼셔   광한전廣寒殿7)에 올낫더니
그 더ᄃ8) 엇디ᄒ야   하계下界예 ᄂ려오니9)
올 저긔 비슨 머리   헛틀언디 삼년일쇠
연지분臙脂粉 잇니마는   눌 위ᄒ야 고이10) 홀고
무음의 미친 실음   첩첩疊疊이 ᄲ혀 이셔
짓ᄂ니 한숨이오   디ᄂ니 눈물이라
인생人生은 유한有限 훈ᄃ   시롬도 그지업다
무심無心호 세월歲月은   믈 흐르ᄃ 호는고야
염량炎涼11)이 째롤 아라   가는 ᄃ 고텨12) 오니
듯거니 보거니   늣길 일도 하도 홀샤

서사의 내용을 크게 세 부분으로 나누어 님과의 인연, 이별 후의 그리움, 세월의 무상함 등을 노래하였다. '올 저긔 비슨 머리 헛틀언디 삼년 일쇠'라는 행에서 이 작품이 쓰여진 연대를 추정할 수 있으며, 님과 헤어진 지 벌써 3년이 지났으니 세월이 빨리 흐르는 것을 안타까워하고 있다. 송강은 자신을 여인에 비유하였기에 여성적인 정조情調, 어투행위語

---

2) 호나 : 오직.
3) 괴시니 : 사랑하시니.
4) 노여 : 다시(更, 復).
5) 훈ᄃ : 같은 곳에.
6) 외오 : 외롭게(孤), 그릇하여(非).
7) 廣寒殿 : 하늘의 한 선궁仙宮.
8) 그 더ᄃ : 그 때에.
9) ᄂ려오니 : 내려왔는가?.
10) 고이 : 곱게.
11) 炎涼 : 무덥고 서늘함, 한서, 계절.
12) 고텨 : 고쳐, 다시(改, 更).

套行爲 등으로 시상詩想을 펼쳤다. '광한전'은 천상天上의 선궁仙宮인데 여기서는 궁궐宮闕을 미화美化한 것이요, '하계下界'는 전라도 창평을 말하되 광한전에 대한 대조를 이룬다.

(2) 春戀

동풍東風이 건듯 부러	적설積雪을 헤텨 내니
창窓 밧긔 심근 매화梅花	두세 가지 피여세라
ㄱㅈ득 냉담冷淡혼디	암향暗香은 므스 일고13)
황혼黃昏의 둘이조차	벼마티14) 빗최니
늣기는 듯 반기는 듯	님이신가 아니신가
뎌 매화梅花 것거 내여	님 겨신디 보내오져
님이 너롤 보고	엇더타 너기실고

위에서는 봄이 되자 매화가 피니, 그것을 임금께 보내고 싶으나 임금의 심정은 어떨지 의심하는 뜻을 읊었다. 이는 송강의 사철에 걸친 연군戀君의 노래로 춘원春怨이나 춘한春恨이라 하기에는 주제와 거리가 멀다. 여기에서 매화梅花, 암향暗香, 황혼黃昏 등의 소재는 송나라 은사 임포林逋의 <산원소매山園小梅>의 함련頷聯인 '소영횡사수청천疎影橫斜水淸淺 암향부동월황혼暗香浮動月黃昏'에서 볼 수 있다.

(3) 夏戀

솟 디고 새닙 나니	녹음綠陰이 질렷는디
나위羅幃15) 적막寂寞ㅎ고	수막繡幕이 뷔여 잇다
부용芙蓉16)을 거더 노코	공작孔雀17)을 둘러 두니

---

13) 므스 일고 : 무슨 일인가?
14) 벼마티 : 벼개맡에, 벼개머리에.
15) 羅幃 : 비단으로 만든 포장.
16) 芙蓉 : 부용병芙蓉屛, 연꽃으로 물들인 비단 병풍.
17) 孔雀 : 공작병孔雀屛, 공작의 무늬가 있는 병풍.

280　시조와 가사의 해석

　　곳득 시름 한디18)　　　　　　날은 엇디 기돗던고
　　원앙금鴛鴦衾 버혀 노코　　오색선五色線 플텨내어19)
　　금자히 견화이셔20)　　　　　님의 옷 지어내니
　　수품手品은 크니와21)　　　　제도制度도 フ줄시고22)
　　산호수珊瑚樹 지게 우희　　백옥함白玉函의 다마 두고
　　님의게 보내오려　　　　　　님 겨신디 브라보니
　　산山인가 구름인가　　　　　머흐도23) 머흘시고
　　천리만리千里萬里 길희　　　뉘라서 초자갈고
　　니거든24) 여러 두고　　　　날인가 반기실가

　　위 하연에서는 님에 대한 알뜰한 정성이 느껴진다. '나위, 수막, 부용, 공작' 등으로 호화로운 규방閨房을 꾸몄으나 임이 없으니 공허空虛할 뿐이고, 임의 옷을 지어 임과의 인연을 다시 잇고자 하였으나 산과 구름으로 비유된 간신奸臣들이 임금을 싸고 있어 소망을 이룰 수 있을지, 천신만고千辛萬苦하여 찾아간들 임이 반가와 하실지, 의심스런 마음을 자문自問하는 안타까운 심정을 노래하였다.

　　(4) 秋戀
　　　　흐ㄹ밤 서리김25)의　　　　기러기 우러 녈 제
　　　　위루危樓26)에 혼자 올나　　수정렴水晶簾을 거든마리27)
　　　　동산東山의 둘이 나고　　　북극北極의 별이 뵈니

---

18) 한디 : 많은데.
19) 플텨내어 : 풀어내어.
20) 견화이셔 : 겨누어서, 재어서.
21) 크니와 : 커녕, 더 말할 것 없고
22) フ줄시고 : 갖추어 있구나!
23) 머흐도 : 험險하기도
24) 니거든 : 가거던(去), 이르거던(至).
25) 서리김 : 서리 기운에(霜氣).
26) 危樓 : 높은 누각.
27) 거든마리 : 걷으니.

<table>
<tr><td>님인가 반기니</td><td>눈물이 절로 난다.</td></tr>
<tr><td>청광淸光을 피워 내여</td><td>봉황루鳳凰樓28)의 붓티고져</td></tr>
<tr><td>누樓 우희 거러 두고</td><td>팔황八荒29)의 다 비최여</td></tr>
<tr><td>심산궁곡深山窮谷 졈30)</td><td>낫マ티31) 밍그쇼셔</td></tr>
</table>

위의 '기러기, 위루, 달, 별, 청광' 등은 가을의 맑고 서늘함을 나타낸 시어詩語들이다. 특히 청광淸光을 임금께 보내어 온 세상을 고르게 비치게 함은 당쟁으로 혼란한 조정에 성총聖聰이 밝아지기를 소원하는 송강의 심정이다. 또 '심산궁곡 졈 낫マ티 밍그쇼셔'는 자신이 밝은 세상에 다시 나가고자 하는 적극적인 의욕의 표현으로 그의 시조 '내 ᄆᆞ음 버혀 내여 뎌 ᄃᆞᆯ을 밍글고져 / 구만리 댱텬의 번드시 걸려이셔 / 고온 님 계신 고듸 가 비최여나 보리라'고 한 것과 같은 심정이다.

(5) 冬戀

<table>
<tr><td>건곤乾坤32)이 폐색閉塞ᄒ야</td><td>백설白雪이 혼비친 제</td></tr>
<tr><td>사ᄅᆞᆷ은 ᄏᆞ니와</td><td>놀새도 긋처 잇다</td></tr>
<tr><td>소상남반瀟湘南畔33)도</td><td>치오미 이러커든</td></tr>
<tr><td>옥루玉樓34) 고처高處야</td><td>더옥 닐러 므슴ᄒ리</td></tr>
<tr><td>양춘陽春을 부처 내여</td><td>님 겨신ᄃᆡ 쏘이고져</td></tr>
<tr><td>모쳠茅簷 비쵠 ᄒᆡ롤</td><td>옥루玉樓의 올리고져</td></tr>
<tr><td>홍상紅裳을 니믜 ᄎᆞ고35)</td><td>취수翠袖롤 반半만 거더</td></tr>
<tr><td>일모수죽日暮脩竹36)의</td><td>혬가림37)도 하도 할샤</td></tr>
</table>

---

28) 鳳凰樓 : 임금 계시는 곳.

29) 八荒 : 온 세계.

30) 졈 : 조금.

31) 낫マ티 : 낮처럼, 낮 같이.

32) 乾坤 : 하늘과 땅.

33) 瀟湘南畔 : 중국 호남성에 있는 소구와 상수, 여기서는 전남 창평을 말함.

34) 玉樓 : 임금 계시는 곳.

35) 니믜 ᄎᆞ고 : 입고, 여미어 입고.

36) 日暮脩竹 : 해가 저문 날 긴 대나무.

댜론 히 수이 디여	긴 밤을 고초 안자
청등靑燈 거론 겻티	전공후鈿箜篌38) 노하 두고
꿈으나 님을 보려	툭 밧고 비겨시니
앙금鴦衾39)도 츠도 출샤	이 밤은 언제 샐고

위에서는 님에 대한 걱정과 염려하는 마음이 담겨 있다. 따뜻한 봄빛을 님에게 보내고 싶어하며 겨울이 되어 해는 빨리 지고 밤은 길게 되니 또 이밤을 샐 것이 걱정이다. 님에 대한 염려와 함께 그리움이 묻어 있다. 위 동연의 처음은 당나라 유종원柳宗元의 <강설江雪> '千山鳥飛絶 萬逕人蹤滅'과 비슷한 내용이다. 여기서 '소상남반'은 창평昌平을 말하며, '옥루고처'는 궁궐宮闕을 대우법으로 쓴 것이다. 기나긴 겨울밤에 독수공방獨守空房하면서 꿈에나 임을 보고자하여도 잠들 수 없는 절대고독絶對孤獨을 노래함으로 계절의 적막감과 잘 어울린 표현이다.

(6) 結詞

호르도 열두 째	혼 둘도 셜흔 날
져근덧 싱각마라	이 시름 닛쟈 ㅎ니
무움의 미쳐 이셔	골수骨髓의 쎄텨시니40)
편작扁鵲41)이 열히 오다42)	이 병을 엇디ㅎ리
어와 내 병이야	이 님의 타시로다
출하리 싀어디여43)	범나븨 되오리라
곳나모 가지마다	간디족족44) 안니다가45)

---

37) 헴가림 : 여러가지 생각, 이런 생각 저런 생각.
38) 鈿箜篌 : 자개로 장식한 공후, "공후"는 현악기의 하나.
39) 鴦衾 : 원앙새를 수놓은 이불.
40) 쎄텨시니 : 꿰뚫었으니, 사모쳤으니.
41) 扁鵲 : 중국 전국 시대의 유명한 의사.
42) 열히 오다 : 열이 와도, 열 사람이 온들.
43) 싀어디여 : 죽어져, 죽어서.
44) 간디족족 : 가는 곳마다.

향 므틴 눌애로	님의 오시 올므리라
님이야 날인 줄 모르셔도	내 님 조츠려46) ᄒ노라

　결사에서는 임을 그리워한 나머지 상사병相思病이 들어 중국 전국시대의 명의인 편작扁鵲이 와도 고칠 수 없다고 하여, 살아 임의 곁에 못갈 바에는 차라리 죽어 범나비로 화신化身하여 꽃나무에 가서 향기香氣를 묻혀 임께 옮기겠다고 하였다. 이는 점층법을 써서 어조가 급하고도 애절哀絶하여 격앙된 감정이 계속되고, 낙구落句에서는 절대애絶對愛를 표현함으로 주제를 더욱 선명히 강조하였다.

　위에서 살펴본 <사미인곡>의 작품 구조를 요약해 보면 다음과 같이 6단락으로 구성되었다.

① 임과의 인연과 이별 후의 그리움 － 序詞
② 춘연春戀 : 충성심을 알리고 싶음 － 春詞
③ 하연夏戀 : 외로움과 임을 위한 정성 － 夏詞
④ 추연秋戀 : 임의 은총(선정)을 갈망함 － 秋詞
⑤ 동연冬戀 : 그리움과 긴 밤의 고독 － 冬詞
⑥ 임을 지향하는 변함 없는 마음 － 結詞

◗ 작품의 이해와 내면화

　<사미인곡思美人曲>과 　<속미인곡續美人曲>은 '전후미인곡前後美人曲'이라고도 불릴 정도로 공통점이 있지만 차이점도 있다. 우선 공통점은 첫째, 뛰어난 우리말 구사와 세련된 표현으로 가사문학의 최고의 걸작으로 꼽히고 있다. 둘째 임금을 연모하는 연군지사다. 셋째 서정적 자아의 목소리를 여성으로 택하여 더욱 절실한 마음을 수놓고 있는 점 등을 들 수

---

45) 안니다가 : 앉아 다니다가, 앉았다가.
46) 조츠려 : 따르려고, 좇으려고(從).

있고, 그 차이점은 다음과 같다.

작품 비교	<사미인곡思美人曲>	<속미인곡續美人曲>
형식면	평서체(126구)	대화체(96구) – 입체적, 극적
	한자숙어와 전고典故가 섞임	한자숙어와 전고典故가 없음
	춘하추동春夏秋冬의 4계절	'춘한고열春寒苦熱'과 '추일동천秋日冬天'으로 압축
내용면	정연한 안배按排 (균형잡힌 가사)	시적詩的 화자의 격정 호소 주력 (대화자의 처지)
	님에게 정성을 바침	자기생활을 그대로 그림
	귀족적이고 사치스러움	소박한 여인의 간절한 심정
	과장이 심함	과장이 없음

<사미인곡思美人曲>과 <속미인곡續美人曲>의 차이의 비교

이러한 차이점으로 보아 <사미인곡>에 비하여 <속미인곡>은 송강松江의 인격이 한층 더 원숙하여진 때에 이루어진 것으로 현실을 바라볼 줄 알며 스스로 겸손하게 마음을 차분히 가라앉혀 님을 그리워하는 심정을 소박하게 그렸음을 알 수 있다.

<사미인곡>의 배경은 송강이 정적政敵의 탄핵으로 벼슬에서 물러나 전남 창평昌平에 우거寓居하던 50대 초에 지은 작품이다. '사미인思美人'이란 제목은 중국 초나라 굴원屈原의 <이소離騷> 제9장의 제목과 같다. 김만중이 이 작품을 '동방의 이소'라 한 것은 임금을 그리는 충정을 노래한 내용이 유사하기 때문이다. 그러나 <사미인곡>이 <이소>의 모방작은 아니다. 내용의 유사성에도 불구하고 <사미인곡>은 모방한 구절이 없을 뿐만 아니라, 뛰어난 우리말 구사와 세련된 표현으로 <속미인곡>과 함께 가사 문학의 최고 걸작으로 꼽히고 있다.

<사미인곡>에 나타난 시상詩想의 흐름을 살펴보면, 이 작품은 이별한 임에 대한 그리움과 시름이 춘하추동의 계절에 따라 일관된 이미지로 형

상화되어 있다. 화자는 봄에는 '매화', 여름에는 '님의 옷', 가을에는 '밝은 달', 겨울에는 '따뜻한 봄볕'을 임에게 보내고자 한다. 이들은 모두 임을 지향하는 화자의 마음을 형상하는 객관적 상관물이다. 이렇게 고조된 그리움과 시름은 마침내 불치의 병이 된다. 그러나 화자는 원한을 품지 않는다. 오히려 죽어서도 임을 따르려는 일편단심을 보여준다. '범나비'는 바로 이런 마음의 표상이다. 그리고 결사의 끝 '님이야~내 님 조추려 ᄒ노라.'는 서두의 '이 몸~님을 조차 삼기시니'와 의미적 호응 관계를 이루면서 시상을 마무리한다.

<사미인곡思美人曲>에서 임과 미인의 의미는 어떤가. 고전시가에 등장하는 '님'은 대개 두 가지 유형으로 구별된다. <가시리>, <동동> 등 고려 속요와 조선시대 기녀들의 시조에서 '님'은 사랑하는 이성異性이다. 그러나 <정과정>이나 <사미인곡>, <속미인곡> 등 사대부시가에서는 '님'은 임금을 의미한다. 그런데 송강의 두 미인곡에는 '님'이 '미인'과 동일시되어 있다. 미인은 아름다운 여인이란 뜻이지만, 군주 또는 재덕才德이 뛰어난 사람을 가리키기도 한다. 송강에게 '님'은 군주인 동시에 아름다운 여인일 수도 있는 것이다. 그러니까 남녀 사이의 정감을 군신君臣관계에 적용한 셈이다.

여성적 목소리의 전통성에 대하여 말하자면, 이 노래의 서정적자아는 임금을 지향하는 절실한 마음을 여성적 목소리로 표현하고 있다. 임금을 '님'으로 설정한 수법은 고려시대<정과정>과 맥을 같이 하고 있으며, 부재不在하는 임에 대한 사랑을 여성적 어조로 노래하는 시가의 전통성이란 관점에서 <가시리>, <동동> 등과 계승관계에 있다. 우리 시가에서 사랑을 노래하는 작품의 화자는 전통적으로 여성인 경우가 많다. 고려속요의 대부분과 기녀들의 시조, <사미인곡>, <속미인곡>의 화자가 그렇고, 현대시에도 김소월, 김영랑, 한용운 등의 상당수 작품이 그렇다.

송강가사 문체의 특징은 다양한 시점의 변이와 대화형식에 있다. <성

산별곡>의 경우 처음과 끝이 대화체로 되어 있고, 여타 부분은 작자의 직접적인 목소리로 식영정의 경개와 김성원의 풍류를 이야기하고 있다. <관동별곡>에서는 작자가 자신의 체험과 감상을 직접 말하는 어조가 주류를 이루지만, 꿈속 신선과의 대화 형식을 통한 전언傳言도 있다. 한편, <사미인곡>과 <속미인곡>에는 송강의 직접적 개입이 없다. 작자의 이면적 존재라고 할 수 있는 여인의 목소리로 이야기하는 형식을 취했기 때문이다. <속미인곡>에서는 서술자의 직접 개입 없이 두 여인의 완전한 외적 대화가 이루어지고 있다. <사미인곡>의 경우는 대화의 상대가 없으므로, 송강을 대변하는 한 여인의 독백으로 일관하고 있다.

남성 작자가 여성적 목소리로 노래한 현대시 몇 편을 소개하면, 김소월의 <진달래꽃>, <초혼>, 김영랑의 <모란이 피기까지는>, <내 마음을 아실 이>, 한용운의 <님의 침묵>, <나룻배와 행인> 등이 있다.

● 문학사적 의의

송강松江은 일상어를 무리없이 사용하여 독특한 효과를 나타낸 작가이다. 서포는 '여항閭巷의 말을 사용하였으되 상스럽지 않고 천기 또한 자연적으로 발로되어 있으니 송강의 노래들이 이 땅의 진정한 문학이다.'라고 하였다. 송강은 다양한 화자의 설정에 능숙하였고 그에 따라 다양한 방식의 서술을 구사할 수 있었다. 일상어의 사용과 사실적인 화자의 설정은 서로 밀접하게 호응하는 문체로서 송강의 노래들이 절창으로 인정받을 수 있는 요소라 할 것이다.

<사미인곡>은 당쟁에 의해 관직에서 물러나거나 유배의 경지에 처하여 억울하게 하소연하고, 그런 가운데서도 못내 임금을 그리워하는 형식을 지니며 어떠한 상황에서도 임금에 대한 충성의 도를 지켜야 한다는 일념으로 지어진 연주충군형의 가사를 대표한다고 볼 수 있다. 또한 <사미인곡>에는 다양한 사랑정신, 슬픔을 극복하여 감정이 감화 고양

되어 나타나는 아름다움, 여성적 유연성과 대상에 대한 긍정적이며 온화한 태도를 잃지 않는 초연한 자세 등을 발견할 수 있다.

송강松江만큼 특성을 잘 살려서 민족 고유의 정서와 정감의 세계를 다채롭게 형상화한 문인도 드물 것이다. 뿐만 아니라 문학의 고유한 특성을 '삶의 진실에 대한 인식과 아름다움에 대한 형상을 언어화하는 것'이라고 할 때, 송강은 이러한 문학의 특성을 가장 충실히 작품화한 작가 가운데 한 사람이라고 할 수 있다. 그리고 국문으로 쓰여진 문학작품을 경시하던 시대였음에도 불구하고 우리말을 구사하여 국어미를 극대화함으로 이 작품은 <속사미인곡續思美人曲>과 더불어 역대 사대부들에게 큰 감명을 준 작품으로서 홍만종, 김만중 등 여러 평론가의 극찬을 받았다.

2. 정철의 <속미인곡續美人曲>

● 창작배경

송강松江은 원래 서울에서 출생하였지만, 열 살 이후 27세에 문과에 급제하여 관직에 오르기 전까지 정을 붙이고 산 곳은 전남 담양에 있는 창평昌平이었다. 그는 여기에서 학문을 익히고 사람을 사귀었으며, 벼슬에서 물러났을 때도 이곳에 칩거蟄居하였으니, 창평은 평생의 고향이나 다름없었다. 그는 이곳에서 유소년 시절에 학문과 문학을 익혔으며, <성산별곡>, <사미인곡>, <속미인곡> 등 세 편의 가사를 위시하여 많은 작품들을 창작하였으며, 창평은 송강의 학문적, 문학적 고향이라고 할 만하다.

명종18년(1562)에 그는 27세의 나이로 문과별시에 장원급제하여 벼슬길에 나아가게 된다. 명종은 유년시절의 정의를 생각하여 그를 후히 대하였지만, 송강은 강직한 성품으로 명종의 뜻을 거슬려 오랫동안 좋은 벼슬길에서 소외되다가 33세 때 선조가 즉위하면서 그의 관직생활은 활기를 띠게 된다.

　그러나 동서분당이 구체화되면서 율곡과 함께 서인에 가담하게 되었고, 40세 때인 선조8년(1575)에 송강은 동서의 화합을 시도하려다 실패하고 창평으로 내려갔다(1차낙향). 이후 창평에 거주하면서 자연과 교류하는 가운데 시와 술의 풍류에 빠지기도 하고, 학문에 몰두하기도 하며 세월을 보낸다. 48세 때 선조 11년에 다시 조정에 나와 관직에 오르나, 치유할 길 없이 깊어진 동서 분당간의 갈등에 환멸을 느껴 다시 창평으로 낙향한다(2차낙향). 45세가 되는 선조13년에 임금은 송강이 동인이 득세하고 있는 내직에는 뜻이 없음을 알고 외직인 강원도 관찰사를 제수했다. 강원도에 부임한 송강은 관동의 아름다운 경치를 노래하며 그의 생애 가운데 가장 뜻 깊은 나날을 보내며, <관동별곡>을 비롯한 많은 국문시가와 한시 작품을 남겼다. 46세 때 다시 내직에 나서지만 동인의 공격이 심해지고 조정이 소란해지자 송강은 다시 창평으로 낙향했다(3차낙향). 48세가 되는 해에 다시 조정에 나갔으나, 동인의 공박과 사간원 사헌부의 논척을 받고 또 창평으로 내려간다(4차낙향). 이때 그의 나이 50세였다. 이후 송강은 창평에 머물면서, 자연미에 몰입하여 시상詩想을 가다듬기도 하고, 시비是非가 분분한 조정을 떠나 있으면서도 시국에 대한 개탄과 연군의 정을 노래하는 등 많은 작품을 남겼다. <사미인곡>과 <속미인곡>도 이때 지은 것이다.

● 텍스트 분석

　정철의 <속미인곡續美人曲>은 <사미인곡思美人曲>에 이어서 더 적극적으로 선조임금에 대한 애틋한 정을 진솔하게 노래한 연군가사로 두 선녀仙女가 등장하여 대화체對話體로 엮어간 것이 특징特徵인데, 갑녀甲女인 제1화자는 작품내용을 이끌어가는 각시님이고 제2화자 을녀乙女는 임과 이별한 각시님으로 설정된 송강 자신이다. <속미인곡> 역시 가사체로

도합 38행 96구인데 내용상 <사미인곡>과 마찬가지인 고신연주지사孤
臣戀主之詞이나 표현 방법은 다르다. <속미인곡>의 전편에 나타난 두 여
인의 대화를 갑을甲乙로 나누어 보면 다음과 같다.

<table>
<tr><td>갑녀 : 뎨가는 뎌 각시</td><td>본 듯도 흔뎌이고</td></tr>
<tr><td>天텬上샹 白빅玉옥京경47)을</td><td>엇디흐야 離別흐고,</td></tr>
<tr><td>히 다 뎌 져믄 날의</td><td>눌을 보라 가시는고.</td></tr>
<tr><td>을녀 : 어와 네여이고</td><td>이내 스셜 드러보오.</td></tr>
<tr><td>내 얼굴 이 거동이</td><td>님 괴얌즉48) 흔가마는.</td></tr>
<tr><td>엇딘디 날 보시고</td><td>네로다 녀기실시</td></tr>
<tr><td>나도 님을 미더</td><td>군쓰디49) 전혀 업서</td></tr>
<tr><td>이리야 교티야50)</td><td>어즈러이 구돗썬디</td></tr>
<tr><td>반기시는 늦비치</td><td>녜와 엇디 다르신고</td></tr>
<tr><td>누어 싱각흐고</td><td>니러 안자 혜여흐니</td></tr>
<tr><td>내 몸의 지은죄</td><td>뫼ㄱ티 싸혀시니</td></tr>
<tr><td>하놀히라 원망흐며</td><td>사롬이라 허믈흐랴.</td></tr>
<tr><td>셜워 플텨 혜니51)</td><td>造조物믈의 타시로다.</td></tr>
</table>

위에서는, ‘저 가는 저 각시 해 다 저문 날에 어디를 가시는 고’라는 甲女
의 질문에 대하여, ‘아 네로구나 내 이야기를 들어보게 님이 예쁘지도 않
은 나를 사랑하여 그만 내가 너무 버릇없이 굴다가 님에게 미움을 사게 되
었으니 그것은 조물의 탓일 것이다’라고 을녀乙女가 대답으로 노래한 것이
다. 즉 임의 총애를 받게 된 경위와 버림 받은 연유를 말하고 있다.

---

47) 白玉京 : 도가에서 말하는 옥황상제가 있는 곳.
48) 괴얌즉 : 사랑받음직, 괴이다의 명사형.
49) 군쓰디 : 딴 마음이.
50) 아양하고 응석하는 태도며(嬌態).
51) 헤아려 생각해 보니.

갑녀 : 글란 싱각마오.

을녀 : 님을뫼셔 이셔
　　　　믈ᄀ툰52) 얼굴이
　　　　春츈寒한苦고熱열53)은
　　　　秋日冬天텬은54)
　　　　粥쥭早조飯반55)朝죠夕셕뫼56)
　　　　기나긴 밤의
　　　　님다히58)消쇼息식을
　　　　오늘도 거의로다.59)
　　　　내 ᄆᆞᆷ 둘 ᄃᆡ 업다.
　　　　잡거니 밀거니
　　　　구름은 ᄏᆞ니와
　　　　山산川쳔이 어둡거니
　　　　咫지尺척을 모ᄅᆞ거든
　　　　출하리 믈ᄀᆞ의 가
　　　　ᄇᆞ람이야 믈결이야
　　　　샤공은 어ᄃᆡ 가고
　　　　江강天쳔61)의 혼쟈 셔서
　　　　님다히 消쇼息식이
　　　　茅모簷쳠62) 춘 자리의
　　　　半반壁벽靑쳥燈등63)은

미친 일이 이셔이다.
님의 일을 내 알거니
편ᄒᆞ실 적 몃 날일고.
엇디ᄒᆞ야 디내시며
뉘라서 뫼셧ᄂᆞᆫ고.
와ᄀᆞ티 셰시ᄂᆞᆫ가57)
은 엇디 자시ᄂᆞᆫ고
아ᄆᆞ려나 아쟈ᄒᆞ니
ᄂᆡ일이나 사ᄅᆞᆷ 올가.
어드러로 가쟛말고
높픈 뫼ᄒᆡ 올라가니
안개ᄂᆞᆫ 므스 일고
日일月월을 엇디 보며
千쳔里리롤 ᄇᆞ라보랴
비길히나 보랴 ᄒᆞ니
어둥졍60) 된뎌이고.
뷘 비만 걸럿ᄂᆞᆫ고.
디ᄂᆞᆫ ᄒᆡ롤 구버보니
더욱 아득ᄒᆞ뎌이고.
밤듕만 도라오니
눌 위ᄒᆞ야 볼갓ᄂᆞᆫ고.

---

52) 믈ᄀᆞ툰 : 물같이 연한.

53) 春寒苦熱 : 꽃샘추위와 괴로운 더위.

54) 秋日冬天 : 가을날과 겨울날.

55) 粥早飯 : 아침 밥 전에 조금 먹는 죽.

56) 朝夕뫼 : 아침 저녁의 밥(메, 진지).

57) 셰시ᄂᆞᆫ가 : 잡수시는가.

58) 님다히 : 임의 쪽.

59) 거의로다 : 거의 날이 저물었구나.

60) 어둥졍 : 어리둥절.

61) 江天 : 넓은 강가.

62) 茅簷 : 초가집.

63) 半壁靑燈 : 벽 가운데 걸린 청사초롱 등불.

오르며 느리며　　　　　혜匹며 바자니니64)
져근덧 力녁盡진ᄒ야　　풋잠을 잠간드니
情정誠셩이 지극ᄒ야　　꿈 의 님을 보니
玉옥ᄀᄐ 얼굴이　　　　半반이나마 늘거셰라.
ᄆᆞ음의 머근 말슴　　　슬크장 숩쟈 ᄒ니65)
눈물이 바라 나니66)　　말슴인들 어이ᄒ며
情정을 못다ᄒ야　　　　목이조차 몌여ᄒ니
오뎐된67) 鷄계聲셩의　　잠은 엇디 ᄭᆡ돗던고.
어와 虛허事ᄉ로다.　　이 님이 어듸간고.
겻의 니러 안자　　　　窓창을 열고 ᄇ라보니
어엿븐 그림재　　　　날 조츨 ᄲᅮ니로다.
출하리 싀여디여　　　落낙月월이나 되야이셔
님 겨신 窓창안　　　　번드시68) 비최리라
　　　갑녀 : 각시님 ᄃᆞᆯ이야 ᄏᆞ니와　구즌 비나 되쇼셔

　위에서는 과거의 회상과 임의 기거를 염려하였다. 따라서 임의 소식을 알고 싶어 임이 보낸 사람이 올까 기다리며 산에 올라보고 물가에 가서 뱃길을 보려 해도 불가능하다. 혹시 꿈에나마 임을 만나고자 했으나 닭소리에 깨고 말았으니, 이제는 죽어서 낙월落月이나 되어 임께 비치겠다는 불굴의 의지와 무한한 연군지정戀君之情의 뜻이 담겨 있다.

　이 작품의 구조는 대화자 중심으로 보면 5단락으로 나눌 수 있으나, 내용을 고려하면 서사, 본사, 결사 등 3단락으로 나누어진다. 특히 결사는 '어와 허사로다 − 번드시 비최리'까지의 을녀乙女의 말과 종행終行의 갑녀甲女의 말이 서로 의미상 대조되어 있기 때문이다. 이를 요약하면 다음과 같다.

---

64) 바자니니 : 방황하니, 헤매며.
65) 숩쟈 ᄒ니 : 여쭙고자 하니.
66) 바라 나니 : 곁따라나니, 계속되니.
67) 오뎐된 : 방정맞은.
68) 번드시 : 환하게.

① 서사   (갑녀) 임과 이별한 이유.
          (을녀) 이별하게 된 사연 – 자책과 체념.
② 본사   (갑녀) 위로의 말.
          (을녀) 임의 기거(起居)에 대한 염려.
          (을녀) 임의 소식을 안타까이 기다림.
          (을녀) 외로움을 꿈속에서 풀려다 깨어남.
③ 결사   (을녀) 낙월이 되어 임을 따르려는 결심.
          (갑녀) 위로의 말 – 궂은 비나 되소서.

◐ 작품의 이해와 내면화

<속미인곡>은 대화체의 구성과 문체로 인하여 <사미인곡>보다 언어의 구사와 시어의 간절함은 오히려 더 뛰어나다. 김만중이 두 미인곡 중에서 <속미인곡>을 더 뛰어나다고 평가한 것도 이런 사실을 지적한 것이다. <사미인곡>이 한문과 전고典故를 혼용하여 화려하고 과장되게 표현되고, 일방적으로 임을 그리는 소극적 태도임에 대하여<속미인곡>은 고유어 중심으로 소박하고 진실되게 표현되어 임에게도 이별의 슬픔을 느끼게 하려는 적극적 태도이다.

한편, 이 작품의 작중 화자를 편의상 갑녀甲女, 을녀乙女로 상정할 때, 두 여인의 역할 분담하였다. 서두序頭에서 질문을 던진 갑녀는 을녀의 하소연을 유발, 진행, 종결짓는 역할을 한다. 이에 반해 을녀는 갑녀의 질문에 응해 한스런 신세를 곡진曲盡하게 피력함으로써 주제 구현의 중추적 역할을 하였다.

그리고 <속미인곡>의 두 화자는 작가 송강의 분신이다. 두 여인이 주고받는 하소연은 송강 자신의 내면을 객관화한 것이라 할 수 있다. 갑녀의 눈에 비친 을녀의 모습은 신분의 전락轉落과 방황彷徨의 이미지로 그려졌다. 을녀는 원래 천상의 존재로 임에게 버림받고 지상에 내쳐진 선녀이다. 임을 향한 을녀의 처절하리만큼 숭고한 사랑의 모습은 유교사회의 상층부에 속한 송강의 내면이 투영된 여성상이다. 더구나 그녀는 임이 자신을 버린 것이 자신의 잘못 때문이라는 자성적 태도를 드러내면서 모든 것을 운명(조물주의 탓)으로 받아들인다. 남성 위주의 유교사회에서 모범적 여인상이라고도 할 수 있는 이런 인간상은 어떤 경우에도 신하로서 임금을 원망하거나 배척하지 않는 유학자 본래의 모습인 것이다.

이 작품에서 중심인물인 을녀의 갈등은 임과의 거리감에서 나온 것이다. 그가 높은 산에 오르기도 하고 뱃길을 찾기도 하는 것은 이런 거리감을 극복하려는 노력의 하나이다. 그러나 이런 노력에도 불구하고, 구름과 안개, 바람과 물결 같은 장애 요소 때문에 임과의 거리를 좁혀지지 않는다. 이런 현실적 상황 설정은 비장미悲壯美로 이어진다. 잠깐 동안의 꿈속에서 임과의 만남이 이루어지지만, 이마저 닭의 울음소리 때문에 허무하게 깨져 버린다. 꿈을 통해서도 임과의 거리를 가까이 할 수 없었던 그녀가 마지막으로 선택한 길은 죽음이다. 죽어 낙월落月이 되기 전에는 임과의 해후가 불가능하다는 결론에 도달하게 된다. 여기에서 이 작품의 비장미를 한층 돋보이게 한다.

● 문학사적 의의

정철이 지은 <사미인곡思美人曲>과 <속미인곡續美人曲>은 동일 작가의 작품으로 그 차이점을 형식면에서 살펴보면, <사미인곡>이 평서체平敍體인데 비하여, <속미인곡>은 대화체對話體로 되어 후자後者가 입체적立體的인 인상印象을 주고 있다. 전자前者가 126구인데 비하여 후자後者는 96구로 더욱 감정이 압축壓縮되어 있다. 또 <사미인곡>이 임에게 정성을 바치는 것이 주主라면, <속미인곡>은 자기생활을 그대로 그리는 것이 주로 되어 있다.

내용면에서 보면 <시미인곡>은 임에게 상징적인 정물情物을 바치는 것에 중점을 두었으며, 외형적이고 사치스런 분위기를 조성하고 과장이

심한데 반하여, <속미인곡>은 자기의 생활을 솔직하게 그리는 것에 주
안점을 두었고, 검박한 분위기와 진솔하게 임을 그리워하는 겸손된 마
음으로 자기의 현실을 노래하고 있다. 이 작품은 <사미인곡>과 더불어
연군의 정서을 읊는 김춘택의 <별사미인곡別思美人曲>, 이진유의 <속미
인곡> 등에 영향을 주어 '미인계가사'를 형성하는데 기여한 바가 크다.

　이러한 송강의 가사에 대한 선인들의 평은 홍만종의 『순오지』, 김만
중의 『서포만필』, 김춘택의 『북헌집』 등에서 볼 수 있다. 홍만종은 <관
동별곡關東別曲>에 대하여, 송강이 관동 산수의 아름다움을 두루 살펴서
그윽하고 괴이한 경치를 노래하였다. 사물을 그려 낸 묘한 솜씨라든지
말을 만드는 기발한 재주라든지, 정말 악곡 중의 절묘한 작품이다.

　<사미인곡思美人曲>에도 『시경詩經』의 미인美人 두 글자를 본받아 세상
을 걱정하고 임금을 사모하는 님으로 표현하였으니, 이는 옛 초나라에의
<백설곡白雪曲>과 같다. <속미인곡> 역시 <사미인곡>에서 다하지 못한
정을 다시 편 노래인데, 그 표현이 더욱 좋고, 그 뜻이 간절하여, 제갈
공명의 <출사표出師表>와 비교할 만하다.

　특히 김만중은 『서포만필西浦漫筆』에서, 송강의<관동별곡>과 '전후미
인곡前後美人曲'은 우리나라의 <이소離騷>이다. 예로부터 우리나라의 참
된 문장은 이 세 편뿐인데, 다시 이 세 편을 논한다면 <속미인곡>이 더
욱 뛰어났다. <관동별곡>과 <사미인곡>은 여전히 한자어를 빌려서 그
가사 내용을 꾸민데 지나지 않는다.

　그리고 김천택은, 송강의 '전후미인가前後美人歌'는 국문으로 지은 것인
데, 그가 추방당한 울분 때문에 군신君臣 이합離合의 정을 남녀의 애증愛
憎에 비유한 것으로 굴원의 <이소>에 짝지을 수 있다고 하였다.

　송강의 작품이 이렇게 평가된 것은 먼저 언어적 측면에서 중국 초나
라의 굴원이 지은 <이소離騷>가 중국어인 한자를 적절히 표현하여 이룩
한 절조로서의 성과 못지않게 송강의 작품이 우리 고유의 정서와 우리말

의 느낌을 생동감 있게 표현하고 있다는 점이다. 다음으로 주체적인 측면에서 충신연군지사로써의 공통점과 유가적 가치와 이념을 표현하고 있다는 점에서 대비 될 수 있을 것이다.

송강의 일생을 요약하면 관계생활, 유배생활, 은거생활 등으로 나눌 수 있는데, 그는 정치가로서 일생을 마쳤으나 정치인보다 차라리 위대한 서정시인抒情詩人이였다. 그의 가사 <성산별곡>, <관동별곡>, 사미인곡>, <속미인곡> 등에서 그의 문화사적 위치를 확인할 수 있다. 송강의 시가가 출현하자 당대 한학자들도 우리시가문학에 크게 관심을 나타내었다. 특히 송강은 가사의 있어서, 질과 양으로 보아 어느 작가도 미치지 못할 훌륭한 작품을 썼음으로『동동악보』에서는 <관동별곡>을 악보의 절조라 하였고, <사미인곡>은 영중郢中의 <백설>이며, <속미인곡>은 제갈공명의 <출사표>와 백중하다고 극찬하였다.

이처럼 시인詩人 정철鄭澈를 맞음으로써 언어예술言語藝術의 신기원을 맞게 되었다. 그의 탁월한 시詩들은 우리 언어에 대한 인식을 새롭게 했으며, 시를 시예술詩藝術로 논할 수 있는 막중한 대전기大轉機를 제공하였다. 따라서 우리는 정철의 가사를 통해 고유언어固有言語의 존재와 그 언어로 이룩한 예술의 가능성을 다시 신뢰할 수 있게 되었다.

1. 백광홍의 <관서별곡關西別曲>

● 창작 배경

백광홍白光弘(1522~1556)은 조선 중종 때의 문인文人으로 자는 대유大裕, 호는 기봉岐峯이다. 중종 17년(1522) 전남全南 장흥長興의 사자산獅子山 아래 기산崎山마을에서 삼옥당三玉堂 세인世人과 광산김씨光山金氏의 장남長男으로 태어났다. 사자산 기슭에는 봉명재鳳鳴齋라는 서당이 있었는데 어린시절이 서당에서 학문의 기초를 닦았다.

성장하면서 일제一齊 이항李恒에게서 학문을 배우고 하서河西 김인후金麟厚, 율곡栗谷 이이李珥, 영천靈川 신잠申潛, 고봉高峰 기대승奇大升, 석천石川 임억령林億齡, 송강松江 정철鄭澈 등과 같은 군현群賢들과 도의지교道義之交를 맺어 상종相從하면서 덕업德業을 닦음으로써 당시 팔문장八文章으로 인정받았다.

그는 명종明宗 4년(1549)에 28세로 사마양시司馬兩試에 급제及第하고, 3년 후인 명종 7년(1522) 음력 11월에 문과文科에 등제登第하였다. 그 뒤 홍문관정자弘文館正子로 임명任命되었고, 이듬해 10월 명종明宗은 영호남嶺湖南 문신文臣들로 하여금 성균관成均館에서 시문詩文으로 글재주를 겨루게 하였는데 기봉岐峯이 <동지冬至>로 으뜸을 차지하여 선시 십권選詩

十卷을 특사特賜받았다.

명종 10년(1556)에 평안도평사平安道評事가 되어 서도관방西道關防에서 민막民瘼을 보살피면서 그곳의 여항세태閭巷世態와 자연풍물自然風物을 시문詩文으로 음영吟詠하던 중에 <관서별곡關西別曲>을 지었다.

명종 11년(1556) 병진추丙辰秋에 병환病患이 빌미가 되어 벼슬을 내어 놓고 귀성歸省하는 도중, 음력 8월 27일 부안생관扶安甥館에서 서거逝去하니 향년享年 35세였다. 기봉岐峯의 부음訃音을 들은 이항李恒은 "문재와 학덕이 드물게 뛰어났는데 이를 크게 펴지 못한 것이 아깝다며 매우 슬퍼하였다."라고 통한痛恨했다는 기록記錄이 『일제유집一齊遺集』에 전한다.

그의 저서著書로는 1899년에 편찬한 『기봉집岐峯集』이 있는데, 여기에는 기봉岐峯의 한시漢詩 130수와 가사歌辭 <관서별곡關西別曲>이 수록되었다.

● 텍스트 분석

<관서별곡關西別曲>은 조선 명종 10년(1556) 봄에 지은이가 평안평사平安評事에 제수되어 임지에 부임하여 관내를 순찰하면서 보고 들은 견문과 소감을 노래한 것이다. 내용은 겉으로는 아름다운 경치를 노래한 것이나, 속으로는 연군지정戀君之情과 우국憂國의 심정이 포함되어 있다. 서도관방西道關防에서 정사를 보면서 그곳의 자연 풍물을 두루 편력하고 그 아름다움을 노래하였고, 명승지마다 한시에서 흔히 볼 수 있는 문구를 동원하여 자기 감회를 표현하였으며, 사실적 묘사보다는 기존의 개념으로 정형화된 모습을 보여주고 있다.

이는 총 179구의 가사로 2행이 대구를 이루고 있으며, 전문은 크게 서사, 본사, 결사 등 셋으로 나누고, 또 본사는 6단락으로 세분하여 총 8단락을 이루고 있다.

(1) 序詞

관서關西1) 명승지名勝地에	왕명王命으로 보니실시
행장行裝을 다사리니	칼 ᄒᆞᄂ 쑨이로다
연조문延詔門2) 너달아	모화고기3) 너머 드니
귀심歸心이 쓴르거니	고향故鄕을 사념思念ᄒ랴

위의 서사는 왕명王命 수행遂行에 다른 생각을 할 겨를 없이 오직 변방 외직으로 떠나는 몸으로 고향에 계신 부모님도 배알하지 못하고 떠나는 공인으로서의 심회를 나타내고 있다. 즉 고향에 들러서 가고 싶은 마음만은 간절하지만 공무公務를 띠고 가는 몸이기에 그렇게 할 수 없다는 아쉬움을 담고 있다.

(2) 本詞 1단락

벽제碧蹄4)에 말가라	임진臨津5)에 비 건너
천수원天水院6) 도라드니	송경松京7)은 고국故國이라
만월대滿月臺8)도 보기 슬타	황강黃岡은 전장戰場이라
형극荊棘이 지엇도다	산일山日이 반사半斜컨을
귀편歸鞭을 다시 쌔와9)	구현九硯10)을 너머드니
생양관生陽舘11) 기슭에	버들죠차 프르럿다

---

1) 關西 : 평안남도와 평안북도 지역의 범칭.
2) 延詔門 : 서울 서대문 밖에 있던 문. 중국 사신을 맞아들이던 곳, 고종 32년(1895)에 헐어버림. 『잡가』에는 "영은문迎恩門"라 함.
3) 모화고기 : 모화현慕華峴, 모화관慕華舘이 서 있었던 곳.
4) 碧蹄 : 벽제역.
5) 臨津 : 임진나루.
6) 天水院 : 천수원天壽院의 잘못.
7) 松京 : 개성開城을 말함.
8) 滿月臺 : 고려 왕궁터, 연경궁 앞 섬돌.
9) 쌔와 : 뽑아, 빼어.
10) 九硯 : 구현원駒峴院의 잘못. 『잡가』에는 바로 잡힘. 구현원駒峴院은 중화군中和郡 남쪽 십오리十五里에 있으며 신구감사新舊監司가 교대交代하는 곳이다.
11) 生陽舘 : 생양역에 있던 공관公館.

위는 평사評事로 부임하는 여정을 담고 있는 내용으로, 역사가 숨쉬는 송도松都에서 더 많은 감회感懷에 젖고 싶었지만 부임지에 도착해야 하는 마음이 바쁘기 때문에 채찍을 다시 빼서 말을 재촉하지 않을 수가 없는 심정을 읊었다.

(3) 本詞 2단락

감송정感松亭12) 도라 드러	대동강大同江 ㅂ러보니
십리파광十里波光과	만중연류萬重烟柳는
상하上下의 어릐엿다13)	춘풍春風이 헌스호야14)
화선畵船을 빗기 보니15)	의홍상綠衣紅裳16) 빗기 안자
섬섬옥수纖纖玉手17)로	녹기금綠綺琴18) 니이며19)
호치皓齒 단순丹脣20)으로	채련곡采蓮曲21) 보르니
태을太乙 진인眞人22)이	연엽주蓮葉舟 트고
옥하수玉河水로 ㄴ리는 듯	셜미라23) 왕사王事미고麋鹽24) 흔 둘
풍경風景에 어이 흐리	연광정練光亭25) 도라 드러
부벽루浮碧樓26)에 올나가	능라도綾羅島27) 방초芳草와
금수산錦繡山28) 연화烟花는	봄비슬 쟈랑흔다

12) 感松亭 : 재송정栽松亭, 재송원栽松院의 잘못.
13) 어릐엿다 : 엉기었다(凝).
14) 헌스호야 : 떠들썩하며, 야단스러워.
15) 빗기보니 : 비스듬히 보니, 비끼어 보니.
16) 綠衣紅裳 : 연두 저고리에 다홍 치마, 젊은 아가씨의 고운 옷을 말함.
17) 纖纖玉手 : 여자의 가늘고 보드라운 손.
18) 綠綺琴 : 한漢나라의 사마 상여가 타던 거문고의 이름.
19) 니이며 : 이으며(續), 계속하며.
20) 皓齒丹脣 : 희고 깨끗한 이와 연지를 바른 여자의 입술.
21) 采蓮曲 : 악곡 이름, 중국 양梁 나라 때 강남에서 유행함.
22) 太乙眞人 : 하늘에 있는 진선眞仙.
23) 셜미라 : 설마, 아무리하기로.
24) 王事麋鹽 : 임금을 위하여 하는 나랏일이 튼튼하지 못함, 나랏일이 느슨함.
25) 練光亭 : 평양의 덕암 위에 있는 정자.
26) 浮碧樓 : 을밀대乙密臺 아래 영명사永明寺 동편에 있는 누각 이름.
27) 綾羅島 : 섬 이름.
28) 錦繡山 : 산 이름.

<table>
<tr><td>천년千年 기양箕壤의</td><td>태평太平 문물文物은</td></tr>
<tr><td>어제론 닷 ᄒᆞ닷무는</td><td>풍월루風月樓29)에 꿈 찌여</td></tr>
<tr><td>칠성문七星門 도라 드니</td><td>세마태細馬駄30) 홍의紅衣예</td></tr>
<tr><td>객흥客興이 엇더ᄒᆞ뇨</td><td></td></tr>
</table>

위에서는 평양에 있는 여러 가지 문물文物을 보고 새로움을 느끼거나, 감회感懷에 젖은 심정을 나타내고 있다. 봄나들이를 나간 시인의 눈에는 시원하게 차려입은 여인네들이 섬섬옥수纖纖玉手로 녹기금綠綺琴을 타면서 채련곡采蓮曲을 병창하는 아름다운 모습들이 잘 묘사되었으며, 고사와 함께 전해지는 태을선인太乙仙人과 옥하수玉河水의 비유적 표현은 경치의 아름다움을 더욱 실감나게 묘사하는 솜씨를 발휘하고 있다.

(4) 本詞 3단락

<table>
<tr><td>누대樓臺도 만ᄒᆞ고</td><td>산수山水도 하건마는</td></tr>
<tr><td>백상루百祥樓31)에 올나 안즈</td><td>청천강晴川江 ᄇᆞ라 보니</td></tr>
<tr><td>삼차三叉 형세形勢32)난</td><td>장壯홈도 가이 없다</td></tr>
<tr><td>ᄒᆞ물며 결승정決勝亭33) ᄂᆞ려와</td><td>철옹성鐵甕城34) 도라 드니</td></tr>
<tr><td>연운連雲 분첩粉堞35)은</td><td>백리百里에 버려 잇고</td></tr>
<tr><td>천설天設 중강重崗36)은</td><td>사면四面에 빗겻도다</td></tr>
<tr><td>사방四方 거진巨陳37)과</td><td>일국一國 웅관雄觀이</td></tr>
<tr><td>팔도八道이 위두爲頭로다</td><td></td></tr>
</table>

---

29) 風月樓 : 평양 부내에 있는 누각.

30) 細馬駄 : 작은 말의 짐바리.

31) 百祥樓 : 청천강晴川江에 있는 정자.

32) 三叉形勢 : 세 갈래로 된 물의 생김새.

33) 決勝亭 : 영변부 남쪽에 십 오리에 있는 부이탑진夫伊塔津 가의 정자.

34) 鐵甕城 : 산성 이름, 맹산孟山 동쪽 삼 십리三十里에 있는 철옹산성의 준말, 둘레가 육백 오십六百五十이고 사면이 절벽으로 마치 항아리 주둥이 같아 이름 함, 함경도 영홍부에 속했음.

35) 蓮雲粉堞 : 잇달은 구름과 석회를 올린 성가퀴.

36) 天設重崗 : 하늘이 만들어 놓은 겹친 산등성이.

37) 巨陳 : 사방에 쳐놓은 웅대한 진지, 『잡가』에는 "사방거진四方巨鎭"이라 함.

위에서는 백상루百祥樓와 철옹성鐵甕城에서 본 자연自然의 경관을 나타내고 있는데, 청천강晴川江을 굽어 돌면서 삼각산三角山 평야를 만들어 세 갈래로 갈라지는 땅의 형세는 웅장한 자태 그것이었다고 표현하고 있다. 작가는 백상루에서 바라보는 경치도 장관을 이루고 있지만 철옹성을 돌아들어 바라보는 변방을 지키는 성벽 위의 성가퀴(성 위에 높게 쌓은 담)와 멀리 바라보는 언덕의 묘사描寫에서는 상상력想像力의 풍부함에 탄성을 자아내게 한다.

    (5) 本詞 4단락

이원梨園의 꽂 피고	두견화杜鵑花 못다 진 제
영중營中이 무사無事커늘	산수山水를 보랴 ᄒ야
약산藥山 동대東臺38)에	술을 실고 올나가니
안저眼底 운천雲天이	일망一望에 무제無際로다
백두산白頭山 니린 물이	향로봉香爐峯39) 감도라
천리千里를 빗기 흘너	대臺 압프로 지너가니
반회盤回 굴곡屈曲ᄒ야	노룡老龍이 ᄭ리치고
해문海門으로 드난 듯	형승形勝도 ᄀ이업다
풍경風景인달 안니 보랴	작약綽約 선아仙娥40)와
선연嬋妍 옥빈玉鬢41)이	운금雲錦 단장端粧ᄒ고
좌우左右의 버려 이셔	거믄고 가야고伽倻鼓
봉생鳳笙 용관龍管을	부르거니 니애거니42) ᄒ는 양樣은
주목왕周穆王43)	
요대상瑤臺上의	서왕모西王母44) 만나

---

38) 藥山東臺 : 산 이름.
39) 香爐峯 : 평북 영원과 함북 정평 사이 낭림산맥에 딸린 산으로 높이 1600미터.
40) 綽約仙娥 : 부드럽고 연약한 선녀.
41) 嬋妍玉鬢 : 아름다운 맵시와 구슬같은 머리카락, 嬋娟玉鬢.
42) 니애거니 : 이으거니, 계속하거니.
43) 周穆王 : 주周의 제 5대왕, 서순西巡하여 즐기다 돌아가기를 잊었다는 고사가 있음.
44) 西王母 : 중국 신화神話에서, 곤륜산崑崙山에 산다는 반인반수半人半獸의 여자 선인仙人.

<table>
<tr><td>백운곡白雲曲45) 브르난 듯</td><td>서산西山에 힝지고</td></tr>
<tr><td>동령東嶺의 달 올아고</td><td>녹빈綠鬢 운환雲鬟46)이</td></tr>
<tr><td>반함半含 교태嬌態ᄒ고</td><td>잔盞 밧드는 양은</td></tr>
<tr><td>낙포洛浦 선녀仙女47)</td><td>양대陽臺에 ᄂᆞ려와</td></tr>
<tr><td>초왕楚王을 놀니는</td><td>닷이 경景도 됴커니와</td></tr>
<tr><td>원려遠慮인들   이즐쇼냐.</td><td></td></tr>
</table>

위는 기승전결起承轉結의 4단계 구성의 연으로 볼 수 있다. 첫째 연은 '이원梨園의 꼿 피고~일망一望에 무제無際'까지로 약산동대藥山東臺에 오르는 장면이고, 둘째 연은 '백두산白頭山 ᄂᆞ린 물이~풍경風景인달 안니 보랴'까지이다. 즉 약산동대藥山東臺에서 백두산白頭山의 내린 물을 보면서 감회感懷에 젖은 느낌으로 묘사描寫되는 장면이다. 셋째 연은 '작약綽約 선아仙娥와~백운곡白雲曲 브르난 듯'까지로 여기에서 묘사描寫된 장면들은 마치 주목왕周穆王과 서왕모西王母가 만나 사랑을 속삭인다는 고사로 이어지고 있다. 넷째 연은 '서산西山에 힝지고~원려遠慮인들 이즐쇼냐'까지이다. 저녁 무렵의 경치를 바라보니 초왕楚王과 낙포선녀洛浦仙女가 정을 나누고 노닐었다는 고사의 의미로 형상화形象化하는 구성으로 표현되어 있다.

(6) 本詞 5단락

<table>
<tr><td>감당甘棠 소백召伯48)과</td><td>세류細柳 장군將軍49)이</td></tr>
<tr><td>일시一時예 동행同行ᄒ야</td><td>강변江邊으로 순하巡下ᄒ니</td></tr>
</table>

---

45) 白雲曲 : 곡조 이름, 백설곡白雪曲의 잘못, 중국 금곡명琴曲名인데 유연劉涓이 양춘백설곡陽春白雪曲을 지었다는 말과 사광이 지었다는 말 등이 있음.

46) 綠鬢雲鬟 : 아름답고 젊은 여자의 얼굴, 綠鬢紅顔.

47) 洛浦仙女 : 낙포의 선녀 밀비, 낙포는 중국 낙수洛水가의 땅 이름, 밀비宓妃는 복희씨의 딸인데 낙수에 빠져죽은 뒤 낙수의 귀신이 됨.

48) 甘棠召伯 : 감당나무 밑에 쉰 소공, 모전毛傳에 의하면 소공이 촌락을 순행하며 백성들의 소원을 재판하되 폐를 끼치지 않으려고 작은 감당나무 밑에서 잤으므로 백성들이 그의 덕을 흠모하여 노래를 불렀다 함.

49) 細柳將軍 : 한漢나라 주아부周亞夫, 여기서는 군기軍紀를 엄히 다스리는 명장名將.

황황煌煌 옥절玉節50)과 언건偃蹇 용기龍旗51)는

장천長天을 빗기 지나 벽산碧山을 떨쳐 간다

도남都南을 너머 드러 비고기52) 올나 안자

설한雪寒지 뒤에 두고 장백산長白山 구버보니

중강重崗 복관複關53)은 갈쇼록 어렵도다

백이百二 중관重關54)과 천리千里 검각劍閣도

이럿텃 ᄒᆞ던도 팔만八萬 비휴貔貅55)는

계도啓道 전행前行ᄒᆞ고 삼천三千 철기鐵騎는

옹후擁後 분등奔騰ᄒᆞ니 호인胡人 부락部落이

망풍望風 투항投降ᄒᆞ야 백두산白頭山 나린 물의

일진一陣도 업도다 장강長江이 천참天塹56)인달

지리地理로 혼쟈 ᄒᆞ며 사마士馬 정강精强혼들

인화人和 업시 ᄒᆞ올쇼냐 시평時評 무사無事홈도

성인지화成人之化로다

위는 평사評事로서의 구김살 없는 그의 생활이 문인文人의 신분이면서도 무인武人의 기상을 마음껏 발휘하는 어휘語彙 구사력驅使力을 느끼게 한다. 잘 훈련訓練된 군사軍士를 이끌고 변방을 순행해서 나아가니 호인胡人인들 이런 풍경을 보고 가히 사기가 저하되어 투항投降하지 않겠느냐는 자기합리화自己合理化의 표현이기도 하다.

(7) 本詞 6단락

소화韶華57)도 슈이 가고 산수山水도 한가閑暇홀 제

---

50) 煌煌玉節 : 빛나고 빛나는 옥玉으로 된 신물信物.

51) 偃蹇龍旗 : 펄펄 휘날리는 장군의 기旗..

52) 비고기 : 이현梨峴, 고개 이름.

53) 重崗複關 : 거듭된 산등성이와 겹겨의 관문.

54) 重關 : 진대에 변경에 설치한 관문.

55) 貔貅 : 맹수의 이름, 호랑이와 비슷함.

56) 天塹 : 천연적으로 이루어진 요해지.

57) 韶華 : 젊은 때, 늙은이로서 젊은이처럼 빛나는 얼굴 빛, 소광韶光.

아니 놀고 어이 홀리	수항정受降亭58)의 비 꾸며
압록강鴨綠江 너리 저어	연강連江 열진列鎭은
장긔 버듯 흐엿거늘	호지胡地 산천山川을
역력歷歷히 지녀 보니	황성皇城은 언제 뽀며
황제묘皇帝墓는 뉘 무덤고	감고感古 흥회興懷흐야
잔盞 고쳐 부어라	비파관琵琶串59) 느리 저어
파저강坡渚江60) 건너 가니	층암절벽層巖絶壁 보기도 죠토다
구룡九龍쇼61)의 비를 미고	통군정統軍亭62)의 올나가니
대황臺隍63)은 장려壯麗흐야	침이하지교枕夷夏之交64)로다

　위는 압록강鴨綠江의 아름다움을 표현한 단락으로 따스한 봄빛을 받고 평사評事에 부임한 지 수 개월 동안 관서關西의 명승지名勝地를 두루 살펴보는 가운데 어느새 봄이 쉽게 지나가 버렸음을 느낀다. 그는 이제 압록강鴨綠江에 배를 띄워 놓고 감고흥회感古興懷하는 자기도취에 빠지는 모습을 보여준다.

　수항정受降亭에서 배를 꾸며 압록강鴨綠江을 떠내려 저어가니 연이어진 강가에 여러 초소들이 보이는데 작가는 그 모습을 '장긔 버듯 흐엿거늘'로 표현하였다. 호지胡地를 향하여 적의 침략을 대비하기 위해 진지를 지키고 있는 초소를 참게가 엄지발가락을 벌리고 적을 잡거나 자기를 방어하려는 내용으로 묘사描寫했다.

---

58) 受降亭 : 갑산甲山 도호부都護府 객관客館 북녘에 있는 정자.
59) 琵琶串 : 비파곶.
60) 坡渚江 : 강 이름, 파저강婆猪江.
61) 九龍쇼 : 늪 이름, 구룡연九龍淵.
62) 統軍亭 : 의주 객관 북쪽에 있는 정자.
63) 臺隍 : 높은 집과 해자垓字.
64) 枕夷夏之交 : 오랑캐와 하나라의 교류를 가로막음, 여기서는 조선과 중국간의 교류를 만주민들이 가로막고 있다는 뜻.

(8) 結詞

제향帝鄉이 어듸미오	봉황성鳳凰城 갓갑도다
서귀西歸ᄒ리 이시면	호음好音이ᄂ 보니고져
천배天盃에 대취大醉ᄒ야	무수舞袖를 썰치니
박모薄暮 한천寒天의	고적성鼓笛聲이 지지괸다
천고天高 지형地逈ᄒ고	흥진興盡 비래悲來ᄒ니
이 ᄯ히 어듸미오	사친思親 객루客淚ᄂ
절로 흘러 모로미라	서변西邊을 다 보고
반패返旆 환영還營65)ᄒ니	장부丈夫 흉금胸襟이
져그나 ᄒ리로다66)	셜미라 화표주華表柱
천년학千年鶴67)인들	날 가타니 ᄯ 보안난다68)
어늬제 형승形勝을 기록記錄ᄒ야	구중천九重天69)의 ᄉ로료
미구未久 상달上達	천문天門ᄒ리라

위는 결사結詞로서 지금까지 관서지방의 여러 곳을 열력閱歷하고 난
후 여정에 따른 감회感懷를 적었듯이 여기에서는 이를 모아서 한꺼번
에 맺어 연결시키고 있다. 여러 곳을 두루 열력閱歷했던 것도 임금의
은택恩澤이요, 부모님의 은덕恩德이라는 마음을 나타내고 있는 단락으
로 그는 충군사친忠君思親에 대한 마음을 이 노래에서 나타내려고 하였
다.

◑ 작품의 이해와 내면화

<관서별곡關西別曲>은 모두 90행 총 179구로 되어 있는데, 그 자수율

---

65) 返旆還營 : 깃발을 날리며 영내로 돌아옴.
66) ᄒ리로다 : 나으리로다, 덜하리로다.
67) 華表柱 千年鶴 : 신선이 된 정 영위丁令威, 옛날 요동의 정 영위가 영허산靈虛山에서 선도
   를 배워 학이 되어 천년만에 돌아와 화표문華表門에 앉았다는 이야기에서 온 말.
68) 보안난다 : 보았느냐? (보앗는다)
69) 九重天 : 임금 계신 곳.

字數律은 3 · 4조가 기본이고, 2 · 2조 및 3 · 3 또는 4 · 4조로 이루어져 있어서 이 가사는 단순한 정형가사가 아님을 알 수 있다. 단락을 지을 경우에도 단장식單章式으로 노래하지 않고, 양장식兩章式으로 2행 대구를 이루고 있다. 낙구落句는 다른 가사들과 같은 형식으로 '어늬 제 형승形勝을 기록記錄ᄒ야 구중천九重天의 스로료'와 같이 되어 있는데, 그 끝에 '미구未久 상달上達 천문天門ᄒ리라'라는 말이 연속되고 있는 것은 오히려 작품의 율조律調를 손상시키고 있다.

<관서별곡關西別曲>은 기행 노정과 서경을 시적 운치로 그려낸 가사이다. 우리 문학사에서 보면 가사歌辭는 시조율時調律을 가졌으면서 시조時調에 비해 길이가 긴 장편의 노래라는 점에서 운문문학韻文文學에서 산문문학散文文學으로 이행하는 교량적 역할을 담당한 것으로 보고 있다. 따라서 기행가사紀行歌辭는 다소 서사적 성격을 지니고 있는 것으로 볼 수 있다.

작가는 한시漢詩 부문에서도 장시長詩와 부賦에 능했고, 서사시적 성격을 지닌 작품도 몇 편 남기고 있다. 이는 그가 <관서별곡>이라는 기행가사紀行歌辭를 최초로 창작할 수 있었던 것과 무관하지 않은 것으로 보인다. <관서별곡>은 우리나라 기행가사의 효시嚆矢로서 정철, 조우인, 위세직, 이상계, 위백규, 이중전, 문계태 등의 가사 창작에 직 · 간접으로 영향을 주었다. 특히 25년 뒤 송강松江 정철이 지은 <관동별곡關東別曲>에는 직접적인 영향을 주었다.

● 문학사적 의의

현전 작품 중 최초의 관서지방가사關西地方歌辭이며, 최초의 유람기행가사遊覽紀行歌辭이다. 따라서 이보다 25년 뒤에 나왔을 것이라고 추정되는 송강松江의 <관동별곡>에 직접 영향을 주었으며, 조우인曹友仁의 <관동속별곡關東續別曲>등으로 이어지는 계보 관계를 생각할 수 있다.

<관서별곡關西別曲>은 작가가 임지에 부임하는 과정(봄)에서부터 같은 해 겨울까지 관서지방關西地方에서 보고 듣고 느끼고 생각했던 내용을 진솔하게 기록한 일종一種의 기행문紀行文이다. 관서변경關西邊境을 두루 둘러보고 기행문을 3·4조調라는 운율적인 표현을 빌려 가사체歌辭體로 구성했기에 우리는 이를 '가사歌辭'라고 부르게 되었다. 이 같은 가사의 특징 속에 쓰여 진 <관서별곡>에는 어둡고 괴로운 표현은 없다. 밝고 활기찬 표현들이 가사歌辭의 골격骨格을 형성하고 있고, 성은聖恩에 보답하고 부모님께 효도孝道해야겠다는 마음과 열심히 일해야겠다는 다짐들이 작품의 내용 속에 들어있기 때문이다. 대구를 적절히 혼용混用하는 묘사법描寫法도 우수優秀하지만 힘과 용기를 준다는 측면에서 <관서별곡>의 우수성憂秀性을 찾아야 될 것으로 본다.

흔히 볼 수 있는 하찮은 사물事物을 보고도 풍부한 상상력想像力을 동원하여 문학적文學的인 수법으로 표현하는 가능성을 작품 속에 형상화形象化시키고 있다. 이런 의미意味에서 보면 가사문학작품歌辭文學作品은 단 한편에 불과하지만 작가는 시인詩人으로서의 문학적인 재질才質을 마음껏 발휘하면서도 자연묘사自然描寫와 애군사친愛君思親의 지향세계志向世界를 잘 보여주고 있음이 작품의 특징特徵이요, 의의意義라고 하겠다.

2. 정철의 <관동별곡關東別曲>

● 창작배경

정철鄭澈(1536~1593, 중종31~선조26)은 조선 중기의 문신文臣, 학자學者, 문인文人이다. 본관本官은 영일迎日, 호는 송강松江·임정臨汀·칩암蟄庵 등이다. 송강은 중종中宗 때 서울 장의동에서 태어났다. 부친父親 정유침鄭惟沈의 4남 3녀 중 4남으로 태어난 송강은 다복한 유년시절을 보냈다. 큰 누이는 인종仁宗의 귀인貴人, 둘째 누이는 부제학을 지낸 최홍도崔弘渡

의 부인, 막내 누이는 종실宗室인 계림군桂林君 유瑠의 부인이 되었다. 어려서부터 궁중을 자주 출입하여 어린 경원대군慶原大君(明宗)과 친분을 돈독히 하였다.

그러나 1545년 을사사화乙巳士禍가 일어나 계림군이 역모로 몰리니 형과 아버지가 유배를 가게 되고, 송강은 아버지의 유배지를 따라 다녔다. 그 당시 그의 나이 10세였다. 1551년(명종6년) 6년간의 유배에서 풀려나자 온 가족이 선영이 있는 전라도 창평昌平으로 이주하여 당대의 석학인 김윤제金允悌에게 사사師事하였으며, 이이李珥등과도 친교를 맺었다. 1561년(명종 16년) 진사시에 합격한 뒤 직강, 헌납, 지평을 거쳐 함경도 암행어사를 지낸 뒤 이이李珥와 함께 사가독서賜暇讀書를 하였다. 그러나 동서 분당分黨이 구체화되면서 율곡과 함께 서인에 가담하게 된다. 40세(선조8년,1575)에 송강은 동서의 화합을 시도하려다 실패하고 다시 창평으로 내려간다(1차귀향).

이후 창평에 거주하면서 자연과 교류하는 가운데 시와 술의 풍류에 빠지기도 하고 학문에 몰두하기도 하며 세월을 보낸다. 43세(선조 11년,1578)에 다시 조정에 나와 관직에 오르나, 치유할 길 없이 깊어진 동서 분당 간의 갈등에 환멸을 느껴 다시 창평으로 귀향한다(2차귀향). 45세(선조13년,1580)에 임금은 송강이 동인이 득세하고 있는 내직內職에는 뜻이 없음을 알고 외직인 강원도 관찰사를 제수한다. 강원도에 부임한 송강은 관동의 아름다운 경치를 노래하며 그의 생애 가운데 가장 뜻 깊은 나날을 보내며, <관동별곡>, <훈민가> 등을 비롯한 많은 국문시가와 한시 작품을 남겼다.

● 텍스트 분석

<관동별곡>은 송강이 45세 때(1580년) 강원도 관찰사에 제수되어 관동팔경을 보고 노래한 것으로 표현이 아름다워 악보樂譜의 절조絶調라 일

컬어진다. 『송강가사松江歌辭』와 『협률대성協律大聲』에 수록되어 있는데, 총 293구이며 내용은 4단으로 구성되어 있다.

율격은 4음보격을 주축으로 하고 음절수는 3·4조가 중심으로 이루어져 있으며, 여기에 4·4조와 2·4조, 4·3조 등 다양한 음절이 나타나고 있다. 또한 진술 양식에서 독자에게 말을 하기도 하고 등장인물인 신선과의 직접적인 대화가 나타나기도 한다. 수사법에서도 감탄사와 생략법, 대구법이 적절히 사용되어 작가의 뛰어난 문장력이 유감없이 발휘되어 있다. 시상전개 양상에 따라 자세한 내용을 살펴보면 다음과 같다.

(1) 序詞

江강湖호애 病병이 깁퍼	竹듁林님의 70)누엇더니
關관東동八팔百빅里니에	方방面면을 맛디시니71)
어와 聖셩恩은이야	가디록 罔망極극ᄒᆞ다
延연秋츄門문72) 드리ᄃ라73)	慶경會회南남門문74) ᄇ라보며
下하直직고 믈너나니	玉옥節졀75)이 알픠 셧다
平평丘구驛역76) 몰을 ᄀ라	黑흑水슈77)로 도라드니
蟾셤江강78)은 어뒤메오	雉티岳악이 여긔로다79)
昭쇼陽양江강 ᄂ린 믈이	어드러로 든단 말고80)
孤고臣신 去거國국에81)	白빅髮발도 하도할샤82)

---

70) 은거지, 전라도 담양군 창평.
71) 관찰사의 소임을 맡기시니.
72) 경복궁의 서쪽 문, 영추문이라고도 함.
73) 달려 들어가, 성은에 대한 감격이 행동으로 나타난 말.
74) 경회루 남쪽 문, 또는 경회루와 광화문.
75) 임금이 신표로 준 것으로 관원이 출발할 때에 기표로 하여 앞에 세웠다.
76) 평구역 : 양주.
77) 흑수 : 여주.
78) 섬강 : 원주.
79) 원주가 어딘가 바로 여기가 아닌가.
80) 다 임 계신 서울로 흘러간다. 연군의 정.
81) 외로운 신하, 임금의 사랑을 받지 못하는 신하.
82) 나라에 대한 근심이 많기도 많구나. 우국의 정.

東동洲쥐밤 계오 새와 　　　　北븍寬관亭뎡의 올나ᄒ니83)
三삼角각山산 第뎨一일峰봉이 　　ᄒ마면 뵈리로다84)
弓궁王왕85) 大대闕궐 터희 　　　烏오鵲쟉이 지지괴니86)
千젼古고 興흥亡망을 　　　　　아ᄂᆞᆫ다, 몰ᄋᆞᄂᆞᆫ다87)
淮회陽양 녜 일홈이 　　　　　마초아 ᄀᆞ툴시고88)
汲급長댱孺유89) 風풍彩치를 　　고텨아니 볼 게이고90)

　위에서는 관찰사에 임명되어 부임에 임하는 여정旅情이 그려져 있다. 관찰사에 제수되어 기행한 동기를 밝히고 있는데 '강호에 병이 깊어 죽림에 누었다가' 관찰사에 제수되자 '어와 성은聖恩이야'라며 벌떡 일어났다고 실감나게 표현하고 있다. 임지로 떠나는 거동이 가볍고 걸음마다 흥이 나서 경치를 노래하면서도 득의得意에 찬 심정을 현란한 수식과 화려한 문장을 써서 거침없이 나타내고 있다.

(2) 本詞 1단락

營영中듕이 無무事ᄉᆞᄒ고91) 　　時시節졀이 三삼月월인 제
花화川쳔 시내길히 　　　　　楓풍岳악으로 버더 잇다92)
行ᄒᆡᆼ裝장을 다 썰티고 　　　石셕逕경의 막대 디퍼93)
百ᄇᆡᆨ川쳔洞동 겨틱 두고 　　萬만瀑폭洞동 드러가니
銀은 ᄀᆞ툰 무지게,94) 　　　　玉옥 ᄀᆞ툰 龍룡의 초리95)

---

83) 철원 북쪽에 있는 정자에 오르니.
84) 임금이 계신 곳이 웬만하면 보이겠구나. 연군의 정.
85) 궁예를 높여 이르는 말.
86) 까마귀와 까치가 지저귀니.
87) 역사의 무상함을 아느냐 모르느냐.
88) 회양이라는 이름이 옛날 중국의 이름과 마침 같구나.
89) 한무제 때의 直諫臣으로, 회양태수로 좌천시켰으나 거기서도 선정을 베풀었음 − 선정의 포부.
90) 다시 볼 것인가?
91) 감영 안이 태평하고
92) 아름다운 내금강을 향하여 떠나는 필자의 흥겨움이 나타남.
93) 돌이 많은 오솔길을 지팡이 짚어.

섯돌며 쑴는 소러96) 十십里리의 즈자시니
들을 제는 우레러니 보니는 눈이로다97) <만폭동>
金금剛강臺디 민 우層층의 仙션鶴학이 삿기 치니98)
春츈風풍 玉옥笛덕聲셩의99) 첫줌을 끼돗돈디,
縞호依의玄현裳샹이100) 半반空공의 소소 쓰니
西셔湖호101) 녯 主쥬人인을102) 반겨서 넘노는 듯 <금강대>
小쇼香향爐노 大대香향爐노 눈 아래 구버보고
正졍陽양寺스 眞진歇헐臺디 고텨 올나 안존마리
廬녀山산 眞진面면目목이 여긔야 다 뵈느다103)
어와, 造조化화翁옹이 헌스토 헌스홀샤104)
눌거든 쒸디 마나 셧거든 솟디 마나105)
芙부蓉용을 고잣는 듯106) 白빅玉옥을 믓것는 듯107)
東동溟명을 박츠는 듯108) 北븍極극을 괴왓는 듯109)
놉흘시고 望망高고臺디 외로올샤 穴혈望망峰봉이
하눌의 추미러 므스 일을 스로리라110)
千천萬만劫겁 디나두록 구필 줄 모르는다111)

---

94) 아름다운 폭포
95) 힘찬 폭포
96) 섞이어 돌며 내는 소리.
97) 눈 : 폭포 또는 폭포의 포말.
98) 새끼를 기르니.
99) 옥피리 소리 — 봄바람 소리의 미화.
100) 흰 저고리와 검은 치마.
101) 중국 서강성에 있는 호수 이름, 송나라 때 임포가 서호에 숨어서 매화를 아내로 삼고 학
     을 아들로 삼아서 살았다고 하여 매처 학자라고 별명을 얻음.
102) 송나라의 시인 임포를 가리킴 — 자신을 신선 임포인 양 말하고 있다.
103) 금강산의 참모습이 여기서야 보인다.
104) 조물주가 아름답게 꾸몄구나.
105) 산봉우리들이 날고도 뛰고 섯고도 솟았다.
106) 연꽃을 꽂았는 듯.
107) 백옥을 묶었는 듯.
108) 동해 바다를 박차는 듯.
109) 북극성을 떠받쳐 괸 듯.
110) 임금을 치밀어 무슨 일을 알리려고
111) 오랜 세월 지나도록 굽힐 줄 모르느냐.

어와 너여이고 　　　　　너 ▽투니 쏘 잇는가 ＜진헐대＞
開기心심臺더 고텨 올나 　　衆듕香향城셩 브라보며
萬만二이千쳔峰봉을 　　　歷녁歷녁히 혀여ᄒ니112)
峰봉마다 믹쳐 잇고 　　　굿마다 서린 긔운
몱거든 조티 마나 　　　　조커든 몱디 마나
뎌 긔운 흐터 내야 　　　人인傑걸을 ᄆ돌고쟈
形형容용도 그지업고 　　體텨勢셰도 하도 할샤
千텬地디 삼기실 제 　　　自ᄌ然연이 되연마는
이제 와 보게 되니 　　　　有유情정도 有유情정ᄒ샤113)

　　　　　　　　　　　　　　　　－ ＜개심대＞

毗비盧로峰봉 上샹上샹頭두의 　올라 보니 긔 뉘신고
東동山산 泰태山산이 　　　어느야 놉돗던고
魯노國국 조븐 줄도 　　　우리는 모ᄅ거든
넙거나 넙은 天텬下하 　　엇찌ᄒ야 젹닷 말고
어와 뎌 디위롤 　　　　어이ᄒ면 알 거이고
오ᄅ디 못 ᄒ거니 　　　느려가미 고이홀가 ＜비로봉＞
圓원痛통골 ▽는 길로 　獅ᄉ子ᄌ峰봉을 츠자가니
그 알픠 너러바회114) 　化화龍룡쇠 되여세라115)
千쳔年년 老노龍룡이116) 　구비구비 서려 이셔
晝듀夜야의 흘녀 내여 　滄창海히예 니어시니117)
風풍雲운118)을 언제 어더 　三삼日일雨우119)롤 디련는다
陰음崖애예 이온 플을120) 　다 살와 내여ᄉ라121) ＜화룡연＞
摩마訶하衍연 妙묘吉길祥샹 　雁안門문재 너머 디여122)

---

112) 분명히 세어보니.
113) 조물주의 뜻이 깃들어 있구나.
114) 너럭바위.
115) 화룡소 되었구나.
116) 화룡소의 굽이치는 물.
117) 먼 바다까지 이어 있으니.
118) 좋은 시절.
119) 선정이나 임금님의 은총.
120) 응달의 마른 풀을.
121) 살려 내려므나.

외나모 써근 드리 　　　　佛블頂뎡臺더 올라ᄒ니
千천尋심 絶졀壁벽을 　　　半반空공애 셰여 두고
銀은河하水슈 한 구비롤 　　촌촌이 버혀 내여123)
실ᄀ티 플뎌이셔124) 　　　뵈ᄀ티 거러시니125)
圖도經경 열 두 구비 　　　내 보매는 여러히라
李니謫뎍仙션 이제 이셔 　　고텨126) 의논ᄒ게 되면
廬녀山산이 여긔도곤 　　　낫단 말 못 ᄒ려니127)

　　　　　　　　　　　　　　　　－ <십이 폭포>

山산中듕을 미양 보랴 　　東동海ᄒ호 가쟈스라
藍남輿여128) 緩완步보ᄒ야 　山산映영樓누의 올나ᄒ니
玲녕瓏농碧벽溪계와 數수聲셩 啼뎨鳥됴ᄂ129)
離니別별을 怨원ᄒᄂ 듯
旌졍旗긔를 썰티니130) 　　五오色식이 넘노ᄂ 듯
鼓고角각을 섯부니131) 　　海ᄒ雲운이 다 것ᄂ 듯
鳴명沙사길 니근 몰이 　　醉취仙션을 빗기 시러
바다홀 겻티 두고 　　　海ᄒ棠당花화로 드러가니
白븩鷗구야 ᄂ디 마라 　　네 버딘 줄 엇디 아ᄂ

　　　　　　　　　　　　　　　　－ <동해로 가는 심정>

　　이는 작가가 금강산을 유람하는 내용이 중심을 이루고 있다. 만폭동,
금강대, 진헐대,개심대, 비로봉, 화룡연, 십이폭포 등 내금강의 절경絶景
과 동해로 가는 감회를 읊고 있다. 화려한 문장으로 노래하고 있는데

---

122) 넘어 내려가.
123) 마디마디 베어 내어.
124) 실같이 풀어서.
125) 베같이 걸었으니.
126) 다시.
127) 12폭 보다 여산 폭포가 더 낫다.
128) 뚜껑 없는 가마.
129) 눈부시도록 맑고 아름다운 푸른 시내, 여러 아름다운 소리로 우는 새.
130) 위세있게 휘날리니.
131) 북과 피리를 섞어 부니.

세차게 흐르는 폭포를 묘사한 부분에서는 '폭포'를 '무지게'와 '용의꼬리'로 은유적으로 나타내고 있다. 특히 시각적 이미지와 청각적 이미지가 잘 어우러져 화려한 문장을 보이고 있다. 또한 학이 송강 자신을 서호西湖의 옛 주인인 임포林逋로 알고 반긴다는 표현으로 풍류風流의 기백氣魄을 드러내고 있다.

   (3) 本詞 2단락

金금闌난窟굴 도라 드러	叢총石셕亭뎡 올라ᄒᆞ니
白빅玉옥樓누132) 남은 기동	다만 네히 셔 잇고야
工공倕슈의 셩녕인가,	鬼귀斧부로 다ᄃᆞ믄가133)
구ᄐᆞ야 六뉵面면은	므어슬 象샹톳던.134) <총석정>
高고城셩을란 뎌만 두고	三삼日일浦포롤 ᄎᆞ자가니
丹단書셔는 宛완然연ᄒᆞ되135)	四ᄉ仙션은136) 어디 가니
예 사흘 머믄 後후의	어디 가 ᄯᅩ 머믈고
仙션遊유潭담 永영郞낭湖호	거긔나 가 잇ᄂᆞᆫ가
淸쳥澗간亭뎡 萬만景경臺디	義의相샹臺디예 올라 안자
日일出츌을 보리라	밤듕만 니러ᄒᆞ니
祥샹雲운이 집희는 동137)	六뉵龍뇽이 바퇴는 동138)
바다희 ᄯᅥ날 제는	萬만國국이 일위더니139)
天텬中듕의 팃드니140)	毫호髮발을 혜리로다141)
아마도 녈구름142)	근쳐의 머믈셰라143)

---

132) 옥황상제가 거처한다는 누각.
133) 신기한 연장으로 다듬었는가.
134) 무엇을 형상화 하였을까.
135) '永郞徒南石行'이라고 쓰인 붉은 글씨는 뚜렷한데.
136) 신라 국선인 영랑, 남랑, 술랑, 안상.
137) 상서로운 구름이 뭉게뭉게 피어나는 곳.
138) 지탱하는.
139) 온 세상이 일렁거리더니.
140) 치솟아 뜨니.
141) 머리털 헤아리겠도다 – 매우 밝다는 뜻.
142) 지나가는 구름.

詩시仙션은 어디 가고
天텬地지間간 壯장호 긔별

斜사陽양 峴현山산의
羽우蓋개芝지輪륜이146)
十십里리 氷빙紈환을
長댱松숑 울흔 소개
믈결도 자도 잘샤
孤고舟쥬 解히纜람ㅎ야148)
江강門문橋교 너믄 겨틔
從동容용호댜 이 氣긔像샹
이도곤 구즌 디149)
紅홍粧장 古고事ㅅ롤
江강陵능 大대都도護호
節졀孝효旌졍門문이
比비屋옥可가封봉이
眞진珠쥬館관 竹듁西셔樓루
太태白빅山산 그림재롤
출하리 漢한江강의
王왕程뎡이 有유限호 ㅎ고
幽유懷회도 하도 할샤
仙션槎사롤 씌워 내여
仙션人인을 추즈려
天텬根근을 못내 보와

咳히唾타만 나맛ㄴ니144)
즈셔히도 홀셔이고
　　　　　－ <의상대의 일출>
躑텩躅튝을 므니불와145)
鏡경浦포로 ㄴ려가니
다리고 고텨 다려
슬ㅋ장 펴뎌시니147)
모래롤 혜리로다
亭뎡子ㅈ 우희 올나가니
大대洋양이 거긔로다
闊활遠원호댜 뎌 境경界계
쏘 어듸 잇댓 말고
헌스타 흐리로다
風풍俗쇽이 됴흘시고
골골이 버러시니
이제도 잇다 홀다 <경포의 장관>
五오十십川쳔 ㄴ린 믈이
東동海히로 다마 가니
木목覓멱의 다히고져150)
風풍景경이 못 슬믜니
客긱愁수도 둘 듸 업다
斗두牛우로 向향호살가
丹단穴혈의 머므살가 <죽서루>
望망洋양亭뎡의 올은 말이

---

143) 해의 근처에 머물까 두렵다.
144) 훌륭한 글만 남았느냐.
145) 철쭉꽃을 잇달아 밟아.
146) 새의 깃으로 꾸민 수레.
147) 실컷 펼쳐졌으니.
148) 한 척의 배를 띄워 건너.
149) 이보다 잘 갖추어진 곳.
150) 남산에 닿게하고 싶구나.

바다 밧근 하놀이니
ᄀᆞ득 노호 고래
블거니 쎔거니
銀은山산을 것거 내여
五오月월 長댱天텬의151)

하놀 밧근 므서신고
뉘라셔 놀내관디
어즈러이 구논디고
六뉵合합의 ᄂᆞ리ᄂᆞᆫ 둣
白빅雪셜은 므스 일고152)〈망양정〉

위에서는 청석정의 장관, 삼일포에서의 회고, 의상대에서의 일출의 장관, 경포의 경관과 강릉의 미풍양속, 죽서루에서의 객수, 망양정에서의 조망 등 관동팔경關東八景의 유람이 중심이 되어 노래하고 있다. 특히 작가의 두 내면세계內面世界, 즉 작가가 외향적으로 추구하고 있는 연군戀君의 세계와 내향적 영혼의 세계인 선인仙人의 세계가 마침내 갈등을 일으키고 있으며 이에 대한 토로를 담고 있다. 이는 죽서루에서의 객수를 노래한 부분에서 잘 나타나고 있는데, 태백산의 그림자를 담아 흐르는 물을 임금이 있는 서울 남산에 보내고자 하는 연군의 심정과 관원으로서의 한정된 여정을 아쉬워하며 차라리 신선이 탄다는 '션사仙槎'를 타고 북두성과 견우성으로 가거나 사선을 찾으러 단혈丹穴에 머물고 싶은 심정적 갈등이 그것이다. 그리고 앞에서와 같이 수사법에서 화려함을 나타내고 있는데, '성난 파도'를 '노한 고래'로 표현하거나 잔잔한 호수의 수면을 비단으로 표현하고 있다.

(4)　結詞

져근덧 밤이 드러153)
扶부桑상 咫지尺척의155)

風풍浪낭이 定뎡ᄒᆞ거놀154)
明명月월을 기ᄃᆞ리니

---

151) 멀고도 넓은 하늘.
152) 파도의 포말, 물보라 — 때 아닌 때 흰 눈은 무슨 일인고?
153) 잠깐 동안에 밤이 되어.
154) 바람과 물결이 가라앉거늘.
155) 해돋는 곳 아주 가까운 곳.

瑞셔光광 千쳔丈댱이156)

珠쥬簾렴을 고텨 것고,157)

啓계明명星셩158) 돗도록

白빅蓮년花화 훈 가지롤

일이 됴훈 世세界계

流뉴霞하酒쥬161) ᄀ득 부어

英영雄웅은 어듸 가며

아미나 맛나 보아

仙션山산 東동海히예

松숑根근을 베여 누어

꿈애 훈 사름이

"그디롤 내 모르랴,

黃황庭뎡經경162) 一일字ᄌ롤

人인間간의 내려와셔

져근덧163) 가디 마오.

北븍斗두星셩164) 기우려

저 먹고 날 머겨놀

和화風풍이 習습習습ᄒ야165)

九구萬만里리 長댱空공애167)

"이 술 가져다가

뵈는 듯 숨는고야

玉옥階계롤 다시 쓸며

곳초 안자 브라보니159)

뉘라셔 보내신고

놈대되 다 뵈고져160)

둘드려 무론 말이

四ᄉ仙션은 그 뉘러니

녯 긔별 뭇쟈 ᄒ니

갈 길히 머더 멀샤

　　　　－ <동해의 달맞이>

픗줌을 얼픗 드니

날드려 닐온 말이

上샹界계예 眞진仙션이라.

엇디 그릇 닐거 두고,

우리롤 쏠오는다.

이 술 훈 잔 머거 보오."

滄챵海히水슈 부어 내여

서너 잔 거후로니

兩냥腋익을 추혀 드니166)

져기면 놀리로다168)

四ᄉ海히예 고로 눈화169)

---

156) 길게 뻗쳐 있는 상서로운 빛.

157) 구슬을 꿰어 만든 발을 다시 걷고

158) 샛별.

159) 자세를 바로 잡아 곧게 － 경건한 자세.

160) 남들에게 보이고 싶구나.

161) 신선이 먹는다는 술.

162) 도교의 경전.

163) 잠깐 동안.

164) 북두칠성, 술국자를 의미함.

165) 봄바람 산들산들 불어.

166) 양쪽 겨드랑이 추켜 드니.

167) 머나먼 하늘에.

168) 웬만하면 날겠도다.

億억萬만蒼창生싱을
그제야 고텨 맛나170)
말 디쟈 鶴학을 트고172)
空공中듕 玉옥簫쇼 소리173)
나도 줌을 씨여
기피롤 모르거니
明명月월이 千쳔山산萬만落낙의174)

다 취케 밍근 후의
쏘 혼 잔 호쟛고야."171)
九구空공의 올나가니
어제런가 그제런가
바다홀 구버보니
ᄀ인들 엇디 알리
아니 비쵠 디 업다
　　　　－ <꿈속 신선과의 만남>

위에서는 동해의 달맞이와 꿈속의 선유을 통해 작가의 풍류를 읊고
있다. 꿈속에서 신선神仙과 풍류를 즐기는 모습을 노래하며 자신의 풍류
세계를 말하고 있다. 북두칠성을 술 뜨는 국자로 하고, 푸른 동해의 물
을 술로 삼겠다는 호탕한 기상을 표현함과 동시에 취중에도 좋은 것이
있으면 백성과 함께 나누겠다는 위정자爲政者로서의 선정善政에 대한 포
부抱負가 드러나고 있다.

　마지막 행의 '명월明月'은 임금과 자연을 동시에 나타내는 중의적重意的
표현법을 쓰고 있다. 그리고 종행終行의 형식이 시조의 종장과 같이
3·5·4·3의 음절을 나타내고 있다.

　앞에서 살펴본 <관동별곡>의 내용적 구조를 정리하면 다음과 같다.

① 서사 : 관찰사로 부임(창평→한양→섬강, 치악)과 도내 각 고을을
　　　　　순회여정(소양강→동주→회양)
② 본사1 : 금강산 유람

---

169) 온 세상에 고루고루 나누어.
170) 그때에 거서야 다시 만나.
171) 선정의 포부, 애민 정신.
172) 말이 끝나자 학을 타고 – 주체는 신선임.
173) 옥퉁소 소리 – 바람 소리의 미화법.
174) 임금님의 은총이 온 세상에.

        – 만폭동의 장관과 금강대의 선학,
        – 진헐대와 개심대에서의 조망,
        – 비로봉을 바라보며 공자의덕 흠모,
        – 화룡소에서의 감회와 불정대 십이폭포의 장관,
        – 동해로 향하는 감회 (취선의 경지)
③ 본사2 : 동해안 유람
        – 총석정에서 본 경치와 삼일포에서의 사선 추모,
        – 의상대에서 본 일출의 감회,
        – 경포의 아름다움과 강릉의 미풍양속,
        – 진주관과 죽서루에서의 객수,
        – 망양정에서 본 파도의 장관
④결사 : 현실 복귀
        – 월출 풍류와 꿈 속의 선연仙緣

◖ 작품의 이해와 내면화

<관동별곡關東別曲>은 송강松江이 강원도 관찰사로 부임하며 지은 기행가사紀行歌辭이다. 이는 백광홍의 <관서별곡關西別曲>의 영향을 받았으며 조우인의 <관동속별곡關東續別曲>과 박순우의 <금강별곡金剛別曲> 등에 많은 영향을 주었다. 앞서 살펴본 바와 같이 다복한 유년시절을 보낸 송강은 정치적 흐름과 함께 16세 무렵 부친을 따라 창평昌平으로 내려오게 되고 과거를 치르기 전까지 이곳에 머물게 된다. 이 기간이 그에게 있어서 유년기의 영화榮華와 소년기의 고난이라는 양극적 체험을 극복하고 안정의 회복과 웅비를 위한 정진의 시기가 되었으며, 이곳은 그의 문학 전반에 있어서 중요한 배경이 되었다. 그리고 여기서 만난 문인들과의 인연은 뒤에 성산가단星山歌壇의 꽃으로 송강문학松江文學이 자리매김하는 중요한 역할을 하게 되었다.

정극인의 <상춘곡賞春曲>이 송순의 <면앙정가俛仰亭歌>에 영향을 주고, 송순은 뒤이어 송강에게 영향을 주어 <성산별곡星山別曲>, <관동별

곡關東別曲> 과 같은 아름다운 작품을 창작하게 되니 이러한 영향관계 속에서 조선시대 가사문학이 발전할 수 있었던 것이다. 또한 송강은 조위의 <만분가萬憤歌>의 영향으로 <사미인곡思美人曲>, <속미인곡續美人曲> 등의 미인계美人系 작품을 창작하기도 했다. 이와 같이 송강문학의 작품적 배경에는 성산가단을 위시한 선배 문인들의 가풍歌風과 가단歌壇의 분위기가 녹아 있음을 알 수 있다. 직접적인 영향을 받았다고 거론되는 작가들 외에도 많은 문인들의 작품과 정신세계가 반영되어 송강문학이란 화려한 꽃을 피울 수 있었으며, 이는 다시 뒤이어 오는 많은 작가에게 영향을 주어 조선시대 화려한 시가문학詩歌文學의 토대가 된 것이다.

송강사가의 백미白眉로 꼽히는 <관동별곡>은 일종의 기행문이다. 그러나 단순히 기행에 대한 견문을 적는 데 그치지 않고 색다른 풍광과 경험 속에 연군戀君의 정과 선유仙遊의 꿈을 융화시켜 보여주고 있다. 또한 인간 내면의 갈등과 그 해소 과정을 함축적으로 잘 드러내고 있다는데서 높은 문학적 가치를 인정받고 있다. 특히 <관동별곡>에서 갈등의 양상과 극복은 자연에의 몰입과 도취를 추구하는 도교적道敎的 신선지향과 충의忠義, 우국憂國, 애민愛民 등을 지향하는 유교적儒敎的 사상의 대립과 갈등으로 드러난다. 그러나 도교적 신선 지향성은 연군지정戀君之情, 애민사상愛民思想, 우국지정憂國之情 등에서 울어난 관찰사의 소임에 대한 의지로 극복된다.

● 문학사적 의의

김만중金萬重은『서포만필西浦漫筆』에서 송강의 <사미인곡>, <속미인곡>, <관동별곡> 등을 일컬어 '동방의 이소離騷'라고 절찬하였다. 송강의 작품이 이렇게 평가된 것은 먼저 언어적 측면에서 중국 초나라의 굴원屈原이 지은 <이소離騷>가 중국어인 한자를 적절히 표현하여 이룩한 절조絶調로서의 성과 못지않게 송강의 작품이 우리 고유의 정서와 우리말의 느낌을 생동감 있게 표현하고 있다는 점이다. 다음으로 주제적인 측면에서 충신연군지사忠臣戀君之事로써 유가적 가치와 이념을 표현하고 있다는 점에서 찾을 수 있을 것이다.

홍만종은 『순오지旬五志』에서 '<관동별곡>의 경물을 그린 기묘함과 말을 만들어 낸 기발함은 실로 악보의 절창絶唱'이라고 극찬하였다. 대부분의 서경적인 가사가 형승形勝의 객관적 묘사에 그친 데 반하여, <관동별곡>은 아름다운 자연 속에 몰입하여 새로운 시의 세계를 창조하였다. 그 뿐만 아니라, 현실을 도피하여 자연 경치에 몰입하는 일반적 시가의 형향을 벗어나, 현실참여자의 처지에서 자연에 몰입하는 기쁨을 노래하고 있는 것이다.

<관동별곡>은 백광홍의 <관서별곡>과는 이름에서부터 대조를 이루면서 국토를 놀이터 삼고 나라를 생각하는 마음을 풍류에 도취하는 기백으로 바꿔 놓았다. 부드럽고 기괴하고, 예사롭지만 놀랍고, 섬세하다가 엄청나게 커지는 것을 뒤섞어 말로 금강산을 쌓는데 어색함 없이 자연의 미를 살리고 있어 전에 볼 수 없던 국토예찬國土禮讚이요, 능란한 수법의 진경산수화眞景山水畵라는 점에 큰 의의를 가진다.175)

이 작품을 통해 잘 나타나는 송강 작품의 표현적 특징으로 대표성을 지닌 하나의 사물만을 가지고 전체 상황을 상상케 하는 과감한 생략과 압축을 들 수 있는데, 이는 작품 전체를 박진감 넘치게 하여 생명력 있는 작품을 만드는 토대가 된다. 서사 단락에서 '연추문 드리드라 경회남문 브라보며'로 임금을 만나는 장면이 시작하여 '평구역에서 물을 그라' 곧이어 원주까지 갔음을 나타내는데 부임 과정의 복잡한 절차를 간결하게 표현한 좋은 예이다. 또한 작품 곳곳에서 '백구', '우개지륜' 등의 용어로써 깊은 설명을 생략하고도 신선의 이미지를 전달하고 있으며 연정의 마음을 나타내는 곳에서도 직접 임금이라는 말대신 한양과 관련된 어휘

---

175) 류연석, 『韓國歌辭文學史』, 국학자료원, 1994년, 134~135쪽.

를 사용하거나 은유적 표현을 써서 나타내고 있다. 이 작품이 많은 한문 고사 인용에도 불구하고 감동적인 것은 이런 표현상의 특성 때문일 것이다.

마지막으로 이 노래에서 간과해선 안 될 것이 공간의 이동과 이미지의 변화에 따른 내용과 사상의 변화이다. 이 작품 전체의 주공간은 산에서 바다로 이동한다. 산과 함께 떠오르는 폭포, 학, 구름 등 백색의 이미지는 '성스러움, 고결함' 등의 느낌을 주고 있다. 이는 서정적자아抒情的自我의 위치, 즉 위정자爲政者로서의 생각과 모습의 표현이라 할 수 있다. 그러나 바다를 향해 공간이 이동하면서 백색의 이미지는 사라진다. 그러면서 자신을 취선醉仙으로 표현하며 자연스러운 인간의 내면적 모습을 유감없이 드러낸다. 산에서 억제되고 다듬어진 위정자, 지식인의 모습이 바다에 이르러서 인간 본연의 모습으로 나타난 것이다. 다시 말해 <관동별곡>에 담긴 인간의 두 모습을 공간의 이동과 이미지의 변화로 표현하고 있는 것이며, 두 갈등의 요소가 융화되는 과정이 화려한 언어의 조탁과 섬세한 수사적 표현, 그리고 대담한 생략과 함축으로 이루어진 훌륭한 작품을 만들고 있다.

3. 홍순학의 <연행가燕行歌>

🌓 창작배경

홍순학洪淳學(1842~1892)의 본관은 남양南陽, 자는 덕오德五이다. 기종蘷鐘의 두 아들 중 막내로 어려서부터 족숙族叔 석종奭種에게 입양되어 과거에 급제할 때까지 경기도 연천군 적성면에서 성장하였다. 16세(1857)의 소년으로 병과丙科에 급제하여 33세(1875,고종 12년)에 대사성에 오르고, 고종 21년 감리인천항통상사무監理仁川港通商事務로 임명되어 한말韓末의 복잡한 국제문제에 참여하게 되었고, 같은 해 10월 17일 우정국郵政

局사건으로 일어난 갑신정변甲申政變(1884) 직후에 사무부관事務副官으로 차하差下케되었다. 다음해 인천부사仁川府使로 임명되고 감리사무監理事務를 겸행하였으며 같은 해 8월에 사임하였다.

그 이후 고종 27년(1890)년 협변통상사무協辨通商事務로 복귀하였고, 다음해 사헌부司憲府대사헌大司憲에 임명되었다. 1892년(고종29)에 51세로 생을 마감하였다.

이처럼 홍순학은 권문세가權門勢家의 자손이 아니어 당시 사회상, 신분상 애로를 겪어야 할 일은 없었고, 오로지 공명을 위해 열심히 노력하여 순탄한 길을 걸었다. <연행가>를 통하여 그의 성격, 직능, 풍류 등을 살펴보면 명수공성名遂功成의 유교적 인생관과 전형적 유교적 관리풍이 두드러졌으며, 견문한 바를 구체적으로 명확히 냉철하게 다루는 실학적實學的 기록을 하면서도 도처에서 고향故鄕을 그리는 애절한 감정을 표현함으로 그의 다정다감한 인간미를 나타내고 있다.

◑ 텍스트 분석

일명 <북원록北轅錄>, <연행록燕行錄>, <원힝녹>, <병인연행가丙寅燕行歌> 등으로도 불리는 총 3,924구로 된 장편기행가사로, 고종 3년(1866)에 고종이 왕비를 맞이한 사실을 알리기 위해 중국에 사신을 보낸 진하사은겸주청사행進賀謝恩兼奏請使行에, 지은이가 서장관書狀官으로 따라가서 북경에 갔다온 130여일 간의 여정과 견문을 노래한 작품이다. 가사 작품으로 보기 드물게 장편인 까닭으로 노정이 자세하고 서술내용이 풍부하며, 치밀한 관찰력으로 대상을 자세하고도 객관적으로 묘사하여 독자에게 생동감을 준다. 고사성어나 한자의 사용을 억제하고 순 한글로 기록하여 서민 계층의 독자를 겨냥한 것은 조선 후기가사의 한 특징을 보여 주는 것이라 하겠다. 김인겸의 <일동장유가>와 더불어 조선 후기 기행가사의 대표적인 작품으로 평가할 만하다.

(1) 여행의 시작
　　어와 텬지간의 남즈되기 쉽지 안타
　　평싱의 이닉몸이 듕원中原176) 보기 원ᄒ더니
　　병인년丙寅年177) 츈삼월의 가례 칙봉嘉禮冊封178) 되엿스니
　　국가에 디경이요 신민의 복녹이라
　　상국上國179)의 주청奏請180) 홀시 삼ᄉ신을 너여시니
　　샹ᄉ181)의 뉴승상柳丞相182)이요 셔시랑徐侍郞183)은 부ᄉ로다
　　ᄒᆡᆼ듕行中어ᄉ行中御使184) 셔장관書狀官185)은 직칙이 듕홀시고
　　겸집의兼執義186)에 ᄉ복판ᄉ司僕判事187) 어영낭청御營郎廳188) 되여시니
　　시년이 이십오라 소년공명少年功名189) 장ᄒ도다

　"어와"로 시작되는 서두는 내방가사와 같은 서두구이다. 사행의 동기와 목적을 드러내며, 삼사의 구성 경위와 작자의 신분을 밝히고 있다. 또한 작가가 자기도취와 흥분상태로 언어구사를 하며 자신의 감정을 직접적으로 드러내고 있다.

---

176) 中原 : 중국中國.
177) 丙寅年 : 1866년, 고종 3년.
178) 嘉禮冊封 : 고종 3년에 민치록閔致祿의 딸로 하여금 인정전仁政殿과 운현궁雲峴宮에서 각각 책비冊妃와 가례嘉禮의 예禮가 행하여짐.
179) 上國 : 사신들이 갈 당시의 중국, 곧 청淸나라.
180) 奏請 : 임금께 상주上奏하여 청원請願함, 청나라의 승인을 얻기 위함.
181) 샹ᄉ : 삼사신三使臣 중의 우두머리, 정사正使를 이르는 말.
182) 柳丞相 : 정사正使 유후조柳厚祚를 말함, 호는 매산梅山 당시 우의정右議政.
183) 徐侍郞 : 부사副使 서당보徐堂輔를 말함, 호는 영사榮史 당시 예조시랑禮曹侍郞.
184) 行中御使 : 특별한 사명을 띠고 파견되는 임시직 관리.
185) 書狀官 : 정사, 부사와 함께 중국에 나가던 삼사三使의 한사람, 여기서는 지은이 자신을 가리킴.
186) 兼執義 : 집의執義를 겸함, 집의執義는 사헌부의 종삼품 벼슬.
187) 司僕判事 : 고려와 조선의 궁중에서 가마나 말에 관한 일을 맡아보는 관청 사복사司僕寺의 판사, 판사는 곽녕부郭寧府 의금부義禁府의 종일품직從一品職.
188) 御營郎廳 : 어영청御營廳, 조선조 때 군영軍營의 이름.
189) 少年功名 : 어려서 출세를 하여 이름을 날리는 것.

하夏오월 초칠일의 도강渡江날즈 졍ᄒ여네
방물方物190)을 졍검ᄒ고 힝장을 슈습ᄒ여
압녹강변鴨錄江邊 다다르니 송객졍送客亭191)이 여긔로다
의쥬부윤義州府尹 나와안고 다담상茶啖床을 ᄎ려놋코
삼사신三使臣을 젼별餞別ᄒ시 쳐창悽愴키도 그지없디
일비일비 부일비一杯一杯復一杯192)ᄂ 셔로안져 권고勸告ᄒ고
(중략)
기국지회 그지업셔 억졔ᄒ기 어려운즁
홍샹紅裳193)의 곳눈물이 심회心懷를 돗ᄂ는도다

이 부분은 작가가 국내에서 중국으로 들어가는 길목의 여정에서 당시의 사행길은 그야말로 고행의 길이어서 사신들의 착잡한 심정을 토로하면서 새로운 체험에 대한 호기심, 막중한 책임감, 익숙하지 않은 환경에 대한 두려움을 이국으로 들어가는 감정세계를 복합적으로 나타내었다.

  (2) 異國文化에 대한 意識
집집이 호인들은 길의나와 구경ᄒ니,
의복기 괴려乖戾194)ᄒ여 처음보기 놀납도다
머리ᄂ 압흘ᄶᅡ가 뒤만ᄯᅡᄒ 느리쳐셔
당ᄉ실노 당긔195)ᄒ고 마라기196)을 눌러쓰며
(중략)
계집년들 볼만ᄒ다 그모양은 엇더트냐

---

190) 方物 : 감사監司나 수령守令의 임금에게 바치던 그 고장의 산물, 여기서는 조선 사신이 중국에 바치는 산물.
191) 送客亭 : 의쥬義州에 있는 손님을 보내기 위해서 만든 정.
192) 一杯一杯復一杯 : 이백李白의 여유인산중대작與幽人山中對酌에 나오는 시구로서, '한 잔 한 잔 또 한 잔'이라는 뜻.
193) 紅裳 : 붉은 치마, 아름다운 여인(기녀)를 비유함.
194) 乖戾 : 사리事理에 어그러져 온당하지 않음.
195) 당긔 : 댕기, 여자의 길게 땋은 머리끝에 드리는 헝겊.
196) 마라기 : 마래기, 중국 사람들의 모자의 한 가지, 청淸나라 때 관리官吏들이 쓰던 모자의 한 가지.

머리만 치거슬러197) 가림즈는 아니타고
뒤통슈의 모라다가 뵙시잇게 슈식首飾198) 호고
오식五色으로 만든쏫츤 스면四面으로 쏫즈스며
도화분桃花粉199) 단장丹粧호여 반취半醉훈 모양갓치
불그러 고흔터도 아미蛾眉200)를 다스리고
살쥭201)을 고이씨고 붓스로 그렷스며
입슈아리 연지빗흔 단슌丹脣202)이 분명호고
귓방을 쏠운구녕 귀여쏘리 달아스며
의복衣服을 볼작시면 사나히 제도制度로되
다홍빗 바지의다 푸른빗 져구리오
(중략)
손톱을 길게길너 호치만큼 길너시며
발뵙시을 볼작시면 수당혜繡唐鞋203)를 신어시며
청녀淸女는 발이커셔 남즈의 발깃트나
당여唐女는 발이 작아 두치짐 되넌거슬
비단으로 쏙동이고 신뒤축의 굽을 달아
위쪽비쪽 가는모양 너머질가 위틱危殆호다
그러타고 웃지마라 명明나라 씨친제도制度
져계집의 발호가지 지금까지 볼것잇다

　작가의 세밀한 관찰과 치밀한 묘사로 구경 나온 호인들의 모습과 여
인들의 화려한 머리치장, 얼굴의 특징, 기이한 여인들의 전족纏足 등을
구체적으로 묘사하고 있다. 또한 여인들의 복색 문화를 소개하고 여인들
의 긴 손톱을 묘사한 것은 조선 선비의 문화적 거부감이 생겨 은근히 청

---

197) 치거슬러 : 아래에서 위로 치켜 올려.
198) 首飾 : 머리에 꽂는 장식품裝飾品.
199) 桃花粉 : 복숭아꽃 빛을 띤 불그스레한 백분白粉.
200) 蛾眉 : 미인美人의 눈썹을 이르는 말.
201) 살쥭 : 살쩍, 뺨 위 귀의 앞에 난 머리 털.
202) 丹脣 : 여자의 붉고 고운 입술.
203) 繡唐鞋 : 수 놓은 비단으로 울을 만든 당혜唐鞋.

나라 문화의 비속함을 나타내고 있으며, 아울러 의태어를 적절히 구사하여 생동감을 주는 작가의 독특한 표현을 엿볼 수 있는 대목이다. 즉 생활 문화적 특성을 이해하고 문화 상대론적 성격을 판단할 수 있는 내용이 나타나 있다.

<blockquote>

팔인교을 메고오니 누룬 쑥졍 누룬휘쟝

좌우의 완ㅈ밀챵 압뒤ㅊ을 길게ㅎ고

멜방망이 네줄인디 둘식둘식 달아메니

우리나라 ㅅ인교을 둘을홉게 메음ㅈ다

밀챵을 반즘녈고 황뎨가 니다보니

용봉지ㅈ龍鳳之姿204) 쳔일지포天日之表205) 엇더하신 쳔안인고

츈츄가 십일셰라 어린티도 어엿브다

갸름ㅎ온 얼골밧탕 일월각日月角206)이 공골ㅊ고207)

자그마흔 눈모양이 안치가 돌올ㅎ다

누른비단 두루막이 말익이도 누르더라

쳔하의 제일인이 호복ㅎ신 져란말가

지영압의 이르더니 팔인교을 머무르고

너희국왕 평안하믈 근시불너 무르시니

삼ㅅ신이 긔복起伏208)ㅎ여 혼번고두 ㅅ례헌다

팔인교 지나간후 그뒤흘 술펴보니

말탄관원 이십여인 ㅅ라갈 뿐일러라

(중략)

</blockquote>

위에서는 청인을 멸시한 예와 청나라 황제의 동가를 본 느낌을 노래한 것이다. '용봉지재 천일지표 어떠하신 천안인고'라는 기대감과 '천하

---

204) 龍鳳之姿 : 뛰어난 인물人物의 더할 나위 없는 모습.

205) 天日之表 : 사해四海에 군림君臨할 상相.

206) 日月角 : 좌우의 이마.

207) 공골ㅊ고 : 모양이 야무지게 생기고

208) 起伏 : 왕王에게 상주上奏할 때 먼저 일어섰다가 다시 몸을 굽힘.

의 제일인이 호복한 이 저란말가'라고 한 실망은 작가의 마음속에 있는
일종의 대청의식對淸意識의 갈등을 표현했다고 할 수 있다.

> 널남고시 강개지ᄉ 인걸이나 ᄎᄌ리라
> 틱샹소경太常少卿209) 명공슈는 쳥슈ᄒ온 골격이오
> 병부낭兵部朗210)등 황운곡은 뇌락磊落211)ᄒ온 ᄌ품이오
> 시어ᄉ侍御史212)의 왕죠계는 아롬다운 셩품이오
> 공부工部213)벼슬 왕현이는 단정ᄒ온 틱도로다
> 모도다 틱명적의 명문거족 후예로셔
> 마지못히 삭발ᄒ고 호인의게 벼술ᄒ나
> 의관의 슈통羞痛214)ᄒ옴 분ᄒ마음 품어고나
> 녯의관 죠션ᄉ룸 형뎨ᄀᆺ치 반겨ᄒ다
> (중략)

위에서는 명나라 후예 곧 한인漢人과 청나라 사람 곧 호인胡人을 구별
하여, 전자를 망국민이기는 하지만 잃어버린 조국에 대한 강개지심을 가
진 문화와 예의의 선비들이라고 생각하고 사모하는 마음을 가진다. 하지
만 후자는 비록 천자라 하더라도 문화와 예의 풍속에 있어서는 미개한
야만으로 멸시하는 마음을 지니고 있음을 보여 주고 있다.

> 황셩皇城215)안을 싱각히도 셔양관이 여러히오
> 쳐쳐의 쳔쥬당과 ᄉ혹편만邪學遍滿216) ᄒ엿다며

---

209) 太常少卿 : 예악禮樂, 교묘郊廟, 사직社稷 등을 맡은 태상사太常寺의 대신大臣.
210) 兵部朗 : 병부兵部에 예속된 벼슬로 시랑侍郎 다음의 관직官職.
211) 磊落 : 성미性味가 너그럽고 시원하여 작은 일에 거리끼지 아니하고 소탈疎脫함.
212) 侍御史 : 전중殿中에서 급사給事의 일을 맡은 벼슬.
213) 工部 : 공사工事에 관한 일을 맡아보는 육부六部의 하나.
214) 羞痛 : 부끄러우며 분함.
215) 皇城 : 북경北京.
216) 邪學遍滿 : 사학邪學이 널리 퍼짐, 사학은 천주교天主敎를 가리킴.

> 큰길의 양귀즈들 무상히 왕니ᄒ니
> 눈쌀은 움푹하고 코마루는 웃둑ᄒ며
> 머리털은 발간거시 곱실곱실 양피갓고
> 긔골은 팔쳑쟝신 의복도 고이ᄒ다
> 쁜거슨 무어신지 웃둑훈 젼닙氈笠217) ᄀᆺ고
> 입은거슨 어이ᄒ야 두다리가 꿩꿩ᄒ냐
> 계집년을 볼쟉시면 더구나 흉측ᄒ다
> 퉁퉁ᄒ고 커다훈년 살쌀은 푸루쥭쥭
> 머리쳔의賤衣218) ᄀᆺ튼거슬 뒤로길게 느려쁘고
> ᄉ미좁은 져구리의 쥬룸업는 긴치마을
> 엉벗히여 휘두루고 혜젹혜젹 가는고나
> ᄉᆞᆺ기놈들 볼만ᄒ다 ᄉᄋ뉵셰 먹은거시
> 답팔답팔 발간머리 시노란 동근눈쌀
> 원슝이 ᄉᆞᆺ기들과 쳔연이도 흡ᄉ홀사
> 졍녕이 즘싱이오 사롬죵ᄌ 아니로다
> 져러틋 ᄉ류요물邪類妖物219) 침노아국 되단말가
> (중략)

　작가는 북경에서 처음 만나 사귄 한인 벼슬아치인 황 낭중으로부터 '작일에 양귀자놈이 귀국을 침노 운운 예부상서 자문으로 먼저 급보하였으니 존형은 아무쪼록 빨리 돌아갈지어다.'라는 비밀 필담을 들은 뒤 '돌아오며 생각하니 양귀자 일 통분하다.'면서 양귀자에 관하여 위와 같이 서술하고 있다. 그러면서 양귀자 곧, 서양인에 대해 작가는 상당히 고조된 미운 감정을 솔직히 표현한다.

---

217) 氈笠 : 군뢰복다기, 군뢰軍牢가 군장軍裝할 때 머리에 쓰는 갓.
218) 賤衣 : 부녀자婦女子들이 나들이할 때 장옷처럼 머리에 쓰는 것.
219) 邪類妖物 : 간악奸惡하고 요사妖邪한 무리.

(3) 여행을 마침
　　이십삼일 저문후의 집으로 도라오니
　　노친이 마조나와 반기신듯 늣기신듯
　　파렴ᄒ신 덕틱으로 병업시 단여오니
　　혼실渾室220)이 환희ᄒ니 즐겁기도 그지업다
　　쳥계ᄉ221) 녯곡죠을 의구히 노릭ᄒ니
　　듕원싱각 ᄒ면 의의ᄒ 일쟝츈몽인가 하노라.
　　셰신묘팔월일팔셔 쥭동틱방의셔 심심소일노 쓰시다.

　긴 여정 동안의 많은 새로운 체험과 이국문물에서 받은 강한 충격으로 자아를 재인식한 다. 이것을 지을 무렵의 작가는 20대였다. 감수성이 예민한 만큼 그들은 충격도 컸을 것이다. 이러한 작가의 내적 상황으로 인해 위와 같은 환영적 성격을 띤 내용으로 끝맺었다.

◑ 작품의 이해와 내면화

　기행가사는 문학 양식인 가사 형식에 출발·노정·목적지·귀로의 4단계를 내포한 시간적·공간적 과정에서 여행자가 보고, 듣고, 느끼고, 생각한 자기의 여행 경험을 담아 문학 작품화한 것이다.

　기행가사는 관유가사觀遊歌辭, 유배가사流配歌辭, 사행가사使行歌辭로 나눌 수 있다. 관유가사는 여행자가 관유적 심상으로 나라 안을 여행하고 그 경험을 작품화한 것이고, 유배가사는 타의에 의해 귀양살이를 하며 얻은 경험을 작품화한 것이며, 사행가사는 행선지가 외국으로 여행의 목적이 국제적 외교에 있으며, 장거리 여행의 경험을 작품화한 기행가사이다.

　<연행가>는 사행가사에 속하며, '사행使行'이라는 말은 '사신행차使臣行

---

220) 渾室 : 혼가渾家, 한 집안의 온 식구食口.
221) 쳥계ᄉ : 악곡樂曲의 이름.

次'의 준말로서 사행가사는 왕이나 나라의 명령으로 다른 나라에 어떤 특수한 임무를 띠고 가는 신하가 여행 중에 보고 듣고 느낀 바를 가사로 작품화한 것이다. 사행가사는 중국의 연경을 다녀와서 쓴 연경계 작품과 일본을 다녀온, 통신사들이 쓴 일본계 작품이 주류를 이룬다. 대표적인 연행계 작품으로는 <연행가>를 비롯하여 <연행별곡燕行別曲>, <서정별곡西征別曲>, <무자서행록戊子西行錄>, <북행가北行歌> 등이 있다.

이 작품은 고종의 왕비 책봉 사실을 알리기 위해 고종 3년(1866)에 청나라에 파견되었던 사절단의 서장관인 작가가 연경(청나라 수도)을 다녀온 130여 일 간의 견문과 감상을 자세하게 적고 있다. 그러나 이 작품의 화자는 사신으로서의 공적 태도에만 얽매이지 않았다. <연행가>에 표현된 사적私的인 서술은 다양한 형태로 화자의 내면을 숨김없이 드러내고 있다. 사행길을 떠나며, "집안을 생각ᄒ니 심회도 창연할소."라고 했던 화자의 정서는 귀로歸路에까지 이어져서 책문에서 모친의 생신을 당하여 "불효ᄒ다 만 니 밧게 반 년나 쩌나시니."라고 한 데까지 계속된다. 그리고 자신의 위치에 대해 '소년 공명', '소년 서장' 등의 어휘를 사용하면서 자긍심自矜心을 과시하기도 하지만, "시ᄒ의 ᄌ라나셔, 평일의 이측ᄒ여 오리 쩌나 본 일 업다."처럼 나약한 모습을 드러내기도 한다. 또 온정평에서 아랫사람들의 잠자리가 참혹함을 가련하게 여기기도 하고, 연경에서는 처음 보는 서양인이나 몽고인을 '양귀자놈', '몽고놈들' 등의 어휘로 거침없이 비하하기도 한다. 이러한 서술들은 작품 속에 반영된 작가의 인간적인 면모가 더 확대되어 가는 변화를 보이는 것이다.

그리고 <연행가>에는 이국 문물에 대한 보수적 시각이 짙게 나타나 있다. 중국 사행使行의 체험을 기록한 기행문은 대부분 모화사상慕華思想을 바탕으로 하고 있기 마련이지만 이 <연행가>는 그 정도가 더욱 심하다. 홍순학은 이 작품의 곳곳마다에 청나라, 즉 만주족(호인)에 대한 적대적 감정과 그들의 문화에 대한 멸시적 태도를 노골적으로 표현하였다.

병자호란이라는 치욕적 역사에 대한 복수심에서 친명반청親明反淸의 태도가 더욱 강렬하게 형상화된 것이다. 이뿐만 아니라, 서양인에 대하여도 "정녕이 짐싱이요 스람의 종조 아니로다."처럼 아주 부정적인 시각에서 서술하고 있다. 한족漢族과 우리 민족 이외는 모두 오랑캐라는 보수적인 의식을 강하게 지니고 있음을 알 수 있다. 작가의 이러한 보수적이고 폐쇄적인 의식으로 인하여 이 작품은 근대화의 욕구를 문화적으로 승화시키지 못한 한계를 안고 있다.

● 문학사적 의의

이 작품은 일명 <병인연행가丙寅燕行歌>라고도 한다. 또 <북원록北轅錄>, <연행록燕行錄>, <원힝녹> 등으로 불린 바, 연행계가사의 대표작으로 인식되어 왔다. 이 작품이 지어지게 된 동기는 당시의 그의 가정생활 환경이 '이내 몸이 한미한 집 사람으로 이십여 년 책상물림 졸직히 자라나서' '훤당에 백발노인 생양가로 모셔 있고 청춘의 젊은 아내 금실이 남다르다.'고 밝힌 바와 같이 평범한 서민으로 과거 공부에 정진하여 소년 등과한 그가 아직 무자식인 상태에서 생양가의 두 어머님과 젊은 아내를 위하여 지은, 보고 문학적 성격을 띠고 있다. <연행가>는 뛰어난 묘사와 철저한 주체의식이 일관되게 쓰여진 가사이다. 개화이전의 정신적 조류, 즉 내정은 개혁하되 서양문물은 철저히 금해야 한다는 사상이 들어있다. 그래서 민족의식의 고취와 서구 문화에 대한 경계가 강하게 드러나, 비록 소장 사대부에 대한 비판이 드러나 있기는 하지만 그것에 전반적인 문제의식으로까지는 발전하지 못하고 있다.

그러나 양반관료들의 언어인 한문이나 고사성어의 사용을 억제했을 뿐만 아니라, 비슷한 시기에 나온 다른 기행가사에 비하여 개인적이고 사적인 감정의 표현이 현저하게 많고, 부조리한 현상에 대한 비판적 태도도 분명하다. 이는 당대 기행문학의 단순하고 평면적 서술의 한계를 극복하고 기행문학의 수준을 진일보시킨 것으로 평가된다. 조선의 사행자 문학에는 중국 사행자의 문학과 일본 통신사의 문학이 있다. 그들의 작품은 기행문학이면서 외교문학이요, 보고문학이면서도 창작성이 내재한 특색있는 문학이다. 그뿐 아니라 조선 문학이 중국 영향과 일본 영향의 절대적인 통로구실을 하면서 문물수입의 전반에 걸쳐 조선 유입의 합법적인 지름길이었다. 조선의 사람들이 세계 속의 조선 인식과 세계 인류로서의 자아의 인식은 그러한 사행자使行者 문학을 통해서 가능하였다. 순 한글의 노래체로 된 <연행가>는 한문연행록보다 훨씬 깊고 넓은 독자층을 형성하고 있었음을 잊어서는 안된다. 그중에서도 가장 충실한 내용을 체계있게 싣고 있는 <무자서행록戊子西行錄>을 범본으로 하여 <연행가>인 <병인연행가丙寅燕行歌>가 형성되었고, 이어서 많은 이본들이 만들어졌다고 본다. 따라서 <연행가>는 한국 문학사에 귀중한 위치에 있음을 생生 인식해야 할 것이다.

1. 허초희의 <규원가閨怨歌>

● 창작배경

허초희許楚姬(1563~1589, 명종18~선조22)는 조선중기의 여류시인으로 본관은 양천陽川, 호는 난설헌蘭雪軒, 별호는 경번景樊이다. 난설헌은 강릉江陵 출생으로, 초당 허엽許曄의 딸이며, 허균許筠의 누이이다. 삼당파三唐派시인 이달李達에게 시를 배워 천재적인 시재詩才를 발휘했으며, 16세(1577년, 선조10)에 김성립金誠立과 결혼했으나 금슬이 좋지 못했다.

난설헌은 불행한 자신의 처지를 시작詩作으로 달래어 섬세한 필치와 여인의 독특한 감상을 노래했으며, 애상적 시풍의 특유한 시세계를 이룩했다. 손곡 이달李達 과 오빠 허봉許篈을 통한 문장수업은 그녀의 작품세계 형성에 큰 영향을 끼쳤다. 특히 난설헌이 당대의 사회현실에 대해 비판적인 인식을 가질 수 있게 된 것은 스승 이달과의 만남을 통해서 형성된 것이다. 또한 난설헌은 중국의 당시唐詩를 익힘으로써 당시풍唐詩風의 시를 짓게 된다. 이미 8세 때에 <광한전백옥루상량문廣寒殿白玉樓上樑文>을 지어서 신동이라는 말을 들었다. 그녀는 죽기 전(1585) 꿈속에서 선계인 광상산에 올랐다가 두 선녀의 청으로 시를 썼는데, 잠에서 깨어나 그때 읊은 시를 생각하며 <몽유광상산夢遊廣桑山>을 지었다. 난설헌은

나이 27세 되던 해에 홀연히 의관을 정제하고 집안사람들에게 "금년이
바로 3·9의 수(27세)에 해당되니, 오늘 연꽃이 서리에 맞아 붉게 되었
다"1)고 하고는 눈을 감았다. '연꽃 스물일곱 송이'는 그녀의 나이와 같으
니, 실로 자신의 죽을 나이를 예견한 '시참詩讖'이라 할 만한다.

　난설헌의 사후에, 동생 허균이 작품 일부를 명나라 시인 주지번朱之蕃
에게 주어 중국에서 시집『난설헌집』이 간행되니 그나라 사람들의 격찬
을 받았고, 1711년 분다이야지로文台屋次郎에 의해 일본에서도 간행 되어,
널리 애송되었다. 작품으로는 한시漢詩에 <유선시遊仙詩>, <빈녀음貧女吟>,
<곡자哭子>, <망선요望仙謠>, <동선요洞仙謠>, <견흥遣興> 등 총 142수가
있고, 가사歌辭에 <규원가閨怨歌>, <봉선화가鳳仙花歌> 등이 있다.

◑ 텍스트 분석

　<규원가>는 조선 봉건사회제도 아래서 공규空閨를 지키며 눈물로 세
월을 보내는 여인의 한정恨情을 노래한 100구로 된 규방가사다. <규원
가>는 3·4조를 기본 자수율로 하고 있으며, '원부사怨夫詞'라고도 한다.
작품을 시상전개에 따라 기·승·전·결의 네 단락으로 나누어 살펴보
기로 한다.

(1) 起詞

엇그제 졈엇더니	흐마 어이 다 늙거니
소년행락少年行樂 생각ᄒᆞ니	닐너도 쇽졀업다
늙거야 셜운 말슴	ᄒᆞ쟈 ᄒᆞ니 목이 멘다
부생모육夫生母育 신고辛苦ᄒᆞ야	이 내 몸 길러낼 제
공후배필公侯配匹2)은 못 ᄇᆞ라도	군자호구君子好逑3) 원원願ᄒᆞ더니

---

1) 구수훈,「이순록二筍錄」,『패림』,今年乃三十之數 今日相蓮墮紅.
2) 공후배필公侯配匹 : 공경대부 公卿大夫와 제후 諸侯의 아내. 고귀한 사람과 짝을 맺음.
3) 군자호구君子好逑 : 군자의 좋은 배필.

삼생三生4)의 숙업宿業이오   월하月下의 연분緣分5)으로
장안유협長安遊俠 경박자輕薄子를   꿈ㄱ치 맛나 이셔
상시常時예 용심用心ᄒ기   살어름 디듸는 듯
삼오이팔三五二八6) 겨우 디나   천연여질天然麗質 절로 이니
이 얼골 이 태도態度로   백년기약百年期約 ᄒ얏더니
연광年光이 숙홀倏忽7)ᄒ고   조물造物이 다시多猜ᄒ야
봄ᄇ로롬 ᄀ올돌이   뵈오리예8) 북9) 디나듯
설부화안雪膚花顔 어디 가고   면목가증面目可憎 되거고나
내 얼굴 내 보거니   어늬 님이 날 괼소냐
스스로 참괴慚愧ᄒ니   누구를 원망怨望ᄒ랴

위에서는 임과의 별리離別속에서 공규空閨를 지키며 속신자결束身自潔하
는 모습을 그렸으며, 동시에 시집살이의 어려움을 '당시에 용심ᄒ기 살
어름 디듸는 듯' 하다고 표현했다. 화용월태花容月態, 설부화안雪膚花顔이
면목가증面目可憎되도록 외로움과 한恨스런 세월을 살아왔음을 나타내었
다. 특히 조선여성으로는 대담하게도 여필종부女必從夫의 선線을 거스르
고 있는 것이다. '장안長安의 경박자輕薄子'나 '삼생三生의 원업怨業'은 한맺
힌 여인女人의 저주스런 말이라고 생각된다. 남편을 경박하다든가 월하月
下의 인연因緣을 원업怨業으로 표현表現한 것은 그녀의 꿈이 산산조각이
났다는 것과 윤리倫理의 선線이 무너지는 순간이라 생각된다.

(2) 承詞
삼삼오오三三五五 야유원冶遊園10)의   새 사롬이 나닷 말가

---

4) 삼생三生 : 三世轉生의 뜻이니 삼세는 전세前世 · 현세現世 · 내세來世.
5) 월하月下의 연분緣分 : 월하빙인月下氷人이 맺어준 인연. 월하빙인은 중매인이니 곧 월하
   로 月下老와 빙상인 氷上人.
6) 삼오이팔三五二八 : 열 다섯 살과 열 여섯 살.
7) 숙홀倏忽 : 세월이 빨리 지나감.
8) 뵈오리 : 배의 실오리.
9) 북 : 베를 짤 때 날실의 틈으로 왔다갔다하며 씨실을 풀어주는 도구.

곳 픠고 날 졈은 졔　　　　　　정처定處 업시 나가 이셔
백마금편白馬金鞭으로　　　　　어딘어딘 머므는고
원근遠近을 모르거니　　　　　소식消息이야 더욱 알냐
인연因緣을 긋쳐신들　　　　　싱각이야 업슬소냐
얼굴을 못보거든　　　　　　　그립기나 마르려믄
열 두 째 김도 길샤　　　　　　셜흔 날 지리支離ᄒ다
옥창玉窓의 심근 매화　　　　　몃 번이나 픠여 딘고.
겨을 밤 츠고 츤 졔　　　　　　자최눈11) 섯거 티니
녀름 날 길고 길 졔　　　　　　구준 비는 무슴 일고
삼춘화류三春花柳 호시절好時節의　경물景物이 시름일다
ᄀ올돌 방房의 들고　　　　　　실솔蟋蟀12)이 상床에 울 제
긴 한숨 디는 눈물　　　　　　속절업시 혬만 만타
아마도 모딘 목숨　　　　　　　죽기도 어려울샤

위에서는 백마금편白馬金鞭으로 화려하게 차린 남편男便이 꽃(女人)을
찾아 떠도는 남편과 '열두 쩨 김도길샤 설흔 날 지루하다'는 자신과의 대
조對照가 너무도 선명鮮明하게 드러난다. 텅빈 공규空閨에 가을 밤 귀뚜라
미 울어대면 '모진 목숨 죽기도 어려울사'라 읊은 것이리라. 술집 출입을
일삼는 남편의 행색에 대한 원망의 눈물과 한숨으로 세월을 보내는 자신
의 애닲은 심정이 절절하다. 특히 춘하추동 사계절을 겨울과 여름, 봄과
가을로 대구법을 사용하여 외로움을 부각시킨 점은 매우 뛰어난 문학적
발상이라 할 만하다.

　(3) 轉詞
도르혀 플텨 혜니　　　　　　이리ᄒ야 어이ᄒ리
청등靑燈을 돌나 노코　　　　녹기금綠綺琴13) 빗기 안아

---

10) 야유원冶遊園 : 홍등청루紅燈靑樓의 술집.
11) 자최눈 : 자국눈
12) 실솔蟋蟀 : 귀뚜라미

접련화接蓮花 혼 곡조를	시름조차 섯거 툰니
소상瀟湘 야우夜雨14)의	대소리 섯도는 듯
화표華表 천년千年15)의	별학別鶴이 우니는 듯
옥수玉手의 튼는 수단手段	네 소리 잇다마는
부용장芙蓉帳 적막寂寞ᄒ니	뉘 귀예 들닐소니
간장肝臟이 구회九回ᄒ야	구비구비 근처셰라

위에서는 체념상태諦念狀態에서 숙명宿命으로 돌린 여인이 '녹기금綠綺琴 빗기 안아 접련화接蓮花 혼 곡조를 시름조차 섯거 툰니'라고 하여 알아주는 이 없는 마음의 허전함을 달래고 있다. 그러나 슬픔과 한을 노래하면서도 온아溫雅한 멋을 잃지 않으려는 자세가 역력하다. 슬픔과 외로움을 거문고로 달래는 안타까운 마음을 여성다운 섬세한 필치로 그려냈다.

    (4) 結詞

출하리 잠을 드러	쭘의나 보려 ᄒ니
ᄇ롬의 디는 닙과	풀 속의 우는 즘싱
므슴 일 원수怨讐로셔	잠조차 씨오는다
천상天上의 견우직녀牽牛織女	은하수銀河水 막혀셔도
칠월칠석七月七夕 일년일도一年一度	실기失期티 아니커든
우리 님 가신 후後는	므슴 약수弱水16) ᄀ렷관대
오거니 가거니	소식消息조차 그첫는고
난간欄干의 비겨 셔셔	님 가신 ᄃ 브라보니

---

13) 녹기금綠綺琴 : 한漢나라 사마상여司馬相如가 쓰던 거문고 사마 상여는 녹기금으로 붕구황곡鳳求凰曲을 타서 그때 탁왕손卓王孫의 딸 卓文君이 과부가 되어 있는 것을 꾀어냄.

14) 소상야우瀟湘夜雨 : 소상은 중국 湖南省 洞庭湖 남쪽을 흐르는 소강 瀟江과 상수 湘水 , 순임금의 두 왕비(娥皇, 女英)의 넋이 비가 되었다고 함.

15) 화표천년華表千年 : 무덤 위에 세우는 망주석望柱石에 천년 만에 돌아와 앉음. 곧, 옛날 요동遼東에 정영위丁令威란 이가 영허산靈虛山에 들어가서 선도仙道를 배워 학이 되어 천년 만에 돌아와 화표주에 앉은 데서 생긴 말.

16) 약수弱水 : 신선이 사는 땅에 있다고 하는 강이름. 그 수질水質이 매우 약하여 홍모鴻毛조차 잠긴다고 함.

<table>
<tr><td>초로草露'는 미쳐 잇고</td><td>모운暮雲이 디나갈 제</td></tr>
<tr><td>죽림竹林 프른 곳의</td><td>새 소리 더욱 셟다</td></tr>
<tr><td>세상世上의 셜운 사롬</td><td>수數 업다 ᄒ려니와</td></tr>
<tr><td>박명薄命훈 홍안紅顔이야</td><td>날 ᄀᆞᆺᄒ니 쏘 이실가</td></tr>
<tr><td>아마도 이 님의 지위17)로</td><td>살 동 말 동 ᄒ여라</td></tr>
</table>

위에서는 안타까이 임을 기다리며 서럽게 살아가는 자신의 기구한 운명을 한탄한 내용이다. 꿈에서 조차도 만날 수 없는 그 기약 없고 무정한 임을 언제나 기다리며 살아갈 수밖에 없는 기구한 여인의 운명이 슬픈 탄식으로 나타나 있다.

'세상의 서러운 사람 수가 없다고 하지만 박명한 홍안이야 나와 같은 사람이 또 있을까.' 이것이 어찌 작중화자 한 사람의 심정이겠는가? 남성의 횡포에 시달려 온 당대 한국여인의 공통된 운명이었을 것이다. 우리나라 내방가사가 폭 넓은 공감을 얻을 수 있는 것도 바로 이러한 여인의 공통된 운명을 주로 노래하고 있었기 때문이다.

여기 나오는 '초로'는 작중화자의 눈물을, '모운'은 연정을 비유했으며, '새'는 작중화자의 감정이 이입된 대상물로 해석함이 좋을 성싶다. 그리고 홍만종은 『순오지旬五志』에서 '홀로 지내는 모습을 잘 묘사했으며, 여성다운 향기와 아름다움을 내포하여 비록 옛 문인의 염체艶體라도 이보다 더 잘 할 수 있겠는가'18) 라고 격찬하였다. 일 년一年에 한 번 만난다는 견우직녀牽牛織女의 사연事緣을 엮어서 임이 가신 뒤 소식 없는 무신無信을 원망怨望하는 것이다. 그리하여 박명薄命한 홍안紅顔을 서러워하면서 운명運命을 감수甘受해야만 하는 자신自身의 처지處地를 저주하는 것이다.

<규원가>의 서정적자아의 정서는 자탄과 자조, 임에 대한 비난, 임에 대한 극복의지등을 보여주고 있다. 즉 자탄과 자조에서 임에 대한 원망

---

17) 지위 : 탓. 까닭. 때문.
18) 說盡空閨情境 曲有脂粉艶態 雖古今詞人 艶體何以過此也.

뿐 아니라 임의 신의 없음에 대한 비난으로 이어지며, 마지막에는 '박명한 홍안이야 날 같은 이 또 있을까. 아마도 이 임의 지위로 살동말동 하여라'에서 보듯 임에 대한 정면 비난을 할 뿐만 아니라, 임의 있고 없음과 상관없이 자신의 젊음을 다시 찾으려는 의지와 신의 없는 임에 대한 극복의지를 보이고 있다. <규원가>의 내용을 구조화하면 다음과 같다.

① 덧없는 젊은 시절을 회상하면서 한恨에 잠김   － 기
② 떠난 임에 대한 원망과 외로이 세월을 보내는 한   － 승
③ 거문고로 외로움과 한을 달래려 해도 소용이 없음 － 전
④ 기구한 운명을 한탄하며 임을 애타게 기다림   － 결

● 작품의 이해와 내면화

<규원가閨怨歌>는 <원부가怨夫歌>라 하였고, 이를 『순오지旬五志』에서는 허균의 첩 무옥巫玉이 지었다고 하였던 바, 강전섭은 긍정론을 펼쳤는데 엊그제 졈엇더니 ㅎ마어이 다 늙거니 소년행락少年行樂 싱각ㅎ니 닐너도 쇽절업다. 늙거야 셜운말숨 ㅎ쟈ㅎ니 목이멘다.'라는 내용상으로 볼 때 27세에 요절한 여인에 맞지 않기 때문에 『순오지』의 기록에 타당성을 더 두고 있다. 반면에 송계연월옹이 엮은 『고금가곡古今歌曲』이나 『교주가곡집校註歌曲集』에는 허초희의 작품임을 분명히 하였으며, 가사의 내용이나 그의 시집에 있는 <소년행少年行>, <규원閨怨>등의 한시漢詩들의 내용과 같다는 점에서 난설헌의 작품으로 보고 있다. 이들 한시를 소개하면 다음과 같다.

<少年行>
少年重然諾   소년은 그렇다 하는 것을 중시하고
結交遊俠人   의협심이 있는 사람을 사귀어 맺는다

腰間玉轆轤	허리 사이에는 옥 녹로를 차고
錦袍雙麒麟	비단 옷에는 쌍기린을 그렸다
朝辭明光宮	아침에는 명광궁을 나와서
馳馬張樂坂	장락이란 언덕에서 말을 달린다
沽得渭城酒	위성 술을 사 얻어 마시고
花間日將晚	꽃 사이에서 날이 저문다
金鞭宿娼家	금채찍을 치고서 창녀의 집에 자고
行樂爭留連	향락을 다투어 연연히 머무른다
誰憐楊子雲	누가 양자운의 문을 닫고
閉門草太玄	태현경을 초하는 것을 불쌍히 여기랴

이 작품에서는 가정에 성실하지 않았던 남편을 한 소년이 겪게 되는 일생을 통하여 경계하고 있다. 1구에서 소년은 성장기에는 신중한 행동과 성실함을 몸에 익히고 배우며, 2구에서 좀더 크면 호협豪俠한 사람들과 교유하여 호연지기를 기르고, 3·4구에서 드디어 벼슬길에 올라 멋지고 늠름한 모습을 갖추게 된다. 5구에서는 임금의 조회에도 참석할 만큼 고관이 되었고, 6구에서 차츰 정사政事보다는 놀이에 빠져들면서, 7·8구에서는 주색에 취하여 헤어나지 못하게 되었고, 9·10구에서 드디어 금채찍 휘두르며 기생집으로 달려가 놀이에 정신을 잃고 세월 가는 줄도 모르게 된다. 이렇듯 이성을 잃고 타락해간 남자들이 자신들의 그릇된 방탕함으로 집안에만 틀어박혀 있는 양자운楊子雲을 비웃을지는 모르지만, 난설헌은 벼슬길에 오르면서 타락해가는 그들의 모습을 두문불출하는 양자운에 비춤으로써 시비를 가리는 한편 저들의 귀감으로 부각시키고 있다.

<閨怨 一>

錦帶羅裙績淚痕	비단띠 비단치마 눈물 자국 쌓였는데
一年芳草恨玉孫	한해 풀이 우거져도 왕손은 한스럽다

瑤箏彈盡江南曲　　구슬 비파를 들고 강남곡을 타 보았네
雨打梨花晝掩門　　비에 지는 이화는 낮에 문에 부딪히네

이 작품에서는 여인의 가슴에는 '恨'이 가득하지만 그래도 다시 악기를 들어 사랑의 노래를 연주하는 모습에서 사랑에 의지하여 살아가는 한 여인의 애달픈 고뇌를 느낄 수 있다. 1구는 겉모습은 비록 곱게 단장하고 있으나, 마음속에는 슬픔으로 가득 차 있다. 2구에서 풀이 우거졌다는 표현은 또 한 해가 갔음을 말하는 것이며, 일 년 내내 떠나가 돌아오지 않은 임을 원망하고 있다. 3구에서는 원망만 되풀이 할 밖에 별 다른 도리가 없는 까닭에 공연히 악기를 가지고 강남곡江南曲만 연주할 뿐이다. 4구에서 다시 이화 흩뿌리는 시절이 돌아왔는데, 춘흥도 잊었는지 여인의 문은 언제나 닫혀 있다.

<閨怨二>
月樓秋盡玉屛空　　월루에 가을져도 옥병풍은 비어 있네
霜打蘆洲下暮鴻　　서리 찬 갈잎에 외기러기가 날고
瑤瑟一彈人不見　　구슬 비파 한번 타도 사람은 없고
藕花零落野塘中　　연못 속에 연꽃조차 떨어져 가네

이 작품의 1구에서는 날씨 더 차가운데 임도 없으니 더욱 쓸쓸한 빈방의 고독을 묘사하였다. 2구에서 차가운 갈 숲에 찾아드는 외기러기는 바로 시인 자신의 모습인 것이다. 3구에서는 너무나도 외로운 나머지 거문고의 소리로 다른 사람의 주의를 끌 수 있지 않을까 짐작해 보건만 아무도 내게는 관심을 두지 않는다. 4구에서 이렇듯 더 이상 그 누구의 눈길도 받지 못하니, 찬 기운에 힘없이 떨어지는 연꽃은 바로 자신의 모습이라고 탄식하고 있다.

이상에서 살펴 본 <규원가>에는 여성적 정한情恨의 세계가 아름답게 펼쳐져 있다. 특히, 전통적 유교사회에서 버림받은 여인의 그리움과 고독, 슬픔의 정서가 자탄自歎과 어울려 섬세하고 절절하게 표현되어 있는 바, 이로써 이 작품은 후대 내방가사의 선도적 역할을 하고 있다.

〈규원가〉에서 화자의 심리를 살펴보면, 이 노래의 지배적 정조는 덧없이 흘러간 과거를 회상하면서 임에게 버림받고 늙어 보잘 것 없이 된 신세에 대한 한탄이다. '천연여질, 설부화안'으로 임과 보낸 세월은 '뵈오리 북 지나듯' 빨리 흘러갔다. 그러나 임이 떠난 뒤에는 늙고 추한 모습이 되어 그리움과 원망으로 한스러운 하루하루를 지루하게 보낸다. 이 작품은 세월과 함께 쌓여 온 슬픔과 한, 그리고 그것을 운명으로 받아들이고 체념할 수밖에 없었던 서정적자아의 안타까운 심정을 여성다운 필치로 표현하고 있다.

여기서는 임에 대한 태도와 그 한계를 보게 된다. 이 노래의 화자는, 〈사미인곡〉이나 〈속미인곡〉의 화자처럼 임을 절대화하여 그에 대한 원망이나 비난을 표면화하지 못하는 여인이 아니다. 전반부에서는 버림받은 신세로서의 갈등이 자탄自歎, 자조自嘲의 형태로 서술되어 있다. 그러나 후반으로 오면서 임을 직접적으로 원망하고 비난하는 태도를 보인다. 끝부분의 '우리 님 가신 후는~쯰 칫는고'나 '박명혼 홍안~살동말동 흑여라.'같은 진술에 나타난 것은 임에 대한 원망이요, 비난이다. 서두의 '늘거야 서른~목이 멘다.' 또는 '내 얼골 내 보거니~원망흐리'에 나타난 자탄의 태도와는 다른 모습이다. 〈규원가〉는 이렇게 신의 없는 임에 대한 태도의 변화를 보이면서도 그 임을 기다릴 수밖에 없는 한계를 보이고 있다. '이 님의 지위로 살동말동 흑여라'는 임을 비난하면서도 그 임에 자신의 모두를 걸고 있음을 나타낸 것이다.

● 문학사적 의의

내방가사를 '규방가사'라고도 하는데 '내방가사'란 넓은 의미에서는 양반여성이 쓴 가사를 말하며, 내방가사는 중종 때 이현보李賢輔의 자당慈堂 권씨權氏가 지은 <선반가宣飯歌>를 내방가사의 효시로 보고 있으며, <규원가閨怨歌>는 이보다 60여년 후인 선조 때에 나온 작품이다. 이는 시기상으로나 지역으로나 내방가사의 선구적 작품으로 볼 수 있으며, 그 문학사적 위치는 매우 중요하다고 할 수 있다.

　이 작품은 조선시대의 남존여비의 모순된 가족제도 아래에서 한숨으로 세월을 보내며 살아야 했던 당시 여성들의 애달픈 심정을 노래하고 있다. 조선시대의 여성들은 규방에 갇혀 삼종지의三從之義와 칠거지악七去之惡 이라는 질곡에 매여 그들 마음속에 나타내고 싶은 감정과 의사를 감추어두고 살아야만 했다. 이때 나타난 '내방가사'는 이들 여성들의 애환을 해소시키는 창구로서의 기능을 가졌다고 볼 수 있다.

　이 작품에도 향락 생활에 빠져 집을 비우는 남편에 대한 원망과 그리움이 절실히 나타나 있다. 더구나 남편을 '장안유협경박자長安遊俠輕薄子'로 지칭하는 구절에서는 대담하고 폭이 큰 작자의 표현을 느낄 수 있다. 그리하여 버림받고 헤어짐이 모두 자기의 허물이라고 했던 일반 노래와는 달리 <규원가>에서는 말하고자 한 것을 숨길 필요가 없이 한탄과 원망怨望할 일을 직접적으로 표현하였다.

　이렇게 삶의 고난을 그대로 나타내는 가사가 출현함으로써 후기 문학정신이 싹을 보였다. <규원가>에는 많은 한자어와 고사를 인용하였지만 표현에 있어서 열거법과 대구법을 구사해 문장의 유려幽麗함과 우아優雅함을 보이고 있다. 또한 가사가 사대부들의 전유물이었던 시대에 여성이 작자층으로 등장하면서 규방에서 느끼는 감정을 표현했고, 후대의 규방가사에 많은 영향을 미쳤다는 데에 큰 의의가 있다.

2. 무명씨의 <시집살이>

● 창작배경

'시집살이'는 여성 삶의 진면목으로 그들의 중심적인 문학 주제였으며, <시집살이> 노래는 밤하늘의 별처럼 많다. 이 노래는 '민요民謠'의 범주에 들겠지만 규방정한가사閨房情恨歌辭로도 자격은 충분하다. 황해도 은율殷栗 지방에서 채집한 것인데, 간결한 압축 속에 많은 이야기를 담고 있어 문학적 상상력이 놀랍다.

'말없어야 산단다'는 어머니의 훈계에 따라 벙어리로 삼년, 장님으로 삼년, 귀머거리로 삼년 산 '외딸 아기'의 이야기에서 암시에 찬 역설을 발견할 수 있다.

<시집살이>의 전문을 살펴보면 다음과 같다.

● 텍스트 분석

무남독녀 외딸 아기	금지옥엽 길러내어
시집살이 보내면서	어머니의 하는 말이
시집살이 말 많단다	보고도 못 본 체
들고도 못 들은 체	말 없어야 잘 산단다
그 말 들은 외딸 아기	가마 타고 시집가서
벙어리로 삼년 살고	장님으로 삼년 살고
귀머거리 삼년 살고	석삼년을 19)살고 나니
미나리꽃20)이 만발했네	이 꼴을 본 시아버지
벙어리라 되보낼 제	본가 근처 거의 와서
꿩 나는 소리 듣고	딸아기의 하는 말이
"에그 우리 앞동산에	꺼더드기 날아간다."

---

19) 석삼년 : 9년 간.
20) 미나리꽃 : 흰 색이니 머리가 희게 되었음을 말한다.

이 말 들은 시아버지 며느리의 말소리에
너무너무 반가와서 하인시켜 하는 말이
가마채를 어서 놓고 빨리 꿩을 잡아 오라
하인들이 잡아 오니 시아버지 하는 말이
어서어서 돌아가자 벙어리던 외딸 아기
할 수 없이 돌아가서 잡은 꿩을 다 뜯어서
숯불 피워 구워다가 노나 주며 하는 말이
날개날개 덮던 날개 시아버지 잡수시고
입술입술 놀리던 입술 시어머니 잡수시고
요 눈구멍 저 눈구멍 휘두르던 눈구멍은
시할머님 잡수시고
호물호물 홍문통은 시하래비 잡수시고
좌우 붙은 간덩이는 시누이님 잡수시고
배알배알 곱배알21)은 시아주범 잡수시고
다리다리 벌린 다리 신랑님이 잡수시고
가슴가슴 썩이던 가슴 이내 내가 먹읍시다
못할네라 못할네라 시집살이 못할네라
열새 무명22)열폭 치마 눈물 받기 다 썩었네
못 살네라 못 살네라 시집살이 못 살레라
해주 자지 반자지로23) 지어 입은 저고리도
눈물 받기 다 처졌네

위에서 '벙어리로 삼년, 장님으로 삼년, 귀머거리로 삼년, 석 삼년' 9
년을 살고 나니 머리가 다 세었다(미나리꽃이 만발했네. 미나리꽃은 하얗다)는
표현은 참으로 놀라운 형상력形象力을 발휘한다.

그런 인고忍苦의 노력도 보답은커녕, 벙어리라고 도리어 소박이다. 친
정으로 되돌려 보냄을 당한다. 외동 딸아기에게는 극한상황이다. 여기에

---

21) 곱배알 : 곱은 갑절이니 여러 겹 겹친 창자라는 뜻이다.
22) 열새 무명 : 피륙을 세는 날의 단위, 아주 가늘게 짠 고운 무명.
23) 반자지(紫芝) : 반은 별 뜻이 없고 자지는 자주색 물감.

난데없이 꿩이 나타나서 문제를 단번에 해결해 버린다. 구상력構想力이랄까 상상력想像力이라 할까. 놀라운 예지의 번득임이 아닐 수 없다. 이래서 이 짧은 노래가 평범한 소재로 인하여 감동을 주고, 봉건사회의 불합리를 익살스러우면서도 신날하게 비판한다.

사면초가四面楚歌인 시집 식구들의 구박 속에서도 한 가닥의 따뜻함을 던져 주던 시아버지에게는 '덮어 주던 날개'를 잡숫게 하고, 잔소리 바가지를 긁던 시어머니에게는 '놀리던 입술'을, 감시를 게을리 하지 않던 시할머니에게는 '눈구멍'을, 이빨 없는 입으로 호물호물 먹으려고 보채던 시할아버지에게는 '[항문肛門]통'을, 간덩이가 부어서 멋도 모르고 날뛰던 시누이에게는 '간덩이'를, 시아주버니에게는 여러 겹 창자를 신랑에게는 제일좋은 꿩다리를 준다.

이렇게들 나누어 주고, '가슴만 썩이던' 자신은 가슴이나 먹겠다고 한다. 사실상 꿩의 가슴이란 '계륵鷄肋'인데, 이것은 먹을 수도 없고, 그렇다고 해서 버리기는 아깝고…, 그런 것이나 처분하는 며느리의 신세가 눈에 선하다.

'열새 무명 열폭 치마'가 눈물받이로 다 썩었다. 열새 무명은 가늘게 짠 고운 무명인데 그것이 다 썩었으니, 눈물을 얼마나 흘렸을까. 시집살이 석 삼년 동안에 머리에 하얗게 미나리 꽃이 피었으니, 이거야 말로 참으로 너무하지 않은가. 감동도 크거니와 이런 표현은 보통 사람의 붓으로는 그려낼 수가 없다. 끝을 맺은 '해주자지紫芝(자줏빛 물감)를 들인 저고리도 눈물 받기에 다 해지고 말았다'라는 중복된 강조도 일품이다.

다음에 꿩의 출현은 놀라운 것이다. 고향의 동산에서 날아가는 꿩이 쫓겨 가는 며느리에게 준 감동도 절실하지만, 꿩으로 해서 사태가 달라진다는 전개 또한 우수한 기교이다. 이는 단순한 말재주가 아니고 생활에서 발견된 경이驚異이다.

꿩을 잡아 되돌아가면서 며느리가 너무나 오랜만에 맛본 순수한 감동의 세계는 사라지고 지긋지긋한 시집살이는 다시 시작된다. 그러나 이 시는 시집살이에서 겪어야 하는 괴롭고 복잡한 인간관계를 한 마리의 꿩을 통해서 충분히 나타냈다. 꿩의 각 부분으로 놀라운 암시력을 나타냈으며, 그렇게도 힘든 시집살이를 가슴에 맺히도록 감동적으로 읊고 있다.

參考文獻

| 저서 |

강전화 (1994), 『황진이 연구』, 경인문화사.

권두한외 (1997), 『고시조연구』, 국문학연구총서3, 태학사.

김성기 (1998), 『면앙송순시문학연구』, 국학자료원.

______ (2004), 『한국고전시가연구』, 도서출판 역락.

김열규외 (1995), 『한국고전시가작품론(2)』, 집문당.

김종오 (1990), 『겨레 얼 담긴 옛시조 감상』, 정신세계사.

______ (1990), 『옛시조 감상』, 정신세계사.

______ (1995), 『우리 가사문학 이렇게 좋은 것인데』, 경인문화사.

김종우 (1983), 『향가문학연구』, 이우출판사.

김진욱 (2004), 『송강정철문학의 재인식』, 도서출판 역락.

______ (2005), 『향가문학론』, 도서출판 역락.

류연석 (1994), 『한국사가문학사』, 국학자료원.

______ (2003), 『가사문학의 연구』, 국학자료원.

박요순 (1984), 『한국시가의 신조명』, 탐구당.

박을수 (1994), 『詩話 사랑 그 그리움의 세계』, 아세아문화사.

______ (1997), 『한국시가문학사』, 아세아문화사.

박준규 (1996), 『유배지에서 부르는 노래』, 중앙 M&B.

성낙은 (1996), 『고시조 산책』, 국학자료원.

이가원 (1989), 『퇴계학연구총서』, 퇴계학연구원.

이상보 (1974), 『한국가사문학의 연구』, 형설출판사.

______ 편저 (1979), 『한국가사선집』, 민속원.

이태극 (1959), 『시조개론』, 새글사.

임기중 (2000), 『불교가사원전연구』, 동국대 출판부.

______ (2001), 『연행가사연구』, 아세아문화사.

전일환 (1990), 『조선가사문학론』, 계명문화사.

정재호 (1998), 『한국가사문학의 이해』, 고대 출판부.

정병욱 (1977), 『한국고전시가론』, 신구문화사.

조동일 (1984), 『한국문학통사』, 지식산업사.

최강현 (1982), 『한국기행문학연구』, 일지사.

______ (1999), 『기행가사자료선집』, 태학사.

| 논문 |

강전섭 (1980), 「상춘곡의 작자를 둘러싼 문제」, 『동방학지』23,24호 합집, 연세대국학연구원.

_____ (1983), 「단심가와 하여가의 소원적 연구」, 『동방학지』35호, 연세대국학연구원.

구수영 (1973), 「나옹화상과 <서왕가>연구」, 『국어국문학』62−63호, 국어국문학회.

김성기 (1999), 「송순의 시가문학연구」, 조선대 박사학위논문.

김영수 (1979), 「허난설헌 연구」, 단국대 석사학위논문.

김주곤 (1987), 「조위의 만분가 연구」, 『영남어문학』14집.

류연석 (1999), 「조위의 <만분가>와 정철의 <사미인곡>의 비교」, 『순천대학교인문사회과학논
        문집』.

_____ (2001), 「매계조위의<만분가>연구」, 『古詩歌研究』10집, 한국고시가문학회.

_____ (2004), 「<만분가>의내용적고찰」, 『古詩歌研究』14집, 한국고시가학회.

_____ (2005), 「<속사미인곡>의기행문학성고찰」, 『고시가연구』16집, 한국고시가문회.

박수천 (2000), 「우탁의 탄로가 분석」, 『한국고전시가작품론(2)』, 집문당.

서원섭 (1965), 「속미인곡의 작자에 대하여」, 『어문학』13호, 한국어문학회.

이가원 (1964), 「만분가연구」, 『동방학지』6집, 연세대출판부.

이동경 (1996), 「도산십이곡의 분석을 통한 퇴계교육사상연구」, 한국교원대 석사학위논문.

정재호 (1967), 「면앙정가와 성산별곡의 비교연구」, 『현대문학』통권151호.

정운채 (2000), 「丹心歌의 전승계통에 따른 해석의 방향」, 『한국고전시가작품론(2)』,집문당.

최강현 (1974), 「가사의 발생사적 연구」, 『새국어연구』18−20호, 한국국어교육연구.

최서임 (2003), 「정철의 <관동별곡>연구」, 세종대 석사학위논문.

최재남 (1997), 「六歌의 수용과 전승에 관한 고찰」, 『고시조연구』, <국문학연구총서(3)>, 태학사.

최진원 (1997), 『高山九曲歌와 淡泊』, 『고시조연구』, <국문학연구총서(3)>, 태학사.

최태호 (1987), 「정송강문학 연구」, 인하대 박사학위논문.

최한선 (1998), 「성산별곡과 송강정철」, 『古詩歌研究』5집, 한국고시가문학회.

홍우흠 (2005), 「圃隱詩歌에 나타난 不離道의 精神」, 『동아인문학』8집, 동아인문학회.

부 록

著者 論著 目錄

柳年錫外(2006), 「金笠詩에 나타난 動植物 考察」, 『고시가연구』17집, 한국고시가문학회.

______外(2005), 「朴仁老의 <陋巷詞> 研究」, 『순천대학교인문사회과학논문집』24호, 순천대학교.

柳年錫(2005), 「<續思美人曲>의 기행문학성 考察」, 『고시가연구』16집, 한국고시가문학회.

______外(2005), 「金炳淵 詩集 飜譯 檢討」, 『고시가연구』15집, 한국고시가문학회.

______(2004), 「<萬憤歌>의 내용적 고찰」, 『고시가연구』14집, 한국고시가문학회.

______外(2004), 「이응수 <金笠詩集> 原典 檢討」, 『남도문화연구』10호, 순천대학교 남도문화연구소.

______外(2003), 「고등학교 문학교육의 수행평가모형 탐색」, 『과학과교육』11호, 순천대학교 과학교육연구소.

______(2003), 『歌辭文學의 研究』, 국학자료원.

______(2003), 「해남윤씨종가소장 규방가사 연구」, 『고시가연구』11호, 한국고시가문학회.

______外(2002), 「매천의 교유를 통한 의식세계 연구」, 『과학과교육』10호, 순천대학교 과학교육연구소.

______(2002), 「매계 조위의 <만분가> 연구」, 『고시가연구』10집, 한국고시가문학회.

______(2001), 「樂安의 說話」, 『낙안과 낙안읍성』, 순천대학교 박물관.

______外(2001), 「고산 윤선도의 시조에 나타난 사상성 연구」, 『과학과교육』9호, 순천대학교 과학교육연구소.

______(2001), 「順天儒林의 詩社活動에 관한 연구」, 『고시가연구』8집, 한국고시가문학회.

______(2000), 「樂安의 민요」, 『순천대박물관지』2호, 순천대학교 박물관.

______外(2000), 「讀書 討議 쓰기를 통한 고등학교 論述의 지도방안」, 『과학과교육』8호, 순천대학교 과학교육연구소.

______(1999), 「순천시의 傳說文學」, 『순천대박물관지』1호, 순천대학교 박물관.

______(1999), 「조위의 <만분가>와 정철의 <사미인곡>의 비교」, 『순천대학교인문사회과학논문집』18호, 순천대학교.

______(1999), 「梁應鼎의 書札과 言行錄에 대한 연구」, 『고시가연구』6집, 한국고시가문학회.

______(1999), 「<만분가>와 <사미인곡>의 비교연구」, 『한국언어문학』42집, 한국언어문학회.

______外(1999), 「초등학교 傳記文의 인물과 내용」, 『과학과교육』7호, 순천대학교 과학교육연구소

______外(1998), 「<청산별곡>의 구조와 내용」, 『과학과교육』6호, 순천대학교 과학교육연구소

柳年錫外(1997), 「'檀君神話'의 출전과 구조연구」, 『과학과교육』5호, 순천대학교 과학교육연구소.
柳年錫(1996), 「高峰 奇大升 表文 研究」, 『傳統과 現實』7호, 고봉학술원.
＿＿＿＿(1996), 「順天地域의 詩文學 研究(下)」, 『논문집』15호, 순천대학교.
＿＿＿＿(1996), 「安肇源 [煥]의 流配歌辭 研究」, 『국어교육』92호, 한국국어교육연구회.
＿＿＿＿(1995), 「中等學校 文學敎育 研究」, 『과학과교육』3호, 순천대학교 과학교육연구소.
＿＿＿＿(1995), 「順天地域의 詩文學 研究(上)」, 『논문집』14호, 순천대학교.
＿＿＿＿(1994), 『韓國歌辭文學史』, 국학자료원.
＿＿＿＿(1993), 「전남지방의 가사문학」, 『남도문화연구』7호, 순천대학교 남도문화연구소.
＿＿＿＿(1992), 「20세기 가사문학 연구」, 『논문집』11호, 순천대학교.
＿＿＿＿(1991), 「18세기 가사문학 연구」, 『어학연구』3집, 순천대학교 어학연구소.
＿＿＿＿(1991), 「가사문학의 형태적 고찰」, 『남도문화연구』3호, 순천대학교 남도문화 연구소.
＿＿＿＿(1991), 「19세기 가사문학 연구」, 『논문집』10호, 순천대학교.
＿＿＿＿(1990), 「17세기 가사문학 연구」, 『지역개발연구』1호, 순천대학교 지역개발연구소.
＿＿＿＿(1990), 「開化後期 가사문학 고찰」, 『논문집』9호, 순천대학교.
＿＿＿＿(1990), 「가사문학의 내용적 분류」, 『어학연구』2호, 순천대학교 어학연구소.
＿＿＿＿(1989), 「발전기 가사문학 고찰」, 『한소정한기교수화갑기념논문집』, 간행위원회.
＿＿＿＿(1989), 「발생기 가사문학 고찰」, 『한국언어문학』27호, 한국언어문학회.
＿＿＿＿(1989), 「가사문학사의 시대구분 연구」, 『송하이종출박사화갑기념논문집』, 간행위원회.
＿＿＿＿(1988), 「歌辭歷史의 時代區分 考」, 『논문집』7호, 순천대학교.
＿＿＿＿(1988), 「발생기 가사 연구」, 『어학연구』1호, 순천대학교 어학연구소.
＿＿＿＿(1987), 「가사문학의 사상성 고찰」, 『정병홍선생화갑기념논문집』, 간행위원회.
＿＿＿＿(1986), 「중등학교 교과서를 중심으로 한 시교육 연구」, 『논문집』5호, 순천대학교.
＿＿＿＿(1985), 「일제시대 조선어과 교육과정의 변천 고」, 『논문집』4호, 순천대학 교.
＿＿＿＿(1984), 「김영랑시의 특성에 관한 고찰」, 『논문집』2호, 순천대학교.
＿＿＿＿(1982), 「金允植詩 研究」, 『인문과학연구』4호, 조선대학교 인문과학연구소.
＿＿＿＿(1976), 「學校의 施賞에 關한 研究」, 고려대 교육대학원 교육학석사학위논문.
＿＿＿＿(1982), 「＜田禹治傳＞에 關한 研究」, 조선대 대학원 문학석사학위논문.
＿＿＿＿(1899), 「歌辭文學의 歷史的 研究」, 조선대 대학원 문학박사학위논문.

찾아보기

ㄱ,

▌저자 약력

류연석 柳年錫

· 1942년 전남 고흥 출생.
· 순천대학교 국어교육과 교수.
· 한국고시가문학회 회장 역임.
· 『한국가사문학사』 지음.
· 순천사범학교 졸업.
· 조선대학교 국어국문학과 졸업.
· 고려대학교 교육대학원(교육학석사).
· 조선대학교 대학원(문학석사 및 박사).
· 한국고시가문학회, 한국언어문학회, 국어국문학회,
  한국국어교육연구회, 배달말학회 회원.
· '가사문학의 역사적 연구' 외 논문 다수.

시조와 가사의 해석

인 쇄	2006년 4월 10일
발 행	2006년 4월 15일
저 자	류연석
펴낸이	이대현
편 집	박소정
펴낸곳	도서출판 **역락**

서울 성동구 성수2가 3동 301-80 (주)지시코 별관 3층
전화 3409-2058, 3409-2060 / FAX 3409-2059
홈페이지 http://www.youkrack.com
이메일 youkrack@hanmail.net
등록 1999년 4월 19일 제303-2002-000014호

ISBN 89-5556-459-7-93810

정 가 18,000원

* 잘못된 책은 교환해 드립니다.